MON ANGE
DÉCHU

AUTEURE DE BEST-SELLERS CLASSÉS AU NEW YORK TIMES

J. KENNER

En mille éclats

En mémoire de nous

En demi-teinte

Mon Ange Déchu

Mon Doux Péché

Ma Cruelle Rédemption

Abonnez-vous à la newsletter de l'édition française de JK pour des informations sur les sorties en français, les apparitions en France, et plus encore.

https://www.juliekenner.com/nouveaux-livres/

MON ANGE DÉCHU

AUTEURE DE BEST-SELLERS CLASSÉS AU NEW YORK TIMES

J. KENNER

M&O

Traduit de l'anglais par Laure Valentin

Mon ange déchu Copyright © 2020 par Julie Kenner

Traduit de l'anglais par Laure Valentin pour Valentin Translation

Conception de la couverture par Michele Catalano, Catalano Creative
Images de couverture par nastia1983 (mannequin) et welcomeinside (bougies)
ISBN :
(Ebook) 978-0-9886844-8-5
(Print) 978-1-949925-99-9
Publié par Martini & Olive Books
V 2020 9 5cP

Un immense merci du fond du cœur à Darcy Burke que j'ai fait tourner en bourrique. Merci de m'avoir aidée à trouver la colonne vertébrale de ce livre, d'avoir été présente quand on se sentait toutes les deux un peu comme Jason Bourne après que ce chauffard frappadingue a failli nous faire quitter la route, et pour toutes les autres raisons.

À Jon Brown, pour m'avoir présenté la véritable Shelby... même s'il n'a pas voulu me laisser conduire avec elle. Et à J. Craig Stiles et Lisa Carolin, qui m'ont supportée pendant que je corrigeais à la table de leur cuisine.

Et à ma mère. Je t'aime. Tu me manques.

$\mathscr{H}$ I $\mathscr{H}$

Le vent me cingle le visage et le soleil de l'après-midi m'éblouit alors que je descends le long tronçon de Sunset Canyon Road, à plus de cent soixante à l'heure.

Mon cœur bat la chamade et mes paumes sont moites, mais ce n'est pas à cause de la vitesse. Au contraire, c'est exactement ce dont j'ai besoin. L'adrénaline. Le frisson. Je suis une vraie droguée, et ces sensations m'affectent comme une surconsommation de sucre chez un enfant en bas âge.

Honnêtement, je dois mobiliser toute ma volonté pour ne pas mettre ma Shelby Cobra 1965 à l'épreuve et faire monter son puissant moteur dans les tours.

Cela dit, je ne peux pas. Pas aujourd'hui. Pas ici.

Parce que je suis de retour, et mon retour à la maison a réveillé des papillons dans mon ventre. Chaque virage de cette route me rappelle des souvenirs. Des larmes m'obstruent la gorge et j'ai les entrailles nouées.

Bon sang.

J'écrase la pédale d'embrayage, appuie sur le frein et passe au point mort tout en décrivant une embardée sur la gauche. Les pneus protestent dans un crissement tandis que je fais demi-tour, m'engageant sur la voie inverse. L'arrière de la voiture décroche dans un dérapage, avant de s'arrêter pile en droite ligne. J'ai le souffle court, et honnêtement, je crois que ma Shelby aussi. C'est plus qu'une voiture pour moi, c'est la meilleure amie de toute une vie, et en temps normal, je ne la pousse pas autant.

Maintenant, cependant...

Eh bien, maintenant, elle est dangereusement proche du bord de la falaise, toute son aile du côté passager parallèle avec le vide. De là, j'ai une vue imprenable sur la côte, dans le lointain. Sans parler d'un magnifique aperçu du petit centre-ville en contrebas.

Je tire sur le frein à main, le cœur dans la gorge. Ce n'est qu'une fois certaine que nous n'irons pas dévaler à flanc de falaise que je coupe le moteur de la Shelby, essuie mes paumes moites sur mon jean et autorise mon corps à se détendre.

Bien le bonjour, Laguna Cortez.

Avec un soupir, je retire ma casquette de baseball, laissant mes boucles foncées rebondir librement autour de mon visage, jusque sur mes épaules.

— Ressaisis-toi, Ellie, murmuré-je avant de prendre une profonde inspiration.

Pas tant pour le courage – je n'ai pas peur de cette ville –, mais pour la maîtrise de mes nerfs. Parce que Laguna Cortez m'a déjà mise à terre, autrefois, et il va me falloir toutes mes forces pour arpenter à nouveau ses rues.

Encore une respiration, puis je sors de la voiture. Je rejoins le bas-côté de la route. Il n'y a pas de parapet, et de la terre ainsi que quelques pierres dévalent le talus lorsque je m'arrête tout au bord, presque en équilibre.

En dessous, des rochers dentelés dépassent des parois du canyon. Plus bas, les arêtes saillantes s'adoucissent pour former une pente douce avec des maisons diverses nichées parmi les rochers et les broussailles. Les toits de tuiles suivent la route sinueuse qui mène au quartier des arts. Lovés dans la vallée, encadrée sur trois côtés par des collines et des gorges, les lieux s'ouvrent sur la plus grande plage de la ville qui attire un flux constant de touristes et de locaux.

Pour tout le monde, Laguna Cortez est l'un des joyaux de la côte Pacifique. Une ville à l'atmosphère décontractée, avec un peu moins de soixante mille habitants et des kilomètres de plages de sable et de galets.

La plupart des gens donneraient leur bras droit pour vivre ici.

En ce qui me concerne, c'est l'enfer.

C'est ici que j'ai perdu mon cœur et ma virginité. Sans parler de tous mes proches. Mes parents. Mon oncle.

Et Alex.

Le garçon que j'aimais. L'homme qui m'a brisée.

Il ne reste plus personne ici, pour moi. Ma famille, tous sont morts. Et Alex est parti depuis longtemps.

Moi aussi, je me suis enfuie, impatiente d'échapper au poids du deuil et à l'aiguillon de la trahison. Je me suis juré de ne jamais remettre les pieds ici.

Et je croyais résolument que rien ne me ferait revenir.

Or à présent, dix ans plus tard, me revoilà, ramenée en enfer par les fantômes de mon passé.

J'ai rencontré Alex Leto le jour de mon seizième anniversaire, et la première fois que je l'ai vu, quelque chose s'est déclenché en moi. Ça ressemblait au bonheur, mais infiniment plus complexe. L'optimisme, peut-être, mêlé à des arcs-en-ciel et des licornes.

Le début de journée était gris et maussade, avec des orages violents à l'aube. Les nuages se sont amoncelés au-dessus de ma maison, déployant leurs bras gris souris pour nous infliger vent et pluie, du lever jusqu'au coucher du soleil. Sur mes dix invités, six ont appelé pour annuler, et même avant le début de la fête, je savais qu'elle était gâchée.

J'aurais dû le voir venir. Peut-être pas un coup de vent, mais quelque chose, du moins. Après tout, je n'étais pas la fille la plus chanceuse du monde. Pour commencer, j'étais orpheline.

J'ai eu quatre ans le lendemain de la mort de ma mère, et même si vers l'âge de dix ans je disais souvent à mon père que je me souvenais d'elle, c'était un mensonge.

Après sa mort, son frère, mon oncle Peter, est venu installer à Laguna Cortez son agence de promoteur immobilier. Mon père n'avait pas les moyens d'embaucher de l'aide et, en tant que chef de la police, il avait des horaires irréguliers. Papa et moi habitions dans les hauteurs, mais je rejoignais l'immense maison de plage baignée de lumière de mon oncle Peter presque tous les jours après l'école.

C'était formidable, chez lui, pourtant j'avais horreur de passer du temps loin de mon père. Peut-être qu'au fond, je pressentais ce qui allait arriver. Je n'en sais rien. Tout ce que je sais, c'est que je voulais qu'il soit à mes côtés, en sécurité.

Bien sûr, ce que je voulais n'avait pas d'importance. Comme toujours. Les envies sont éphémères et le destin est un monstre. L'été de mes treize ans, j'ai bien appris cette leçon.

Parce qu'un homme armé a assassiné mon père avant de se suicider. Tout le monde a essayé de me réconforter en me disant que mon père était mort en service, en exerçant le travail qu'il aimait. Mais ça ne me faisait ni chaud ni froid. Il n'en restait pas moins mort, aussi atroce et douloureux que ce soit.

Après cela, ma vie est allée de mal en pis. J'ai emménagé chez l'oncle Peter et tous mes amis se sont dit que j'avais beaucoup de chance, parce qu'il y a peu de maisons en bord de mer à Laguna Cortez.

En réalité, ce n'était pas le cas. Comment pourrais-je avoir de la chance avec ce qu'il s'était passé ?

J'ai fini par m'habituer à mon nouveau quotidien. Je passais même des journées entières avec un sentiment de bien-être. Le soir, en revanche, la culpabilité revenait de plus belle. Je n'avais pas le droit d'éprouver de la joie alors que mes parents étaient tous les deux morts, irrémédiablement.

Voilà pourquoi je n'ai pas été surprise quand l'orage a éclaté le jour de mon anniversaire, parce que la vie revient toujours vous mordre au mollet.

Malgré tout, même en nombre réduit, nous avons passé un bon moment. Au lieu d'aller à la plage, nous nous sommes installés dans la salle cinéma pour regarder des films. Et quand Brandy et moi sommes descendues demander à l'oncle Peter si ma pizzeria préférée livrait malgré la tempête, *il* était là.

Âgé de quelques années de plus que moi, Alex avait un physique sec et élancé, avec des cheveux blonds coupés court et un visage rasé de près aux rondeurs encore enfantines, en dépit d'une expression si adulte. Ses yeux couleur de sable m'ont clouée sur place quand il s'est retourné pour me regarder. Et lorsque sa belle bouche m'a adressé un sourire amical, une infime pulsation est née entre mes cuisses.

J'avais déjà connu quelques coups de cœur, à ce moment-là, mais je n'avais jamais réagi aussi viscéralement. Pourtant Alex... eh bien, ce simple regard m'éclairait soudain sur l'engouement de mes copines pour les histoires de garçons, lors des nombreuses soirées pyjama que donnait Brandy.

Quand il est venu me serrer la main en me souhaitant un joyeux anniversaire, je me suis presque évanouie. J'étais tellement sous le choc que je suis restée plantée là, ma main dans la sienne, rejouant en boucle la conversation des dernières secondes.

Alex Leto. Voilà comment il s'était présenté. Et il travaillait pour mon oncle Peter pendant son année sabbatique, avant de faire son choix d'université.

— Salut, ai-je dit d'une voix éraillée.

Aussitôt, je m'en suis voulu d'être aussi inintéressante.

— Des problèmes avec le film ? a demandé l'oncle Peter.

Je l'ai regardé bêtement, sans comprendre.

— Le projecteur, a-t-il précisé. Tu es descendue me demander de réparer quelque chose ?

— Oh, c'est vrai. De la pizza. On aimerait commander de la pizza. Est-ce qu'ils livrent par ce temps ?

— Sinon, je peux aller en chercher pour vous, s'est proposé Alex.

Si je n'étais pas déjà follement amoureuse, voilà qui aurait réglé la question. Un vrai prince charmant, en chair et en os dans ma cuisine.

Comme l'oncle Peter avait accepté, il n'y avait plus aucune raison de traîner avec eux. Brandy et moi sommes retournées à contrecœur dans la salle ciné.

— *Oh, mon Dieu*, a-t-elle soufflé alors que nous montions les escaliers. Tu as vu comment il te regardait ?

— Il était juste poli.

Mais ses paroles ont ravivé mon émotion, déclenchant un envol de papillons dans mon ventre.

— Tu crois ? a-t-elle répondu avec un clin d'œil.

Je lui ai attrapé le poignet avant qu'elle ne puisse faire irruption dans la salle où étaient restés les autres.

— Ne dis rien.

— Quoi ? Pourquoi ?

— Je… je… s'il te plaît. On pourrait leur parler simplement de la pizza et en rester là ?

— D'accord, a-t-elle dit en haussant les épaules. Oui, bien sûr. Si c'est ce que tu veux.

— Merci.

Elle a eu un petit sourire de conspiratrice.

— Mais il est vraiment super mignon.

— Carrément.

Sur ce, nous avons gloussé toutes les deux avant de céder à une crise de fou rire quand notre copine Carrie a poussé la porte, la mine renfrognée.

— Euh, allô ? On a mis le film en pause pour vous deux. C'est pas très sympa de nous faire poireauter.

Une main sur la bouche pour nous retenir de rire, nous avons retrouvé nos sièges et avons remis le film en attendant la pizza. Et même si c'est Alex en personne qui nous l'a apportée, même s'il est resté avec nous pour regarder la deuxième moitié d'*Alien*, assis juste à côté de moi, Brandy n'a pas cafté. Ni sur le moment, ni jamais par la suite.

Ce qui explique en grande partie pourquoi c'est encore ma meilleure amie aujourd'hui.

Après quoi, Alex était souvent dans les parages. Peter avait un bureau à la maison, mais l'essentiel de son travail se déroulait sur les chantiers de construction ou dans les bureaux des appartements et des hôtels qu'il possédait. Il avait engagé Alex pour effectuer des tâches administratives, ce qui l'amenait presque tous les jours chez nous.

J'ai refusé de nombreuses invitations de mes amis à sortir à la plage ou au cinéma, pour rester sur place et servir de l'eau, des en-cas et du café à Alex. Chaque fois, je m'attardais un peu, lui demandant ce qu'il faisait. Il ne me rejetait jamais. Il m'invitait même à rester. Puis un jour, il m'a demandé si je voulais l'aider.

— Ce n'est pas aussi intéressant que passer l'été avec tes amis, a-t-il dit, mais j'adorerais avoir un peu de compagnie.

Il a souri alors, et cet infime mouvement, simple tressaillement des muscles autour de ses lèvres, a suffi à me faire fondre.

— Pourquoi pas ? J'aime mieux être ici.

— Vraiment ?

J'ai hoché la tête. Mon cœur battait avec une telle fougue qu'il l'entendait forcément.

— Ça me va très bien, parce que j'aime que tu sois ici, a-t-il ajouté.

J'ai rencontré son regard, et quelque chose au fond de moi a rugi. Pour la première fois de ma vie, j'ai ressenti l'élancement d'un véritable désir sexuel.

— Bon...

J'ai dégluti, la bouche sèche comme en plein désert.

Ainsi, je me suis mise à l'aider quand je le pouvais, brassant de l'air le reste du temps. Et nous avons discuté. De tout et n'importe quoi. Je n'avais jamais été aussi à l'aise avec quelqu'un de toute ma vie, et ce, malgré les bourdonnements et les crépitements dans l'air chaque fois que nous étions près l'un de l'autre.

— Vous avez fait quelque chose ? m'a demandé Brandy à la rentrée scolaire, trois mois plus tard.

— Non ! Il travaille pour mon oncle, tu te souviens ? En plus, il a dix-huit ans. Moi, seize ans. Et il le sait.

Elle a balayé ma réponse d'un geste de la main.

— Et alors ? Tu es plus mature que ton âge. Depuis... enfin, ma mère dit que tu t'es élevée toute seule.

Honnêtement, Madame Bradshaw n'avait pas tort. Mon oncle

m'avait peut-être logée, nourrie et blanchie ces dernières années, mais c'était à peu près tout. L'éducation, j'en recevais des bribes chez Brandy. Et le reste ? Eh bien, je crois qu'on peut dire que je me suis élevée toute seule.

— Dix-huit ans, ai-je répété résolument. Dix-neuf la semaine prochaine.

— C'est parfait.

Ses yeux bleus pétillaient.

— Enveloppe-toi dans un ruban et tu seras son cadeau.

Je ne me suis pas donnée à lui, bien sûr, mais le jour de ses dix-neuf ans, je lui ai offert un bracelet d'amitié en cuir avec une croix celtique.

— On appelle ça un nœud d'amour, a-t-il dit.

Aussitôt, j'ai senti mes joues virer au rouge.

— Je... je ne savais pas.

— Ah bon ? Alors, ça le rend encore plus spécial.

— Oh.

Il m'a tendu le bras.

— Tu me l'attaches ?

Je l'ai fait, caressant légèrement son poignet de mon pouce tout en manipulant le fermoir.

— C'est n'importe quoi, a-t-il dit, d'une voix si basse que je l'ai à peine entendue.

— Quoi ?

— Nous deux.

Ses paroles m'ont fait l'effet d'une douche glacée.

— Excuse-moi. Je dois...

Je me suis retournée pour partir, mais il m'a attrapé le bras et m'a tirée en arrière. Nous étions seuls dans le bureau de mon oncle Peter et il me retenait.

— Tu as seize ans, a-t-il dit dans un grognement. Pourquoi as-tu seulement seize ans, merde ?

J'ai secoué la tête en clignant des paupières, réprimant un afflux de larmes.

— On ne peut pas, a-t-il ajouté.

Je n'ai pas eu à lui demander ce qu'il voulait dire.

— Je sais.

J'avais murmuré, les yeux au sol, mais je me disais que ce n'était pas juste. Il méritait des mots. Il méritait de voir mon cœur. Alors, j'ai levé les yeux et rencontré son regard.

— Mais j'en ai envie.

Il a répondu avec un petit hochement de tête :

— Je sais. Moi aussi.

❧ 3 ❧

Pendant des mois, la présence d'Alex était à la fois une torture et un bonheur. J'avais l'impression de vivre dans une cocotte-minute, et nous savions certainement tous les deux que le jour viendrait où nous ne pourrions plus résister.

Peu après Noël, le père de Brandy a obtenu une promotion, et toute la famille a déménagé à San Diego du jour au lendemain. Nous étions dévastées. La veille de son départ, je l'ai aidée à préparer sa chambre et je suis restée jusqu'à ce que sa mère m'annonce que je devais m'en aller, que les déménageurs arrivaient à cinq heures le lendemain matin. J'étais partie à contrecœur, retenant mes larmes pour ne pas rendre Brandy plus triste encore.

Je suis rentrée chez moi et j'ai trouvé Alex, qui m'attendait en faisant semblant de ranger les papiers de l'oncle Peter. Je me suis précipitée dans ma chambre, incapable de lui parler sous peine d'éclater en sanglots.

J'étais sur le point de m'assoupir quand j'ai entendu de légers coups sur ma porte. Je me suis redressée en pensant que c'était Peter qui venait me souhaiter une bonne nuit. Au lieu de ça, c'était Alex.

Il a refermé la porte derrière lui, puis il est resté de l'autre côté de la pièce.

— Je voulais m'assurer que tu allais bien.

— Je suis triste, ai-je admis, ces quelques mots ouvrant les vannes de mes yeux. Je crois que je n'ai pas été aussi triste depuis la mort de papa.

— Oh, Ellie...

Je me suis vaguement aperçue qu'il avait traversé la chambre. Qu'il s'était assis au bord du lit et que je m'étais penchée contre lui, sanglotant contre son épaule.

J'ignore quand il s'est glissé dans le lit à côté de moi, mais il l'a fait. Nous étions tous les deux entièrement habillés, lui en jean et moi en pyjama, et il m'a serrée fort contre lui. Je me suis blottie dans sa chaleur. Il m'a caressé les cheveux et je me suis endormie en pleurant. Non seulement parce que Brandy était partie, mais parce que je savais qu'un jour, bientôt, Alex s'en irait à l'université, et que je le perdrais à son tour.

Il ne s'est rien passé cette nuit-là. Rien de sexuel, du moins. Mais du point de vue des émotions ? Eh bien, si je retenais encore une partie de mon cœur, elle lui était acquise le matin venu. Il s'est éclipsé avant l'arrivée de mon oncle Peter et nous avons échangé un sourire secret dans la cuisine, alors que je me faisais griller une tartine pour grignoter sur le chemin de l'école. Une journée normale. Sauf que plus rien ne serait jamais normal.

Après ça, il y a eu des sourires et des regards partagés tous les jours. Je flottais sur un nuage en sachant que ce garçon merveilleux était devenu mon roc, une personne solide et réelle, dans un monde où tous ceux que j'aimais m'étaient arrachés les uns après les autres.

Je n'ai pas fait de fête le jour de mon dix-septième anniversaire. Comme Brandy n'était plus là et qu'Alex était en déplacement pour le boulot, je manquais cruellement de motivation. Mon oncle m'a emmenée dîner, et quand il est sorti plus tard dans la soirée, j'ai fait une promenade au crépuscule sur la plage jusqu'aux flaques laissées par la marée.

Je me suis assise sur les rochers, prêtant attention à ne pas glisser dans la flaque et déranger le minuscule écosystème. La lune était pleine, il y avait donc assez de lumière pour voir les poissons argentés, les anémones marron et le reste de la vie marine qui évoluait dans ce petit monde fragile.

J'étais penchée en avant, à regarder un bernard-l'ermite flotter dans l'eau stagnante, quand j'ai entendu des bruits de pas discrets derrière moi. Un élan de peur m'a traversée et je me suis levée d'un bond, sans même y penser, perdant pied dans le mouvement. J'ai commencé à dégringoler, certaine d'écraser toutes les bestioles de la flaque et de m'écorcher la peau sur les rochers.

Mais je ne suis pas tombée. J'ai décollé du sol, tirée en arrière par-dessus le rocher, pour atterrir dans les bras d'Alex.

— Je te tiens, m'a-t-il dit alors que mon sang cognait dans mes oreilles – non pas à cause de la chute évitée de justesse, mais à cause de sa proximité, de la sensation de son corps pressé contre le mien alors qu'il me serrait dans ses bras.

Nos yeux se sont rencontrés, et même si je ne me suis jamais considérée comme particulièrement audacieuse, je me suis dégagée de ses bras pour pouvoir passer les miens autour de son cou. Puis je me suis hissée sur la pointe des pieds et j'ai posé ma bouche sur la sienne.

Je n'avais aucune appréhension, aucune crainte qu'il me repousse. J'ai su instinctivement, avant que nos lèvres ne se rencontrent, que c'était ainsi que cela devait se passer – ce moment parfait et intense, qui déclenchait un brasier en moi alors qu'il posait ses mains sur ma nuque, me rapprochant jusqu'à ce que je puisse presque me couler en lui.

— Ellie, a-t-il murmuré quand nous nous sommes enfin écartés.

Mon prénom dans sa bouche m'a fait un effet d'huile sur le feu. J'avais envie de lui. De tout son être. Une fois de plus, je me suis dressée sur mes orteils pour me perdre dans son goût.

Il n'a hésité qu'un court moment, et pendant ces quelques secondes, j'ai eu peur qu'il ne me repousse. Mais un faible bruit est monté de sa gorge. L'instant d'après, il prenait possession de ma bouche, sa langue gourmande et taquine dansant avec la mienne tandis que ses mains s'aventuraient sur mes fesses.

Il m'a plaquée contre lui et j'ai gémi en sentant son sexe en érection sur mon ventre. Je n'avais jamais été aussi proche d'un homme. La preuve criante du désir qui brûlait en lui a provoqué d'étranges sensations entre mes cuisses et m'a fait mal au cœur.

Puis, brusquement, il m'a lâché les fesses. Il a glissé une main dans mon short, par derrière, et j'ai écarté les jambes, m'offrant à lui tout entière.

— S'il te plaît, ai-je supplié, le souffle court.

Je n'étais même pas sûre de ce que je demandais. Son doigt ? Son sexe ? Avais-je envie qu'il m'étende sur le sable et qu'il me fasse l'amour ? Qu'il me ramène à la maison ?

Tout ce que je savais, c'était que la réponse était *oui*. Tout ce que je désirais, à ce moment-là, c'était être à lui, comme il le voulait, où il le voulait.

Quand il m'a regardée, quand j'ai vu la chaleur à l'état brut dans ses yeux, j'ai su que c'était aussi ce dont il avait envie.

C'était réellement en train de se passer. Oh, mon Dieu, nous allions le faire.

Mais son expression a changé imperceptiblement et il a retiré sa main de mon short. Je me suis entendue gémir alors qu'il reculait d'un pas, se détachant de moi.

— Alex ?

J'ai perçu la peur dans ma propre voix. Peur qu'il ne veuille pas de moi, peur d'avoir fait quelque chose de mal.

— On ne peut pas, a-t-il dit en me prenant la main, la gardant contre sa poitrine. Je n'ai jamais désiré quelqu'un autant que toi, Ellie. Mais on ne peut pas faire ça.

J'ai essayé de déglutir, mais le nœud de larmes est resté dans ma gorge. Et quand j'ai demandé pourquoi, ma voix était rocailleuse.

Il a posé les mains sur mes joues.

— Tu viens d'avoir dix-sept ans, El. Et moi, j'en ai presque vingt. En plus, je travaille pour ton oncle.

Son expression était dure.

— Ton oncle ne laisserait pas passer ça. On a déjà joué avec le feu. Si on persiste, on s'y brûlera les ailes tous les deux.

J'avais envie de rétorquer que je m'en fichais. Je voulais me brûler. Je voulais m'abîmer dans les flammes avec lui jusqu'à ce que nous soyons réduits en cendres.

Mais je n'ai rien dit, parce que je savais qu'il avait raison.

Lentement, il a secoué la tête, profondément attristé.

— Je ne voulais pas...

— Quoi ?

— Je n'ai jamais demandé à venir ici.

— À Laguna Cortez ?

Ma voix montait dans les aigus sous l'effet de la surprise.

— Je pensais que tout le monde voulait venir ici, ai-je ajouté.

— Mon père m'a forcé. Mais maintenant...

Il s'est interrompu, passant les doigts dans ses cheveux courts.

— Mon Dieu, Ellie, maintenant c'est exactement là où je veux être.

— S'il te plaît, ai-je répété, laissant échapper le mot avant de perdre mon sang-froid. J'en ai envie.

Il a ébauché un sourire.

— Moi aussi. Évidemment. Mais on ne peut pas.

— Bien sûr que si. Peter a tout juste remarqué qu'on était amis, et encore moins qu'il y avait autre chose.

— Bon, d'accord. On pourrait peut-être.

Pendant un moment, mon cœur s'est arrêté, puis il a continué :

— Mais, El. Je ne le ferai pas.

Le sujet était clos.

Tous les soirs, en me couchant, je glissais ma main entre mes jambes et je l'imaginais faire tout ce que je lisais dans les romans d'amour. Chaque nuit, je priais en silence pour qu'il se faufile dans ma chambre et dans mon lit.

Mais il ne l'a jamais fait. Il a tenu parole, même si chaque fois que nous étions seuls, l'air était tellement chargé de tension que j'étais sûre que l'un de nous allait craquer.

Toutefois, nous ne l'avons pas fait.

Pas à ce moment-là, du moins. Pas encore.

Pendant les deux mois qui ont suivi, notre amitié s'est renforcée. Surtout avec le départ de Brandy, il est devenu mon ami le plus proche. Nous avons discuté pendant des heures, cet été-là, quand il avait fini de travailler. Nous nous retrouvions principalement près des flaques à marée basse. Parfois, il restait tard à la maison, car mon oncle Peter n'était presque jamais là.

Nous parlions, cuisinions ensemble ou regardions des films. D'horreur, surtout, c'était une excuse pour nous asseoir tout près l'un de l'autre et nous tenir la main dès la première scène effrayante.

Et toujours, *toujours*, il y avait une avidité entre nous, une envie coupable qui me contraignait à serrer les cuisses pour soulager la pression. Je m'imaginais ramper sur ses genoux et faire exactement ce que faisaient les filles dans ces films.

Je n'avais même pas peur, si je le faisais, que le monstre m'attrape, moi aussi, comme à l'écran.

J'aurais peut-être dû m'en inquiéter. Peut-être qu'en fin de compte, j'ai vraiment attiré les monstres dans ma vie.

Je ne sais pas. En tout cas, je me souviens très bien de ce jour de septembre où le chef Randall est venu au lycée et m'a annoncé la mort de l'oncle Peter. Tué d'une seule balle dans la nuque, tirée par un monstre.

En proie au chagrin et à la peur, j'ai couru jusque chez moi, m'attendant à trouver Alex dans le bureau. Mais il n'était pas là. Plus tard, j'ai appris qu'il était parti vérifier les livres de comptes dans l'une des propriétés de l'oncle Peter, où un inspecteur était allé lui annoncer la nouvelle tragique. Ils avaient interrogé Alex pendant plus d'une heure, fouillant dans les affaires de l'oncle Peter à la recherche d'indices pour savoir qui aurait pu lui garder rancune.

Je ne savais rien de tout cela à l'époque. Tout ce que je savais, c'était que je mourais de l'intérieur. Que j'avais besoin d'entendre sa voix pour m'assurer qu'il allait bien. Parce que tous ceux que j'aimais – absolument *tous* – m'avaient été enlevés. Ça ne finirait donc jamais.

Pendant tout l'après-midi et toute la soirée, je suis restée assise avec mon téléphone à côté de moi, recroquevillée sous une couverture dans le salon en compagnie d'Amy Randall, la femme du chef de la police, qui m'apportait du thé chaud et des biscuits. J'étais reconnaissante qu'elle prenne soin de moi, pourtant malgré sa présence, je me sentais atrocement seule.

Alex n'a jamais appelé. À dix heures du soir, elle m'a embrassée sur la joue et s'est installée dans la chambre d'amis. Je suis montée dans ma propre chambre... et il était là, assis sur le bord de mon lit.

Sans trop savoir comment, j'ai réussi à fermer et à verrouiller la porte derrière moi avant de tomber en sanglots dans ses bras.

— Ça va aller, a murmuré Alex. Ça me fait de la peine que tu souffres, mais tu es forte, El. N'oublie jamais à quel point tu es forte.

Il y avait des trémolos nouveaux dans sa voix. Il parlait directement à mon âme quand il a dit :

— Je connais ton cœur, tu survivras. Je vais te dire autre chose, aussi. Je t'aime, Elsa Holmes.

Sa voix était vibrante d'émotion.

— C'est pour ça que je t'appelle El, a-t-il ajouté, son pouce et son index formant la lettre L. Parce que c'est la première lettre du mot *Love*.

Une joie pure est venue chasser la détresse et le chagrin alors qu'il posait une main sur ma joue, ses yeux rivés aux miens.

— Promets-moi que tu n'oublieras jamais ça.

— Alex...

Je pouvais à peine prononcer son prénom entre mes larmes.

— Promets-le-moi.

Son ordre était ferme. Exigeant.

— C'est promis.

Il a fermé les yeux et pris une profonde inspiration. Quand il les a rouverts, l'intensité farouche que j'y ai perçue m'a coupé le souffle. C'était une flamme ardente.

— Ce soir, Ellie. Je veux t'avoir ce soir, tant pis pour les circonstances.

— Oui.

J'avais envie de pleurer de soulagement.

— Oui, ai-je répété.

Ce simple mot s'est effacé sous l'effleurement de ses lèvres, dans un contact innocent et tendre qui s'est rapidement déployé en véritable passion, en échange brutal.

C'était merveilleux.

Il m'a retournée sur le dos et m'a chevauchée, sa bouche ferme contre la mienne alors que je me cramponnais à ses hanches et l'attirais à moi sur le lit, avide d'une connexion plus profonde. J'avais besoin de sentir sa peau contre la mienne. Je voulais tout ce sur quoi j'avais fantasmé, et je le voulais tout de suite. En même temps, j'avais envie de prendre mon temps, que cela dure éternellement. Je ne voulais personne d'autre qu'Alex, et rien d'autre que d'être dans ses bras.

— Ellie, a-t-il chuchoté avant de descendre le long de mon cou, et plus bas encore, faisant pleuvoir ses baisers sur mon corps.

Je ne portais pas de soutien-gorge et sa bouche s'est refermée sur mon sein à travers mon t-shirt. Je me suis cambrée, tellement surprise par l'intensité de la sensation que j'ai dû me mordre la base du pouce pour ne pas crier. Amy était de l'autre côté de la maison, un étage en dessous, mais l'ampleur de ce que je ressentais était telle que si je lâchais prise, j'étais certaine que mes cris de plaisir ébranleraient les murs.

Il s'est aventuré encore plus bas, sa langue taquinant la fine bande de peau nue entre mon haut et mon bas de pyjama. Je me trémoussais sous ses attentions. J'ai senti le frôlement de ses doigts quand il a dénoué le cordon, puis je l'ai vu lever la tête et rencontrer mes yeux alors qu'il baissait délicatement mon pantalon, ainsi que ma culotte. Un frisson m'a parcourue – pas de peur, mais d'impatience, les nerfs à vif.

— Ça va ?

J'ai acquiescé, puis fermé les yeux tandis qu'il embrassait mon nombril avant de continuer sa progression. De part et d'autre de mon corps, ses mains me caressaient les côtes, ses pouces effleurant à peine le galbe de mes seins. Le seul contact vraiment intime était celui de sa bouche. Une parcelle de peau si fine, capable de provoquer les plus délicieuses des sensations.

Il bougeait avec une lenteur insoutenable, sans doute pour s'assurer que je sois prête. Je planais déjà sous la chaleur, la fougue et le besoin qu'il déchaînait en moi. Malgré toutes les fois où je m'étais donné du plaisir seule, je n'avais jamais connu cette fébrilité grandissante, le pur plaisir érotique d'être attisée et entraînée sur un chemin sensuel vers une avalanche de plaisir.

C'en était presque trop. J'ai gémi et ondulé des hanches alors que ses lèvres se pressaient sur mon mont de Vénus. Il a glissé ses mains sur mes flancs et m'a agrippée par la taille, me tenant fermement en place. Une seule fois, il a retiré sa bouche de ma peau, et c'est à ce moment-là qu'il m'a parlé. Mes yeux étaient fermés et je me cambrais, le corps tendu par l'envie.

— Tu devrais te toucher, a-t-il dit. Tes seins. Tes tétons.

— Pourquoi ?

— Ça te plaira. Je le ferai aussi.

J'ai dégluti. La pensée qu'il allait me regarder faire quelque chose d'aussi intime me rendait terriblement nerveuse. Plutôt ironique, étant donné ce qu'il me faisait en cet instant. Malgré tout, j'ai fait ce qu'il me demandait, effleurant du bout du doigt mon mamelon dressé. Seigneur, les étincelles que ce simple geste a produites ! J'ai refermé les paupières, oubliant toute ma nervosité, laissant mes mains jouer avec mes propres seins pendant que sa bouche continuait son exploration. Sa langue me caressait de telle sorte que je me mordais la lèvre inférieure pour me retenir de gémir, de peur qu'il ne s'inquiète et s'interrompe.

Soudain... Oh, mon Dieu ! Soudain, mon corps tout entier s'est contracté et a explosé avec une intensité que je n'avais jamais atteinte. Toute seule, je n'allais jamais jusqu'au bout. Mais Alex était implacable. Il a continué de m'attiser, m'aspirant dans sa bouche jusqu'à ce que j'en oublie toute pudeur, me laissant aller aux secousses de plaisir, criant sans retenue. Enfin, il est remonté le long de mon corps et a posé sa main sur ma bouche, me rappelant que les murs étaient fins.

Il m'a étreinte tout en me caressant la poitrine, puis il m'a délestée de mon t-shirt. Je me suis retrouvée nue devant lui, encore entièrement habillé.

Je me suis mordu la lèvre et j'ai demandé :

— Tu veux… ?

J'ai retenu mon souffle, attendant sa réponse. J'étais brûlante et comblée, mais j'en voulais plus encore. Je le voulais, lui.

— Désespérément, a-t-il dit. Je veux tout de toi, El. Je veux une nuit inoubliable. Je veux m'enfouir dans ton corps et te sentir exploser autour de moi.

Il m'a embrassée tout doucement.

— Tu veux bien ?

J'ai hoché la tête, frappée de mutisme, et il a déposé un nouveau baiser sur mes lèvres avant de s'asseoir, fouillant dans sa poche de derrière. Il a sorti son portefeuille et un préservatif, et je me suis sentie bête, parce que j'étais tellement survoltée que cela ne m'était même pas venu à l'esprit.

— Tu as déjà fait ça, ai-je dit.

Ça paraissait vaguement accusateur, mais en réalité, ce n'était que pour cacher mon embarras.

— Non, a-t-il répondu en enlevant son jean et sa chemise.

J'ai levé les yeux au ciel.

— Je ne suis pas naïve, tu sais.

Son sourire était à la fois doux et taquin.

— J'ai déjà couché, mais jamais avec une femme que j'aime.

— Oh.

— Je t'aime, El, et ça détruit toute ma raison.

— Comment ça ? ai-je demandé en fronçant les sourcils.

— On ne devrait pas. Pas ce soir. Pas alors que… après que… Mais bon sang, j'ai trop envie de toi. Je ne supporte pas l'idée que je pourrais…

— Quoi ?

— Te perdre ?

Curieusement, il avait posé une question, et j'ai hoché la tête en signe de compréhension. Peter était la première personne qu'il avait perdue. Et moi, je comprenais le chagrin mieux que quiconque.

— Tu ne me perdras pas, Alex, ai-je promis. Comment est-ce possible si on s'aime ?

J'ai cru voir des larmes dans ses yeux, mais ensuite il m'a embrassée, et une fois de plus, j'étais perdue. Il m'emportait sur une vague de passion. Il s'est mis à bouger lentement contre moi, chaque frottement me rapprochant encore plus d'une extase implorante jusqu'à me faire perdre la tête et me répandre en supplications.

Il ne m'a pas demandé si j'en étais sûre – il savait que je l'étais –, mais il a rencontré mon regard, et quand il a souri, j'ai vu bien plus que mon nouvel amant, j'ai vu mon meilleur ami. Et j'ai su tout de suite que, quoi qu'il arrive, la nuit serait parfaite.

Il s'est enfoncé en moi avec précaution, prenant soin de ne pas me faire mal, jusqu'à ce que je gémisse, en proie à un plaisir intense. Et quand il s'est laissé aller à son tour, j'ai ouvert les yeux et j'ai contemplé son visage extatique, stupéfaite d'avoir le pouvoir de lui procurer un tel plaisir – et tout aussi stupéfaite, quelques minutes plus tard, quand il m'a de nouveau propulsée vers les mêmes sommets, jusqu'à ce que nous soyons tous les deux épuisés, alanguis comme deux loques.

Il a roulé sur le lit, m'attirant contre lui, et nous nous sommes enlacés. Nous avons discuté à mi-voix jusqu'à ce que le sommeil nous cueille. J'ai dérivé dans ses bras, consciente que j'allais survivre. Parce qu'avec Alex à mes côtés, je pourrais survivre à tout.

C'était ce que je croyais, du moins, mais je n'ai pas tardé à apprendre que tout cela, ce n'étaient que de belles conneries bien fumeuses.

Parce qu'en me réveillant le lendemain matin, j'ai constaté qu'Alex était parti, qu'il avait disparu sans rien laisser d'autre qu'un bout de papier merdique, où il me disait qu'il était désolé et que j'étais forte. Je l'avais aimé. Je lui avais fait confiance. Et il était parti.

Tous ceux qui avaient compté dans ma vie m'avaient été fauchés contre leur gré. Mais Alex ? Il était parti de lui-même.

Ce qui faisait de lui le pire démon de tous.

❊　4　❊

C'est le meurtre de Peter qui m'a ramenée à Laguna Cortez. À l'époque, la police croyait que le suspect était un gars du nom de Ricky Mercado, qui avait pété les plombs après avoir été dénoncé par mon oncle parce qu'il trafiquait de la drogue dans l'un de ses complexes immobiliers.

C'est ce qu'on a d'abord cru, parce que Ricky Mercado s'est rendu aux autorités le lendemain du meurtre et que les preuves l'ont accablé. Il a écopé d'une peine de vingt-cinq ans de prison et a tenu environ une décennie dans le système carcéral, avant de se faire tuer dans une émeute en prison le mois dernier.

Il y a à peine une semaine, le chef Randall m'a appris qu'il y avait de nouvelles preuves, et qu'en fin de compte, Mercado ne pouvait pas avoir commis le crime. Il s'avère qu'il était à Long Beach au moment du meurtre, filmé en train de passer un savon à l'employé d'une épicerie de quartier.

Alors, qui a tué mon oncle ? Et pourquoi Mercado a-t-il avoué un crime qu'il n'avait pas commis ?

Je n'en sais rien. Mais je suis revenue pour le découvrir.

Mon téléphone sonne et je m'éloigne du bord de la falaise pour retourner auprès de ma Shelby. C'est mon rédacteur en chef. Je me penche et attrape le téléphone sur le siège passager.

— Salut, Roger. Tu viens aux nouvelles ?

— Tout juste. Comment vas-tu, petite ?

De n'importe qui d'autre, ce surnom me taperait sur les nerfs, mais Roger est mon mentor depuis le jour où je suis arrivée au *Spall Monthly* comme stagiaire, après avoir quitté mon emploi au service de police d'Irvine pour commencer une nouvelle vie à New York en tant que journaliste d'enquête.

Maintenant, j'ai une maîtrise en journalisme et un poste de rédactrice, mais il est resté mon mentor et ami. Il a un petit côté paternel, aussi.

— C'est bizarre d'être de retour, avoué-je.

Je sais qu'il s'inquiète pour moi. Il ne connaît pas toute mon histoire, mais il sait que les fantômes de ma famille hantent cette ville. Et il sait que j'ai laissé Laguna Cortez dans mon rétroviseur environ cinq minutes après avoir obtenu ma validation des acquis, abandonnant la terminale en plein premier semestre.

En tout et pour tout, j'ai entassé cinq cartons dans ma Shelby, puis j'ai trouvé un appartement à Irvine où j'ai travaillé comme barista avant de commencer la fac au mois de janvier. J'avais encore dix-sept ans, mais le chef Randall et Amy avaient été désignés tuteurs officiels par le tribunal.

Depuis, je ne suis pas retournée à Laguna Cortez. Je crois que je ne serais même pas revenue maintenant si Roger ne m'y avait pas poussée.

— Inspire et expire, me dit-il. Ça fait trois ans que je te connais et il n'y a rien que tu ne puisses pas affronter.

Je grince des dents. J'ai horreur d'avoir l'air faible et je suis convaincue qu'il a perçu ma réticence à revenir ici.

— Je gère, dis-je résolument. Mais je ne peux pas en faire un article.

Je contourne le capot de ma Shelby, comme si me dégourdir les jambes pouvait me permettre d'atténuer l'angoisse rampante qui gagne peu à peu du terrain.

— Je veux savoir ce qui est vraiment arrivé à mon oncle. Mais ça ne veut pas dire que je souhaite le raconter aux lecteurs du *Spall*. Ça reste ma vie privée. Ma famille. Tu peux le comprendre, non ?

Je sais bien qu'il le comprend. Mais je ne rate aucune occasion de le lui rappeler.

— Je veux juste que tu puisses faire ton deuil, Ellie. Si tu as besoin d'écrire un article pour ça, écris-le. Si au contraire tu veux trouver la vérité et l'enfermer sous clé, c'est ton choix aussi. Je n'insisterai pas. Pas sur un tel sujet. Par contre, tu as intérêt à me rendre ton portrait à temps.

J'éclate de rire. Décidément, ce n'est pas à un vieux singe que l'on apprend à faire la grimace.

— Je suis en route pour l'interview, là maintenant, lui assuré-je.

Pour tenter d'éviter de revenir ici, j'avais objecté qu'il me restait beaucoup de travail à faire à New York. Malin comme à son habitude, mon rédacteur en chef m'a donc chargée d'écrire un portrait sur la Fondation Devlin Saint, organisme qui a remporté un succès considérable dernièrement en sauvant et en aidant à la réinsertion des femmes et des enfants pris au piège d'un réseau de traite des êtres humains basé au Nevada. Pour cela, il m'a organisé une interview avec Devlin Saint – *le* Devlin Saint –, cet après-midi.

Ce n'est pas une enquête à proprement parler, mais l'article sera de premier plan. Bien qu'elle soit relativement nouvelle, la Fondation Devlin Saint s'est rapidement imposée comme l'un des organismes philanthropiques les plus importants au monde, avec une influence dans les projets éducatifs, les efforts de réhabilitation criminelle, le développement mondial, la lutte contre la faim, les arts et bien plus encore.

Son succès, bien sûr, est attribué à Saint lui-même, son fondateur mystérieux, jeune et extrêmement secret. Un homme qui a lancé la FDS il y a seulement cinq ans et a réussi à en faire une société à but non lucratif de renommée mondiale. Son statut de philanthrope international, brillant et généreux, n'en est pas moins modéré par sa réputation de solitaire arrogant et énigmatique, dont le sens des affaires et la beauté exceptionnelle ont ouvert la voie au succès de sa fondation, là où sa personnalité glaciale aurait échoué à elle seule.

J'ai hésité quand Roger m'a confié cette interview, avant de finir par céder. Après tout, Saint est célèbre, mais on ne sait rien de lui. Tout le pays voudra lire cet article. Ce sera excellent pour ma carrière.

Je mets fin à l'appel. J'ai besoin de bouger, surtout parce que dès que mon esprit s'est tourné vers la fondation, il s'est également tourné vers Alex. Avec un soupir, je jette un dernier coup d'œil à la ville en contrebas.

De là-haut, ça semble si petit et fragile. Comme une maquette d'architecture. Mais je connais la vérité. Malgré son soleil éclatant et ses eaux scintillantes, Laguna Cortez est synonyme de mort et de chagrin, d'arêtes vives et de douleur.

❧

Elle n'a beau avoir que deux voies et des bas-côtés en terre, Sunset Canyon Road est la principale artère est-ouest de cette ville du comté d'Orange. Avec ses virages tout en douceur, c'est aussi le chemin le plus facile pour descendre des hauteurs.

Mais la facilité, ce n'est pas ce que je recherche. Pas maintenant. Loin de là.

Au lieu de serpenter cahin-caha comme une grand-mère sur la route principale, je prends la première à gauche, une petite route à flanc de canyon sans glissières de sécurité, avec un dénivelé impressionnant et de périlleux virages en épingle à cheveux.

Je roule à tombeau ouvert et ma casquette s'envole en cours de route. Mes cheveux virevoltent, me piquant les joues. Je ne tiens pas compte de ce léger inconfort. Mon attention est focalisée sur la route, sur le trajet. Maintenant, tout ce dont j'ai besoin, c'est de sentir les bourrasques sur mon visage, le vrombissement du moteur de la Shelby et l'euphorie de savoir que, pour le moment du moins, j'ai le contrôle absolu.

C'est une illusion, bien sûr, et personne ne le sait mieux que moi. Personne n'est jamais maître de son destin. Des vies sont abrégées, des rêves brisés. Des cœurs, aussi. Je pourrais rouler sur un nid-de-poule dans un instant et faire basculer la voiture. Je pourrais mourir avant même d'arriver dans le bureau de Saint.

Mais c'est tout l'intérêt du frisson, non ? Et quand j'atteins enfin le parking de la fondation, j'ai retrouvé le contrôle. Car une fois de plus, j'ai brandi mon majeur à ce connard de destin.

J'ai gagné.

Pendant un moment, je reste assise sur le siège conducteur, à savourer ma victoire. Ensuite, je tourne le rétroviseur, récupère ma brosse à cheveux dans la boîte à gants et m'attaque à mes boucles brunes lâchées librement. Je conduis toujours avec une casquette, ce qui a tendance à éviter que mes cheveux ne s'emmêlent trop, mais comme elle s'est envolée, ma tignasse est un véritable imbroglio.

Je finis par ouvrir le coffre et sors ma trousse de toilette de ma valise. Elle contient une petite fiole d'huile d'argan, et j'en utilise quelques gouttes pour venir à bout de mes nœuds. Après des années au volant de la Shelby, j'ai pris l'habitude d'avoir toujours le nécessaire sous la main.

J'en profite également pour ajuster mon maquillage, utilisant le rétroviseur comme miroir de fortune. Même si j'ai roulé depuis Los Angeles sans la capote, je suis toujours très présentable. C'est sans doute parce que j'ai la main plutôt légère avec le maquillage. Un peu de fard à paupières doré pour mettre en valeur mes yeux marron. Un peu de gloss. Du mascara, bien sûr, et juste un soupçon de blush.

En temps normal, je ne suis pas pointilleuse avec mon visage et ma coiffure. Ni mes vêtements, d'ailleurs. Bien sûr, j'aime me mettre sur mon trente-et-un pour une soirée, à l'occasion, mais ce que je préfère en tant que journaliste, c'est vivre en jean et en t-shirt. Parce que la plupart du temps, je suis assise à mon bureau, à écrire ou travailler sur mon téléphone.

Aujourd'hui, cependant, je tiens à paraître aussi professionnelle que possible. Je n'ai jamais vu de photo de Saint où il ne soit pas tiré à quatre épingles. Bon sang, cet homme est toujours parfait. Hors de question que je le rencontre sans être tout aussi impeccable. Ne serait-ce que pour Roger qui a tout organisé.

J'ai passé la nuit chez des amis à Los Angeles hier, après avoir pris cinq jours pour faire la route depuis New York. Je voulais avoir ma Shelby avec moi en Californie. Ce matin, j'ai pris le petit-déjeuner avec mes amis, puis je suis partie pour Laguna Cortez. J'ai l'intention de dormir chez Brandy le temps de rédiger mon article sur la FDS et de tirer au clair les circonstances troubles de la mort de Peter. Mon amie est revenue s'installer ici après la fac, et je l'ai appelée hier soir pour lui annoncer que je la rejoindrais après mon interview.

Je me suis habillée pour l'occasion avant de quitter Los Angeles. Un tailleur-pantalon noir classique, avec un débardeur en soie blanche et un blazer ample. Je porte des chaussures plates pour conduire, mais je me penche à l'arrière afin de récupérer les escarpins Christian Louboutin que j'ai laissés au pied de la banquette.

J'ai un faible pour les chaussures de créateurs, et comme je ne peux pas vraiment me les permettre, j'en ai fait un jeu, écumant les magasins dégriffés, les friperies et les sites de revente en ligne comme eBay. J'ai déniché cette paire il y a quelques mois, lors d'une liquidation de stock. Une bonne affaire. Elle présente aussi l'avantage d'ajouter quelques centimètres indispensables à mon mètre soixante-cinq – c'est toujours mieux pour une interview. Je me débrouille très bien sans cela, mais prendre de la hauteur aide à gagner en assurance.

Enfin prête, je prends la sacoche en cuir abîmée de mon père que j'utilise comme mallette, puis je me glisse hors de la voiture. Je m'arrête un instant pour admirer l'impressionnant bâtiment qui se dresse à la place de ce qui était autrefois une supérette, démolie depuis longtemps, dont il ne restait qu'une dalle de béton craquelée. Des batailles juridiques ont fait rage pendant longtemps autour de cette propriété, et Alex et moi, nous nous y promenions certains soirs d'été en revenant du glacier.

Nous partions de chez l'oncle Peter, sur Pacific Avenue, et

empruntions la rue transversale qui mène jusqu'au quartier des arts. Nous achetions nos glaces au magasin du coin, puis nous revenions à pied vers le sud, le long de la Pacific Coast Highway pendant environ un kilomètre avant de traverser la voie rapide pour rejoindre ce terrain. De là, nous continuions vers l'océan et nos flaques à marée basse.

— Quelle épave, a dit Alex, un jour, en regardant le béton fissuré et les mauvaises herbes brûlées par le soleil sur le terrain vague.

J'ai regardé autour de moi, puis haussé les épaules.

— Ce n'est que du béton.

— C'est une horreur. À cet endroit, entre la Coast Highway et l'océan ? Le paysage mérite mieux.

— Bon...

J'ai cherché un bout de craie par terre. Les jeunes venaient souvent ici pour dessiner sur la dalle et ce n'était pas difficile à trouver. Je me suis penchée pour écrire *El et Alex*, employant le surnom qu'il avait pris l'habitude de me donner quelques semaines après notre premier baiser. Tout le monde m'avait toujours appelée Ellie.

Ensuite, je lui ai souri.

— Voilà, c'est à nous, maintenant. On peut imaginer ce qu'on veut sur cet endroit. C'est mieux comme ça ?

— Oh, El, a-t-il répondu avec ce sourire à la fois tendre et séduisant. Oui, c'est vraiment mieux.

Maintenant, je reste figée, perdue dans le souvenir. Puis je ravale la boule dans ma gorge et reviens du passé. La bâtisse qui se dresse devant moi est tout en ciment, en acier et en verre, avec des lignes épurées et des angles nets. Quatre étages qui scintillent au soleil, agrémentés d'un bel aménagement paysager respectueux de l'environnement sur un terrain qui s'étend jusqu'à la plage de sable fin.

C'est absolument magnifique, et pourtant, ça ne me plaît pas du tout.

Parce que cet immeuble n'est pas censé être ici. Je me fiche éperdument du jardin xérophile écolo et des matériaux d'origine locale. Je me fiche de la beauté de l'architecture, qui donne l'impression d'être aussi naturelle dans le décor que les falaises escarpées et les criques rocheuses.

Et je me fiche que le fabuleux Devlin Saint ait récupéré cette friche à la propriété contestée pour mettre tout le monde d'accord en y établissant les somptueux bureaux de sa fondation.

Parce que c'était chez nous, ici. Notre terrain. Et j'en veux à Saint de m'avoir volé ce souvenir.

Un nouvel élan de colère me traverse. Pas envers Saint cette fois, ni même envers Alex. Non, je suis en colère contre moi-même. Parce qu'Alex Leto était un con. Un fils de pute manipulateur, et je ne lui dois rien, encore moins des souvenirs aussi bienveillants que flous, depuis le temps.

Si je pouvais le chasser de mon esprit, je le ferais, mais j'ai besoin d'exorciser le pouvoir qu'il exerce sur moi. D'ailleurs, je vais commencer tout de suite.

Après plusieurs inspirations mesurées, je sens que je m'apaise sensiblement. La main en visière pour me protéger les yeux du soleil, je rejoins le bâtiment. Et cette fois, je dois admettre que ce n'est pas si mal. Au moins, Saint s'est bien débrouillé pour bâtir un ensemble cohérent. Il est parti d'une horreur et l'a transformée en un résultat spectaculaire. Alex Leto, lui, n'a fait que me tourner le dos.

Je lui faisais confiance, et il m'a réduite en miettes.

Mais j'ai du plomb dans la cervelle, maintenant. Je suis plus forte. Pour reprendre ses termes.

Vous savez quoi ?

Qu'Alex Leto aille se faire foutre. Qu'il aille au diable pour m'avoir quittée dans une période déjà si difficile. Pour avoir détalé sans un mot, sans jamais reprendre contact. Pour m'avoir porté le coup fatal alors que j'étais déjà en mille morceaux.

Et surtout, qu'il aille au diable pour m'avoir brisé le cœur.

❀　5　❀

Le hall d'entrée de la Fondation Devlin Saint n'est qu'un cube bien agencé, minimaliste, mais impressionnant. Le mur tout en verre sur ma droite offre une vue imprenable sur l'océan et fournit une abondance de lumière naturelle mettant en valeur les différentes œuvres d'art qui ornent les murs en béton brossé.

Un couloir s'aventure sur la gauche, mais tourne si abruptement que je ne peux pas voir où il mène. Vraisemblablement à des bureaux. Un ascenseur, presque ironique par sa discrétion, flanque l'escalier flottant massif conduisant aux paliers des étages supérieurs.

Je m'arrête dans l'embrasure de la porte et lève les yeux vers le quatrième étage. C'est là que se trouve le bureau privé de Devlin Saint. J'aperçois une baie vitrée, actuellement opaque. Je me rappelle avoir lu quelque part que les vitres à l'intérieur de la fondation n'avaient pas de stores pour l'intimité, mais utilisaient une sorte de technologie permettant au verre d'alterner entre l'opacité et la transparence.

Ce doit être une technologie hors de prix, et je ne peux m'empêcher de me demander pourquoi un organisme consacré à aider financièrement les institutions dans le besoin du monde entier choisirait de dépenser ses fonds dans du verre magique au lieu d'acheter des stores au rabais.

Malgré mes recherches sur la FDS, je m'attendais à découvrir des locaux plus simples, avec des meubles d'occasion un peu malmenés et des calendriers en papier punaisés sur les murs. Il serait logique que chaque centime durement obtenu serve exclusivement aux bonnes œuvres.

Cette configuration ultra-moderne et plutôt intimidante me déstabilise.

Je me demande si ce n'est pas l'objectif recherché, et j'ajoute mentalement ce point à ma liste de questions pour Saint.

Je traverse le hall vers le grand bureau de réception, sous l'arche de l'escalier aux marches stylisées. À proximité, deux bancs rembourrés forment un L, offrant un espace d'attente pour ceux qui, comme moi, n'ont pas encore eu l'honneur de pénétrer dans le sanctuaire de la fondation. Deux tables rectangulaires sont accolées, une devant chaque banc, toutes deux présentant une gamme bariolée de livres cartonnés ainsi que quelques brochures plus légères.

— Puis-je vous aider ?

Un homme de mon âge me sourit, avec une dentition à faire pâlir d'envie les acteurs d'Hollywood.

— Elsa Holmes, dis-je en lui montrant mes cartes de presse tout aussi brillantes et rutilantes. Ellie, c'est plus simple. J'ai rendez-vous avec Monsieur Saint.

— Bien sûr.

Il tape sur un clavier dissimulé à ma vue tout en baissant les yeux, sans doute vers un écran d'ordinateur intégré dans la surface en verre du bureau. Son front se plisse.

— Je suis désolé, il semblerait que Monsieur Saint ne soit pas disponible.

— Oh.

Je consulte mon téléphone, mais ce n'est qu'un réflexe. Je sais quelle heure il est, seize heures tapantes. Et je sais à quelle heure mon rendez-vous est prévu, seize heures quinze.

— Excusez-moi, mais j'ai appelé ce matin pour confirmer le rendez-vous. Il s'est passé quelque chose ?

Son cou vire au rouge et j'ai le sentiment qu'en temps normal, à la fondation, tout devrait se dérouler – et se déroule certainement – avec plus de fluidité.

— Si vous voulez vous asseoir, quelqu'un viendra vous voir dans une minute.

J'acquiesce. Je ne sais pas s'ils ont réservé deux rendez-vous en même temps ou si Saint a pris une initiative sans en avertir son personnel, mais c'est un premier couac.

— Je m'excuse encore pour ce retard. Souhaitez-vous quelque chose en attendant ? Du café ? De l'eau ?

Je prendrais bien un café, mais étant donné que je porte une chemise blanche, je prends la seconde option. En sirotant mon eau pétillante en bouteille, je m'assieds sur l'un des bancs et feuillette les brochures. Chacune traite de la fondation et représente une année de travail. Ce sont de grands livres reliés, essentiellement remplis de photos des différentes missions avec juste un peu de texte décrivant l'objectif de telle ou telle subvention et la progression de chaque projet.

Je tourne les pages du recueil de l'année dernière à la recherche d'une photo de Saint, mais il n'y en a pas beaucoup. Décidément, cet homme tient à sa vie privée.

Pourtant, j'en ai vu assez pour le reconnaître si je le croisais dans la rue. Il est d'une beauté presque irréelle, avec une crinière foncée, longue et ondulée, qui lui arrive au menton, des yeux vert émeraude qu'il cache derrière des lunettes à monture sombre accentuant ses traits finement ciselés et sa peau mordorée. Une fine cicatrice fend son sourcil en deux et entaille sa pommette, se poursuivant en travers de sa moustache bien taillée.

En un mot, non seulement il est sexy, mais il est parfaitement mon genre. Quelque chose chez lui me rappelle Alex, même si je suis incapable de mettre le doigt dessus. Ils ont le même teint, mais Alex était blond et rasé de près. Son visage était plus rond, aussi, son nez un peu plus large, et si ses yeux étaient beaux, ils étaient d'un brun sablonneux et doré, non pas d'un vert vif.

Malgré ça, la photo de Saint évoque la mémoire d'Alex, et je n'arrive pas à savoir si ce sera un atout ou un obstacle lors de notre entretien.

La vérité, c'est que je connais très peu Saint. Mais là encore, qui le connaît ? Il n'est pas avare en interviews, pourtant chaque fois, il reste concentré sur la fondation et sa mission, réorientant toutes les questions personnelles, si habilement que la plupart du temps, le journaliste ne remarque même pas le changement. Je m'en suis aperçu, cependant. J'ai passé une grande partie de la semaine dernière à regarder des rediffusions de conférences de presse de la fondation, et cet homme est un expert en manipulation des médias.

Je souris à part moi, certaine qu'il essaiera la même tactique. Dommage pour lui, parce que non seulement je le vois venir, mais j'adore les défis.

En même temps, je ne suis pas dupe. Ce ne sera pas facile de lui soutirer des détails personnels pour mon article. Mes recherches sur la vie personnelle et professionnelle de Saint avant la fondation n'ont pratiquement pas abouti. Pas plus que n'importe quel aspect de sa vie, à l'exception des faits les plus élémentaires. Lieu de naissance. Noms des parents. Éducation. Service militaire.

Ses parents sont morts, les quelques professeurs que j'ai pu joindre ces derniers jours se souvenaient de lui comme d'un élève calme, mais studieux, et le département presse de l'armée a confirmé que son bilan militaire était brillantissime. Absolument rien à signaler. En revanche, je ne dispose que de faits bruts sans consistance. Pas d'enjolivement. Je sais que sa valeur nette personnelle dépasse le milliard de dollars, mais à part cet accomplissement impressionnant, Devlin Saint me paraît plutôt fade.

Description étrange pour un homme qui a construit une fondation caritative disposant maintenant d'une dotation de plus de trente milliards de dollars.

J'ai dit à Roger qu'il me faisait penser au magicien d'Oz. Et j'ai hâte d'avoir un aperçu de l'homme qui se cache derrière le masque des apparences.

— *Ellie !*

Je lève les yeux en entendant mon nom, prononcé d'une voix familière et envoûtante. Une femme aux cheveux noirs avec une mèche grise d'un côté du visage s'avance vers moi, son sourire si radieux qu'il en est presque aveuglant.

Elle semble avoir une petite cinquantaine d'années, avec des pommettes hautes et le genre de structure faciale vantée dans les magazines. Elle est élégante, mesure environ dix centimètres de plus que moi et marche en toute confiance sur les talons en titane de ses sandales roses Stuart Weitzman Nudist, que je lui jalouse instantanément.

C'est tout à fait le genre de femme que j'ai envie de connaître, mais je n'ai aucune idée de qui elle est.

Je m'apprête à admettre ma défaite quand les pièces du puzzle se mettent soudain en place.

— Madame Danvers ?

Son sourire est aussi rayonnant que le soleil.

— J'espérais que tu me reconnaîtrais.

Elle me tend les bras et je m'empresse de la rejoindre, me laissant attirer dans une étreinte.

— Ça fait bien trop longtemps.

— C'est vrai, dis-je.

Je suis honnête, c'est l'une des rares personnes qui m'ont manqué quand j'ai quitté Laguna Cortez.

Mon père m'a toujours conseillé de ne jamais juger les gens sur une première impression, mais ma première impression de Tamra Danvers était celle d'une femme stoïque un peu effrayante, à cause de l'engouement de mon père pour le film *Rebecca*, avec Madame Danvers la foldingue. Et il m'a fallu un certain temps pour me réchauffer à son contact. Après, cependant, j'étais conquise.

— Je me souviens, quand tu m'aidais à rédiger des bulletins communautaires. Et maintenant, tu écris pour un magazine comme le *Spall*. Au risque de paraître un peu cliché, je dirais que je suis fière de toi.

Je secoue la tête.

— Pas du tout. De votre part, c'est très touchant.

Tamra Danvers est devenue agent de liaison auprès de la communauté au poste de police, vers la période où je suis entrée en première. J'étais en stage là-bas pendant mon temps libre, les mardis et jeudis, et je me voyais déjà flic comme mon père.

Quand elle m'a appris que son mari était mort lors d'une opération militaire, j'ai ressenti un choc, une connexion inattendue. Nous avions toutes les deux perdu brutalement des êtres chers.

Elle a démissionné environ un mois après le départ d'Alex. Mais contrairement à lui, elle n'est pas partie sans laisser d'adresse. Elle a déménagé à Phoenix pour s'occuper d'un parent âgé. Elle m'a manqué, mais à ce moment-là, je commençais déjà à lorgner de nouveaux horizons.

— Ça me fait tellement plaisir de vous voir, mais pourquoi êtes-vous ici ?

Je fais la grimace en prenant conscience, un peu tard, certes, que ma question est probablement trop directe pour être polie.

— Je voulais te présenter mes excuses pour le cafouillage dans le planning. Je n'ai remarqué ton nom que ce matin sur son emploi du temps. C'est ma stagiaire qui a noté la réservation. Les horaires de Monsieur Saint ont changé, j'aurais dû t'appeler. Mais pour être honnête, j'avais égoïstement envie de te voir.

— J'en suis la première ravie ! Mais ce que je voulais dire, c'est que faites-vous *ici* ?

— Oh ! Cette ville me manquait. Je suis directrice de la publicité à la fondation depuis son lancement par Monsieur Saint.

Je hoche la tête. C'est Roger qui a prévu l'interview à ma place, sinon je suis sûre que j'aurais reconnu son nom.

— Attends, je vais vérifier avec l'assistant de Monsieur Saint s'il est possible de reporter votre interview à la semaine prochaine, reprend-elle. J'imagine que tu restes en ville un moment ?

— Oui. Et j'aimerais aussi réserver du temps dans la salle de recherche. Éventuellement, je pourrais faire les deux demain ?

L'un des atouts majeurs de la Fondation Devlin Saint, c'est sa bibliothèque de documents de recherche sur tous les aspects des causes qu'elle soutient et des horreurs qu'elle combat. Je suis impatiente de consulter la documentation concernant ce réseau de trafic d'êtres humains dans le Nevada, qui sera au cœur de mon article.

— J'ai bien peur que non. Nous avons un gala de charité demain, alors nous sommes fermés au public pour nous préparer.

Elle incline la tête en me dévisageant.

— Officiellement, nous n'avons plus de billets. Mais...

Elle s'interrompt, puis ouvre son étui en cuir.

— Ni vu ni connu, dit-elle en me tendant une enveloppe. Nous en gardons toujours quelques-unes pour les VIP.

— Oh. Avec joie. Tant que ça ne vous cause pas d'ennuis.

— Ne t'inquiète pas. Ça en vaudrait quand même la peine.

Puis elle m'adresse un clin d'œil. J'ai beau faire un effort, je ne saisis pas le sous-entendu.

❧

Si je n'avais pas vu Tamra, je serais de mauvais poil après l'annulation de l'interview. Or non seulement j'ai obtenu un billet pour le gala – un événement qui aura parfaitement sa place dans mon article –, mais j'ai également renoué le contact avec une amie. Une femme qui, comme Brandy, est l'un des rares éléments positifs que j'associe à mes années à Laguna Cortez.

Et puis, de cette façon, ça me laisse toute la journée de demain pour me concentrer sur Peter au lieu de rester plantée devant mon ordinateur à travailler sur l'article de Saint. Et j'ai le reste de l'après-midi pour profiter de l'air frais de l'automne. Les étés en Californie sont délicieux, mais l'automne ici a toujours été ma saison préférée. La ville est un peu plus endormie, les couchers de soleil sont incroyables et il y a moins de touristes qui se promènent sur les plages.

À ce propos...

Je rebroussais chemin vers le parking et ma Shelby, mais je me ravise et je fais demi-tour pour suivre une allée de pierre vers l'arrière du bâtiment. Même si je ne suis jamais venue à la fondation auparavant, j'ai fait mes recherches et j'ai élaboré une carte dans mon esprit, remplissant les petits détails jusqu'à connaître les lieux mieux qu'un employé d'ici.

L'immeuble de la fondation est orienté vers le Pacifique. Le mur est entièrement constitué de panneaux de verre pliants qui s'ouvrent sur une immense terrasse dallée, dont le point central est un magnifique brasero. Au-delà de la terrasse s'étend un jardin paysager où se croisent des sentiers pédestres convergeant vers la plage.

Je traverse la terrasse, quittant le bâtiment par son côté sud. À ma gauche, j'ai maintenant une vue directe sur le *SeaSide Inn*, le petit hôtel de l'autre côté de l'autoroute, lieu emblématique de Laguna Cortez d'aussi longtemps que je me souvienne.

À un moment donné, mon oncle en était propriétaire, en plus de quelques autres résidences hôtelières de la ville. Je l'ai même aidé à en décorer le bureau, si tant est qu'une visite à la quincaillerie et un choix de peinture sur un nuancier soient d'une grande aide – ou puissent être qualifiés de décoration.

Je me tourne de l'autre côté, face à l'océan. Les flaques à marée basse ne sont qu'à quelques minutes de marche et je fais un pas dans cette direction, avant de m'arrêter. Ces retenues d'eau étaient notre coin à nous, à Alex et moi, et j'ai adoré tous ces instants passés sur les rochers gris poreux qui se dressent sur les longues étendues de sable désertes. C'est là qu'il m'a embrassée pour la première fois. Et je m'y suis toujours sentie en sécurité.

Sans compter que je n'y suis jamais retournée depuis son départ.

Par méfiance, peut-être, ou pour garder intacts les souvenirs, je ne peux me résoudre à revenir en arrière maintenant. Alors, je me retourne vers l'autoroute et reviens sur mes pas, le mur sud de la fondation sur ma gauche.

De là, je distingue le balcon du quatrième étage, et je sais d'après l'article que j'ai lu sur l'architecture du bâtiment qu'il s'agit du bureau privé de Saint. Non que je puisse voir grand-chose, cela dit. D'en dessous, j'aperçois la rambarde vitrée et un fragment de la porte en verre menant à l'intérieur. Je m'arrête pourtant un instant, imaginant que Saint se tient à sa fenêtre et qu'il me regarde, lui aussi.

Je fronce les sourcils en me demandant ce qui l'a contraint à reporter notre entretien. A-t-il quitté la ville ? Ou est-il en ce moment dans son bureau ? Bon sang, peut-être qu'il est vraiment à sa fenêtre, à me regarder.

Il n'a aucune raison de l'être, bien sûr, et je continue à longer l'immeuble pour retourner à ma Shelby, de l'autre côté.

À chaque pas, pourtant, cette sensation de picotement devient plus forte, l'impression étrange d'être observée. Ce n'est pas quelque chose que je peux ignorer. Bon sang, j'ai été élevée par un flic et j'ai moi-même travaillé pendant deux ans avant de reprendre mes études.

À mi-chemin et sans avertissement, je fais volte-face et regarde derrière moi. Vers l'océan, le sentier menant à la plage à marée basse... et le balcon du bureau de Devlin Saint.

Il est là, debout.

Un homme dans la pénombre, abrité par le bâtiment.

Ce doit être Saint.

Et il me regarde.

❦   6   ❦

— Tu es là !

J'entends crier Brandy en même temps que je la vois accourir sur le trottoir, ses cheveux blonds aux pointes roses voletant autour d'elle. Elle se jette à mon cou. Tout en courbes, elle mesure plus d'un mètre quatre-vingt, soit quinze bons centimètres de plus que moi. Une chance qu'on ne tombe pas à la renverse.

— Enfoirée ! s'exclame-t-elle, d'une voix mélodieuse teintée d'humour, avec un soupçon d'agacement bien réel. Tu étais censée arriver hier. On devait boire et papoter, et tu devais me parler de ta mission, et ce matin, on serait allées courir sur la plage avant que tu partes faire ton boulot de journaliste.

— C'est complètement faux, protesté-je en m'extirpant de son étreinte avant de l'entraîner vers la façade du *Cask & Barrel* pour ne pas occuper le trottoir et gêner les clients qui essaient d'entrer. Je n'aurais jamais accepté d'aller faire du jogging.

Brandy le sait. Pour moi, la course à pied est une torture digne des feux de l'enfer.

— Bon, d'accord. Tu aurais joué avec Jake pendant que je serais allée courir.

Elle s'adosse contre la façade en pierre et en bois, les bras croisés sur sa poitrine.

— Pauvre Jake.

C'est le vieux chien de Brandy, croisement entre un labrador et un bâtard, qui se prend toujours pour un chiot. J'étais là le jour où elle l'a ramené du refuge, et Jake compte résolument parmi les quelques amis qui m'ont manqué après mon départ de la ville.

— Est-ce qu'il me déteste ?

— Pas autant que moi, me dit-elle. Bon sang, Ellie. Mais où étais-tu passée ? D'abord, tu me dis que tu arrives hier, puis tout ce que je reçois ce matin, c'est un texto pour me dire que tu me tiens au courant quand tu seras dispo.

— Je *t'ai* prévenue dès que j'ai été libre. Et *j'ai* appelé hier, aussi. Je t'ai laissé un message pour te faire savoir que je passais la nuit chez des amis à Los Angeles.

— Un message, mon cul. Tu ne m'as rien laissé du tout.

Elle sort son téléphone d'un sac en toile cirée, puis effleure l'écran.

— Pas un seul message vocal, et...

— Ton répondeur, Brandy. Celui que tu as insisté pour avoir sur ton téléphone fixe histoire de – comment dis-tu déjà ? – ne plus *dépendre* de ton portable.

— Oui, bon. Mais je n'ai jamais pensé que mes vrais amis l'utiliseraient.

Je m'efforce de ne pas me cogner la tête contre la façade du pub. Je suis amie avec Brandy depuis la maternelle, alors nous connaissons bien les petites manies l'une de l'autre. Cela dit, étant donné qu'elle passe la majeure partie de ses journées sur les réseaux sociaux à faire sa pub et celle de la boutique en ligne où elle vend des sacs à main et des fourre-tout artisanaux, comme celui qu'elle porte en ce moment même, cette volonté de prendre ses distances avec son téléphone portable m'a toujours semblé fumeuse.

— Entrons, dis-je. J'ai besoin d'un verre et je veux tout savoir sur les résultats de *BB Bags*.

Les initiales sont les siennes, Brandy Bradshaw, et bien que ce ne soit pas le nom de marque le plus original au monde, c'est moi qui y ai pensé, alors je me sens personnellement investie dans le succès de son entreprise.

— Ça marche du tonnerre, dit-elle en hochant la tête pour remercier le beau mec qui nous tient la porte.

Le *Cask & Barrel* est un nouveau bar, au bas de la colline où habite maintenant Brandy. J'ai beau me creuser la tête, impossible de me rappeler ce qu'il y avait là avant. C'est une sensation étrange, qui ne fait que souligner qu'il ne s'agit plus vraiment de ma ville. Enfin, c'est peut-être mieux comme ça. Dès que j'ai pu, j'ai fui le Laguna Cortez que je connaissais. Qui sait, peut-être que cette nouvelle version me réussira mieux ?

Le pub se résume à un immense bar en chêne poli de forme ovale autour duquel des sièges sont disposés.

— Du tonnerre, mais encore ? demandé-je une fois que nous avons pris place sur les deux seuls tabourets disponibles et passé commande.

— Les ventes en ligne sont excellentes. Et puis, je vends aussi dans quelques boutiques ici et à Los Angeles.

— C'est incroyable, même si je ne suis pas surprise.

Ce n'est pas une formule de politesse. Les sacs qu'elle conçoit et fabrique sont fabuleux, et si je n'aimais pas tant le vieux cartable de mon père, j'en porterais régulièrement moi-même.

Je suis totalement convaincue que Brandy va connaître le succès un de ces jours. En attendant, comme beaucoup d'artistes, elle a du mal à joindre les deux bouts. Enfin, dans son malheur, elle a de la chance, avec une grande maison, un propriétaire adorable et un loyer très modéré.

— J'ai déjà remboursé tout mon prêt étudiant, et le mois prochain, je vais embaucher quelqu'un à temps partiel pour m'aider.

— Waouh, dis-je alors qu'elle affiche un grand sourire, visiblement fière d'elle.

Elle a bien raison. Pour quelqu'un dont la vie a basculé quand elle avait seize ans, ma meilleure amie a plutôt bien rebondi.

Le barman fait glisser nos verres devant nous, un bourbon pour moi et une margarita pour elle. Je prends une gorgée rapide pendant qu'elle suçote le bout de sa paille avant de la pointer vers moi, la tête penchée sur le côté de sorte que ses cheveux roses effleurent son minuscule tatouage, une plume à la naissance de son sein gauche.

— Bon, je ne peux pas feindre l'indifférence plus longtemps, déclare-t-elle enfin. Comment est Saint ? Tu as perdu tous tes moyens ? Il est déjà canon sur les photos, mais à en croire ce qu'on raconte, il est tellement beau en personne que tout le monde en perd ses moyens.

Je pince les lèvres et pioche une noix du Brésil dans le bol devant nous.

— Je ne pourrais pas te le dire. Il y a eu un souci d'agenda, l'interview est reportée.

— Ça craint.

Je lève une épaule.

— Ça arrive. Seulement...

Je m'arrête pour picorer une autre noix. Apparemment, j'ai plus faim que je ne le pensais.

— Quoi ?

Je fais tournoyer le contenu de mon verre en avalant la noix et je regarde le glaçon décrire un cercle.

— Je l'ai vu en train de me regarder quand je m'en allais. Enfin, je crois que c'était lui.

— Tu veux dire qu'il a annulé ? Il n'y avait pas de problème d'agenda ?

— Je ne sais pas. Je me fais peut-être des idées.

Elle secoue la tête.

— Ça m'étonnerait. Instinct de flic, pas vrai ? Tu es censée te baser sur les preuves, mais faire confiance à ton instinct. Lamar me dit toujours ça.

Lamar et moi portions l'uniforme ensemble à Irvine. À peu près à l'époque où je suis partie pour New York, il a démissionné et intégré les forces de l'ordre à Laguna Cortez. Je lui ai présenté Brandy et notre duo amical est rapidement devenu un trio.

— Je ne suis plus flic, précisé-je.

— Qu'est-ce que tu racontes ? Tu as ça dans le sang.

Je hausse les épaules.

— Il était peut-être dans son bureau, mais avec quelque chose d'important à faire. Comme une conférence téléphonique avec le Pape.

Elle ricane.

— À quand l'interview est reportée ?

— Officiellement lundi, mais je n'attendrai pas aussi longtemps. Je vais au gala de demain soir. J'espère pouvoir le coincer là-bas.

— Oh, je vois, on veut se la jouer Woodward et Bernie ?

— Bernstein, rectifié-je. Le journaliste qui a révélé le scandale du Watergate, c'est Bernstein.

— Je sais, dit-elle en levant les yeux au ciel. C'était un petit diminutif. Bon, changeons de sujet, enchaîne-t-elle. Qu'est-ce que tu fais ici ?

— Euh, tu as dit qu'on devait boire un coup, alors voilà...

— Laisse tomber le journalisme. Ta vraie vocation, c'est le stand-up, petite comique !

Je pouffe, mais en voyant l'inquiétude sur son visage, je retrouve mon sérieux.

— Tu penses que j'aurais dû rester à New York ?

Son expression est un tel modèle de tristesse qu'elle devrait être immortalisée et présentée dans une galerie d'art, sous l'intitulé : *Une fille intensément triste.*

— Je veux que tu reviennes, me dit-elle. Je suis tellement contente que tu sois ici en ce moment, et je me sens tellement coupable d'être heureuse. Parce que tu es partie pour une bonne raison, Ellie. D'ailleurs, tu es même partie pour de nombreuses raisons.

— Je ne suis pas revenue pour rester.

Elle le sait. Nous avons eu de longues conversations au téléphone et par textos.

— Je suis ici pour Peter et l'article sur la FDS, mais ensuite, je repars.

— À d'autres ! On sait toutes les deux que ça fera un joli petit article bien consensuel. Mais putain ! Tu m'as dit que tu voulais travailler sur de grosses affaires, quelque chose de consistant. Pas passer la brosse à reluire à une gentille fondation qui fait du bon boulot.

— Tu ne…

Elle lève la main et son regard implacable me réduit au silence.

— Quant à ton oncle, aussi difficile que soit la réalité, après dix ans, ça restera sans doute insoluble. Mercado est mort. C'est une impasse, purement et simplement.

Je grimace, mais ne dis rien. Parce que, bien sûr, elle a raison.

— Tu disais que tu voulais suivre les traces de ton père avec un stylo au lieu d'un badge ? Enquêter sur des atrocités et les exposer aux yeux du monde ? Je croyais que c'était ce qui te motivait. Tu sais que c'est ce que j'aime le plus chez toi ? Enfin, c'est évident. Moi, ce qui me motive, c'est de fabriquer des sacs à main. Je suis douée dans ce domaine, d'accord, mais bon, ce n'est pas comme si j'exerçais un métier qui change le monde.

J'ouvre la bouche, mais elle lève la main pour me faire taire.

— Non, c'est vrai, reprend-elle. Alors que toi, si. En tout cas, tu devrais. Tu n'as jamais voulu te contenter d'écrire sur des personnes qui ont fait la différence. Tu voulais *faire partie* de ces personnes, faire une différence avec tes mots. Et peu importe comment tu présentes les choses, ce n'est pas la raison pour laquelle tu es ici. Raconte-moi des conneries si tu veux, mais ne te mens pas à toi-même.

— Waouh.

Elle fait la grimace.

— Désolée. Je sais. Je suis nulle. Je ne devrais pas…

— Je crois que je cherche à tourner la page.

J'ai parlé si vite que c'était à peine un balbutiement.

— Alex, dit-elle.

Je hoche la tête. Brandy est la seule à savoir que j'ai couché avec Alex – et qu'il s'est enfui. C'est un secret qu'elle a juré d'emporter dans la tombe. Même Lamar, qui a entendu parler d'Alex et de son départ, ne sait pas qu'il a pris ma virginité. Seulement qu'un garçon dont j'étais tombée amoureuse m'a laissé tomber lors d'une des pires nuits de ma vie.

— Je veux vraiment savoir ce qui est arrivé à l'oncle Peter, dis-je lentement. Je jure que je vais faire mon possible pour découvrir la vérité. Et je vais écrire un portrait approfondi qui raconte enfin au public quelque chose de concret sur Devlin Saint et sur l'horreur de ce réseau de trafiquants du Nevada. Mais, oui...

Mes épaules se soulèvent et retombent lorsque je prends une inspiration.

— Oui, je suis revenue parce que j'ai besoin de tourner la page. Avec cette ville et ses fantômes. Je crois que j'en ai besoin.

Ensuite, je pourrai peut-être passer à autre chose.

— Tourner la page, répète-t-elle.

J'acquiesce. Son sourire est hésitant, au début, mais à la fin, il pourrait illuminer cette salle obscure.

— Eh bien, voilà. C'est tout ce que je voulais savoir.

C'est ce que j'aime le plus chez Brandy, je crois. Elle va droit au but. Mais dès qu'un sujet est clos, il l'est pour de bon.

— Tu veux commander à manger ? demande-t-elle en tendant la main vers le menu du bar. Un truc à la pomme de terre, peut-être, pour absorber l'alcool de la prochaine tournée ?

— Non, finissons nos verres et rentrons chez toi. On pourra commander de la pizza.

— Toi, tu sais parler à mon cœur, dit-elle. On peut en prendre une végé et une autre... Oh.

— Quoi ?

Je me redresse, comme si sa voix était une corde tendue me tirant par le haut du crâne.

— L'occasion fait le larron. Beau gosse à onze heures, qui te regarde. De l'autre côté du bar.

— Je ne pense pas que je...

— Jette au moins un coup d'œil. Tu ne peux pas remonter en selle un jour si tu évites tous les chevaux.

— Qu'est-ce que ça veut dire ? protesté-je.

Malgré tout, je regarde – en vain, puisque ma vue est gênée par l'étagère remplie de bouteilles colorées et brillantes.

— Penche-toi par ici, murmure Brandy quand je lui en fais la remarque.

Je le fais, mais l'instant d'après, je prends une vive inspiration et me redresse dans un mouvement brusque, mon cœur battant si fort que je suis surprise que mon chemisier ne tremble pas sous les vibrations.

— C'est lui, murmuré-je.

— Lui ? Qui ça ?

— Saint.

Elle écarquille les yeux.

— Sérieusement ? Non, je l'aurais sûrement...

Elle s'apprête à se pencher pour mieux le voir, mais je la retiens.

— C'est lui, déclaré-je. Et il regarde par ici.

— Alors, vas-y. Dis-lui que tu peux faire l'interview maintenant.

— Tu crois vraiment ?

Alors même que je pose la question, je connais la réponse : bon sang, oui, je devrais ! Si c'était vraiment un conflit d'emplois du temps, il ne devrait pas y voir d'inconvénient. Et s'il m'a délibérément renvoyée cet après-midi ? Au moins, je serai fixée.

— Vas-y.

— Très bien.

J'avale le reste de mon verre, puis opine.

— D'accord, c'est exactement ce que je vais faire.

Je joins le geste à la parole.

Sauf que, lorsque j'arrive de son côté du bar, Devlin Saint est parti.

— **I**l est parti. Ce fils de pute s'est fait la malle.

— Sérieusement ?

Brandy se penche sur le côté, comme si j'avais pu le rater.

— Qu'est-ce qui lui prend ? Bon, ça veut peut-être dire qu'il a vraiment cherché à t'esquiver cet après-midi.

Je fais la grimace, réprimant l'envie de commander un autre verre.

— Et maintenant ? Je devrais essayer de le retrouver ? Il ne doit pas être loin. On pourrait...

Brandy incline la tête.

— Euh, non. On ne va pas se lancer dans le quartier des arts à la poursuite d'un type qui a probablement sauté dans une voiture à la seconde où il a franchi la porte.

C'est vrai.

— Laissons tomber cet abruti et rentrons chez moi. J'adore ton projet pizza.

Moi aussi, mais ça, c'était avant. Maintenant, je suis fébrile. Frustrée. Et très énervée.

Je change de position sur le tabouret pour avoir une meilleure vue de l'intérieur du bar. À vrai dire, il y a beaucoup de mecs sexy par ici.

Brandy pose une main sur mon bras.

— Ellie.

Je me crispe. C'est l'avantage et l'inconvénient, avec une meilleure amie.

— Laisse tomber, Bran. Je ne suis pas toi. Je n'ai pas besoin de roses et de fleurs, de vin et de dîners aux chandelles.

Ce que je veux, c'est la frénésie. Je veux juste oublier.

— Je sais. Et c'est une bonne chose.

Je la regarde.

— Sérieusement ?

Brandy n'a jamais été du genre à accepter facilement mon comportement parfois risqué, pour le moins imprudent.

— Bien sûr. Heureusement que tu n'es pas moi. Je suis unique. Deux comme moi, ce serait trop pour ce pauvre monde.

Je lève les yeux au ciel, réfrénant un sourire.

— Seulement, je m'inquiète pour toi.

Sa voix est si douce, si sincère, que je me sens accablée malgré moi.

— Je sais.

La vérité, c'est que je m'inquiète aussi pour moi. Bolides sur la route, plans cul sans lendemain... Je suis un cas d'école pour les thérapeutes, ou du moins, je le serais si j'en consultais. Jusqu'à présent, j'ai réussi à maintenir mes démons sous cloche et je n'ai jamais éprouvé le besoin de m'allonger sur l'emblématique divan. Peut-être un jour, mais pas encore.

Et grâce à ma meilleure amie, ce n'est pas pour ce soir. J'esquisse un sourire en laissant mes épaules s'affaisser en signe de capitulation.

— Pas de comédie romantique, d'accord ? Je ne suis pas d'humeur pour des niaiseries.

— *Bound* ?

J'y réfléchis. Ce film a plus de vingt ans, mais c'est l'un de mes préférés.

— Deux filles canon qui se vengent d'un connard ? Oui, ce sera parfait pour ce soir.

C'est le moins qu'on puisse dire.

Une fois de retour chez Brandy, nous préparons du pop-corn, puis nous nous installons sur le canapé, de chaque côté de Jake. Nous sirotons du vin en grignotant, et à la fin du film, je me sens moins énervée et regonflée à bloc, en mode *girl power*.

Je suis un peu vaseuse, aussi. Et j'ai la tête qui tourne.

— Je vais descendre prendre un café.

Brandy habite une maison sur laquelle tous les agents immobiliers aimeraient mettre la main pour une belle commission. Nichée dans les canyons, elle est proche du quartier des arts et à quelques pas de la plage.

C'est une maison en pierre et en bois à étage, avec trois chambres. Son propriétaire voyage environ quarante-cinq semaines par an et Brandy le surnomme Monsieur Plein aux As. En échange d'un loyer très raisonnable, elle garde la maison en ordre, trie et achemine son courrier, s'occupe des factures et de l'entretien de la maison à la façon d'une concierge. À titre de comparaison, je suis mieux rémunérée et j'habite dans un studio sans ascenseur, au sixième étage, avec une plomberie qui laisse à désirer, dans un quartier qui en effrayerait plus d'un.

Jake gémit lorsque Brandy se tourne vers moi, bouche bée.

— Du café à cette heure-ci ?

— Il n'est même pas encore neuf heures. Et je veux autre chose que de l'instantané.

Brandy a réussi à traverser la vie sans posséder de véritable cafetière. Je me demande encore comment nous pouvons être aussi proches, toutes les deux.

— Je suis tellement contente que ce soit ton vice, et pas le mien.

Elle agite une main d'un air hautain.

— Allez, pars à l'aventure dans le vaste monde pour chercher la bénédiction du grand dieu de la caféine.

— Toi, tu as bu beaucoup trop de vin.

— Dans ce cas, toi aussi.

Difficile de soutenir le contraire.

— Ne m'attends pas. Je vais sûrement me promener sur la plage.

Elle fronce les sourcils.

— Tu as besoin de compagnie ?

— Non, c'est bon. Mais merci quand même. Je... pour toi, je suis contente d'être revenue. Quant au reste, je dois encore m'y faire.

— J'ai compris.

Elle m'adresse un petit sourire attristé.

Je troque mon pyjama confortable contre un jean, puis je sors. C'est une nuit magnifique. L'air est frais et la lune éclaire amplement mon chemin au cours de ma courte promenade jusqu'au bas de la colline.

Je commande un café à emporter chez *Brewski*, puis je me dirige vers les flaques d'eau salée, à l'endroit exact où Alex m'a embrassée pour la toute première fois.

Ça fait une trotte, mais ça ne me dérange pas. Je retire mes chaussures, qui se balancent au bout de mes doigts tandis que je me promène le long du rivage, entre le quartier des arts et la FDS.

Une fois sur les rochers, je laisse tomber mes chaussures. La marée est basse, il n'y a que quelques centimètres d'eau dans les creux. Les arêtes rocheuses sont saillantes, sèches pour la plupart.

Assise sur un rocher, je sirote le reste de mon café tout en regardant les vagues dont l'écume paraît argentée au clair de lune, perdue dans mes souvenirs. Je pense à ses doigts dans mes cheveux quand il passait la main sur ma nuque, aux cognements dans ma poitrine alors que je me sentais en vie.

Même si nos baisers ont été chastes, ce jour-là, un lien s'est tissé entre nous, et à ce jour, je ne comprends toujours pas comment il a pu se rompre.

Sans en avoir consciemment l'intention, je fouille dans la poche arrière de mon jean et en sors le porte-cartes qui contient mon permis de conduire, une carte de crédit, un billet de cinquante pour les urgences et le bout de papier en lambeaux que j'y conserve depuis des années.

Le papier est toujours blanc et l'encre encore lisible, mais le morceau de ruban adhésif qui maintient ensemble les deux moitiés déchirées a bruni avec le temps.

Je n'ai pas besoin de le lire. Je sais exactement ce qui y est écrit. *Je suis désolé. N'oublie pas que tu es forte.*

C'est tout. Juste deux phrases toutes simples, des platitudes sans nom. Pas même une signature.

Depuis, je n'ai jamais revu Alex.

Mon oncle était mort. L'homme que j'aimais était parti. Et je n'ai jamais rien compris.

J'étais troublée. Perdue. Je voulais des réponses.

Je voulais Alex.

Au fil des jours, la confusion s'est transformée en colère puis en haine. Des velléités de haine, du moins. Je crois que je n'ai jamais vraiment réussi à le détester. Surtout, je me sentais engourdie.

Après le meurtre de Peter, Alex a certainement eu peur. Il s'est enfui, c'est tout. En tout cas, c'est ce que le chef Randall m'a dit après que Ricky Mercado s'est rendu.

Donc voilà. Je sais pourquoi Alex est parti. Mais je ne comprends toujours pas pourquoi il n'est jamais revenu. Ni pourquoi il s'est éclipsé pendant mon sommeil. Pourquoi il ne m'a laissé que deux phrases inutiles alors qu'il devait savoir qu'il me briserait le cœur.

Au fond, j'aimerais croire qu'il m'a simplement utilisée. Que ce n'était qu'un adolescent un peu psychopathe qui a flashé sur moi le jour de notre rencontre et qui a ensuite élaboré un plan machiavélique pour cueillir l'innocence de cette gamine naïve éperdument amoureuse de lui.

Ce serait certainement plus facile si je pouvais le croire. Mais je n'y arrive pas. Ce qui nous a consumé était bien réel, c'était magique. Il nous a trahis tous les deux en partant, et je ne comprends pas pourquoi.

Pire encore, je ne comprendrai *jamais* pourquoi. Parce que le seul qui puisse me répondre a disparu.

Pendant mon service dans les forces de l'ordre, j'ai essayé de le retrouver. Je voulais le retrouver. Aller le voir, le forcer à me donner des explications : pourquoi il était parti, pourquoi il m'avait fait du mal. Mais impossible de le trouver. Il n'y avait pas la moindre trace de lui.

Si j'avais pensé à jouer les détectives dans les jours qui ont suivi son départ, j'en aurais peut-être appris plus. Mais j'étais anéantie, à ce moment-là, ensevelie dans un profond chagrin. Et quand j'ai enfin sorti la tête de l'eau, tous mes liens avec Alex avaient été coupés.

C'était peut-être pour le mieux. Après tout, je n'aurais jamais pu lui pardonner.

Mais j'avais envie – *besoin*, même – de tourner la page. Et je crois que c'est encore le cas.

L'idée d'en être à jamais incapable ronge mon âme.

Avec un soupir, je prends la dernière gorgée de mon café maintenant froid et me lève, prête à remonter la côte jusque chez Brandy. La tête basse, le dos tourné vers l'océan, je fais attention à mes pas pour ne pas trébucher et tomber sur les rochers pointus.

Une fois en sécurité sur le sable, je lève la tête à la recherche de mes chaussures. Mais j'en oublie aussitôt les chaussures et Brandy quand je l'aperçois. L'homme debout dans le noir sur la plage. Son visage est incliné vers le bas, de sorte que je ne distingue que des ombres tachetées et le reflet de la lune sur ses lunettes.

Devlin Saint.

Une fraction de seconde avant de le reconnaître, j'ai senti une peur glaciale dans mon corps. À présent, je puise dans cette bouffée d'adrénaline pour me déchaîner :

— Espèce de salopard ! D'abord, vous annulez mon interview, et ensuite, vous me suivez ?

Je fonce vers lui.

— Quoi ? Ça ne vous a pas suffi de vous moquer de moi depuis votre putain de château en béton ? Ou de me suivre dans un bar ? Il faut aussi que...

Il retire ses lunettes en même temps qu'il lève la tête, et les mots me sont ôtés de la gorge.

Oh, mon Dieu, je le vois maintenant.

L'angle de sa tête.

Le demi-sourire énigmatique qui étire ses belles lèvres sensuelles.

Et ces yeux sablonneux, légèrement enfoncés, empreints de douleur et de regret, dénués du moindre soupçon de vert.

C'est impossible. À peine croyable. Et pourtant...

— *Alex ?*

❦ 8 ❦

C'est lui. Oh, mon Dieu, c'est vraiment lui.

La stupeur de cette révélation me coupe le souffle et je reste pantelante alors que mes genoux flageolent. Je titube, mais je ne tombe pas, car il m'a rattrapée. Sa main s'est refermée autour de mon avant-bras et il me tient fermement.

Tout mon corps se refroidit. Sous le choc. Et mon esprit n'est qu'un imbroglio inextricable.

Toutes ces photos de Devlin que j'ai parcourues, c'étaient des bribes de l'ancien Alex et je n'en ai pas cru mes propres yeux. Le changement de couleur de ses cheveux et de ses iris. Son nez plus fin, sans doute à la suite d'une opération. Son visage s'est affiné au cours de la dernière décennie, mettant en valeur sa mâchoire anguleuse et ses pommettes saillantes. Sa barbe. Cette vilaine cicatrice. Tous les détails qui contribuent à en faire un visage différent. Un homme différent.

Et pourtant, maintenant que je vois la vérité en face, je ne peux plus l'ignorer. Comme cette illusion d'optique, avec le dessin d'une dame ou d'une sorcière. Une fois que l'on voit enfin l'alternative, l'illusion se dissipe.

— Alex.

Ma voix chevrote. Elle est faible. Furieuse qu'il me voie dans cet état, je dégage mon bras. L'instant d'après, ma main entre en contact avec sa joue.

Ma paume frémit sous le coup et je titube en arrière, essayant de me ressaisir. J'aimerais me laisser aller contre lui, lui donner des coups de pied, crier, le larder de mes poings. J'aimerais lui faire du mal comme il m'en a fait.

Mais je ne peux pas. Je n'ai plus le pouvoir de lui faire du mal. Lui, en revanche, peut toujours me briser en mille morceaux.

— Espèce de fils de pute, murmuré-je.

Aussitôt, je détale.

Je n'ai pas d'objectif, pas de destination. Je dois seulement m'en aller, courir loin d'ici, sans trop savoir si je fuis ma réaction envers lui ou mon passé. Tout ce que je sais, c'est que je ne peux pas y réfléchir pour le moment. Ce qu'il fait ici. Comment il peut être Devlin Saint. Rien ne passe. Pas la moindre information.

J'ai besoin d'espace. D'espace pour réfléchir. Et même d'espace pour respirer. Pour cela, je dois bouger. Je dois *partir*.

Je me rends compte que mes pieds sont nus, mais je continue de courir. Ma plante est écorchée à force de fouler les trottoirs et les rues. J'esquive les voitures prioritaires, poursuivie par le bruit des klaxons qui s'ajoute au tumulte dans ma tête, jusqu'à ce que je ne sache même plus s'il me reste de la place pour penser. Je ne suis que mouvement, douleur et chagrin.

Enfin, l'épuisement me rattrape et je m'effondre sur un banc. Je suis de retour sur Pacific Avenue, le souffle court. J'essaie de me calmer. De prendre du recul.

Je jette un œil autour de moi, certaine qu'une dizaine de personnes doivent me regarder en chuchotant, critiquant cette folle aux pieds nus qui semble avoir perdu les pédales. Mais personne ne prête attention à moi. Je suis toute seule.

À Laguna Cortez, je finis toujours seule.

Je me lève, sachant exactement ce que je vais faire maintenant. Je remonte la rue en sens inverse. Cette fois, je retrouve mes

repères. J'entre dans la supérette du coin. On y vend les classiques –
des en-cas, des chips et de la glace –, mais comme ce n'est qu'à
quelques pas de la plage, il y a également des serviettes, des seaux,
des bouées et des tongs. C'est pour ça que je suis venue. Parce
qu'on ne peut pas entrer dans un bar pieds nus. Et même si je sais
que je devrais gravir la colline jusqu'à la maison de Brandy, je ne le
ferai pas tout de suite. Parce qu'en cet instant, je me fiche de ce
que je *devrais* faire. Non, je veux me procurer ce dont j'ai *besoin*.

Je casse mon billet pour une paire de sandalettes noires. Ce
n'est pas très classe, mais ça fera l'affaire pour le moment. Je n'avais
prévu qu'un café, alors je suis habillée très décontractée, mon jean
préféré et un t-shirt blanc uni. Mais il a un col en V et il est un peu
moulant. C'est déjà ça.

Je retourne au *Cask & Barrel* et je me dirige tout droit vers les
toilettes des dames. Là, je dégrafe mon soutien-gorge par derrière,
le tire par une manche et le jette à la poubelle. C'est du bas de
gamme, du genre que l'on trouve dans les bacs en soldes chez
Walmart, alors le sacrifice ne me dérange pas.

De profil, je m'inspecte dans le miroir et m'encourage mentalement. Maintenant que les jumelles ne sont pas comprimées, je
remplis plutôt bien le t-shirt. Mieux encore, mes tétons sont appa-
rents sous le coton, c'est pile ce que je recherche. Parce que je ne
suis pas ici pour flirter et jouer la séduction toute la soirée, verre
après verre.

Un bon bourbon pour me détendre, puis je me mettrai en quête
de ce que je veux. On n'attrape pas les mouches avec du vinaigre,
dit-on, et au fil des ans, je suis devenue experte dans l'art de mettre
le grapin sur les hommes. Surtout si tout ce que je veux, c'est un
complice pour une nuit. Ou même une heure. Quinze minutes
rapides feraient tout aussi bien l'affaire.

Pour être honnête, je n'ai même pas besoin du bourbon ce soir.
Je suis déjà survoltée. Et tout cela à cause d'Alex. Ou Devlin. Enfin,
bref.

C'est à n'y rien comprendre. Pourquoi est-ce quelqu'un d'autre ?

Pourquoi est-il parti comme un voleur ? Comment est-ce arrivé ? C'est dingue, et la révélation est telle que j'en ai le tournis.

Il croit pouvoir débouler dans ma vie et m'envoyer paître à sa guise, jouer avec moi, m'épier ?

Il croit pouvoir apparaître dans la nuit comme un fantôme de film d'horreur et mettre mes émotions sens dessus dessous ?

Non. Pas question.

C'est le garçon qui m'a chuchoté qu'il m'aimait, qu'il prendrait soin de moi. Qui m'a embrassée tendrement. Qui m'a fait croire, pendant une nuit, que mon monde ne venait pas de voler en éclats. Pourtant, ce n'était qu'un mensonge. Parce que c'est lui qui m'a porté l'estocade finale et m'a pris tout ce qu'il me restait.

Alors, qu'il aille au diable. Je veux l'oublier.

Et c'est exactement ce que j'ai l'intention de faire ce soir. Je vais baiser pour chasser Alex Leto de mon esprit. J'ai seulement besoin de trouver le type qui pourra m'aider.

En fin de compte, ça ne met pas longtemps. Ce n'est jamais très long. Très peu d'hommes viennent seuls dans un bar s'ils ne cherchent pas à s'envoyer en l'air. Ils peuvent prétendre qu'ils viennent regarder le match, discuter avec le barman ou simplement se détendre après le boulot, mais ce n'est jamais la vérité, même s'ils le croient eux-mêmes.

Je m'assieds à côté d'un blond, du genre avocat, qui sirote un gin tonic, un œil sur la télé. Du moins jusqu'à ce que je sois installée sur le tabouret. Aussitôt, il reporte toute son attention vers moi.

Tout ce qu'il faut, c'est un sourire amical et quelques banalités. Si en plus de ça, vous sucez une cerise au marasquin, c'est un strike direct. Bientôt, Monsieur Gin Tonic règle l'addition, puis me conduit à l'extérieur, vers sa voiture. Nous marchons jusqu'au parking payant, mais à onze heures du soir un jeudi, il n'y a que quelques voitures encore garées.

La sienne se trouve tout au fond, une BMW noire dans un recoin sombre. Parfait.

Il avait posé une main vaguement possessive sur mon bras,

mais maintenant, il la retire pour chercher ses clés dans sa poche. Un tintement se fait entendre lorsque les portes se déverrouillent.

— Je n'habite pas loin.

— Quelle coïncidence. Moi non plus.

Il sourit. Il est rasé de près, avec de larges épaules et des mains fortes. J'aurais pu trouver pire.

— Viens chez moi. Tu ne le regretteras pas. J'ai une belle vue, un bar bien approvisionné, et demain matin, je ne suis attendu nulle part.

— Tentant, dis-je, même si en réalité, je ne suis pas du tout tentée.

Je n'irai pas chez lui. Ce n'est pas ce que je veux. J'ai envie de danger. Et de quelque chose de clairement plus explosif que de lui demander son numéro de téléphone au petit matin.

Non, ce que je veux, c'est du brutal. L'empressement et la ferveur. Le danger de se faire prendre.

Je penche la tête et me mords la lèvre inférieure en me dirigeant vers sa voiture, puis je m'appuie nonchalamment contre le coffre.

— Tu dois me convaincre, d'abord.

Je frotte le bout de mes doigts sur ma poitrine, effleurant mon mamelon.

— Une femme intelligente essaie toujours avant d'acheter.

Malgré la pénombre, je vois sa gorge tressauter lorsqu'il déglutit. C'est comme une drogue pour moi. Parce que c'est moi qui tire les ficelles maintenant. C'est moi qui contrôle.

— Tu m'as l'air d'être une femme très intelligente, fait-il avec un grand pas vers moi.

Il pose ses mains sur mes genoux et m'écarte brutalement les jambes.

— Oui, dis-je dans un souffle alors qu'il se rapproche.

Mes cuisses se pressent contre ses hanches tandis qu'il pose la main sur mon jean.

— Une femme plus intelligente aurait porté une jupe.

— Un homme intelligent trouvera une solution, dis-je, saisissant sa cravate pour attirer sa bouche vers la mienne.

Il n'embrasse pas spécialement bien, mais ça me va. Il ne s'agit pas d'être romantique ni même passionné. C'est torride, direct, exactement ce dont j'ai envie. C'est assez brûlant et ravageur pour faire partir en fumée mes pensées et mes regrets. Processus que j'ai entamé et que je terminerai à mes conditions, avant de m'en aller.

— Encore, demandé-je, prenant sa main pour la poser sur la braguette de mon jean.

Il n'a pas besoin d'encouragements supplémentaires. Bientôt, il tire la fermeture éclair vers le bas et ses doigts glissent à l'intérieur, taquinant mon clitoris par-dessus le satin de ma culotte. Son autre main libère ma poitrine et joue avec mon téton.

Je me cambre, les yeux fermés, alors qu'il approche sa bouche de ma poitrine. J'ai envie de me perdre dans les sensations qu'il me procure, de trouver ce point de plaisir interdit, mais pour le moment, tout ce que je ressens, c'est le contact, la pression et la succion humide de sa bouche. Il n'y a pas d'électricité. Pas de crépitement enflammé. Pas de chaleur déferlant dans mon cœur.

J'ai envie qu'il me prenne, qu'il me pousse dans ce vide où le bon sens et la raison disparaissent, et où tout ce que l'on ressent, c'est une passion brute et sauvage. J'en ai envie, mais ça n'arrive pas. Parce que ce n'est pas à un plaisir anonyme que je pense maintenant. C'est à Alex.

Putain de merde ! Je rêve ou il me gâche aussi le sexe maintenant ?

Des faisceaux lumineux nous balayent lorsqu'une voiture entre dans le parking, mais je l'ignore, la tête de Monsieur Gin Tonic bien en place sur ma poitrine. Peut-être ce risque supplémentaire va-t-il enfin me faire décoller vers cet endroit magique et abrutissant que je rêve désespérément d'atteindre.

Il recule, croise mon regard. Même si je n'ai pas encore atteint le nirvana, il y est déjà. À la chaleur dans ses yeux, ça se voit qu'il n'a jamais rien fait de tel auparavant. Je suis comme une déesse pour lui en cet instant.

Je devrais ressentir un élan de puissance érotique, mais ce n'est pas le cas. J'empoigne ses cheveux et l'attire à moi, essayant tant bien que mal d'éprouver cette connexion. Cette explosion. Je prends sa lèvre inférieure entre les miennes et il gémit en glissant son doigt dans ma culotte. Je ferme les yeux, impatiente de sentir qu'il me pénètre, mais ça ne vient pas. Au lieu de ça, j'étouffe un cri quand le gars recule. Je n'ai même pas le temps de me demander ce qui s'est passé que je vois Alex saisir Monsieur Gin Tonic à la gorge, leurs visages à quelques centimètres l'un de l'autre. Mais ce n'est pas l'Alex que je connaissais. Cet homme est froid et dangereux, ses yeux comme des poignards. Rien qu'à sa façon de se tenir, on dirait qu'il possède tout le parking.

Ça ne va pas se passer comme ça.

Je me secoue alors que la colère succède à l'hébétude.

— C'est quoi, ce bordel ? m'exclamé-je tandis que Monsieur Gin Tonic me regarde de travers, supposant évidemment que le fou furieux qui le tient dans une prise d'étranglement est mon mec. Lâche-le.

Alex le libère d'un coup et mon plan cul, humilié, atterrit violemment sur les fesses.

— Dégage.

C'est tout ce qu'il dit, mais c'est suffisant. Monsieur Gin Tonic s'emmêle les pieds, puis se tourne vers sa voiture.

Je suis toujours assise sur le coffre, la poitrine à l'air, mais il m'ignore et monte sur le siège conducteur. Alors que le moteur démarre, j'ajuste mon haut, puis je descends et me dirige vers Alex. La BMW commence à reculer, impatiente de s'en aller loin de ces deux fous.

— Qu'est-ce que tu fiches ici ? m'écrié-je en le repoussant violemment à deux mains.

Il m'attrape les poignets et m'attire à lui.

— Qu'est-ce que *je* fiche ?

Sa voix est plus basse, plus sèche et plus dangereuse que dans mon souvenir. Si j'ai cherché le danger, au moins là, je l'ai trouvé.

— Qu'est-ce que *toi*, tu fiches ?

— Ça ne te regarde pas, décrété-je alors que Monsieur Gin Tonic s'en va dans un crissement de pneus.

Je ne suis qu'à quelques centimètres de lui, à présent. Mon cœur bat la chamade alors qu'il continue de me serrer les poignets avec force.

— Laisse-moi partir.

Il ne réagit pas. Pas la moindre contraction musculaire, le moindre changement dans le diamètre de ses pupilles. Il reste là, les yeux rivés aux miens, alors qu'un brasier gonfle autour de nous.

Puis sa main se relâche et je dégage mon poignet. Je souris, consciente d'avoir remporté cette manche.

— Ne me pousse pas à bout, Ellie, dit-il d'une voix grave aussi glaciale que l'acier.

C'est à ce moment-là que je réalise que je n'ai rien gagné du tout.

Je recule d'un pas, essayant de me reprendre.

— *Je* te pousse à bout ? C'est toi qui as fait irruption dans ma soirée.

— Tu allais le baiser comme ça ? Ici ? Dans le parking ?

— Techniquement, c'est lui qui allait me baiser. Mais c'est l'idée générale, oui. Pourquoi pas ? Il semblait plutôt sympa. Et tu sais ce que j'allais faire après ?

Je m'approche, à un cheveu de son visage. Je sens pratiquement les vagues de fureur émaner de lui.

— M'en aller, dis-je. J'allais m'en aller et ne plus jamais revoir ce gars. Mais tu es un expert en la matière, n'est-ce pas ?

— Quoi ? fait-il avec une intonation et un regard de braise. Tu compares un type qui te prend sur le coffre de sa voiture avec ce que nous avions ?

— Et qu'est-ce que nous avions ? m'écrié-je, aux abois. Que dalle.

— Certainement pas.

Il tend à nouveau les mains vers moi. Je devrais reculer, mais je reste là. Je le laisse saisir mes deux poignets, puis me rapprocher encore davantage, de sorte que mes coudes soient pliés et que mes mains se retrouvent coincées entre mes seins et son torse. Il est si proche que je peux le sentir – le musc, la sueur et les souvenirs. Mes bras nus frottent légèrement contre sa chemise, au rythme de sa respiration.

— Ce que nous avions, c'était une illusion, dis-je en essayant de garder ma voix stable malgré la chaleur que me procure sa proximité. Une histoire sans lendemain, hein ? Mais ça ne signifiait rien du tout.

— Vraiment ?

Il se penche un peu plus près, baissant la tête pour que ses lèvres soient tout contre mon oreille.

— Je te connais, Ellie. Je sais exactement ce que ça signifiait.

Je déglutis, reconnaissante qu'il ne puisse pas voir mes yeux.

— Tu ne me connais absolument pas. Et compte tenu des circonstances, je pense qu'il est prudent de dire que moi non plus, je ne te connais pas.

Il nous retourne d'un mouvement, si rapide que j'étouffe un cri quand mon dos atterrit brutalement contre la carrosserie d'une voiture.

— Ah bon ? Tu penses vraiment que je ne te connais pas ? Je sais que tu cherches le frisson. Le danger. Mais chérie, tu n'as aucune idée de ce qu'est le danger. Ce mec que tu as choisi ? Il n'y a aucun risque avec lui. Pas le moindre. Mais moi ?

Ses paroles sont comme une lame de couteau et elles me fendent jusqu'aux os.

— Moi, je pourrais te détruire.

— Trop tard pour ça, dis-je avec un mépris évident. Tu m'as détruite il y a longtemps.

Il recule, et pendant un moment, je crois avoir gagné. Il va me laisser partir, drapée dans ma victoire à la Pyrrhus. Mais alors, nos yeux se rencontrent, et l'instant d'après, sa bouche écrase la mienne alors qu'il libère mes poignets.

J'ai vaguement l'idée de le gifler à nouveau, histoire de lui donner une bonne leçon. Mais je n'en fais rien. Au contraire, j'enfouis mes doigts dans ses cheveux, les dégageant de l'élastique lâche sur sa nuque, les laissant retomber sur mes mains. Je le ramène encore plus près de moi tandis que nos bouches croisent le fer, dans une bataille de langues et de dents sans merci, comme si nous cherchions tous les deux à être consumés par ce feu qui fait rage.

Voilà ce dont j'avais besoin ce soir. Et bien qu'une voix dans ma tête m'intime l'ordre de prendre mes jambes à mon cou, d'échapper à ce cauchemar surréaliste, je reste enracinée sur place. J'ai envie de chaleur. Envie d'une connexion. N'importe quoi pourvu que j'assouvisse ce besoin brut et avide en moi.

Mon autre main se referme sur ses fesses alors qu'il enfonce sans ménagement sa main dans mon jean, toujours opportunément ouvert. Je suis incroyablement humide et j'interromps notre baiser pour reprendre ma respiration. Il insère alors trois doigts en moi. Je me presse contre sa main, tellement absorbée dans la sensation que ma seule pensée pertinente est *encore*.

— C'est assez dangereux pour toi ?

Il a parlé d'une voix basse et sensuelle, aux accents de feu.

— Tu ne connais même pas le danger, Ellie. Oublie le frisson de te faire prendre. Si tu joues avec moi, tu vas vraiment te brûler. Et cette peau, ajoute-t-il tandis que son autre main caresse le gonflement de ma poitrine, cette peau est bien trop belle pour être brûlée.

Je gémis, essayant d'intégrer ses paroles. Je me dis que je devrais arrêter là. C'est une très mauvaise décision, je ne devrais pas le vouloir.

Sauf que c'est exactement ce que je veux, au contraire, et mon cerveau est bien trop brouillé pour faire la distinction entre l'homme et les sensations qu'il suscite dans mon corps.

Alors, je fais la seule chose dont je suis capable : je capitule. Je m'abandonne au plaisir de ses lèvres, de ses mains. Je veux plus que ses doigts en moi. Je veux qu'il me déshabille et me hisse sur le capot de la voiture. Je veux que sa main sur ma bouche m'empêche de crier et d'attirer l'attention lorsqu'il me fera jouir.

Je veux tout cela à la fois et je me sens coupable. Parce que c'est ainsi que je me suis punie et récompensée pendant tant d'années, et tout était à cause de lui.

Maintenant, c'est lui qui m'enlace, qui me touche, et je fonds de plaisir alors même que je devrais fuir. Je devrais le gifler et exiger des explications. Mais je n'en fais rien. Je cède à l'instinct bestial. Au plaisir sauvage. Je me détesterai très certainement demain, qu'importe ! Tout ce que je veux, c'est ce qu'il me donne.

— C'est ça, murmure-t-il, et je me rends compte que mes hanches bougent de leur propre initiative.

J'essaie d'arrêter, mais je ne fais que redoubler d'intensité, me pressant encore plus fort. J'ai envie de le sentir au plus profond de moi, ses doigts jouant avec mes points les plus sensibles. Oh, mon Dieu, c'est tellement malsain. Si follement, éperdument malsain.

— S'il te plaît, dis-je en tâtonnant sur son pantalon.

— Non.

Sa voix est douce. Presque attentionnée.

— Ce soir, il ne s'agit que de toi. Jouis pour moi, bébé. Laisse-toi aller.

Je gémis, et même si je sais qu'il ne faudrait pas, l'idée qu'il fasse cela pour moi, qu'il me donne ne serait-ce qu'un seul moment de plaisir après notre passé épineux, me pousse à bout. Je halète, puis j'inspire vivement lorsqu'une explosion m'ébranle, mon corps tremblant et frémissant alors qu'il me propulse vers l'extase. Je me laisse aller au frisson qui me traverse comme une onde de délice.

Après ce qui semble durer une éternité, les spasmes s'estompent et je me retrouve dans la chaleur de ses bras, à essayer de décider si je dois détaler ou me réjouir. Si je dois me sentir mortifiée ou comblée.

Et aussi dingue que ce soit, je n'arrive pas à trouver la bonne réponse.

— Alex...

Son prénom m'échappe, aussi faible qu'un enfant perdu qui appelle à l'aide.

Il pose son doigt sur mes lèvres.

— Devlin, rectifie-t-il avec une voix de magistrat déclamant la loi. Je m'appelle Devlin.

— Je...

Il m'interrompt en secouant la tête. Son autre main est toujours dans ma culotte, et mon corps tremble alors qu'il se dégage. Portant la main à sa bouche, il suce l'un des doigts qui étaient plongés en moi.

Mon entrejambe palpite et je m'en veux d'avoir envie – non, *besoin* – de plus.

Je me mords la joue pour me retenir de trop m'aventurer dans le terrier du lapin. Au lieu de quoi, je redresse mes épaules et lève la tête pour rencontrer son regard. C'est une erreur. Tout ce que j'ai envie de faire, maintenant, c'est de me fondre en lui, victime volontaire du pouvoir hypnotique de ses yeux.

Non, je dois rester concentrée, et je me force à demeurer d'acier et de pierre, solide devant cet homme qui m'a blessée. Aucun orgasme, si bon soit-il, ne peut compenser ce qu'il m'a fait. Au contraire, je veux des réponses, et avant même d'avoir complètement formulé la question dans mon esprit, je laisse échapper :

— Que s'est-il passé ? Pourquoi m'as-tu quittée ?

Ses lèvres s'entrouvrent et mon cœur a un raté à la perspective de sa réponse. Mais il ne dit rien. Tout ce que je vois, ce sont les ombres dans ses yeux, la douleur si profondément gravée sur son visage que, malgré tout, je veux l'attirer à moi et l'embrasser avec tendresse.

Mais il secoue lentement la tête, avec une expression si triste que mon cœur se fendille.

Pendant un moment, nos regards restent braqués l'un sur l'autre, comme si la douleur et la trahison entre nous avaient été exorcisées.

Mais ensuite, il fait un pas en arrière, et je sais que rien n'a été réparé. Rien du tout.

— Retourne à New York.

Ses yeux croisent les miens, aussi durs et insensibles que ceux d'un requin.

— J'ai une interview prévue...

— Non. Va-t'en, Ellie. Il n'y a rien pour toi ici.

Mon cœur se comprime. La vérité, c'est qu'il n'y a pas grand-chose pour moi à New York non plus. Rien que mon travail. Mais je chasse cette pensée et insiste :

— Al... Devlin, rectifié-je. Non. Nous devons...

Mais je ne peux pas terminer ma pensée. Pas alors qu'il me regarde avec ces yeux froids et dénués d'émotions. À nouveau vert émeraude, ils ont perdu cette nuance brun sable si familière.

Ce n'est plus du tout Alex.

Il se rapproche et je me crispe, certaine qu'il va me toucher. À ce moment-là, je ne sais pas trop si j'en ai désespérément envie, ou si je vais lui donner un coup de genou à la première tentative.

Mais ce n'est pas ce qu'il fait. Non, il saisit la poignée de sa portière et l'ouvre. Je recule en me retournant, et pour la première fois, je remarque la voiture de sport noire, une Tesla, contre laquelle il m'a poussée.

— Monte, dit-il en me tenant la portière ouverte.

— Quoi ? Pourquoi ?

— Je te ramène.

Sérieusement ?

— Ça va, je vais marcher.

Sa main se referme autour de mon poignet et il me tire plus près.

— Monte dans la voiture, Ellie.

— Va te faire foutre. Je t'ai dit que je pouvais marcher.

À vrai dire, j'en ai envie. Je veux marcher, réfléchir et me vider la tête. Surtout, je veux m'éloigner de cet homme que je croyais connaître autrefois.

Pendant un moment, je suis certaine qu'il va protester. Mais il finit par hocher la tête. Il se penche vers le siège passager et en sort un petit sac fourre-tout en toile, du genre que les clients des épiceries utilisent à la place du papier ou du plastique. Il me le lance et je le prends sans réfléchir.

— Comme tu voudras. Pour le retour, je veux dire. Mais pour le reste...

Il s'éloigne, son visage d'une gravité solennelle.

— Je le pense, Ellie. Quitte Laguna Cortez. Ne joue pas avec le feu. Laisse tout ça derrière toi pour de bon. Moi. Cette ville. Tout. Va-t'en, me dit-il, ses yeux aussi flamboyants et carnassiers qu'un loup. Et ne reviens jamais.

❧   9   ☙

Je regarde ses feux arrière disparaître, éprouvant un mélange de soulagement et de manque.

Le soulagement d'être seule, d'avoir enfin l'espace nécessaire pour gérer mes émotions folles.

Et le manque, parce qu'il n'a pas insisté pour me ramener. Alex l'aurait fait. Mais Devlin ?

Je n'en sais rien. Comment le pourrais-je ? Avant ce soir, je n'avais jamais rencontré Devlin Saint. Pas vraiment.

Pour être honnête, je ne sais pas si je l'ai rencontré maintenant. Est-ce Saint qui m'a touchée ? Est-ce Saint qui m'a satisfaite comme s'il était fait pour moi ? Qui a pris ce qu'il voulait comme j'avais l'intention de le faire avec Monsieur Gin Tonic ?

Sans doute. L'Alex dont je me souviens a toujours été tendre, même quand nous nous sommes griffés dans notre hâte pour nous déshabiller. Nous étions fougueux et débridés, mais nous ne nous consumions pas.

Mais... oh, mon Dieu, ce soir, j'ai brûlé avec passion. Et il n'a fallu que le contact d'un doigt et la chaleur de sa bouche.

Un frisson me traverse à ce souvenir et je m'ordonne de le mettre de côté. Ce soir, je suis sortie à la recherche d'une baise rapide et d'un orgasme violent, mais avec l'idée de garder le dessus. Et surtout, de m'en aller juste après.

Saint a réduit mes projets à néant.

Il m'a dépouillée de mon contrôle, a brisé ma volonté, m'a fait rêver à un homme que j'avais perdu il y a longtemps, avant de me demander de partir, froidement et résolument.

Pourquoi ?

Pourquoi être venu vers moi s'il ne comptait pas rester ? Pourquoi m'attiser en sachant que l'homme que j'ai aimé autrefois a disparu pendant des années ? Pourquoi lever le masque alors que cette révélation ne fait que me poser un millier de questions ?

D'ailleurs, pourquoi avoir choisi un masque ?

Et la plus grande question de toutes : pourquoi se dévoiler si c'est pour m'ordonner de partir ?

Je commence à lever les mains avec frustration, mais je me souviens du sac suspendu à mon bras. Pour la première fois, il me vient à l'esprit qu'il m'a peut-être donné quelque chose qui répondra à ces questions. Je l'ouvre avec empressement, pour retrouver les mocassins que j'ai oubliés sur la plage.

Je ris en les enfilant, accablée par l'ironie absurde de la situation. Je ne suis pas Cendrillon. Ça fait bien longtemps qu'Alex n'est pas mon prince charmant. Et d'après ce que j'ai lu et ce que je viens de vivre, Devlin Saint non plus n'est pas en lice pour ce trône.

Ne joue pas avec le feu, m'a-t-il dit, et sur le moment, j'ai cru qu'il parlait de la chaleur entre nous. Maintenant, je pense qu'il a quelque chose à cacher. Plus encore, je pense que Devlin Saint vient de me donner l'article d'une vie. Un philanthrope milliardaire avec une nouvelle identité et un passé enfoui ? Oh oui, je suis persuadée que le *Spall* en fera ses choux gras.

Alors que je commence à gravir la côte, je sors mon téléphone et compose le numéro de Roger, certaine qu'il me donnera son feu vert pour une telle enquête. Bien sûr, j'ai complètement oublié le décalage horaire et je tombe sur sa messagerie vocale.

— Roger, c'est moi. Écoute, tu ne vas pas croire...

Soudain, je m'interromps. La réalité de ce que je vais lui dire me frappe de plein fouet, avec cette question lancinante qui revient à la charge dans mon esprit : *Pourquoi ?*

— Je... euh, désolée, dis-je en reprenant la parole. J'ai été distraite pendant une seconde. Je disais que tu ne vas pas croire le coup qu'ils m'ont fait aujourd'hui. Ils ont reporté l'interview avec Saint. Mais je m'en occupe. Tout va bien. Je te recontacte dès que j'en sais plus. Bon, eh bien, à plus tard.

Quand je raccroche, je me sens bête. Je ne sais pas si j'ai fait le bon choix, que ce soit en tant que personne ou en tant que journaliste. Mais je ne peux pas leur jeter Alex en pâture. Pas maintenant. Pas tout de suite. Article d'une vie ou pas, je ne suis pas prête à ficher sa vie en l'air. J'aurais voulu l'être. Je le devrais. Après tout, que m'importe si les projecteurs que j'aurai le pouvoir de braquer sur lui brillent avec une telle ardeur qu'il se fanera sous leur intensité ?

Mais la vérité, c'est que je ressens encore quelque chose pour ce fils de pute. Pour Alex, en tout cas. Pour l'homme que je connaissais.

Et tant que je ne saurai pas pourquoi il est devenu Devlin, je ne peux pas prendre le risque de tout gâcher. Cela fait peut-être de moi une gentille idiote, mais tant pis. En fin de compte, j'ai une autre histoire à creuser, même si Roger ne le sait pas encore.

Et il y a autre chose que je ne vais pas faire. Je ne quitterai pas Laguna Cortez.

Croyait-il vraiment que j'allais obéir ? Pourquoi ? Parce que Devlin Saint – *le* Devlin Saint – me l'a demandé ? C'est ça. Je suis journaliste, ce qui signifie que mon travail consiste à découvrir la vérité. Et puis, je n'ai jamais été du genre à m'incliner devant l'autorité. Je travaille avec les flics depuis assez longtemps pour savoir que ceux qui détiennent le pouvoir n'en sont pas toujours dignes.

Peut-être pensait-il que je m'en irais par respect pour l'Alex que je connaissais. Dans ce cas, il s'est cruellement trompé. Alex m'a arraché le cœur et l'a jeté aux loups. C'était mon premier, certes, mais cela ne lui a pas octroyé un pouvoir magique sur moi. Enfin, je crois. Il m'a brisée, après tout. Et on ne peut pas dire que ce coup d'éclat l'ait placé dans mes bonnes grâces.

Alors, voilà. Aucune raison de partir et de nombreuses raisons de rester. Brandy. Lamar. L'article. Et surtout, oncle Peter.

Tout ce que j'ai à faire, c'est tirer un trait sur le passé et considérer Alex – non, *Devlin* – comme n'importe quelle autre source de renseignements.

Je peux le faire.

J'en suis parfaitement capable.

J'ai le souffle court, mais je me sens apaisée lorsque j'atteins le sommet de la colline. Je tourne dans le virage et longe le pâté de maisons jusqu'à celle de Brandy. C'est un quartier plutôt sombre. Calme, avec seulement quelques lampadaires et propriétés le long de la route.

Quand j'arrive dans son allée, une lumière clignote de l'autre côté de la rue, attirant mon attention. C'est un écran de téléphone allumé, dans une Tesla noire à l'arrêt.

Instantanément, ma résolution flanche. Alex n'est pas seulement une source ou un sujet d'article, et même si j'essaie de m'en persuader, ce ne sera jamais le cas. Bon sang, mon cœur tremble, et je ne sais même pas si c'est vraiment lui dans cette voiture. J'ai beau essayer de distinguer son occupant, peine perdue. La lumière s'est éteinte, à présent, et la rue est plongée dans l'obscurité.

Pourtant, je suis certaine que c'est lui, et une infime étincelle d'espoir jaillit dans mon ventre. Suspicieuse, je la foule au pied. D'une part, je ne suis pas sûre de ce que j'espère. Qu'il s'inquiète de savoir que je rentre à la maison en toute sécurité ? Qu'il ne veuille pas vraiment que je retourne à New York ? Ou autre chose encore ?

Tout ce que je sais, c'est que j'ai passé dix ans à marcher sur une corde raide de colère et de douleur, mêlée à la crainte qu'il soit mort – comme tout le monde dans ma vie, après tout – sans oublier ce fantasme persistant qu'il me reviendrait avec une explication plausible. L'enlèvement par les extra-terrestres ou l'amnésie figuraient en haut de la liste.

Surtout, j'ai essayé de ne pas me détester. J'ai essayé de ne pas passer chaque jour à me rappeler que j'étais le seul membre encore en vie de la famille Holmes. Que j'avais survécu, et pas eux.

Je me suis efforcée de ne pas croire que le cosmos me punissait, et que c'était pour ça qu'Alex était parti.

Je sais que ce n'est pas vrai. Ce n'est que la culpabilité du survivant. Mais ça ne change rien de le savoir. Par exemple, je sais que $E = mc^2$, mais je n'ai toujours pas la moindre idée de ce que cela veut dire. De la même manière, je ne sais pas ce que cela signifie que je sois la seule qui reste.

Alors, non. Ce n'est certainement pas Alex. Dieu sait que cette ville grouille de Tesla noires. Et je ne vais pas aller vérifier.

Parce que, tant que je n'en suis pas *sûre*, l'adolescente solitaire en moi peut encore y croire.

❧ 10 ☙

Le chef Timothy Randall me libère d'une étreinte chaleureuse, puis me tient à bout de bras, son visage rougeaud rayonnant de plaisir. C'est un homme de grande stature, mais doux comme un agneau. Sauf s'il a affaire à des malfrats ou à des avocats de la défense. Alors là, c'est un vrai rouleau compresseur.

— C'est si bon de te voir, Ellie. Amy et moi, on lit ton magazine. Charlie serait fier.

— Tu crois ?

Ma voix me fait pitié, j'ai l'air avide de compliments.

— J'ai toujours pensé que papa serait déçu que je quitte les forces de l'ordre.

— Déçu ? Jamais.

Le chef Randall ponctue son doux sourire en secouant fermement la tête.

— C'était peut-être ton père, mais c'était mon meilleur ami. Fais-moi confiance.

— Oui, monsieur.

Il rit.

— Viens dîner à la maison avant de retourner à New York. Amy piquera une crise si elle ne te voit pas.

— Avec grand plaisir, dis-je en toute honnêteté.

Amy Randall est la bouée de sauvetage qui m'a aidée à surnager quand le chagrin menaçait de m'entraîner au fond. Elle n'en a jamais rien su, bien sûr. Alex était mon secret. Mais elle savait que j'avais le cœur brisé et elle a essayé de me remonter le moral du mieux possible.

— Elle me manque, ajouté-je.

Même si le chef ne dit rien, il hoche la tête et je sais qu'il comprend.

Je redresse mes épaules et croise son regard.

— Je veux tout savoir, dis-je en m'asseyant sur l'une des chaises devant son bureau. Tout ce que tu as découvert depuis ton coup de fil. Et tout ce que tu ne m'as pas dit au téléphone.

Par-dessus mon épaule, il regarde l'inspecteur Lamar Gage, adossé contre la porte fermée du bureau de Randall. Grand et large d'épaules, on dirait le maître des lieux.

Randall désigne la chaise à côté de moi. Pendant que Lamar s'assied, le chef prend place en face de nous, de l'autre côté du bureau.

— Commence par Mercado, dis-je en tendant la main vers celle de Lamar.

Nous avons fait nos classes à l'Académie, tous les deux, et nous avons intégré en même temps le département de police d'Irvine. Comme j'étais la seule femme et qu'il était la seule recrue noire, nous sommes restés unis, au début par solidarité. Après, c'est par amitié que nous sommes restés ensemble.

— Que savez-vous ? continué-je. Pourquoi a-t-il avoué un crime qu'il n'aurait pas pu commettre ?

— Nous avons une petite idée.

L'étau autour de ma poitrine se desserre un peu, rien qu'en sachant que, peut-être, je suis sur le point d'obtenir des réponses.

— Le Loup, ça te dit quelque chose ?

Je fronce les sourcils, puis acquiesce lentement.

— Un peu. Je me souviens que mon père en parlait, quelquefois. Et toi aussi. On nous a parlé de lui en cours de criminologie. Un important baron du crime qui a été éliminé peu de temps après la mort de l'oncle Peter. Un an plus tard ? Peut-être deux ?

— C'est ça. Daniel Lopez, dit-il avec un signe de tête. Le crime était une affaire familiale, chez lui, mais il l'a poussé à un tout autre niveau. Et il avait le bras long.

— Il n'a jamais été condamné, souligné-je. Et on n'a jamais réellement prouvé que c'était le cerveau criminel connu sous le surnom du Loup.

— Ça n'a jamais été prouvé, reconnaît Lamar. Mais tout le monde le sait.

— Bon, d'accord.

Mon regard alterne entre eux deux.

— Quel rapport avec Ricky Mercado ?

— Le Loup a ordonné son assassinat. Mercado n'était pas l'un de ses hommes, mais il avait une dette envers lui.

Je serre la main de Lamar, sentant sa pression rassurante en réaction.

— Au lieu de mourir, deviné-je, Mercado a avoué quelque chose qu'il n'avait pas commis. À savoir le meurtre de mon oncle.

— Exactement.

Je me redresse. Je n'aime pas du tout l'orientation que prennent ces bribes d'information.

— Ce qui arrangeait le Loup, c'était que les aveux de Mercado détournaient les projecteurs du véritable meurtrier, continué-je. Ce qui veut dire que le Loup avait la mainmise sur Laguna Cortez. Sur les affaires de mon oncle Peter.

— Il y a pire, renchérit Randall.

— Mon oncle était impliqué.

Ma voix est atone, dénuée d'émotions. Je suis certaine que j'ai raison. Mes instincts de flic, comme dirait Brandy. On peut dire que j'en ai à revendre.

— Ce n'était pas un innocent, alors ? Il était mêlé à ces affaires louches.

— Je suis désolé, Ellie. On a parlé au compagnon de cellule de Mercado. Ça en a tout l'air.

Je secoue la tête.

— Mon père et lui étaient si proches. Oncle Peter savait ce que papa défendait. Il n'aurait jamais eu de démêlés avec le Loup.

— Ce n'est peut-être pas le cas, avance Lamar. Ou du moins, ce n'était peut-être pas volontaire. Mais tu sais comment ce monde fonctionne. Si le Loup menaçait Peter, toi ou l'un de ses employés, il est possible que ton oncle ait cédé.

— Il y a une autre possibilité, reprend le chef Randall. Mais ça ne va pas te plaire.

Je déglutis.

— Vous pensez que Peter a peut-être travaillé avec le Loup pendant un certain temps ? Étroitement ?

— C'est une possibilité. S'il faisait partie de son organisation avant même de venir s'installer à Laguna Cortez...

Je lève la main pour l'arrêter, parce que je ne veux pas l'entendre.

— Je suis désolé, reprend-il, mais on ne peut pas ignorer cette possibilité.

Je hoche la tête, déterminée à ne pas pleurer. J'ai été flic, bon sang. Je peux gérer ça.

— Je ne sais pas. Peut-être. Peut-être pas. La seule chose dont j'aie la certitude, c'est qu'il aurait tout fait pour me protéger. Il était souvent absent, mais il m'aimait. Et nous étions les seuls survivants de la famille, lui et moi.

Ce que je ne dis pas, c'est qu'il aurait également protégé Alex. Et s'il a averti Alex d'une menace...

Cela prouverait qu'il s'est enfui parce qu'il avait peur pour sa vie. Voilà qui soulève la question de ce qu'Alex savait, au juste, et s'il était mêlé à ces affaires, lui aussi. Parce que c'est la seule raison qui justifie son absence et son silence.

Je passe les doigts dans mes cheveux, avide de réponses que je n'ai aucun moyen de trouver.

— Je veux savoir quel homme de main du Loup a vraiment tiré sur mon oncle, dis-je en me levant pour faire les cent pas. Et je veux savoir si Peter faisait affaire avec eux parce qu'il y était forcé, par appât du gain ou parce qu'il y était mêlé depuis le début.

Je prends le temps de respirer, l'esprit en ébullition. Si Peter faisait vraiment partie de l'organisation du Loup, peut-être était-il mouillé depuis longtemps. Je songe aux affaires de ma mère. Les agendas, les papiers et les effets personnels rangés dans une boîte que je conserve en haut du placard de l'entrée, chez moi, à New York. Y aurait-il des réponses là-bas ? A-t-elle perçu quelque chose de bizarre chez son frère ?

J'évite cette idée, mais je prévois déjà d'appeler Roger et de lui demander de faire un saut dans mon appartement pour m'expédier cette boîte.

Je fronce les sourcils tout en allant et venant dans le bureau.

— Je veux savoir quel a été le point de bascule. Pourquoi ils ont décidé de le supprimer. Parce que quelque chose a dû arriver. Le Loup était trop intelligent pour prendre un risque sans une sacrée bonne raison.

— On le sait bien, dit Randall. Tous les fichiers sont à ta disposition. Dis-moi simplement par où tu souhaites commencer.

— Merci, je n'y manquerai pas.

Pourtant, je le sais déjà. Je veux commencer dès ce soir. Et je vais commencer par Alex.

❧

— Café ? propose Lamar alors que nous quittons le bureau du chef. Je retrouve un informateur à Dana Point dans une heure, mais on pourrait passer au café de l'autre côté de la rue.

— Ça marche. J'ai encore du shopping à faire avant de rentrer chez moi et de me faire une beauté.

Il hausse les sourcils.

— Un rencard ?

— Sortie solo. Mais j'ai obtenu une invitation pour le gala de charité et j'ai l'intention de coincer Saint.

— Quelle petite journaliste entreprenante tu es devenue, voyez-vous ça.

— Abruti, dis-je en lui donnant un coup de hanche alors que nous franchissons les doubles portes vitrées.

Le poste de police est à quelques kilomètres du quartier des arts, au sud, près du palais de justice. La boulangerie d'en face joue le rôle très cliché de servir des donuts à la police depuis bien avant ma naissance, et je suis surprise de constater que leur offre s'est sensiblement améliorée. À présent, ils proposent aussi des cafés lattés, des pâtisseries et même des plats sans gluten.

Je désigne la devanture en regardant Lamar de biais.

— Ne t'inquiète pas, dit-il. Leurs beignets glacés sont toujours à tomber.

— Ouf. Je commençais à m'inquiéter.

Nous prenons place à l'une des tables poisseuses en terrasse et il entre pour commander pendant que je consulte mon téléphone, notamment pour savoir si j'ai reçu un message de Roger. Il n'y a rien, ce que j'apprécie. Il sait que je lui enverrai mes notes quand j'en aurai.

Ce qui m'attend, en revanche, c'est un message de Brandy me disant de retrouver une certaine Inez dans une boutique appelée *Escape*. Je ne l'ai pas vue depuis hier soir, avant mes aventures avec le café, puis le parking. Ce matin, elle était déjà partie acheter du tissu à Los Angeles le temps que je quitte le lit. Mais je lui ai envoyé un texto pour avoir ses conseils en matière de mode, et elle m'a promis de faire le nécessaire.

Si Inez ne te trouve pas de robe de gala qui éblouira Devlin Saint, alors c'est que ça n'existe pas. À un prix intéressant, aussi. Elle me doit un service.

Génial, tu es la meilleure.

Crois-moi. Je le sais.

Je m'apprête à lui parler de Devlin et d'Alex, de Monsieur Gin Tonic, de mon angoisse tenace et de mon taux d'adrénaline exceptionnel. Mais je m'arrête. C'est une conversation que nous devrons avoir en face à face.

Si nous n'avons pas eu l'occasion de discuter, c'est parce qu'elle dormait quand je suis rentrée la nuit dernière et qu'elle était partie quand je me suis réveillée. Enfin, sans compter que je n'ai pas encore décidé exactement de ce que je vais lui dire. Ou, plus précisément, comment je vais le dire.

Elle ignore donc que je suis tombée sur Devlin Saint hier soir. Ou sur Alex Leto. Elle ne sait pas que je suis retournée au bar pour me trouver un autre gars. Quelqu'un comme Monsieur Gin Tonic.

Au lieu de ça, je lui écris que Lamar lui passe le bonjour.

Embrasse-le pour moi.

Ça marche. Je te laisse !

J'envoie le texto, puis je range mon téléphone dans mon sac. C'est bizarre que nous ne soyons encore jamais sortis tous les trois ensemble. Chacun m'a rendu visite à Manhattan, mais à des moments différents. Et j'ai retrouvé Lamar à Los Angeles, un jour, pour couvrir une histoire. Mais le trio n'a jamais été réuni.

Je suis ici maintenant, du moins pour un petit moment, et le fait de savoir que mes deux meilleurs amis me soutiennent atténue un peu le poids qui m'oppresse depuis la nuit dernière.

— Alors, ça te manque ? me demande Lamar en déposant du café et des donuts sur la table.

Il s'installe en face de moi. Son corps paraît ridiculement massif sur la minuscule chaise en métal.

Je secoue la tête, sachant qu'il parle du travail et non de la ville.

— Je pensais que le travail de police serait toute ma vie. Dieu sait que j'étais suffisamment motivée. Traduire les connards en justice, rendre les rues plus sûres pour les enfants, corriger les torts, tout ça. Enfin, tu sais. Quand on s'est rencontrés le jour de la rentrée à l'Académie, je n'en revenais toujours pas d'avoir obtenu mon diplôme de criminologie. Intégrer la police, c'était dingue pour moi.

— Je m'en souviens. Moi aussi, j'ai ressenti la même chose.

— Et c'est toujours le cas pour toi, commenté-je en prenant un donut dans la boîte pour en déchiqueter un morceau à mettre dans ma bouche.

— Pas pour toi ?

— Bien sûr que si. Mais maintenant, je me bats avec un stylo au lieu d'un badge.

N'est-ce pas ce que Brandy a dit ? Elle avait raison. C'est ce que je fais, dans l'espoir de faire une différence en projetant une lumière dans le noir, que la plupart des gens ne voient jamais.

— Je suis fier de toi, Sherlock. Le *Spall*. C'est du costaud.

— C'est vrai, Watson. Je me pince encore, par moments.

Ces surnoms sont partis d'un jeu de mots avec mon nom de famille, alors que nous étions sortis boire avec d'autres recrues. Nous étions si proches, tous les deux, qu'ils ont dit que Lamar devrait s'appeler Watson au lieu de Gage. En fin de compte, les noms sont restés. Et savoir que Sherlock et Watson sont à nouveau réunis rend mon retour à Laguna Cortez un peu moins désagréable.

Il me dévisage pendant un moment, le regard empreint de compassion.

— Raconte-moi tout, Sherlock. Tu vas bien ? Avec ce qui se passe autour de Peter ?

— Honnêtement ? Je ne sais pas. Je veux des réponses. Ça ira mieux quand je les aurai.

Il hoche la tête en méditant mes paroles.

— Ça veut dire que tu vas écrire un article sur ton oncle ?

Je me concentre sur le donut que je réduis lentement en charpie.

— Le jury délibère, disons. Je veux des réponses, mais je ne suis pas sûre de vouloir écrire quelque chose d'aussi personnel.

— Je comprends.

— Pour le moment, je suis sur l'article de la FDS.

— C'est pour ça que tu vas faire du shopping. Et qui t'accompagne ?

— Personne. Je n'ai qu'un seul billet. Je ne pouvais pas...

Je m'arrête et me penche en arrière sur ma chaise, l'observant attentivement.

— Attends. Tu vas au gala de la FDS demain soir ? Bien sûr, c'est évident.

Lamar Gage aime son travail d'inspecteur, mais il a aussi un compte en banque bien garni et il contribue régulièrement à divers organismes de bienfaisance. Surtout lorsque cette contribution lui vaut une invitation à un événement qui lui permet de voir et d'être vu.

— Alors, tu y vas avec une copine ? demandé-je.

Il croise mon regard et je perçois une certaine chaleur dans le sien.

— Maintenant, oui.

Je lui décoche un regard acéré.

— Tu sais que c'est hors de question.

— Ce serait si terrible ?

— Oui. Absolument.

— Aïe.

— Bon sang, Lamar, dis-je d'une voix exaspérée en passant les doigts dans mes cheveux. C'est vraiment ce que tu veux ? La fin de Sherlock et Watson ? Parce que tu es l'un de mes meilleurs amis, et comme je n'en ai que deux, ça en dit long.

Nous avons failli nous retrouver au lit une nuit d'ivresse, avant que je ne mette le holà. Et même si je pense qu'il le regrette, ce n'est pas mon cas. Tout ce que je regrette, c'est de l'avoir laissé aller aussi loin.

— Ellie...

— *Non.* Je ne veux pas te perdre, et si on couche ensemble, c'est exactement ce qui va se passer.

Il fait la grimace. Sans doute à cause de ma voix sèche et de mon vocabulaire brutal. Peut-être aussi parce que les autres clients attablés peuvent nous entendre.

— Pas forcément.

— Si, c'est la fin de tout, Lamar. Quand je baise un mec, c'est fini. Soit il s'en va, soit c'est moi qui pars.

C'est une exagération, bien sûr. Le seul gars qui m'ait jamais quittée est Alex. Maintenant, je ne commets plus la même erreur, c'est moi qui ne laisse aucune chance aux hommes. C'est moi qui pars. Toujours.

— Ce n'est pas une fatalité.

— Bien sûr que si.

Je me connais. Plus important encore, je connais mes démons. Et si nous sortons ensemble, j'aurai vraiment tout gâché.

Je prends une profonde inspiration.

— Je suis désolée.

Je suis plus modérée, maintenant, ma voix plus basse.

— Tu es trop important pour moi. Je ne veux pas risquer de te perdre.

Pendant un instant, tout s'arrête. Même les oiseaux se taisent. Puis il hoche la tête.

— Oui. Moi aussi, je t'aime, évidemment.

Je fonds de soulagement, puis j'essuie une larme.

— Alors, tout va bien ?

Ses épaules s'affaissent.

— Toujours, dit-il en avalant le reste de son café. Bon. Tu es chez Brandy en ce moment, c'est ça ?

— C'est ça.

— Je passerai te chercher à dix-huit heures. On ira manger un morceau, puis direction le gala. D'accord ?

— C'est parfait.

Il hoche la tête et demande :

— Je suis juste un beau mec à ton bras ? Ou est-ce qu'on est en mission secrète ?

Je souris. C'est pour ça que j'adore Lamar.

— Un beau mec, à cent pour cent. Cela dit, tu peux avoir une utilité, aussi.

— Vraiment ?

Sa voix est taquine, mais cette fois, je sais qu'il plaisante.

— Du calme, beau gosse.

Je prends une gorgée de café, puis je me penche en arrière dans ma chaise.

— Tu es ici depuis aussi longtemps que Saint, non ? Quelle impression te donne ce type ?

— Je croyais que les journalistes étaient censés poser des questions percutantes. Tu veux mon avis en tant qu'inspecteur ? Ou simplement en tant que membre de la communauté ?

— Il y a une différence ?

— Honnêtement ? Pas vraiment. Saint n'est absolument pas sur mon radar d'inspecteur. Pour autant que je sache, il n'y a eu aucune plainte de sa part ni contre lui.

— Et en tant que simple citoyen, qu'en penses-tu ?

— Rien de spécial. Il est connu pour son argent et sa fondation, mais ce n'est pas un inconditionnel des projecteurs. Il est plutôt solitaire et ne cherche pas les occasions d'être pris en photo et de paraître sur les réseaux sociaux. Je le croise rarement, comme ce soir par exemple.

— Le gala, tu veux dire ?

— Oui. À part ça...

Il laisse sa phrase en suspens et hausse les épaules.

— Il m'a l'air plutôt réglo. Et authentique. Je sais qu'il donne personnellement à l'association caritative annuelle de la police, tout comme la FDS. Il a financé certains de nos besoins qui dépassaient notre budget. Des serveurs supplémentaires, des ordinateurs, des gadgets technologiques pour les voitures de patrouille, ce genre de choses.

Je hoche la tête, pensive.

— Tu dis qu'il est actif dans la communauté ?

— Oui. Enfin, pas exactement. Pas lui directement. Mais sa fondation. L'homme lui-même ? Il est aussi discret que le disent tous les articles, mais je pense qu'il a payé pour ce privilège.

— Sa réputation de coureur de jupons, tu crois que ce sont des conneries ?

Ma question a fusé avant que je puisse la retenir, mais si Lamar la trouve bizarre, il se garde de tout commentaire.

— Oh, j'entends des rumeurs par-ci par-là. Je ne pense pas qu'il soit l'homme à femmes que la presse à scandale aimerait qu'il soit.

Une vague de soulagement importune me submerge. Franchement, pourquoi devrais-je me sentir concernée ?

— Mais ce n'est pas non plus un moine, ajoute Lamar. De toute manière, il est très secret.

J'acquiesce pensivement. L'idée que les femmes défilent dans le lit d'Alex me fait un effet grinçant d'ongles sur un tableau noir. *On s'en fiche, ne l'oublie pas !*

Après tout, ce n'est même plus Alex. C'est Devlin Saint, et je dois absolument me le rappeler.

Lamar attrape le dernier des six donuts que nous avons dévorés.

— Elles sont bien futiles, ces questions, pour une journaliste intrépide.

Je lève les yeux au ciel sans relever son sarcasme.

— Encore une chose. Pourquoi dis-tu qu'il a payé pour le privilège d'une vie discrète ?

— Oh, tu sais. Il arrose la ville d'argent. Ça lui vaut un peu de respect et ça le protège du microscope.

— C'est-à-dire ?

— La rénovation de la bibliothèque, par exemple. Et le parc à côté de la fondation, qui s'étend jusqu'à la plage. La fondation a non seulement fait don du terrain, mais elle finance également l'entretien du parc. Ça économise l'argent des contribuables. C'est peut-être une façon de se mettre la communauté dans la poche, mais en attendant, ce parc est une belle réussite.

— Je croyais que la mission de la fondation était plus importante. Comme le financement d'organisations humanitaires dans le monde entier. Ce genre de choses.

— Oui, ça en fait partie. Mais il dit souvent que pour faire de bonnes actions, il faut commencer par prendre soin des gens qui nous entourent. Je me souviens du communiqué de presse qu'il a publié quand la FDS a financé la création du parc. Il a dit qu'il était tombé amoureux la première fois qu'il était venu dans cette ville et qu'il voulait être sûr...

— Tombé amoureux de Laguna Cortez, tu veux dire.

Mon pouls s'emballe et mon corps devient brûlant.

— Je suis sûr que c'est ce qu'il voulait dire, mais ce n'est pas ce qu'il a écrit. J'ai pensé que c'était une bien étrange façon de le formuler.

— Oh.

— Quoi ? demande-t-il en froissant son gobelet en papier. Tu crois que ça signifie quelque chose ?

— Non, non. Il n'y a aucune raison.

Malgré tout, je ne peux pas m'empêcher de me demander si ce sous-entendu en dit long.

— Je dois y aller, lance-t-il en se levant. Il faut que tu sois splendide pour moi, ce soir. J'ai des critères, tu sais.

— Je vais essayer, comme au bon vieux temps, dis-je en tendant ma joue vers lui alors qu'il se penche pour m'embrasser.

Je m'attarde encore en terrasse en réfléchissant à la nuit dernière et à Alex. *Dangereux*, m'a-t-il dit. Avant de me conseiller de partir.

Il essayait sans doute de me faire fuir, à moins que je me trompe.

À moins qu'il essaie de me protéger.

Mais de quoi ?

❧ 11 ❧

Un voiturier m'ouvre la portière et je sors de la Lexus de Lamar, qui tend sa clé au deuxième employé en livrée. Je jette un coup d'œil à l'immeuble de la fondation, dont l'extérieur est maintenant éclairé par des projecteurs soigneusement dissimulés. Un véritable tapis rouge conduit de l'endroit où nous avons laissé la voiture jusqu'à la porte d'entrée du bâtiment.

Je me penche vers Lamar qui me rejoint.

— Quand ils parlent de gala, ce n'est pas pour rien.

— Madame.

Il m'offre son bras et je le prends, ajustant ma robe avec mon autre main.

— Tu es magnifique, me dit-il.

— Bien sûr, je dois être un bel accessoire à ton bras.

Mais il a raison. Grâce à l'amie de Brandy, je porte une robe fourreau noire ornée de franges dorées, avec un décolleté vertigineux. Sans parler de la fente d'un kilomètre de haut nécessaire pour marcher avec les fesses et les cuisses aussi moulées.

J'ai complété ma tenue par des sandales dorées Jimmy Choo à talons de sept centimètres. J'avais l'intention de les porter avec un jean, mais c'est mieux comme ça. Ma collection de chaussures est réputée pour sa polyvalence.

En un mot, je suis franchement sexy. Je le vois dans les yeux de Lamar, sans parler des regards que me lancent les hommes et les femmes à proximité lorsque je franchis le seuil et entre dans le hall de la fondation.

Même si c'est mesquin de ma part, et probablement stupide, j'espère qu'Alex restera bouche bée en me voyant.

Devlin. Je ne dois pas l'oublier. Pour moi, Alex Leto n'existe même plus.

Cela dit, aucune importance. Parce que, quel que soit son nom aujourd'hui, il est introuvable.

Contrairement à hier, la vaste salle bourdonne d'activité et les murs en béton austères sont maintenant recouverts d'images et de clips vidéo colorés, chacun représentant un organisme ou un projet que la FDS a aidé.

Deux énormes tables occupent une grande partie de l'espace, et de là où je me trouve, je vois qu'elles sont surmontées d'une multitude de goodies, l'épicentre d'une vente aux enchères silencieuse très haut de gamme. Des tables plus petites longent les murs, des buffets de desserts, d'apéritifs et de verres de vin.

Pour ceux qui n'auraient pas envie d'aller se servir, des serveurs en uniforme se mêlent à la foule, portant avec un équilibre expert des plateaux chargés d'amuse-bouche et de boissons.

Les portes vitrées donnant sur l'océan sont grandes ouvertes. Les invités entrent et sortent à leur guise, prenant au passage des verres et des petits fours sur les plateaux des serveurs, ou s'attardent pour écouter le quatuor à cordes qui joue sous le préau.

Tout n'est que faste et glamour, opulence et fortune. Ce n'est vraiment pas la vie à laquelle je suis habituée.

— Impressionnant, dis-je à Lamar, rompu à ce genre d'exercice.

Bien qu'il ait tout abandonné pour devenir policier, dans une autre vie, Lamar était un enfant star de deux séries télévisées à succès, un jeune prodige, avec une mère star de la pop et un père producteur de disques. D'après ce qu'il m'a raconté, le matelas de son enfance était bourré de dollars en guise de duvet.

— Tu veux un verre ?

— Oh, avec joie, dis-je en lui serrant le bras avant de le relâcher. Merci, tu es un ange.

Il s'éloigne en direction d'un serveur chargé d'un plateau de verres à vin, et j'en profite pour examiner plus en détail les visages autour de moi. J'ai vécu ici pendant plus de la moitié de ma vie et je me demande si je verrai quelqu'un de familier. De l'époque du lycée, peut-être.

Mais les invités ne me disent rien, et quand je pense aux limousines à l'extérieur, je me demande si la plupart de cette foule ne vient pas directement de Los Angeles, tout spécialement pour le gala. Compte tenu des mille dollars que coûte le carton d'invitation – dont l'intégralité est reversée aux bonnes œuvres –, c'est probablement l'un des événements sociaux les plus importants de l'année.

Je passe toujours les visages en revue quand je sens mon téléphone vibrer dans le petit sac à main garni de perles assorti à ma robe. Je le sors, m'attendant à découvrir un texto de Lamar qui me demande ce que je souhaite boire.

Mais c'est un numéro inconnu. Et je sais exactement de qui il s'agit.

Je t'avais dit de partir.

J'envisage de l'ignorer, mais un élan de colère me saisit aux tripes et je tape ma réponse.

Dommage, je suis là. Il faut qu'on parle.

Je m'attends à ce que la conversation se termine ou qu'il me rejette catégoriquement. Je ne suis donc pas étonnée le moins du monde de ne voir aucun point de suspension sur mon écran en signe de réponse imminente.

— Connard, marmonné-je.

Non, mais sérieusement ? Il va faire comme si je n'existais pas ?

Je suis en colère, mais je suis troublée, aussi.

Pourquoi me laisser savoir qu'il n'est autre que l'homme que j'ai aimé autrefois, caché pendant toutes ces années ? Pourquoi lever le voile alors que cette révélation ne fait que poser mille et une questions supplémentaires ?

Pourquoi jouer le mystère ?

Et la question numéro un : pourquoi se dévoiler à moi si c'est pour m'ordonner de partir ? Honnêtement, même dans une interview en face à face, je n'aurais jamais réalisé que c'était Alex. Une ressemblance, bien sûr. Mais qui peut regarder un milliardaire et se dire : Oh, mais tu ne serais pas mon ex petit ami déguisé, par hasard ?

Personne ne ferait une chose pareille.

Alors, pourquoi se montrer ?

Cela n'a aucun sens.

J'aime que les choses aient du sens.

Je fulmine toujours quand j'aperçois une femme grande et élancée, avec une coupe afro très courte, s'approcher de moi. Elle semble avoir une vingtaine d'années, un peu plus jeune que moi. Elle est d'une élégance folle dans son tailleur en soie de couleur crème qui contraste magnifiquement avec sa peau.

Elle sourit en approchant, puis tend la main lorsque je m'avance à mon tour.

— Mademoiselle Holmes, je m'appelle Tracy Wheeler. Je suis la stagiaire de Madame Danvers.

— Enchantée de faire votre connaissance, dis-je alors que Lamar arrive avec mon verre.

Je le prends, puis jette un regard circulaire à la recherche de Tamra.

— Elle est ici ? Voulait-elle me voir ?

— En fait, c'est Monsieur Saint qui m'a demandé de vous trouver. Il aimerait que je vous conduise à son bureau.

— Oh.

J'avale une généreuse gorgée.

— Son bureau ? répète Lamar, levant les yeux vers le dernier étage. Il n'est pas ici à la fête ?

— Il va descendre. Je ne travaille pas à la fondation depuis longtemps, mais je crois avoir compris qu'il avait pour habitude de ne pas se mêler à ses invités avant l'heure prévue. Ce n'est pas avant une demi-heure encore. Si vous voulez bien me suivre ?

Elle laisse sa phrase en suspens, son invitation dans l'air entre nous. J'ai la nette impression que je n'ai pas le droit de refuser. Cela dit, ce n'est pas mon intention.

— Elle est tout à vous, dit Lamar en me poussant vers Tracy, une main dans mon dos. Je ne voudrais pas me mettre en travers de ton métier, tu sais.

— Excusez-moi de vous poser cette question, dit Tracy avec un sourire affable. Mais puis-je savoir qui vous êtes, afin de ne pas commettre d'impair ?

— Lamar Gage.

— C'est un plaisir de vous rencontrer, lui dit-elle.

Peut-être est-ce mon imagination, mais je crois déceler un éclat spécial dans le sourire de la jeune femme.

Le point central de la salle est l'arche impressionnante de l'escalier qui se prolonge avec panache jusqu'à la mezzanine. Elle nous conduit dans un ascenseur dérobé qui s'ouvre dans une colonne de soutien en béton, autour de laquelle se succèdent les marches flottantes. Nous montons au troisième étage et j'avoue que ça m'arrange. Avec mes talons, je me suis inquiétée lorsqu'elle a désigné l'escalier.

Nous émergeons sur un palier ouvert au-dessus de la salle en contrebas, sans autre barrière qu'une épaisse paroi de verre à hauteur de taille.

Les lieux bénéficient d'une décoration sommaire. Un bureau simple très peu chargé, une commode contemporaine juste derrière, et une banquette rembourrée contre le mur opposé, où les invités de Devlin peuvent attendre d'être reçus par Sa Majesté.

Je suppose que le saint des saints se cache derrière les doubles portes en acier brossé, de l'autre côté de la pièce, en face de la rambarde.

— En temps normal, c'est son assistante qui vous ferait entrer, me dit-elle en s'approchant du bureau. Mais elle doit être en bas en ce moment pour s'assurer que tout se passe bien.

Elle se penche et appuie sur un bouton de l'interphone.

— Monsieur Saint ? Elsa Holmes est ici.

Il y a un silence, puis une réponse brève :

— Qu'elle entre.

— Très bien.

Elle appuie sur un autre bouton et j'entends le léger ronronnement d'un moteur lorsque les deux portes s'ouvrent, révélant le sanctuaire intérieur. Je suis impressionnée, et un peu amusée quand *L'Hymne à la joie* retentit dans ma tête et que la scène culte de la chambre forte dans *Die Hard* me vient à l'esprit.

Mais Alex n'est pas Alan Rickman, et même si je suis clairement un caillou dans sa chaussure, je ne m'attends pas à ce qu'il essaie de me tuer.

En entrant dans le bureau, cependant, je me demande si je dois revenir sur mon estimation. Parce que je n'ai pas affaire à Alex Leto. Cet homme a quitté ma vie depuis bien longtemps.

Je me tiens devant Devlin Saint, et je ferais bien de m'en souvenir.

Derrière moi, les portes se referment. Quand je regarde par-dessus mon épaule, je constate que Tracy a disparu et que je suis seule avec lui.

Le bureau est élégant et moderne, avec quelques impressions minimalistes sur les murs, un mini-bar intégré et un petit coin salon avec un canapé, deux fauteuils et une table basse. Le mobilier est tout en bois, en acier et en tissus de luxe, avec des lignes épurées et des bords lisses.

C'est un endroit impressionnant, mais ce n'est rien en comparaison avec Devlin Saint en personne. Même derrière son bureau, il rayonne d'autorité.

Alors que je fais un pas en avant, il se lève, grand, puissant et ténébreux. La cicatrice fendant son front jusqu'à son menton ne fait qu'accentuer son intensité.

Ses yeux ne quittent jamais mon visage et son expression est impassible.

C'est Alex Leto, et en même temps, ce n'est pas lui.

C'est l'homme du parking, et en même temps, ce n'est pas lui.

Il incarne le pouvoir, la force et le danger combinés, et je me demande comment j'ai pu ne pas le voir auparavant. Cette force brute qui brûle en lui. Cette énergie vibrante à l'état pur, qui, une fois canalisée avec une intensité contrôlée, lui a donné la force et la volonté de bâtir quelque chose d'aussi grandiose que la Fondation Devlin Saint.

Je me demande si c'est aussi là qu'il a puisé la force de s'éloigner de moi.

Le bureau est immense et élégant, de style danois moderne en teck verni. Contrairement au bureau minimaliste de son assistante, celui-ci est massif, une vraie brique qui le maintient à l'écart de tous ceux qui entrent dans la pièce.

Une porte vitrée coulissante se trouve derrière lui, et je sais qu'elle donne sur le balcon du troisième étage, d'où il me regardait hier.

Je ne devrais pas être intimidée, mais c'est plus fort que moi. Dans le parking, nous étions plus ou moins sur un pied d'égalité. Maintenant, la balance penche dans un sens. Je ne suis pas dans mon élément, une étrangère dans ce bureau immaculé aux meubles lustrés. Je viens humblement quémander des miettes d'informations, sans le moindre contrôle sur la situation et sans réelle certitude quant à la raison de sa convocation.

Le pire, c'est que je n'arrive pas à croire que je connais cet homme. Pour moi, c'est de la fiction. Dans cette pièce, la différence entre Alex Leto et Devlin Saint saute aux yeux. Et ça me tape sur le système.

Je rassemble mon courage et me dirige vers le canapé, puis je m'assieds et croise les jambes.

— Bon, lancé-je avec plus d'aplomb que je n'en ressens. On commence l'interview ?

Il contourne le bureau, avec une démarche fluide presque poétique. Cet homme a toujours été un délice à regarder. Mais maintenant, il fait montre d'un sang-froid que sa version plus jeune ne possédait pas.

Il se dirige vers le mini-bar, dans un costume gris foncé parfaitement ajusté qui lui donne une allure à la fois sensuelle et puissante. Il verse deux verres de whisky à partir d'une carafe, puis les apporte dans le coin salon. Posant un verre sur la table basse, devant l'un des fauteuils, il me tend le second.

Je le saisis, et alors que je retire ma main, son index en effleure le dos. Je prends une vive inspiration. Je m'en veux d'avoir réagi, et surtout, je m'en veux d'avoir envie de plus, d'une intimité assortie à l'étincelle de chaleur que cet infime contact a attisée en moi.

Sans le vouloir, je lève les yeux et nos regards se rencontrent. Pendant un instant, tout le reste s'évapore. Les années, le chagrin, le manque. Il n'y a qu'Alex et moi, seuls au monde, et j'aimerais tomber à genoux et pleurer tant il m'a manqué.

Enfin, il détourne le regard et le temps retrouve son cours normal. Je baisse la tête, dissimulant mes joues brûlantes, et pose le verre sur la table basse dans un bruit sourd.

Il s'assied en face de moi, son propre verre à la main. S'il a ressenti quelque chose en même temps que moi, il ne le montre pas. Son expression est aussi figée que la pierre et tout aussi impénétrable.

Je mets un point d'honneur à ne plus toucher à mon propre verre, même si pour l'instant, tout ce que je veux faire, c'est le vider d'un trait et le remplir à nouveau.

Il prend une gorgée et les glaçons tintent contre le cristal. Ses yeux ne quittent jamais mon visage.

Je remarque alors, pour la première fois, que les jointures de ses doigts sont rouges et à vif, et c'est ce bref aperçu de son côté humain qui me donne le cran de poursuivre.

— Tu t'es battu à coups de poing ?

— En quelque sort.

Je souris un peu, même si mon cœur bat à tout rompre.

— Tu as énervé quelqu'un ? Ou tu avais simplement de l'énergie à brûler après la nuit dernière ? Les combats à mains nues sont un bon remède contre la frustration sexuelle ? À vérifier sur Wikipédia.

Il ne réagit pas et je m'efforce de conserver mon sourire, mais je sens que ma lèvre supérieure transpire.

Les secondes s'écoulent dans un silence absolu.

Je ne sais pas ce qui s'est passé entre le garçon et l'homme, mais son naturel mal dégrossi est désormais parfaitement discipliné. Il exsude l'autorité et il est très clair qu'il est conscient de l'étendue de son propre pouvoir.

C'est écrasant. Et plus qu'un peu excitant.

Je me retiens de me trémousser sous son regard. Nous jouons au premier qui se dégonflera, maintenant, et nous le savons tous les deux. Même si je suis déterminée à ne pas céder en premier, je m'entends dire :

— Alors ?

Il se penche en arrière, à l'aise dans la victoire. Puis il prend une gorgée de bourbon, repose le verre et déclare :

— Je t'ai demandé de partir.

Et voilà.

Je m'installe plus confortablement sur mon fauteuil, parce que maintenant, ça va. J'ai retrouvé mes nerfs et je n'ai pas oublié pourquoi je suis énervée, pourquoi je ne dois pas me laisser intimider. Parce que, vous savez quoi ? Ce n'est pas moi, le connard, ici.

Je ne réponds pas tout de suite. Au lieu de ça, je suis son exemple et je prends mon verre. Je fais tourner le glaçon et regarde le flux circulaire du liquide avec la même intensité qu'une cartomancienne lisant l'avenir dans les feuilles de thé. Enfin, je prends une longue gorgée, vidant ce putain de verre d'un coup.

— Figure-toi que je ne suis pas à tes ordres.

L'un de ses sourcils se soulève et un frisson me traverse alors qu'un souvenir récent vient me hanter. Son souffle sur mon visage. Sa voix crue, qui me demande : *Jouis pour moi, bébé.*

Je l'ai fait. Hier soir, j'ai capitulé, et encore maintenant, je sens la pression entre mes cuisses. Ce besoin douloureux, cette pincée de désir. J'en ai envie, bon sang. Et je me déteste pour ça.

— Pourquoi t'es-tu montré à moi ? m'exclamé-je sans pouvoir me retenir. Tu aurais pu garder tes distances, coller avec ton nouveau personnage, me faire croire que tu n'étais qu'un homme qui ressemble vaguement à un garçon que j'ai aimé autrefois. Un salaud qui m'a trahie. Pourquoi me le montrer ? Pourquoi me l'as-tu montré, putain ? Enfin, sérieusement ? Tu me détestes à tel point que tu ne pouvais pas résister à une autre occasion de me blesser ?

— Je ne te déteste pas.

Sa voix est uniforme, plate, sans un soupçon d'émotion. Si je n'étais pas aussi énervée, je serais impressionnée par sa maîtrise de soi.

Je hoche lentement la tête.

— D'accord, tu ne me détestes pas. Tu as annulé notre interview d'hier et tu m'as demandé de partir.

J'attends qu'il me corrige. Qu'il souligne le conflit d'emplois du temps. Au lieu de quoi, il incline la tête d'un côté.

— Et pourtant, tu es là.

Je m'adosse dans le sofa en croisant les jambes.

— Tu croyais vraiment que je m'en irais ? Pitié. Je suis venue pour le spectacle.

— L'inspecteur Gage t'a acheté une invitation.

— Non. C'est Tamra qui me l'a offerte.

À ces mots, il écarquille les yeux et je regrette immédiatement mes paroles. J'ai le sentiment que je viens de faire tomber la colère de Saint sur elle. La question suivante me surprend.

— Tu es venue avec l'inspecteur. C'est ton cavalier ?

— Apparemment.

Je ne ressens aucune culpabilité à ce léger mensonge.

— Tu n'as toujours pas répondu à ma question. Pourquoi m'avoir dit qui tu étais ?

— Non, en effet, je n'ai pas répondu.

Merde. Bon, changeons de sujet.

— Et pourquoi t'intéresses-tu à l'inspecteur Gage ?

Lamar m'aide à y voir plus clair dans le dossier de Peter. C'est peut-être ce qui a attiré son attention.

Il hausse une épaule.

— J'étais curieux.

— Curieux ?

Je ressemble à un perroquet et je fronce les sourcils. Mais mon esprit tourne en surrégime. Manifestement, il a une idée derrière la tête, mais je ne comprends pas.

— À propos de quoi ?

Il se rencogne dans son siège et me dévisage ouvertement.

— Tu couches avec lui ?

— Pardon ?

Je rêve, dites-moi qu'il ne m'a pas posé cette question !

— Désolé. Je reformule si tu préfères. Est-ce que tu te le tapes ?

Un éclair de colère me traverse et je tambourine du doigt sur la table pour libérer une partie de mon énergie, sans quoi je le giflerais.

— Tu cherches à m'énerver, en fait ?

Il me regarde, le visage fermé, ses yeux verts intenses. Aussitôt, ma colère s'estompe, réduite à un sentiment plus proche de la peur.

Je frissonne, puis me force à me redresser.

— Ça ne te regarde pas, avec qui je couche. Ça ne te regarde plus depuis longtemps.

— Tu as raison, bien sûr. Je ne surveille absolument pas ce qui se passe dans ta vie.

Je tressaille, les mots me frappent comme une lame en plein cœur. Je ne veux pas qu'il voie à quel point il m'a blessée, mais c'est trop tard pour ça. J'ai déjà frémi. Et quand je parle, malgré moi, j'ai la gorge obstruée par les larmes.

— Espèce de connard !

Mes paroles ont beau être sèches, ma voix est toute douce, loin de la salve d'insultes que j'aimerais lui décocher.

Et le pire, c'est que je perds tous mes moyens alors qu'il reste là, impassible devant moi.

J'essaie encore.

— Sale minable !

Son expression se modifie, et pendant un moment – juste un moment éphémère et déchirant –, je crois deviner une lueur de regret.

Puis il se penche pour prendre son verre et je perds son visage de vue. Lorsqu'il se redresse, ses traits sont aussi immuables qu'une statue. Il rencontre à nouveau mon regard et je n'y vois qu'une détermination d'acier.

— Je ne suis pas le garçon que j'étais, me dit-il. Pour toi, comme pour moi, Alex Leto est mort et enterré.

12

M*ort et enterré.*

Les mots me blessent plus qu'ils ne le devraient, et je dois réprimer l'envie de lui demander plus de réponses, de le supplier de me raconter son histoire afin de m'aider à comprendre.

Mais je sais qu'il ne le fera pas et je refuse d'implorer cet homme.

Au lieu de ça, je secoue simplement la tête.

— Pour tout le monde peut-être, mais Alex Leto n'est pas mort pour moi. Tu veux jouer, *Devlin* ? Trouve quelqu'un d'autre. Parce que je ne suis vraiment pas d'humeur.

J'ai tout balancé d'une traite et je dois reprendre mon souffle, mais je ne peux pas m'arrêter en si bon chemin, pas maintenant. Pas alors que toute la douleur, la détresse et le sentiment de manque jaillissent enfin des tréfonds de mon être.

— Tu peux changer ton nom, tu peux changer ton apparence. Mais ça ne veut rien dire du tout. Tu es Alex Leto, et tu m'as bousillée en partant, Alex. Bordel, tu m'as brisée. Est-ce que ça te rend heureux ? C'est ce que tu veux entendre ?

Je crois voir les muscles de son visage se crisper, mais je n'en suis pas certaine.

— Eh bien, devine quoi ? continué-je. Je vais te pardonner.

Je m'adosse dans mon siège et croise les bras sur ma poitrine.

— Parce que tu vas me donner ce que j'attends en retour. Tu vas me donner des réponses. Et j'ai le sentiment que ce sera l'histoire d'une vie.

Il penche la tête avec un calme toujours exaspérant.

— Tu crois ça ?

— Je suis au courant pour mon oncle Peter.

Il soutient mon regard pendant une seconde de trop, puis il détourne le regard et prend une gorgée de whisky, le visage aussi impassible que celui d'un joueur de poker.

— D'accord, je vais mordre à l'hameçon. Qu'est-ce que tu sais, au juste ?

— Que ce n'était pas un innocent pris dans le filet d'un trafiquant de drogue. Ils étaient en affaires, tous les deux. D'une manière ou d'une autre, mon oncle était lié au Loup. Tu as entendu parler de lui, n'est-ce pas ?

Sa voix est teintée d'ironie quand il répond :

— Je le connais de nom.

— Qui ne le connaîtrait pas ? Étant donné que tu es parti sans laisser d'adresse exactement au même moment, je pense que tu étais aussi mouillé que Peter.

— Non.

C'est tout ce qu'il dit. *Non*, rien de plus. Et ça m'ennuie, même si j'espère qu'il dit la vérité. Je peux accepter l'idée, à la rigueur, que Peter ait été un hors-la-loi, mais toute la vision de mon passé sera bouleversée s'il s'avère qu'Alex n'était pas clair.

En même temps, je ne vais pas laisser l'espoir interférer avec le bon sens, et j'enchaîne, déterminée à ne pas le laisser tergiverser.

— Tu sais quelque chose, n'est-ce pas ? Tu sais quelque chose sur l'identité de celui qui a tué mon oncle.

— Tu n'apprendras rien de moi, Ellie. Si tu veux parler de la fondation, avec plaisir. Mais ça, ce n'est pas une histoire, reprend-il. Tu essaies seulement de fabriquer des réponses.

— De les fabriquer, non, mais de les trouver, oui. Tu savais ce qui se passait. Tu étais impliqué. Et c'est pour ça que tu m'as laissé tomber.

Maintenant, il sourit de toutes ses dents.

— Non. Je suis parti parce que je suis un connard. C'est aussi simple que ça.

Je ricane.

— C'est ce que je dis depuis des années. Je commence à me demander si je ne devrais pas essayer une chanson différente.

Je porte mon verre à mes lèvres, mais je me souviens qu'il est vide et je le repose.

— Comme je l'ai dit, au moins, j'ai de quoi pondre un bel article. Le mystère derrière Devlin Saint. Son implication dans le trafic de drogue, sa fuite et sa nouvelle vie. Imagine ! Le philanthrope chéri de tous, un trafiquant peut-être en lien avec le Loup. Ce numéro se vendra comme des petits pains dans les kiosques. Ta réputation sera ruinée. Et moi, je danserai joyeusement sur sa tombe.

Ses yeux deviennent glacials.

— Tu peux me traiter de tous les noms, mais tu ne peux pas dire que j'ai un quelconque rapport avec cet homme.

Sa voix est tranchante, redoutable, et je reste parfaitement immobile, comme si un simple mot pouvait me blesser.

— Ne commets pas l'erreur de penser que tu me connais, Ellie. Ça fait une décennie. Et je te l'ai déjà dit, je ne suis pas l'homme que j'étais.

Je déglutis. J'ai clairement perdu le dessus et je dois me démener pour reprendre le contrôle. Je me lève et emporte mon verre au mini-bar, me laissant le temps de me ressaisir.

— Je suis venue ici pour écrire un article, *Devlin*. Et j'ai l'intention de faire mon travail.

— Un portrait. En mettant l'accent sur nos initiatives dans le Nevada.

Il se lève à son tour et me rejoint près de l'assortiment de carafes. L'air est chargé de tension entre nous et je me crispe, agacée par ma réaction viscérale à sa présence.

Il prend mon verre, le remplit et me le rend. Je l'accepte, et cette fois, je fais attention à ne pas laisser nos doigts se toucher.

— C'est une histoire qui mérite d'être racontée, poursuit-il. Mais ne chasse pas les ombres. C'est une perte de temps.

— Je suis journaliste. Mon temps sert à ça.

— Bon Dieu, El.

— Ne m'appelle *pas* comme ça.

Je craque avant de pouvoir m'en empêcher.

— Mademoiselle Holmes, rectifie-t-il.

Il semble sincèrement regretter d'avoir laissé échapper mon ancien surnom. Il sait aussi bien que moi qu'Alex est la seule personne qui m'ait jamais donné ce diminutif.

La contrition sur son visage dissipe un peu ma colère, malgré moi. J'aimerais m'accrocher à ma fureur, à mon chagrin, les brandir comme un bouclier devant cet homme et son indifférence douloureuse.

— C'est toi qui m'as dit que tu n'étais pas Alex, dis-je, réprimant l'envie de refermer les bras autour de mon buste pour me câliner. Et même si tu l'étais, Alex a perdu le droit de m'appeler comme ça quand il est parti.

— Tu as raison, bien sûr.

— Alors, putain, parle-moi. Que sais-tu de Peter et le Loup ?

— On parle du conte pour enfants, là ?

— Arrête de faire l'idiot. Je veux toute la vérité.

Il jette un œil vers mon sac à main.

— Sors ton téléphone. Déverrouille-le. Et donne-le-moi.

Je m'apprête à protester, mais je me ravise. Il l'inspecte, constate que je n'enregistre pas notre conversation et pose l'appareil sur la table entre nous. J'imagine que c'est mon signal pour continuer.

— Alors ? insisté-je.

— J'ai pris conscience que Peter faisait du trafic, et que la drogue arrivait de l'organisation du Loup, peu de temps avant sa mort. J'ai cru que je serais pris pour cible, moi aussi.

Sa voix est atone, entièrement dépourvue d'émotion.

— Alors, je me suis enfui, comme tu l'as dit.

Mes orteils se recourbent dans mes chaussures quand je m'efforce de contenir mes réactions. Je lui parle d'un ton égal :

— Tu ne m'as même pas dit au revoir.

— Non.

— Tu ne m'as laissé qu'un putain de mot.

— Oui.

— Tu ne m'as même pas dit que tu m'aimais.

Merde. Si je pouvais revenir sur mes mots, je le ferais, parce que je ne voulais absolument pas dire ça.

Il rencontre mon regard, qu'il soutient effrontément.

— Non, je ne te l'ai pas dit.

Je prends un moment pour croiser les jambes, espérant que ce mouvement camouflera la blessure de mon âme.

— Je veux mon interview, Monsieur Saint. Sur le lancement de cette fondation, son fonctionnement, le travail que vous avez accompli au Nevada pour lutter contre la traite des êtres humains.

Je reprends ma respiration.

— J'aimerais avoir accès à votre salle de recherche. Et je ne veux plus d'excuses ni de report à la con. Tu m'as fait mal, espèce de fils de pute, continué-je, impressionnée de réussir à parler sans trémolos dans la voix. Mais je ne lâche pas l'affaire. Tu me parleras. Autrement, ce refus paraîtra dans l'article et je pense que ça ne fera pas une bonne publicité pour toi ou ta précieuse fondation.

Un muscle tressaute dans sa joue, mais à part ça, il est aussi immobile que la pierre. Quand il parle, sa voix est calme, posée comme celle d'un professeur d'université.

— Ne t'avise pas de dénigrer cette organisation. Nous aidons beaucoup de gens.

— Et toi ?

— J'aime penser que je les aide aussi.

J'arque un sourcil.

— Je peux te calomnier ?

Il éclate de rire.

— Tu peux toujours essayer. Mais tu ne trouveras pas grand-chose.

Il croise mon regard.

— À moins de chercher le scoop racoleur, auquel cas je peux te donner la liste des femmes que j'ai baisées.

Je me retiens de faire la grimace. Il essaie de jouer avec mes nerfs, mais ça ne prend pas avec moi.

— Tu as sans doute raison de dire que je ne trouverai pas grand-chose sur toi. Je me demande bien pourquoi, d'ailleurs.

— Des pensées pures et une vie saine.

Un rire spontané me vient et je lève la tête pour voir ses yeux pétiller. Il a un sourire aux lèvres. L'espace d'un instant, nous partageons un regard, et je suis propulsée dix ans en arrière, à l'époque où nous riions ensemble jusque tard dans la nuit. Je lui faisais confiance, autrefois.

Je ne lui fais plus confiance maintenant.

Je me racle la gorge et baisse les yeux, mal à l'aise avec l'intimité de ce moment. Quand je lève la tête, son visage s'est refermé, aussi. À l'exception de ses yeux. C'est peut-être mon imagination, mais ils me semblent tristes. Comme s'il était nostalgique.

— Pourquoi es-tu aussi invisible ? Sur les réseaux sociaux, dans la presse. Je ne comprends pas.

— J'aime rester seul. Je ne tiens pas à être vu. Et, ajoute-t-il en penchant légèrement la tête, quand on sait jouer le jeu intelligemment, l'argent peut garantir une intimité presque absolue.

J'acquiesce lentement, songeuse.

— Je me suis dit qu'on t'avait placé dans un programme de protection des témoins, après que le trafiquant de drogue a tué l'oncle Peter. Je me suis dit qu'on t'avait peut-être autorisé à me laisser ce mot, mais rien d'autre.

Je le dévisage.

— Ça expliquerait la nouvelle identité.

— Oui, en effet.

Je passe la langue sur mes lèvres.

— Dois-tu te teindre la barbe ?

Il porte la main à son visage et l'effleure. Elle est bien entretenue sur son menton et sa mâchoire, d'une longueur correspondant à trois jours environ, avec une petite languette sous sa lèvre
inférieure ainsi qu'une moustache. Je l'ai entendue décrite dans les
magazines comme une barbe hipster, et avec ses cheveux attachés
en arrière, ce n'est pas inexact, même si ça fait de Devlin le hipster
le plus canon et le plus propre sur lui que j'aie jamais vu.

— Bizarrement, non. Elle a foncé. Les cheveux, par contre, je
les teins.

Il se penche en arrière sur son siège, puis croise les jambes et
me regarde de haut.

— Y a-t-il autre chose que tu aimerais savoir ?

Tant de choses.

— Ton nez. Il est plus fin que dans mes souvenirs.

— Je l'ai cassé. J'ai décidé de m'en servir comme excuse pour le
changer.

— Et tu as également décidé de changer de voix ?

Je ne dis pas que ça ne me plaît pas. Elle est plus basse et un
peu rocailleuse, et même si j'essaie de l'éviter, je pourrais facilement
l'imaginer chuchoter des mots doux dans le noir.

— Ce n'est pas intentionnel. Blessure aux cordes vocales.

— Oh.

Je fronce les sourcils.

— Comment ?

— Un traumatisme au cou, dit-il, sur un ton qui suggère que je
n'en apprendrai pas plus à ce sujet.

— D'accord. Et ton visage ? Comment as-tu eu cette cicatrice ?

La balafre qui entaille sa joue droite lui donne un aspect rebelle
et sauvage. Je dois absolument savoir comment ça s'est passé.

— Disons que je me suis retrouvé du mauvais côté d'un couteau
de chasse.

Il lève la main, frôlant la ligne de la cicatrice sur son front, son
œil, sa pommette, et enfin la bande longue et fine qui traverse sa
moustache et sa lèvre supérieure.

Je me retiens de me frictionner les bras, car j'ai beau avoir envie de détester Devlin Saint en ce moment, je ne peux souhaiter ce genre de blessure à personne.

— Cette histoire, c'est la vérité ? Ou était-ce uniquement cosmétique ? Pour te camoufler ?

— C'est la vérité. Je ne suis pas dans la protection des témoins, Ellie. Je ne l'ai jamais été.

Je m'humecte les lèvres.

— Non, j'imagine. Tu n'aurais pas pu revenir ici si tu étais dans ce programme. Et tu ne pourrais certainement pas gérer une fondation de haut vol comme la FDS.

— C'est exact.

— Ça ferait une sacrée histoire.

Son front entaillé se plisse.

— C'est une menace ?

Je déglutis, regrettant de ne pas en être capable. Mais je secoue la tête.

— Non.

— Tant mieux.

— Pourquoi ? Je te connaissais, Alex. Et tu ne m'aurais pas quittée comme ça sans une très bonne raison.

— Vraiment ?

Je sens les larmes me piquer les yeux et je m'en veux d'avoir désespérément envie d'une réponse.

— Non, tu n'aurais pas fait une chose pareille.

Il joint les mains et baisse son visage, presque en prière. Sans lever la tête, il dit :

— L'Alex Leto que tu as connu était un enfant. Un enfant naïf qui pensait pouvoir...

— Quoi ?

Il lève la tête.

— Jouer avec le feu sans se brûler.

— Je suis censée avoir pitié de toi ?

— Non. Mais tu n'aurais jamais dû me revoir.

La colère et la tristesse envahissent mon âme. J'ignore si je veux me précipiter dans ses bras ou le gifler au visage. Je ne fais rien de cela, bien sûr.

— Pourquoi as-tu créé ta fondation à Laguna Cortez ?

Il tressaille, comme s'il ne s'attendait pas à cette question. Puis il soupire.

— Parce que je pensais que tu n'y reviendrais jamais.

Je frémis. Sa réponse me fait beaucoup plus mal que je ne l'aurais voulu.

— Mais je suis là, pourtant. Et toi aussi.

— C'est un inconvénient que nous allons devoir surmonter.

Sur ce, il se lève.

— Bon, je regrette, mais tu vas devoir partir. Je vais demander à Anna de t'inscrire lundi. Pour le moment, je dois revoir mon discours avant de descendre.

J'aimerais protester, demander plus de réponses – n'importe lesquelles. Je veux tout savoir sur l'homme que je connaissais.

Au lieu de quoi, je me dirige vers la porte, qui s'ouvre comme par magie à mesure que je m'approche, probablement à partir d'un bouton sur lequel Devlin a appuyé.

— Attends, lance-t-il alors que je franchis le seuil.

Je me retourne.

— Je n'ai jamais voulu que tu me détestes, dit-il. Mais c'est une bonne chose.

L'instant d'après, les portes se referment lentement.

❦   13   ❦

Dès que les portes de l'ascenseur s'ouvrent au rez-de-chaussée, je me rends compte du nombre de personnes supplémentaires qui sont arrivées au gala. C'est une marée de haute couture, et même si je porte des talons, la foule est si dense que je ne vois pas grand-chose tout en naviguant vers les portes ouvertes et la terrasse au-delà.

Une fois hors du préau, je m'arrête et je penche la tête en arrière alors que les invités s'activent autour de moi. Mais il n'y a aucun signe de Devlin. Je suppose qu'une fois les portes fermées derrière moi, il m'a chassée de son esprit.

Cette pensée me contrarie et je ne peux nier la détresse qui gonfle en moi.

J'ai horreur de ça. Sincèrement.

Je pensais qu'Alex avait quitté ma vie pour de bon. Je pensais avoir réglé le problème. Peut-être pas bien, mais un peu, du moins. Pourtant, le revoilà. Alex, Devlin, quel qu'il soit, aucune importance. Parce qu'à l'instant, dans cette pièce avec lui, j'ai ressenti de la chaleur. C'était contenu, empreint de fureur et à des années-lumière du brasier de la nuit dernière, mais ce n'en était pas moins de la chaleur.

La veille au soir, nous avons tous les deux attisé ce feu, que ce soit pour le plaisir, le frisson ou la vengeance. Mais ce soir ? Ce soir, nous ne l'avons même pas admis.

C'est peut-être pour le mieux.

Tout ce que je sais, c'est que c'est atrocement déroutant. Je ne m'attendais certainement pas à cela en revenant ici. J'avais l'intention de regarder mes démons dans les yeux et de les envoyer se faire foutre.

La réalité, c'est que je me suis jetée dans les feux de l'enfer.

— C'était si terrible que ça ?

Je me retourne, perplexe, pour découvrir Lamar et Tracy derrière moi.

— Hein ?

— La tête que tu fais, explique Lamar. Dis-moi que ça ne s'est pas si mal passé.

— Oh. Non, j'étais juste oppressée par la foule. Mais l'interview s'est bien déroulée.

J'adresse un sourire éclatant à Tracy.

— J'espère qu'il n'accapare pas tout votre temps.

— Non, non.

Elle dirige son sourire vers Lamar.

— J'ai réalisé que je l'avais reconnu, alors nous avons discuté. Mais je devrais probablement aller m'assurer qu'ils n'ont pas besoin de moi pour préparer la conférence de Monsieur Saint.

— On se voit plus tard, lance Lamar en lui effleurant la manche lorsqu'elle s'éloigne.

— Tiens, tiens, c'est intéressant.

Je souris en battant des cils.

— Y a-t-il quelque chose que tu souhaiterais partager avec la classe ?

— Elle loue un appartement dans mon immeuble, dit-il. Elle savait que j'étais flic, mais elle est impressionnée que je sois inspecteur. On a commencé à parler.

— Eh bien, Monsieur Gage. On dirait que tu as une fan.

Il lâche un grognement un peu bourru et je pouffe. Je suis sur le point de demander plus de détails quand les lumières de la pièce commencent à diminuer et que le plafonnier au-dessus de l'escalier devient plus vif. Le silence se fait dans la salle et Devlin Saint commence à descendre, sa seule présence attirant tous les regards. Il est accompagné d'une magnifique rousse à tomber par terre, dans une robe de cocktail argentée épousant ses courbes sinueuses comme les écailles d'une queue de sirène.

— Qui est-ce ? demandé-je à Lamar.

Je la déteste instantanément, puis je me déteste pour cette réaction. Parce que je n'ai aucun droit sur l'homme qu'il est aujourd'hui. Dieu sait qu'il me l'a clairement fait comprendre.

— Sa cavalière, j'imagine, dit Lamar en reculant.

Devlin s'avance pour s'adresser à la foule. Pendant un moment, il nous sourit avec aisance, nullement gêné d'être ainsi le point de mire de tous les regards. Au lieu de ça, il se tient droit et calme, comme s'il était le maître du monde et n'avait pas un seul secret.

Il respire le pouvoir et la confiance, et je ne peux m'empêcher de me demander quels événements l'ont façonné au cours des dix dernières années. Quelles épreuves il a surmontées. Et, comme je me souviens de ce qu'il a dit à propos de la cicatrice sur son visage, à quels dangers il a survécu.

— Pour ceux d'entre vous qui ne me connaissent pas, je suis Devlin Saint, et j'ai créé cette fondation pour qu'elle serve de ressource aux personnes et organismes qui travaillent sans relâche afin d'aider à rendre ce monde meilleur.

Les applaudissements crépitent et Devlin continue, listant plusieurs des organisations soutenues par la FDS et désignant même quelques représentants parmi le public.

— Pendant que vous écoutez de la musique ce soir, échangez avec des amis et partagez des mets raffinés et des boissons, veuillez garder à l'esprit les victimes de la violence, du crime, de la pauvreté et des préjugés. Avec du temps et du travail acharné, nous pouvons faire la différence.

Les applaudissements redoublent. Quand le silence revient, Devlin continue, reprenant rapidement le déroulement de la soirée.

— Putain, quel canon !

Je fais volte-face pour découvrir Brandy, vêtue d'une robe rose clair de coupe classique avec des sandales à lanières Manolo. Comme ce serait mal vu de crier maintenant, je réfrène mon enthousiasme. Mais je la serre dans mes bras et lui chuchote :

— Je ne savais pas que tu viendrais.

— J'ai gagné un billet !

— Quoi ?

Elle hoche la tête.

— Bizarre, non ? J'avais oublié que je m'étais inscrite. Il y a eu un loto spécial dans la gazette *Laguna Leader*, ajoute-t-elle, mentionnant le journal bihebdomadaire de la ville.

— Tu aurais dû me le dire.

— Je ne l'ai découvert qu'en rentrant à la maison ce soir, et Lamar était déjà passé te chercher. C'est un messager de la FDS qui m'a apporté l'invitation en se répandant en excuses. Je crois qu'il était censé me l'apporter il y a quelques jours. Alors ? ajoute-t-elle. J'ai eu le temps de regarder un second film en entier quand tu es descendue prendre un *café*, hier soir.

Elle a prononcé ce mot en esquissant des guillemets avec les doigts.

— Après, j'étais trop crevée pour rester debout. Et comme tu ne m'as toujours pas dit ce qui t'a pris aussi longtemps, je te le demande en direct.

Je grimace.

— Oui, eh bien, j'ai fait un petit détour.

Ses sourcils parfaitement épilés remontent sur son front.

— Tu as pris un café, au moins, ou tu es directement retournée dans ce bar pour chercher quelqu'un ?

Je pince les lèvres. Parfois, c'est une plaie d'avoir des amis qui vous connaissent bien.

— Je le savais. Tu...

— J'avais vraiment l'intention d'aller prendre un café...

— Elsa Holmes ! Tu t'es envoyée en l'air ?

— Non, dis-je, catégorique.

Techniquement, c'est vrai. Je n'ai pas baisé Monsieur Gin Tonic.

Et ce que j'ai fait avec Alex ne correspond pas non plus à la définition – toujours d'un point de vue technique.

— Mais ?

— Qu'est-ce qui te fait penser qu'il y a un *mais* ?

— Avec toi, il y en a toujours.

Je commence à protester, à lui dire qu'elle exagère, mais en réalité, elle est très sérieuse. Et elle le sait. C'est parce que je lui ai raconté les détails de trop nombreuses rencontres, lors de nos discussions de fin de soirée au téléphone, au fil des ans.

— D'accord, il y a un *mais*.

Je l'entraîne à l'écart des autres invités.

— Devlin Saint était là.

Elle recule, stupéfaite.

— Quoi. Dans le bar, encore ?

— Oui.

Ce n'est qu'un mensonge de nature géographique vraiment mineur.

Pendant un moment, nous gardons le silence, toutes les deux. Elle doit comprendre que je ne vais pas développer, parce qu'elle insiste :

— Et ?

— Il... euh, il a épouvanté le gars avec qui j'étais.

— Sérieux ? fait-elle d'une voix aiguë, avec intérêt. Et puis il t'a draguée ?

— On peut dire ça.

Le poids froid et amer de la culpabilité s'installe au creux de mon estomac. C'est ma meilleure amie, mais je ne lui donne que des miettes.

— Eh bien, sois prudente, dit-elle avec emphase. Ce gars est un solitaire, il couche à droite et à gauche, mais jamais rien de sérieux. Il est peut-être riche, mais il ne vaut mieux pas faire partie de son écurie.

— Je ne pense pas qu'il reste suffisamment longtemps avec les femmes pour avoir une écurie, de toute manière.

— En tout cas, c'est un queutard. Il ne s'engage jamais.

— Qui a parlé de s'engager ? Et puis, ça m'étonnerait que ces femmes s'en plaignent. À l'évidence, elles aussi cherchent du court terme.

Je ne sais pas pourquoi je le défends, d'autant plus que je n'ai aucune envie d'entendre parler de ses mœurs de Don Juan.

— Tu l'aimes bien.

C'est une déclaration, pas une question, mais je réponds quand même.

— Aimer, ce n'est pas le mot.

C'est la stricte vérité parce que, quoi que je ressente, c'est plus compliqué que *bien aimer*.

— Mais si je suis attirée par lui ? Oh, oui. Tu n'as pas idée.

Je n'avais pas l'intention de trop en dire, mais j'ai besoin de quelqu'un à qui me confier, et pour ce que ça vaut, cet honneur revient à Brandy. Je ne pourrai peut-être pas tout partager, mais ça m'aidera toujours de me décharger un peu.

Parce que, Seigneur, j'ai tellement envie de lui ! Et s'il n'avait pas arrêté les choses, je l'aurais laissé me prendre sur le capot de sa Tesla, même en sachant que je me détesterais le matin venu.

Même après tout ce qu'il a fait, après son comportement blessant – d'autrefois et de maintenant – j'ai envie de lui.

Si ça, ce n'est pas une farce minable que me joue le cosmos !

❧ 14 ☙

Pendant l'heure qui suit, je fais le tour des invités, bavardant avec les gens, grignotant des apéritifs, buvant plus de vin que de raison, et réprimant une forte envie de décocher un coup de pied à la sirène. Ou du moins, de renverser du vin rouge sur cette belle robe moulante et argentée.

Chaque fois que j'entrevois Devlin, elle est à ses côtés. Sa grande bouche à la Julia Roberts, son visage rayonnant et sa chevelure de pub pour shampoing. Je sais que je suis survoltée, et que je ne devrais pas l'être. Je n'ai aucun droit sur cet homme et je n'en veux pas. C'est un sale fils de pute, parti sans laisser d'adresse, et revenu sans la moindre excuse. Il fait tout pour que je le déteste.

Alors, voilà. C'est on ne peut plus terminé entre nous.

Quel que soit le jeu étrange auquel il jouait dans le parking, ce n'était rien de plus qu'un jeu. Un stratagème pour perturber mon esprit et me faire fuir. Mais ça n'a pas fonctionné.

Maintenant, j'imagine que son dernier subterfuge consiste à brandir Miss Sirène comme une barrière défensive.

Tout aussi dégoûtée de moi-même que de Devlin, j'ai cessé de laisser mes yeux dériver dans sa direction. À la place, je me dirige vers la terrasse dallée. Je prends un verre de vin frais au bar quand Brandy revient vers moi.

— C'était bien lui, me dit-elle. Quel con.

Elle m'a abandonnée il y a une quinzaine de minutes parce qu'elle avait vu quelqu'un qui ressemblait à Justin, un gars avec qui elle était sortie plusieurs fois.

— Tu vas m'expliquer ce qui s'est passé, oui ou non ?

Elle hausse une épaule.

— Toujours pareil. Je pensais que c'était un type bien. Mais dès que je lui ai dit que je voulais ralentir, il a filé. Je sais que ça vient de moi, mais...

— Ce n'est *pas* toi.

Ma voix est assurée et je pense chaque mot.

— Ce n'est pas parce qu'on ne couche pas immédiatement avec un mec qu'il peut...

— Laisse tomber, ça va.

— Bran...

— Je suis sérieuse. C'est bon, je vais bien. Je veux juste...

— Quoi ?

— Honnêtement, répond-elle avec un geste évasif, je ne sais pas si j'ai envie de changer, moi, ou de faire changer les hommes. Je veux... Tu sais. Enfin, je crois. Mais j'avance si lentement.

— N'importe quoi. Tu avances à ton rythme. Quand tu tomberas sur le bon, il restera. Il se battra pour toi même si, pour cela, il doit attendre que tu sois prête.

— Je ne sais pas. Peut-être.

— C'est une certitude. Il faut juste attendre le bon.

— Je sais, c'est ce que je fais. Et ça va.

Elle me prend la main et la serre.

— Vraiment. C'est toi qui m'inquiètes.

— Moi ? Pourquoi ?

— Ne sois pas bête. Tu n'es pas revenue ici depuis Alex. Et en ce qui concerne les relations, tu es à peu près aussi nulle que moi.

Elle a raison. Je m'envoie en l'air. Mais je me ferme à l'intimité.

— Le yin et le yang, lui dis-je. C'est toi et moi.

Elle me serre la main.

— J'ai vu que tu étais venue avec Lamar. Hmm, intéressant ?

— Non, et tu le sais. On est amis, rien de plus.

— Bon, si tu le dis. Mais tout le monde est dans ta *friend zone*. Tu es sortie avec quelqu'un à New York ?

— Sortie ? Non.

Elle me connaît.

— Exactement. Tout ce que je dis, c'est qu'Alex est parti. Et comme ça fait plus d'une décennie, il est raisonnable de dire qu'il ne reviendra pas.

— Je n'*attends* pas Alex Leto.

Elle lève les mains en signe de capitulation.

— Je te crois. Mais tu n'essaies même pas.

— Si, je sors avec des gars.

Elle penche la tête et me regarde. Je comprends le message.

— Une vraie relation, Ellie. Autorise-toi à vivre une relation, ne serait-ce qu'en amitié. Tu t'es rapprochée de quelqu'un à New York ?

Je triture mon ongle verni.

— Je traîne un peu avec des gens.

— Comme moi ? Comme Lamar ?

— Roger ? avancé-je sur le ton de l'interrogation.

Roger est génial, et c'est certainement la personne dont je suis la plus proche à New York, mais on ne peut pas dire que ce soit un *ami*. Pas vraiment. Brandy le sait aussi bien que moi.

— Tout ce que je dis, c'est que tu dois t'ouvrir. Apprendre à connaître plus de gens. Et t'accorder la permission d'être dans une relation.

Autant me dire que je dois me donner la permission de me poignarder dans le cœur. Ça ne m'attire pas du tout. Parce que toutes les relations ont une fin. On devient intime, et on court le risque de perdre des gens. Mais je me garde de le lui dire. Sinon, je devrai lui raconter comment, chaque jour, je lutte contre une peur panique à l'idée de la perdre, elle aussi. Ou Lamar. Ou même Roger.

Je dois admettre que je ne m'ouvre pas totalement, même avec eux. Parce que si je ne leur donne pas tout de moi, alors peut-être pourrai-je déjouer le destin et les protéger.

৩%৩

Je suis seule au buffet des desserts quand Lamar me rejoint.

Je reporte mon attention sur lui et, ce faisant, je constate que Devlin s'est débarrassé de sa sirène. Mieux encore, il regarde dans ma direction.

— Rigole, soufflé-je à Lamar, qui prend un air à la fois intrigué et perplexe.

— Quoi ?

— Comme si je venais de dire la chose la plus hilarante du monde.

Il plisse les yeux et je remarque le moment précis où il repère Devlin. Au lieu d'éclater de rire comme je le lui demande, il affiche un visage de marbre, le regard noir.

— Qu'est-ce qui s'est passé exactement dans son bureau ?

— Rien.

Pour le coup, c'est la pure vérité. Après tout, Lamar a limité sa question au bureau. Il ne m'a pas interrogée sur la nuit dernière. Ni sur mon passé avec le célèbre Monsieur Saint. Bien que, techniquement, je n'aie aucun passé avec Devlin Saint. Et à l'en croire, Alex Leto est mort, comme tant d'autres dans ma vie.

Il me dévisage un peu trop longtemps et ça devient gênant, mais enfin, il répond :

— Ne t'engage pas avec lui, Ellie. Je connais sa réputation et tu vaux mieux que ça.

— Sa réputation ?

Automatiquement, je me retourne, cherchant à nouveau Devlin des yeux. Mais il a disparu dans la foule.

— Jusqu'à présent, tu me donnais l'impression qu'il était un vrai don de Dieu pour Laguna Cortez.

— En tant que citoyen, je n'ai rien contre lui. Mais s'il s'agit de toi, ça change tout. Il ne prend personne au sérieux et je ne veux pas que tu sois blessée.

Je ricane.

— Qu'est-ce qui te fait croire que je cherche quelque chose de sérieux ?

— Ce n'est pas ça, mais il...

— Quoi ?

— Il a un regard dangereux, dit Lamar. Comme une flamme de phéromones prête à te brûler. Tu sais ce que je veux dire. Il est presque irrésistible.

— Oh, n'est-ce pas ? dis-je d'une voix qui monte dans les aigus. Lamar rit.

— Enfin, je ne suis pas aveugle.

— Je ne pensais pas que c'était ton genre.

— Je t'en prie. Bien sûr que c'est mon genre. Ce type exsude la testostérone.

Lamar n'est pas sorti avec beaucoup d'hommes, mais je sais qu'il a eu quelques aventures au fil des ans. Et tous auraient pu jouer dans un *James Bond*. D'ailleurs, tout comme ses conquêtes féminines.

Il me fixe du regard.

— L'ennui, c'est qu'il semble aussi être ton genre.

— Et alors ?

— Tu es fragile, Sherlock. Tu le sais. Je le sais. Il le sait. Et il n'est peut-être pas le diable en personne, mais ça ne m'étonnerait pas qu'il joue les prédateurs.

— Tu peux être plus clair, s'il te plaît ? J'ai bu beaucoup de vin ce soir.

— Libre à toi d'entrer dans son jeu si tu penses décrocher ton article croustillant comme ça. Mais fais attention. Et ne perds pas la tête.

Je lui souris.

— Comme toujours.

— Bon, eh bien, ne perds pas ton cœur non plus.

— Crois-moi. Il n'y a rien entre moi et Devlin Saint.

— Tant mieux. Continue comme ça.

C'est un bon conseil. J'essaie de le prendre à cœur alors que Lamar disparaît dans la foule, puis je me raidis quand je remarque les yeux de Devlin sur moi, son expression aussi froide que de la glace. Bien sûr, la sirène est juste à côté de lui.

Une boule me leste le ventre et je m'en veux pour cette réaction. Il ne me doit rien et, de toute façon, je me persuade que je ne veux pas de lui. Plus maintenant. Pas après ce qu'il a fait.

Vraiment ?

J'ignore la petite voix dans ma tête, parce que c'est faux. Est-ce qu'il me plaît toujours ? Oh, ça oui. Si l'adolescent était beau, l'homme est magnifique et respire la sensualité. Bien sûr qu'il me plaît toujours.

Mais ce que nous avions n'était pas réel et ça s'est ratatiné comme une barbe à papa sous la pluie.

Je le comprends maintenant. J'étais jeune et impressionnable, et il s'est comporté comme un parfait connard. Histoire vraie. Fin de l'histoire.

Je regrette seulement que ce soit aussi douloureux.

Je prends une profonde inspiration pour me ressaisir, chasse ces pensées indésirables et retourne me mêler à la foule. C'est une fête, après tout.

J'ai bavardé avec une demi-douzaine de personnes et je suis sur le point d'aller me chercher un nouveau verre quand je me surprends à regarder autour de moi, plus précisément à la recherche de Devlin. Mais il est introuvable. En revanche, je vois la sirène... et elle se dirige droit vers moi.

J'envisage de plonger sous la table à la longue nappe, où sont présentés tous les objets de la vente aux enchères silencieuse, mais je suis plus mature que ça. De toute façon, je suis en plein dans sa ligne de mire.

Alors, je me contente de sourire à son approche, espérant passer pour une quelconque invitée avenante, satisfaite du buffet, des boissons et du réseautage.

Elle s'arrête à environ vingt centimètres de moi, m'adresse un sourire éclatant et me tend la main. Naturellement, je la serre par réflexe.

— Anna Lindstrom, me dit-elle.

Son sourire est immense et amical, et pourtant, je suis intimidée. Sa voix est sensuelle, et à côté de sa taille, de ses talons hauts et de sa beauté presque parfaite, j'ai l'impression d'être un troll. Un petit troll minable.

— Je suis l'assistante de Devlin, ajoute-t-elle.

Devlin, je note. Pas *Monsieur Saint*.

— Oh, d'accord, dis-je en me raclant la gorge. Je m'appelle Elsa Holmes. Ellie.

— Je sais, répond-elle en riant. Je suis vraiment désolée pour le méli-mélo d'hier. Devlin m'a demandé de vous inscrire pour lundi.

— Je vous remercie. Je vous en suis reconnaissante.

— Ce n'est rien. Si vous avez besoin de quoi que ce soit, n'hésitez pas à me le demander. C'est moi qui m'occupe de tout pour Dev.

C'est ça, me dis-je. *Tu m'étonnes.*

C'est mesquin, mais elle est restée collée à ses basques toute la soirée, ce qui me donne une petite idée de ce que ce *tout* englobe. Enfin, ça ne me regarde pas. Plus maintenant.

— J'apprécie, dis-je de ma voix la plus mielleuse.

— C'était un plaisir de vous rencontrer, Ellie. Je dois aller voir le personnel de restauration, mais profitez du reste de votre soirée.

Une fois de plus, elle affiche ce sourire spectaculaire, déclenchant une autre vague de culpabilité alors que je lui réponds avec amabilité.

Elle retourne dans la foule et je vois Lamar revenir vers moi. Cette fois, il est accompagné de l'un des hommes les plus beaux que j'aie jamais vus. Avec ses épaules larges et ses traits ciselés, on dirait une sorte de dieu nordique mythique. Encore plus beau que Devlin, même si personnellement, j'aime moins les cheveux blonds. Depuis peu.

Bien sûr, je ne dirais pas non...

— Ne vous laissez pas troubler, me dit le sublime inconnu, indi quant Anna qui s'éloigne. Vous êtes journaliste et vous fouinez chez elle.

— Il se trouve qu'elle était très gentille.

— Vraiment ? fait-il avec un demi-sourire. Ça ne cessera jamais de m'émerveiller.

— Excusez-moi, mais qui êtes-vous ?

Mon regard alterne entre Lamar et lui.

— Désolé, dit Lamar. Elsa Holmes, Ronan Thorne.

Eh bien, quel nom ! Je reviens sur ma pensée précédente. Oublions le dieu nordique. Il est plutôt du genre star de cinéma ou héros de roman d'amour.

— Enchanté de vous rencontrer, dit-il.

C'est à ce moment que je me rends compte que je suis muette comme une idiote.

— J'ai rencontré Lamar à la dernière soirée de la FDS. Il m'a dit que vous aviez fait l'Académie ensemble, tous les deux ?

— C'est ça. Mais après deux ans de service, j'ai tout abandonné pour écrire. Je suis une traîtresse à ma famille.

— Son père était chef de police, précise Lamar.

— Et maintenant, vous menez un juste combat avec votre clavier.

— C'est l'idée, dis-je, décrétant que j'apprécie ce type. Alors, comment connaissez-vous Anna ? Faites-vous partie de la fondation ?

— Pas en tant qu'employé. Je suis ce que la FDS appelle un ambassadeur.

— Ce qui signifie ?

— À peu près tout ce qu'ils veulent.

Il sourit, mais je ne pense pas qu'il plaisante.

— Je ne vous suis pas.

— Grosso modo, je suis bénévole. J'ai un emploi à plein temps, mais je viens ici quand je peux et je fais quelques déplacements pour assurer la liaison avec les organismes soutenus par la FDS, quand mes disponibilités le permettent et selon les besoins sur le terrain.

— Ça me semble intéressant. Comment êtes-vous devenu ambassadeur ?

— Devlin m'a recruté.

— Oh ?

Je fais un pas de plus en prenant conscience que je parle peut-être à l'un des amis personnels de Devlin. Ce qui signifie que cet homme a peut-être des renseignements sur les années qu'il me manque.

— Comment vous connaissez-vous, tous les deux ?

— On a servi ensemble. J'ai vu comment la guerre et la pauvreté pouvaient causer des ravages chez les gens. Alors, quand Devlin m'a proposé de m'engager, je n'ai pas hésité.

— Et que faites-vous dans la vie ?

— Consultant indépendant en sécurité. Ça aide.

— J'imagine. C'est un beau métier, pas vrai ?

— Vous êtes journaliste. En matière de liberté, ce n'est pas mal non plus !

— Pas si on veut un salaire régulier. Je travaille dans un magazine, ce qui implique des délais, des devoirs. En free-lance, ce serait beaucoup plus difficile.

Je jette un regard circulaire en me demandant si Devlin a remarqué que je discutais avec son ami, mais je ne le vois nulle part.

— Il a reçu un appel, me dit Thorne quand je me demande à haute voix où il pourrait être. Je lui ai parlé juste avant son départ. Une urgence.

— Dommage.

Il est seulement vingt-deux heures, et bien que la foule s'amenuise, l'événement ne se termine pas avant minuit.

— Il n'est pas malade, si ?

— Il va bien. Avec le travail qu'il fait, on a souvent besoin de lui.

— Pourrais-je avoir quelques minutes de votre temps ? J'écris un article sur la fondation et j'adorerais votre point de vue.

— On peut faire ça une prochaine fois ? J'allais partir, moi aussi.

— J'y compte bien.

J'espère que mon impatience ne se devine pas trop, mais la possibilité d'avoir une autre source d'information me donne le vertige. Et pour être honnête, je dois admettre qu'il ne s'agit pas de mon article. Non, je veux connaître Devlin Saint. L'homme qu'Alex est devenu.

Je veux connaître son passé. Là où il est allé et ce qu'il y a fait. Le lancement de sa fondation.

Au même instant, je prends conscience que personne d'autre dans cette salle ne sait ce que je sais – que la figure de proue de cet organisme n'est qu'une fiction. Et qu'il suffirait d'un mot de ma part pour que tout s'écroule comme un château de cartes.

❧ 15 ☙

J'avais l'intention de passer le samedi avec Brandy, mais une ancienne copine de l'époque où j'étais dans la police a fini par me rappeler. Je suis à Santa Monica, où je déjeune avec Millicent Kittridge, et nous évoquons le Loup.

— Comment se fait-il que je n'en aie rien su ? me dit Millie une fois que je lui ai donné un bref résumé de l'affaire impliquant mon oncle, Ricky Mercado et le baron du crime que j'accuse de la tragédie.

Je hausse une épaule.

— Peut-être parce que je ne t'ai jamais parlé de Peter. Et je viens juste de découvrir le lien avec le Loup, pas plus tard qu'hier.

— Est-ce que je peux t'aider ?

Même en week-end, elle est tirée à quatre épingles, avec un pantalon de tailleur, une chemise en soie et un blazer noir.

— Honnêtement, je n'en suis pas sûre. Mais tu travailles sur le crime organisé, non ? Surtout les trafics de drogue ?

Ex-policière et jeune diplômée en droit, Millie travaille maintenant pour le bureau du procureur à Los Angeles.

— Oui, mais le Loup, c'était avant que j'arrive.

— J'essaie de retrouver l'un de ses lieutenants.

— Lequel ?

— N'importe lequel, en fait. J'ai besoin d'un point de départ pour mieux comprendre qui était le Loup. Et puis, je veux savoir quel était son lien avec mon oncle. J'ai déjà demandé au personnel du *Spall* de me retrouver tous les articles qu'ils peuvent et de me les envoyer. Mais...

— Tu veux des témoignages concrets, m'interrompt-elle. J'ai compris. Et le compagnon de cellule de Mercado ? Celui qui a dit au chef Randall qu'il avait endossé la responsabilité à la place du véritable tueur ?

Je secoue la tête.

— C'était ma première idée. Mais il n'a rien à voir avec l'organisme du Loup. Le hasard des attributions de cellules. Apparemment, Mercado avait la langue bien pendue.

Elle hoche lentement la tête.

— Je ne peux rien promettre, mais je vais envoyer un message à mon patron aujourd'hui.

— Samedi ?

Elle hausse les épaules.

— La justice ne dort jamais.

— Bien dit.

Pendant le reste du déjeuner, nous prenons des nouvelles l'une de l'autre, et elle me pose quelques questions sur Lamar. Je lui conseille de lui téléphoner, un petit sourire aux lèvres. Décidément, mon ami ne manque pas d'attention féminine en ce moment. C'est plutôt bien. Tracy et Millie se disputeront ses faveurs, et dans tous les cas, Lamar en sortira gagnant.

Je retourne à ma Shelby en essayant de me rappeler comment accéder à la route 405 lorsque mon téléphone sonne. C'est Roger et j'envisage de l'ignorer. Mais une pointe de culpabilité me fait grincer des dents et je finis par décrocher.

— Désolé, tu m'as raté l'autre soir, dit-il.

— Non, c'est ma faute. J'appelais pour te tenir au courant et je n'ai même pas pensé au décalage horaire. Écoute, je ne peux pas vraiment parler. Je suis dans ma Shelby et la capote est baissée.

En réalité, j'ai mes écouteurs et je pourrais très bien l'entendre, mais d'un point de vue émotionnel, je ne suis pas prête à lui dire ce que j'ai appris sur Peter.

— Passe-lui le bonjour, dit-il.

J'éclate de rire. Comme je n'ai pas les moyens de me garer en ville, Roger garde ma Shelby dans l'allée de sa maison du comté de Rockland. Il ne la conduit pas – personne d'autre que moi n'a cet honneur –, mais il espère que je ferai une entorse à cette règle un de ces jours.

— D'accord, je lui transmettrai tes salutations. Tu veux que je te rappelle ce soir pour te mettre au courant des avancées de l'article ?

— Non, non, petite. Je ne veux pas te surveiller. J'aimerais que tu m'écrives un petit quelque chose. C'est pour le site web. Ça s'est passé à Los Angeles, alors tu n'es pas loin. On le publiera demain.

— Figure-toi que je suis sur place. Je viens de déjeuner ici avec une amie. Qu'y a-t-il ?

— Le meurtre de ce matin. Terrance Myers.

— Attends. Quel meurtre ?

Myers est une ordure riche comme Crésus, qui a capturé et torturé une vingtaine d'enfants dans son manoir d'Hollywood Hills sur une période de deux ans. Plusieurs sont morts et ceux qui ont survécu en garderont sans aucun doute des séquelles à vie. Il a fait l'objet d'une chasse à l'homme de trois jours avant d'être finalement arrêté, puis jugé et condamné. Hier matin, il a été libéré pour une sombre erreur de procédure.

— Je t'ai envoyé les rapports. En gros, quelqu'un l'a supprimé tôt ce matin dans un aérodrome, alors qu'il montait dans un avion privé pour le Mexique. Forcément, le gars allait quitter le pays. Ce qui est intéressant, c'est que son itinéraire n'avait pas été annoncé, certainement parce qu'il craignait pour sa sécurité.

— Quelqu'un dans les forces de l'ordre l'a balancé. Ça craint.

— Tu l'as dit.

— Et ce serait uniquement pour le site web ?

— Sauf si tu réussis à identifier le mystérieux tireur, dans ce cas, ça fera la une.

— Ça m'étonnerait, dis-je avec un soupir. Il n'y a vraiment aucune piste sur le tireur ?

— S'il y en a, la police de Los Angeles ne les divulgue pas. Mais ils le feront peut-être à la conférence de presse. J'aimerais t'y envoyer. C'est à quinze heures, au département de police.

— Je devrais pouvoir y arriver en avance.

— J'espérais que, grâce à tes relations, tu puisses obtenir une interview avec quelqu'un du service ou du bureau du procureur. Ce ne sera pas déterminant pour nous – tout le monde couvre cette affaire –, mais j'aimerais avoir du contenu unique à proposer avant que l'histoire ne soit publiée.

Mes relations. Roger semble penser que tous les flics sont de grands amis et que nous nous connaissons tous. Je ne prends pas la peine d'essayer de lui expliquer que mon réseau laisse cruellement à désirer. Je me contente d'accepter avant de raccrocher.

J'appelle Lamar tout en réfléchissant à mon trajet jusqu'au centre-ville. Il répond à la première sonnerie, et une fois que je lui ai expliqué la situation, il promet de se renseigner pour mon interview, mais il n'a pas l'air optimiste. Apparemment, les deux seuls agents dont il est proche à Los Angeles sont en vacances, alors je ne me fais pas d'illusions.

J'ai peu de chances de trouver un visage connu, mais j'ouvre l'œil en entrant dans la salle de conférence du département de police, au cas où je repérerais un ancien collègue de mon père ou une vieille connaissance d'Irvine transférée dans la grande ville.

La salle se remplit et le chef adjoint monte déjà sur l'estrade, mais je n'ai toujours pas vu de visage familier.

Soudain, tout change lorsque quelqu'un vient s'asseoir sur le siège libre à côté de moi.

Je me retourne et mon souffle reste coincé dans ma gorge.

Devlin.

— Qu'est-ce que tu fais ici ?

Il pose un doigt sur ses lèvres alors que le chef adjoint Rayborn prend la parole, et je me penche en arrière sur mon siège avec frustration. Rayborn lit une déclaration préparée, décrivant comment, à environ six heures et quart ce matin, un assassin a tué Terrance Myers d'une seule balle dans la tête alors qu'il s'apprêtait à monter à bord d'un jet privé pour le Mexique.

— Nous avons déterminé que la balle provenait du Hastings Bank Building, un bâtiment de huit étages situé à environ un kilomètre et demi de l'endroit où Myers a été abattu.

— Waouh, dis-je en me penchant vers Devlin. C'est un tir vraiment impressionnant.

Il arque un sourcil en montrant l'estrade du doigt, et je me tais sagement. Je portais encore des couches-culottes quand mon père m'a emmenée dans un stand de tir d'intérieur, alors je m'y connais un peu, et je suis vraiment impressionnée. Bien sûr, les snipers militaires savent effectuer des tirs beaucoup plus longs. Mais avec tous les facteurs qui entrent en jeu dans le cas d'une cible à longue portée – le vent, la courbure de la Terre et même l'effet Coriolis –, un tir réussi à plus d'un kilomètre exige des compétences et une formation sérieuses. Ce qui me laisse penser que le tireur était militaire. Ou du moins, qu'il avait une formation paramilitaire.

— ... aucune identification, poursuit le chef adjoint.

Je me rends compte que mes pensées ont dérivé.

— Ce que nous savons, c'est que le tireur est descendu en rappel sur le côté de l'immeuble, dans une combinaison de laveur de carreaux, à l'aide de sa propre corde.

Des murmures s'élèvent dans le public. Ce fils de pute n'était pas seulement un bon tireur, il avait un cran hors du commun. Je ne peux pas cautionner le meurtre, mais je suis admirative du talent.

— On pense qu'il a quitté les lieux dans une voiture conduite par un complice. Les laveurs de vitres devaient arriver sur place une heure plus tard.

Il donne quelques statistiques supplémentaires sur le calibre de la balle et l'évaluation initiale de l'équipe balistique quant à l'arme utilisée, puis il accepte de répondre aux questions. Au même moment, Devlin s'en va. J'envisage de le suivre pendant un instant, mais je reste dans la salle et lève la main pour demander comment le suspect s'est échappé et si la corde de rappel est restée sur place.

— Non, me répond le représentant des forces de l'ordre. Pour tout vous dire, nous pensons qu'il a accroché la corde à la poignée d'une porte d'accès au toit, soigneusement fermée à clé, puis qu'il est descendu en rappel en utilisant une méthode de double cordage.

Je hoche la tête tout en visualisant la scène. Un bâtiment de dix étages mesure environ trente mètres de haut, alors celui de la banque doit mesurer six mètres de moins. Une corde de rappel typique est longue de soixante mètres. Il a pu la passer dans la poignée, puis s'agripper aux deux bouts pour descendre. Une fois au sol, il lui suffisait de tirer sur la corde pour qu'elle dégringole, puis il la ramassait avant de s'en aller.

Cela aurait été plus rapide de l'abandonner sur place, mais c'était une preuve supplémentaire.

Bien sûr, il a peut-être laissé des traces. Des fibres de la corde, par exemple. Ma main remonte pour demander si l'équipe médico-légale a trouvé des résidus.

Finalement, je n'obtiens pas ma réponse – l'équipe travaille toujours sur le terrain – et le chef adjoint nous chante la sempiternelle chanson sur l'affaire en cours et la police qui fait son travail. J'ai vu suffisamment de conférences de presse comme celle-ci pour savoir que ce n'est pas vrai. Ils n'ont rien. Et même les fibres ne leur donneront rien de tangible. Le suspect a sans doute acheté la corde dans un grand magasin de sport, avec des centaines de cordes similaires vendues chaque jour, ce qui la rend pratiquement intraçable.

Après quelques questions supplémentaires, la conférence de presse s'achève. Je me lève et me retourne, pour me rendre compte que je cherche Devlin. Je fronce les sourcils. Il n'est nulle part.

Agacée contre moi-même, je sors mon téléphone de ma sacoche et vérifie si Lamar m'a envoyé un texto. En effet, et cela confirme ce qu'il pensait. Aucun contact n'est disponible pour moi. Mon article promet d'être assommant, avec les mêmes informations que tous les autres journalistes présents dans cette salle aujourd'hui.

Je me dirige vers la sortie, un peu exaspérée, en espérant que l'inspiration tombera du ciel. Peut-être que Millie connaît quelqu'un que je pourrais interviewer au sujet de la formation des tireurs d'élite... ?

J'envisage cette possibilité lorsqu'au détour d'un couloir, je me heurte à Devlin. Il m'attrape le bras pour me stabiliser, mais je le retire. Ça ne m'ennuie pas qu'il veuille m'aider, mais ça m'ennuie de ressentir une réaction. Une réaction viscérale à ce contact soudain et inattendu.

— Mais enfin, qu'est-ce que tu fais ici ? demandé-je, avec plus d'accusation dans la voix que je ne l'aurais voulu.

J'avais prévu d'être calme et décontractée la prochaine fois que je le verrais. Maintenant, j'ai l'impression d'avoir été privée de l'occasion de lui montrer qu'il me laisse de marbre.

— La FDS a beaucoup œuvré pour soutenir la thérapie et la réadaptation des victimes de Myers, me dit-il. Pour être honnête, je suis venu fêter la disparition de cette pourriture.

— Fêter ? Quelqu'un s'est substitué à la loi. C'est illégal.

Il me prend par le coude et m'entraîne dans un coin, à l'écart de la foule.

— Ce type était un monstre. Il a tué des enfants et détruit à vie les survivants. Crois-moi. J'ai vu les rapports. J'ai rencontré les gamins. Aucun de ces enfants ne se remettra jamais complètement de ce que ce moins que rien leur a infligé. Si tu veux mon avis, le monde doit une fière chandelle au tireur.

La passion dans sa voix est flagrante, et je ne peux nier que ce qu'il dit trouve un écho émotionnel en moi. Mais sa conclusion me dérange.

— Désolée, mais tu parles à une ancienne flic. Je n'aime pas les justiciers auto-proclamés.

— Dans ce cas, nous sommes d'accord pour ne pas être d'accord.

— Apparemment.

Je m'adosse contre le mur, les bras croisés sur ma poitrine. Quand je regarde son visage, cet enfoiré me sourit.

— Quoi ?

Il fait un pas de plus, s'avançant à quelques centimètres de moi.

— Tu es bien la digne fille de ton père.

Je prends une inspiration, soudain extrêmement consciente de sa proximité.

— Tu n'as jamais connu mon père.

— Peut-être pas.

Sa voix est monocorde, et j'ai beau m'y efforcer, je n'y décèle pas le moindre soupçon d'émotion. Alex Leto a toujours eu un certain talent pour le contrôle, mais Devlin Saint l'a élevé au rang d'art. Il fait un pas de plus et l'air crépite entre nous.

— Mais toi, je te connais.

— Cette conversation est terminée.

J'essaie d'être ferme, mais ma voix chevrote presque. Agacée, je le repousse et m'empresse de retourner dans le couloir principal.

Je n'aime pas le fuir ni me sentir faible. Mais c'est bien mieux que de succomber à ce fourmillement sur ma peau chaque fois qu'il est proche.

Je déguerpis vers les toilettes des dames et m'agrippe au rebord du lavabo, puis je me regarde dans le miroir. Je suis ici pour le travail, bon sang. Je suis une ancienne policière et une journaliste d'enquête, pas une girouette fleur bleue.

Quoique...

Je laisse échapper un souffle frustré alors que la réalité me frappe. Parce que je viens de tourner le dos à un point de vue en béton. Du genre à me valoir une publication dans le magazine, et pas seulement un pauvre entrefilet sur le site web.

Merde.

— Il faut croire que j'ai besoin de lui, tout compte fait, dis-je à mon reflet avant de repartir à la recherche de Devlin.

Quand je le retrouve, il est dans le hall de l'immeuble et s'entretient avec Ronan Thorne, qui attire mon attention et me fait signe.

— Tu es ici pour fêter ça, toi aussi ?

— Pardon ?

Devlin esquisse un sourire, comme j'ai vu Alex le faire si

souvent, autrefois, et je croise les bras sur ma poitrine pendant qu'il lui explique :

— Je lui ai dit que j'étais heureux que Myers soit mort. Mais apparemment, Mademoiselle Holmes n'est pas fan des vengeurs masqués.

— Ah, dit Thorne. Non, en ce qui me concerne, j'ai travaillé avec les forces de l'ordre locales sur le raid, alors je me suis dit que j'allais passer, étant donné que je devais venir en ville.

— Oh ? Pourquoi ? demandé-je avant d'agiter la main. Désolée. Déformation professionnelle.

Il éclate de rire et son regard croise celui de Devlin.

— Aucun souci. J'avais quelques détails à régler ce matin.

Je suis sur le point de demander ce qu'il veut dire – et si ce travail concerne la FDS –, quand Devlin me dit :

— Ronan pourrait être une source intéressante. Il peut te parler du raid, décrire comment les enfants l'ont vécu, ce que les premiers intervenants ont vu. Ça te donnera un autre angle.

— C'est vrai, acquiescé-je, étonnée par cette suggestion. Je te remercie.

— C'est un sujet important.

— Oui. En fait, j'allais te demander si tu pouvais me dire ce que fait la FDS. Tu as évoqué l'aide aux enfants.

Ronan et lui échangent un coup d'œil, puis Devlin hoche la tête.

— Je m'en charge.

Ronan fouille dans la poche arrière de son jean et en sort un portefeuille. Il me tend une carte de visite. Je remarque alors une marque rouge, à vif sur sa paume droite.

— Aïe. Qu'est-il arrivé ?

— Une broutille, dit-il avec un haussement d'épaules. Écoute, je suis d'accord pour te parler, moi aussi. Mais j'ai une réunion maintenant. Si les délais pour ton article ne sont pas trop serrés, appelle-moi.

— J'ai jusqu'à minuit, alors je n'y manquerai pas.

Mon regard alterne entre les deux hommes et j'ajoute :

— J'apprécie beaucoup.

— Les gens en ont entendu parler et savent que c'est une tragédie, dit Devlin. Mais ils ne peuvent pas vraiment saisir l'horreur que
cet homme a perpétrée à moins que ça ne leur soit arrivé, à eux. Ça
les rapproche un peu plus.

— Je suis d'accord.

Il penche la tête vers la sortie.

— Bon, j'ai quelqu'un d'autre à qui parler. Thorne, on en reparle
plus tard. Et merci pour ton aide hier.

— Quand tu veux, mec. Tu sais que je suis là pour toi.

— Toujours.

Ils se saluent en entrechoquant leurs poings. Comme ils sont
tous deux en costume, ce geste m'amuse plus qu'il ne le devrait.

— Quoi ? fait Devlin en me regardant de côté.

— Rien du tout.

J'essaie de garder une intonation impassible.

Il sourit et c'est un joli moment, car je sais qu'il comprend exactement ce que je pense. Comme toujours auparavant.

Puis il détourne le regard et notre connexion spéciale est
brisée. J'ai beau savoir que je devrais être heureuse, je ne peux
pas m'empêcher de me dire que j'ai perdu quelque chose de
crucial.

Il est déjà à mi-chemin de la porte et je presse le pas pour le
rattraper.

Je me précipite à l'extérieur juste à temps pour voir une fillette,
joli petit lutin blond, courir sur le parvis dallé pour lui sauter au
cou. Elle enroule ses bras autour de lui et glousse alors qu'il la fait
tournoyer. Au même moment, une autre fille – même modèle que la
première, mais en version plus âgée – s'avance et lui tape dans la
main.

— Maman est là-bas, dit-elle en désignant une femme à la
stature frêle assise sur un banc de pierre, les yeux gonflés par des
larmes visiblement récentes.

Devlin s'en approche et je le suis, comprenant qu'il m'a invitée à
ce rendez-vous même si je n'ai aucune idée de ce qui se passe.

Il s'assied à côté de la femme, la petite fille toujours accrochée à lui comme une sangsue.

— Je ne t'ai pas vue, là-dedans, dit-il.

— Je croyais que j'en serais capable, répond-elle en secouant la tête. Je n'ai pas pu passer la porte.

Elle lui serre la main.

— Mais je suis tellement contente qu'il soit mort. Je ne peux pas...

Elle pince les lèvres, le visage contracté par l'effort qu'elle produit pour retenir ses larmes.

— Mon amie Ellie est journaliste. Elle écrit un article sur la mort de Myers. Je me suis dit que ça aiderait les gens à comprendre s'ils savaient ce que Sue a vécu – ce que vous avez tous vécu. Souhaites-tu lui parler ?

De près, je constate à présent qu'elle n'est pas aussi fragile que je le pensais. Elle a un visage fort et des yeux perçants, et après un moment de réflexion, elle se tourne vers moi et m'adresse un simple signe de tête.

— Merci, dis-je, même si les mots me paraissent déjà trop intrusifs.

— Je... eh bien, je suis venue pour Sue.

La petite fille lève la tête de l'épaule de Devlin en entendant son prénom.

— Viens avec moi, dit l'adolescente. Je parie que tu as besoin d'aller aux cabinets.

— Je ne sais pas, répond la fillette.

— Moi, oui. Tu m'accompagnes ?

Sue hoche la tête, puis prend la main de l'autre fille. Sa sœur, je suppose.

La femme les regarde disparaître à l'intérieur, puis me lance un sourire hésitant.

— Je m'appelle Laura, dit-elle. Laura Tarlton.

— Ellie, dis-je, même si Devlin m'a déjà présentée. Ravie de vous rencontrer. Puis-je utiliser mon téléphone pour enregistrer notre conversation ?

Elle hoche la tête.

— Vous avez dit que vous étiez venue pour Sue, qu'est-ce que ça veut dire ? Est-ce qu'elle... je veux dire, Myers...

Je me tais, incapable de terminer cette horrible pensée.

Laura hoche la tête, le corps raide, et saisit la main de Devlin qu'elle serre dans un étau.

— Il l'a gardée six mois. Je la croyais morte.

Des larmes coulent sur son visage.

— Êtes-vous sûre de vouloir... commencé-je, mais elle hoche la tête.

— Oui. Oui. C'est dur. Mais c'est un peu plus facile avec le temps.

Elle reprend son souffle. Ses épaules se soulèvent et s'affaissent.

— Les gens doivent savoir, après tout.

Je pense à ce que Devlin m'a dit tout à l'heure.

— Oui. Les gens doivent savoir.

— Elle était si heureuse avant. Elle avait des copains à l'école, dans notre quartier. Elle faisait du vélo, elle jouait, elle dansait. Alexis aussi, ajoute-t-elle. Sa sœur. Avant, elle était première de sa classe, elle faisait du théâtre. Puis Myers est arrivé.

Elle frémit et se tait.

— Et vous ? demandé-je. Étiez-vous mère au foyer ? Y a-t-il un père dans leur vie ?

— Je travaillais à temps partiel à la maison en tant que correctrice, dit-elle. Ben était gérant de magasin. Il était... Il surveillait Sue, un jour, alors qu'elle faisait du vélo dans l'allée. Il est rentré chercher un soda, et quand il est ressorti, elle avait disparu. Volatilisée.

Sa voix se brise et elle retire sa main de celle de Devlin, puis croise les doigts sur ses genoux.

— Je suis vraiment désolée, dis-je.

— J'étais à l'épicerie. Je suis rentrée en catastrophe. Le monde n'avait pas de sens. Je n'ai pas compris ce qui s'est passé. Et puis... et puis, nous ne l'avons pas retrouvée. Enfin, la police nous a dit qu'elle comptait parmi les victimes d'un psychopathe qui avait enlevé des enfants. Alors Ben... Ben...

Elle s'arrête en secouant la tête.

— Ben s'est pendu, me dit Devlin, factuel, mais compatissant.

— Six mois, dit-elle. Je n'ai jamais perdu espoir, et en même temps, j'étais certaine que c'était fini. C'est un sentiment horrible, d'espérer quand on est convaincu qu'il n'y a rien à espérer. Un jour, la police a fait une descente dans la maison de ce bâtard.

Devlin lui prend la main et la serre.

— Vingt-trois enfants avaient été enlevés en deux ans, ajoute-t-il. Sept ont survécu. Sue fait partie des survivants. Je ne te dirai pas ce qu'il a fait et je ne veux pas que Laura t'en parle. Cette partie a été suffisamment médiatisée.

J'acquiesce. J'ai lu les articles, je me suis sentie mal à l'aise à chaque description. Maintenant, je ne peux pas imaginer comment Laura a survécu à ces horribles mois d'attente.

— Je suis vraiment désolée, dis-je.

— Le fait est que les fins heureuses ne sont pas comme on veut le faire croire. Tous ces autres enfants. Et ma Susie. Ma famille. Il y a tant de guérison à faire, maintenant. Je ne me plains pas, poursuit-elle, mais c'est différent des films. C'est aussi difficile, après. Avant, on est perdu et effrayé. Mais après, on a peur et on se débat.

— Tu vas surmonter ça, lui dit Devlin.

— Oui, répond-elle en hochant la tête. Nous allons surmonter ça. Au mieux, je le dois à mes filles. Pour leur montrer qu'il faut être fort.

— Voilà ce que fait la FDS, m'explique Devlin. Une partie de ce que nous faisons, à vrai dire. Nous offrons nos services à des familles comme celle de Laura. Ils ont un long chemin à parcourir, mais ils sont prêts à travailler et à accepter de l'aide. Ils vont y arriver.

— Oui, dis-je, vous allez y arriver.

J'inspire, redoutant déjà de ne pas avoir le talent d'écriture nécessaire pour rendre justice à cette histoire. Tout ce que je peux faire, c'est mettre mon cœur et ma douleur dans les mots et espérer que ceux qui liront l'article ressentiront une infime partie du chagrin et du deuil qui émanent de chaque pore de cette femme.

— Nous survivrons, renchérit Laura. Ça va un peu mieux chaque jour. Nous avons emmené Sue au parc hier. Elle est même allée sur les balançoires. Au moins pendant quelques minutes, avant de voir les papas debout à proximité. Ils lui font peur, les hommes. Si Alexis ou moi ne sommes pas avec elle, les hommes la terrifient.

Avec un sourire larmoyant, elle se tourne vers Devlin.

— Tu es le seul à ne pas lui faire peur.

— Si, dit-il. Au début, je lui faisais peur, moi aussi.

Elle essuie une larme tout en hochant la tête.

— Plus maintenant.

— Non, dit-il doucement. Plus maintenant. Donne-lui ça de ma part.

Il fouille dans la poche de son blazer et en sort le petit lapin en peluche le plus laid que j'aie jamais vu. En le voyant, Laura éclate de rire à travers ses larmes.

— Elle va adorer.

— C'est une blague entre nous, me dit-il. Du premier jour où Sue m'a parlé.

Les yeux grands ouverts, je me retiens de pleurer.

— Je n'avais pas réalisé que tu étais autant impliqué dans les œuvres caritatives de la FDS, dis-je une fois que Laura est retournée à l'intérieur du poste pour récupérer ses filles.

— Je reste en contact avec chacun d'eux. Avec certains, c'est plus personnel qu'avec d'autres.

— Oui, je comprends.

Il ne me demande pas ce que je pense du tireur, maintenant, et j'en suis contente. Mais alors que je m'assieds à l'endroit que Laura vient de quitter, je ne peux pas m'empêcher de penser que, même si je n'approuve pas l'initiative qu'a prise cet inconnu de se débarrasser de Terrance Myers, je suis soulagée, moi aussi, qu'il soit définitivement hors d'état de nuire.

16

—J'aimerais en savoir plus sur le rôle de la FDS, dis-je à Devlin. Peut-être des détails sur les autres enfants, sans leurs identités, bien sûr. Et le fonctionnement de la fondation. Pour cet article, mais aussi pour le portrait principal. J'ai le sentiment que la philosophie qui sous-tend ce que vous faites pour ces pauvres enfants est similaire au travail d'aide aux victimes de ce réseau de trafiquants du Nevada.

— À bien des égards, c'est le cas.

Il hésite et je le regarde attentivement, frustrée de ne pas pouvoir interpréter ses émotions aussi aisément qu'autrefois.

— L'article sur Myers doit être publié ce soir ?

J'acquiesce.

— L'interview est prévue pour lundi, mais ça ne fera pas de grande différence, dit-il. Tu es venue en voiture ?

Je cligne des paupières, surprise par ce changement de sujet.

— Oui. Pourquoi ?

— On peut discuter sur le chemin du retour.

— Tu n'as pas de voiture ?

— J'allais faire la route avec Ronan, dit-il.

Je me demande comment il est arrivé ici. Bien sûr, je me garde bien de poser la question, car il a sorti son téléphone et il compose un message. Il lève les yeux avant de l'envoyer.

— Ça ne te dérange pas ?

Je commence à lui répondre que c'est hors de question – je ne suis pas sûre de pouvoir supporter plus d'une heure en voiture avec lui.

Je dois hésiter trop longtemps, car il soupire en passant les doigts dans ses cheveux, qui encadrent son visage comme une crinière indisciplinée aujourd'hui.

— Tu veux des informations pour ton article, et moi, je veux faire parler du travail qu'accomplit la FDS. Comme j'espère l'avoir clairement indiqué, je tiens à ce que tu termines ton travail et que tu rentres à New York le plus tôt possible. C'est du pragmatisme, pas un complot visant à nous torturer. Mais si tu préfères conduire seule, je peux te retrouver à mon bureau dans quelques heures.

— Comment reviendras-tu ?

— Je devrais pouvoir me débrouiller.

Je suis tentée de lui répondre qu'il n'a qu'à faire ce qu'il propose, mais je me ravise. Ça fait dix ans. C'était mon premier amour, mon unique amour, et il m'a brisé le cœur. Toutefois, je suis adulte maintenant. Plus que ça, je suis journaliste. Et il m'offre une rare occasion de discuter longuement avec lui, en profondeur.

— Très bien, dis-je avant de pouvoir changer d'avis. J'ai trouvé une place, à une rue d'ici. Tu es prêt ?

Il envoie son texto, puis croise mon regard.

— Allons-y.

J'espère que je n'ai pas commis une énorme erreur.

— Tu as loué quelque chose ? demande-t-il alors que nous nous arrêtons à un passage pour piétons.

Je suis incapable de retenir le sourire qui me vient.

— Non, j'ai ma Shelby.

Il écarquille les yeux et sourit. Pendant un moment, c'est Alex.

— Tu l'as toujours ?

Une forme de bonheur m'inonde, en réaction à sa joie passagère. Après tout, c'est lui qui m'a appris à la conduire.

Mon père adorait les voitures classiques, et même s'il en avait toujours une ou deux à divers stades de délabrement dans le garage, la seule qu'il ait jamais réussi à retaper complètement était une Shelby Cobra 1965 d'un bleu intense.

Il y a travaillé pendant des années, quelques heures par-ci par-là quand il n'était pas au poste. Je m'asseyais au grand établi dans la seconde moitié de notre garage deux places – la voiture du moment restait garée dans la rue – et je faisais mes devoirs ou je lui tendais les pièces dont il avait besoin, apprenant les trucs et astuces à connaître pour entretenir une voiture classique.

Après sa mort, quand j'ai emménagé avec l'oncle Peter, je n'ai pas pensé à la Shelby pendant des mois. Je n'ai jamais posé de questions à son sujet. Je n'avais que treize ans et je pensais qu'elle avait disparu dans le cadre de la vente sur licitation où tant de mes souvenirs d'enfance avaient été vendus.

Je m'en fichais alors. J'étais trop abîmée dans le chagrin.

Mais le jour de la rentrée, l'année de mes seize ans, je suis revenue à la maison pour trouver la Shelby dans l'allée, un gros nœud rose sur son capot tout en courbes.

J'ai éclaté en sanglots. Heureuse, mélancolique, presque étourdie. Difficile de décrire mon ressenti. Tout ce que je savais, c'était qu'un flot d'émotions m'avait envahie, effaçant une partie de ce deuil persistant et me rappelant que, même si l'oncle Peter était surtout un tuteur souvent absent, il m'aimait vraiment.

Ce qu'il n'a pas fait, en revanche, c'est m'apprendre à conduire mon cadeau garé dans l'allée. Il était parti en déplacement pour son travail la nuit précédente, alors je supposais que c'était l'un de ses employés qui l'avait déposé. Comme ni Brandy ni Alex n'étaient dans les parages, je me suis simplement assise dans mon cadeau, faisant semblant de savoir manier une boîte de vitesse manuelle et m'imaginant en train de faire le tour de la ville, mes cheveux attachés dans un foulard comme Grace Kelly dans l'un des vieux films préférés de mon père.

Je me suis vite lassée, cependant, et j'ai fini par abandonner ma nouvelle voiture pour me rendre à pied jusqu'aux flaques sur la plage. C'est là qu'Alex m'a retrouvée, et le souvenir me submerge alors que je le regarde maintenant, dix ans plus tard.

— Tu te souviens de ce jour ?

— Bien sûr.

Il m'a raccompagnée à la maison, et sa joie en voyant la voiture dans l'allée a rivalisé avec la mienne.

— Tu as été son premier conducteur après papa, lui rappelé-je.

Je l'ai laissé prendre le volant, cet après-midi-là, et la fluidité avec laquelle il a emprunté chaque virage m'a ravie. Le vrombissement du moteur qui se répercutait dans mon corps a perturbé mes sens, à tel point que je me demande encore comment nous nous sommes contentés de baisers volés cette même nuit, même si je savais que nous voulions tous les deux nous dévorer.

Bien sûr, je sais pourquoi. Alex était un vrai gentleman, et moi, j'étais encore trop timide et hésitante pour insister. Mais, oh mon Dieu, comme j'en avais envie.

Nous sommes allés conduire le lendemain, après les cours, et tous les jours après cela jusqu'à son départ. Il m'a appris à piloter avec un boîtier de vitesse manuel, et nous nous sommes relayés au volant pour dévaler les routes des canyons, profitant à la fois de la vitesse et de nos conversations interminables. Puis, le week-end, nous trouvions des endroits isolés où nous étions seuls au monde. Avec ma Shelby pour seul témoin, nos lèvres se rencontraient, nos mains partaient en exploration et nos corps en redemandaient.

— Tu penses qu'elle se souviendra de moi ?

— Je n'en doute pas, dis-je en souriant. Les voitures, c'est comme les chiens. Ça n'oublie jamais un ami.

Il me regarde et je sais que c'est en réaction à ce mot. Je hausse les épaules.

— Tu peux toujours présenter ta main devant sa calandre et la laisser te renifler avant de faire des mouvements brusques.

Il s'arrête sur le trottoir.

— C'est ce que j'aurais dû faire avec toi ?

Je glisse les mains dans les poches de mon pantalon, un peu déstabilisée par le timbre grave de sa question.

— Je ne te déteste pas. Quoique, peut-être. Aucune importance. Toi, tu sembles vraiment me détester, par contre.

Ses épaules se raidissent.

— Ce n'est pas de la haine.

J'attends qu'il continue, mais il n'en fait rien.

— Bon, peu importe. Nous sommes adultes maintenant. De l'eau a coulé sous les ponts, non ?

Je recommence à marcher.

Il me rattrape, mais je ne lève pas les yeux jusqu'à ce que nous passions devant un énorme SUV et que ma Shelby apparaisse. Je l'entends étouffer un petit cri, et sans y penser, je lui donne la clé.

— Vas-y.

Il darde sur moi un regard interrogateur et je hoche la tête.

— Tu l'as mérité. Après tout, c'est toi qui lui as donné son nom.

— Shelby ? Ce nom coulait de source, dit-il en souriant.

— Peut-être, mais il lui va comme un gant.

Je cherchais un nom original, tiré de la mythologie, mais il a regardé Shelby et il a vu exactement qui elle était. C'est un don chez lui, il comprend la psychologie des gens.

Au moins, je sais qu'il m'a toujours vue telle que j'étais. Avant, du moins.

Alors que je m'installe sur le siège passager, il prend place au volant.

— On retourne à la fondation ? demandé-je. Ou chez toi ?

— Chez Brandy, ça me va. Je suis sûr que tu as envie de te mettre au travail. Je prendrai un taxi de là-bas.

— C'est ridicule. Tu n'es pas obligé de...

Je me tais alors que la réalité se fait jour.

— C'était vraiment toi devant la maison de Brandy, l'autre soir. Comment tu savais où je logeais ?

— Je connais beaucoup de choses à Laguna Cortez. D'ailleurs, où serais-tu allée ? Ta maison est occupée par ses locataires.

J'ouvre la bouche avec l'intention de lui demander comment il sait que je suis toujours propriétaire de la maison de mon enfance, mais il continue avant que je puisse parler.

— Et tu n'as pas hérité de la maison de Peter.

— Non, en effet.

Je fronce les sourcils en comprenant pour la première fois pourquoi. Peter a fait en sorte que la maison de mon père soit gardée en fiducie pour moi, les revenus de location servant à payer l'hypothèque et à investir dans un fonds universitaire. Mais il a légué tous ses biens – argent, propriété, même effets personnels – à l'un de ses cousinsdont je n'avais jamais entendu parler.

— Il te protégeait, commente Devlin, qui semble lire dans mes pensées. Il ne t'a rien laissé dans son testament parce qu'il savait que si tu possédais quelque chose à lui alors qu'il devait de l'argent au Loup, cela aurait été...

— Dangereux, dis-je en un murmure.

Le nœud qui s'attarde dans mon cœur depuis des années se détend un peu.

Je déglutis, puis le regarde.

— Tu l'as toujours su ?

— Non. Je me suis penché sur tes liens avec Laguna Cortez à mon retour. Le testament était officiel, donc je n'ai pas eu de mal à le trouver.

— Tu t'es intéressé à ma propriété. Pourquoi ?

Il ne bronche pas.

— J'estimais les chances que tu reviennes. Je pensais qu'elles étaient minimes, même avec la location. Apparemment, j'ai mal calculé.

— Bon sang, Alex...

— *Devlin.*

— C'est ça, Devlin. Pourquoi ? Pourquoi était-ce si important que je ne revienne pas ?

— Les choses ont changé, tu sais. Et tu compliques tout. Je ne suis pas un grand fan des complications.

— C'est loin d'être une réponse.

— C'est le mieux que je puisse faire.

Je déglutis péniblement.

— Bon, eh bien, désolée de t'avoir mis des bâtons dans les roues, dis-je en agitant la main. On peut y aller maintenant ?

Ses lèvres bougent comme s'il allait parler, mais il se contente de mettre la clé de contact.

— Attends !

Je lui prends la main, et aussitôt, les émotions déferlent en moi. Je la retire immédiatement. Non seulement je me sens comme une imbécile, mais en même temps j'ai une conscience aiguë de sa présence.

— Excuse-moi. Je viens de me rendre compte que... *Brandy*.

Il se tourne vers moi, son visage impassible, et je me demande s'il a ressenti autre chose que la pression de ma main sur la sienne.

— Quoi ? demande-t-il.

— Elle a *gagné* une invitation pour le gala.

— C'est vrai ? J'espère qu'elle s'est bien amusée.

Je penche la tête.

— Une invitation surprise à la toute dernière minute ? Ce n'est pas très organisé pour une fondation comme la FDS aussi bien réglée qu'une horloge.

— Je ne manquerai pas d'en référer à mes collaborateurs.

— Allez, Saint. Avoue-le.

— Je devine le flic en toi, observe-t-il avec un sourire.

Pendant une seconde, je me demande ce qu'il veut dire.

— *Devlin*, dis-je en comprenant. Oui, tu as raison.

Élevée par un flic, puis flic moi-même, et maintenant journaliste, j'ai en effet tendance à appeler mes interlocuteurs par leurs noms de famille.

— Mais tu esquives la question. Pourquoi avoir offert cette invitation à Brandy ?

Il se tourne vers moi sur son siège, et bien que son expression demeure impassible, je crois deviner un soupçon de tristesse sur son visage.

— Je me suis dit que tu aurais besoin d'une amie. Bien sûr, c'était avant de savoir que tu venais avec un cavalier.

— Oh.

Je m'adosse dans mon siège, satisfaite par sa réponse. Je ne prends pas la peine de le corriger quant à Lamar. Je l'ai déjà fait une fois.

— Bon, on ferait mieux d'y aller maintenant.

Il démarre la Shelby, mais avant qu'il ne s'engage dans la rue, je me tourne vers lui.

— Devlin ?

Il me regarde, les sourcils levés.

— Je te remercie.

Nous échangeons un sourire. Et pendant un instant, un bref moment éphémère, j'ai le sentiment que nous redevenons Alex et El.

Mais je ne compte certainement pas m'y habituer.

C'est un beau dimanche matin, mais je suis à la FDS, derrière Tamra qui me conduit dans la salle feutrée occupant la majeure partie du deuxième étage. Avec ses longues tables chargées de boîtes, ses rangées d'étagères du sol au plafond et ses murs bordés de meubles de classement, la salle de recherche de la fondation n'a rien à envier aux autres bibliothèques dans lesquelles j'ai déjà travaillé.

Je suis étonnée de voir quelqu'un à l'une des tables. Un homme d'une trentaine d'années, au visage émacié, aux épaules larges, aux cheveux dorés et au sourire chaleureux. Il disparaît presque derrière des boîtes de fiches et des piles de dossiers.

— Ça avance ? lui demande Tamra.

— C'est une mine d'or, répond l'homme en tapotant la pointe de son stylo sur un bloc-notes jaune. J'en ai déjà rempli trois.

Mon regard passe d'elle à lui.

— Pardon, mais je pensais que cette salle était fermée le week-end.

Pendant le trajet d'hier, Devlin m'a proposé de me donner accès à la salle aujourd'hui. Il m'a aussi éclairée sur la mission officielle de la fondation, consistant à protéger, secourir et réinsérer les victimes, en particulier les enfants.

— On peut tracer un cercle autour de la souffrance d'une victime, m'a dit Devlin au début de la conversation. Quoi qu'il y ait dans ce cercle – que ce soit la psychothérapie ou les animaux en peluche, la possibilité de télétravail, les allocations pour couvrir la perte de salaire, la recherche ou l'aide aux forces de l'ordre –, tu peux être certaine que nous y sommes.

Puis il m'a expliqué comment la fondation organisait ses ressources et identifiait les bénéficiaires.

J'ai entendu la passion dans sa voix alors qu'il me parlait de son organisme et de son travail, et pendant la majeure partie du trajet, j'en ai oublié notre passé commun et je me suis absorbée dans le va-et-vient familier des questions et des réponses, de la vérification de certains détails et de l'élaboration de mon article au fur et à mesure de notre échange.

Entre les informations de Devlin, la rencontre avec Laura et Sue, et les détails du raid que j'espère obtenir de Ronan Thorne, je sais que j'en aurai plus qu'assez pour rédiger une version unique de l'histoire de Myers. J'en ai fait part à Roger quand je lui ai envoyé un texto pour lui indiquer ce que j'avais appris à Laguna Cortez jusqu'à présent.

Il s'est inquiété de ma réaction au sujet du rapport entre Peter et le Loup, mais je lui ai assuré que tout allait bien. En ce moment, du moins, c'est le cas, même si je sais que ça peut devenir plus difficile à mesure que j'en apprends.

Roger a été impressionné par la direction que je donnais à l'article sur Myers et il m'a accordé jusqu'à dimanche soir pour le déposer, d'autant plus que Ronan a dû reporter notre entretien. Il m'a dit que mon texte aurait une place en vedette sur le site web, plus tard cette semaine. Je ne suis pas peu fière d'avoir impressionné mon patron.

Après le coup de fil, Devlin m'a assuré qu'il me donnerait accès à la salle de recherche dimanche matin afin que je puisse collecter plus d'informations sur Myers ainsi que pour le portrait. Mieux encore, il a promis de faire en sorte que Thorne arrive suffisamment tôt pour que j'aie le temps d'intégrer son interview à l'article.

Mais je ne m'attendais pas à avoir de la compagnie. Ça ne me dérange pas, cela dit. Seulement, je pensais avoir la salle pour moi toute seule et je me demande où j'interviewerai Ronan quand il arrivera, pour ne pas gêner mon voisin.

— La salle de recherche est fermée aux visites sans rendez-vous le week-end, explique Tamra. Les autorisations sont à ma discrétion ou à celle de Monsieur Saint. Voici Christopher Doyle. Monsieur Doyle, je vous présente Ellie Holmes.

Il repousse sa chaise et se penche par-dessus la table, la main tendue. J'hésite en essayant de me rappeler où j'ai déjà entendu son nom, mais je suis incapable de mettre le doigt dessus et je lui en fais la remarque.

— Pas étonnant, je n'ai publié qu'un seul livre jusqu'à présent. Mon nom n'est pas vraiment connu du grand public.

— Monsieur Doyle fait des recherches pour un thriller, dit Tamra.

— Le principe est centré sur la réhabilitation des fantassins du crime organisé.

— Les fantassins ?

— Les hommes de main, les gars de la rue. Qu'ils y soient nés, qu'ils aient été entraînés par des amis, peu importe. Ce sont eux les plus touchés par l'action.

Il a raison. Ces hommes sont en première ligne et se retrouvent le plus souvent pris dans le filet des forces de l'ordre.

— Et c'est un thriller ? demandé-je.

— Oui, ces gars-là ne veulent pas forcément y participer, c'est comme une mobilisation imposée. Voilà pourquoi les efforts de réhabilitation ont tendance à être très efficaces avec eux. Il suffit de les orienter vers le bon côté, n'est-ce pas ?

J'acquiesce.

— Mais comment réagir si quelqu'un fait semblant ? reprend-il. Il a été réhabilité, et il en a tiré tous les honneurs, mais en réalité, c'est une bombe à retardement.

Il sourit, manifestement content de son idée.

— Pas mal, avoué-je. Je lirais un bouquin comme ça.

— Eh bien, ça fait déjà une vente en perspective, dit-il.

Nous rions tous les trois, puis Tamra m'indique un siège et je plonge dans les dossiers d'archives à la recherche de documents sur Myers et d'informations confidentielles sur les enfants que la fondation a aidés.

Je grappille également quelques renseignements sur le réseau de traite des êtres humains du Nevada, dont Devlin et moi parlerons lundi. J'ai l'intention de commencer à creuser de ce côté-là dès que j'aurai fini l'article pour Roger.

Après quoi, je vais demander à Tamra si la fondation dispose de dossiers sur le Loup.

Je suis absorbée dans mes recherches quand Ronan Thorne me rejoint, puis suggère que nous nous installions dans la salle de pause afin de prendre un café sans déranger Doyle, qui griffonne toujours avec enthousiasme.

— Je ne faisais pas partie de l'équipe qui a fait irruption chez Myers, me dit Thorne. Seules les forces de l'ordre sont entrées. La procédure était très claire, il ne fallait pas endommager les preuves. Mais j'étais dehors, au cas où ils auraient besoin de renforts, et quand ils ont commencé à faire sortir ces enfants...

Il laisse sa phrase en suspens, son visage si empreint de douleur que j'en ai mal à la poitrine.

— Ronan ? Monsieur Thorne ?

— Désolé, fait-il d'une voix éraillée. C'est dur. Avec les enfants impliqués, je veux dire.

— Je comprends.

Il s'éclaircit la gorge, mais ne parle pas. Je ne sais pas s'il estime que nous avons terminé ou si ses paroles sont bloquées par l'émotion.

Je commence à croire qu'il ne va pas m'en dire plus quand il reprend :

— Ces enfants. Ils n'étaient que les ombres d'eux-mêmes. La fondation a fait un travail incroyable en les aidant, tout comme les organismes que nous soutenons. Ils vont bien mieux qu'on ne l'espérait, maintenant. Chacun d'eux, ajoute-t-il.

Je songe à Sue et hoche la tête.

— Mais ce qu'ils ont vécu...

Il ferme les yeux pendant un moment, puis se ressaisit et me décrit ce qu'il a vu une fois la maison vidée. La misère. La puanteur. Il me donne plus d'informations que je n'en voudrais, mais ce sera utile pour rendre l'histoire suffisamment émouvante et expliquer en détail ce qui est arrivé aux enfants.

— Si je l'avais pu, dit-il à la fin de notre échange, j'aurais mis mes mains autour du cou de cette ordure et je n'aurais pas cessé de serrer jusqu'à ce que la vie lui échappe.

J'acquiesce avec un frisson. Je ne peux pas désapprouver, et je comprends exactement ce qu'il ressent.

— Merci, dis-je à mi-voix. Je sais que c'était difficile. Sauf si tu as quelque chose à ajouter, je pense que nous avons terminé.

— Une chose encore. On ne peut pas comprendre les tourments à moins d'avoir été témoin d'une atrocité pareille. Et pour cette raison, j'espère qu'aucun des lecteurs de cet article ne comprendra.

Maintenant, ma gorge est nouée. Je ne peux pas m'empêcher de penser que ce dont il a été *témoin* n'était pas le raid sur la maison de Myers, mais quelque chose survenu avant. Un événement qui serait le moteur de son métier de consultant spécialisé en sécurité privée.

Je ne l'interroge pas à ce sujet, bien sûr, mais je demanderai à Devlin. Non par pure curiosité, mais parce qu'au cours de la conversation, j'en suis venue à apprécier ce dieu nordique à l'âme blessée.

Je le remercie encore et nous nous levons. Nous sommes sur le point de quitter la salle de pause quand il dit :

— Attends, il y a encore une chose.

— Bien sûr. Quoi donc ?

Je sors mon stylo de ma poche, prête à prendre des notes.

— Il s'agit de Saint. Je tiens à m'assurer que tu comprennes qu'il doit rester concentré maintenant.

— Je ne te suis pas...

Il soupire.

— Écoute, Ellie. Je t'aime bien. Mais c'est mon ami le plus proche, et tu le déconcentres.

— Pardon ?

— Il m'a dit que vous aviez eu une histoire, tous les deux, il y a quelque temps. Ce qu'il ne m'a pas dit, c'est que ça l'a anéanti quand ça s'est terminé, pourtant c'est assez clair. C'est fini, maintenant, et il a fait la paix avec ça. Ne complique pas les choses.

J'ouvre la bouche pour rétorquer, mais je décide qu'il vaut mieux garder la tête froide et je m'efforce de ravaler ma colère. Ou du moins, j'essaie. Froidement, je lui réponds :

— J'écris un article sur la Fondation Devlin Saint, donc il se trouve qu'il est en plein dans mon sujet. Si Saint estime que je le déconcentre, il peut me le dire en face. Et fais-moi confiance, je n'ai aucune intention de compliquer quoi que ce soit.

— D'accord, d'accord, j'ai dit ce que j'avais à dire. Maintenant, le reste ne me regarde pas.

Sur ce, il se retourne et franchit la porte, me laissant en plan, un peu hébétée par ce qui vient de se passer.

Plus que cela, il a fait germer l'idée que le départ d'Alex, des années plus tôt, l'a vraiment blessé autant qu'il m'a blessée.

Si tel est le cas, alors pourquoi persiste-t-il à me cacher la vérité ?

$\mathbf{\text{❦}}$ 17 ❦

Je suis devant mon ordinateur portable, concentrée sur la rédaction de l'article lorsque Devlin entre. Christopher lève brièvement les yeux, mais il a ses écouteurs sur la tête et il se replonge rapidement dans le dossier qui l'occupe. Il est ailleurs, abîmé dans ses dossiers.

— J'ai parlé avec Ronan, dis-je d'une voix posée.

— Tant mieux. Je ne l'ai pas vu aujourd'hui. Ça t'a été utile ?

Je le dévisage en me demandant si c'est lui qui a demandé à Ronan de me reprocher ma présence, mais je ne perçois rien.

Cela dit, je ne peux pas m'y fier. Avant, je pouvais interpréter l'expression de son visage. Maintenant, plus vraiment.

Malgré cela, nous restons polis et comme il m'a quasiment servi un bel article sur un plateau, je décide de lui accorder le bénéfice du doute, supposant que Ronan a décidé de jouer les protecteurs excessifs de sa propre initiative.

— Oui. Notre échange m'a clairement aidée à étoffer l'article.

Pour le coup, c'est la pure vérité.

— Je te remercie. Étant donné qu'on m'a seulement envoyée couvrir une conférence de presse, mon rédacteur-en-chef sera impressionné.

— Il n'y a pas de quoi. Et je suis content d'être dans tes bonnes grâces en ce moment, parce qu'il y a eu un changement de plan.

Je recule pour le regarder.

— Ne me dis pas que tu annules l'interview de demain.

— Je ne l'annule pas, je la déplace seulement.

— À quand ? dis-je en soupirant.

— Demande-moi plutôt *où*...

— Je ne te suis pas.

— Tu veux écrire quelque chose sur le travail accompli dans le cadre du démantèlement du réseau au Nevada ? Accompagne-moi là-bas.

Je commence à répondre, mais il continue.

— Je dois aller à Las Vegas demain. Malheureusement, je ne peux pas le reporter. Alors, je dois remettre notre entretien à plus tard à moins que tu m'accompagnes. Tu peux emporter les dossiers dans l'avion et travailler dans la chambre pendant que je serai absent. Tu pourras aussi visiter le bureau régional de la fondation.

— Dans la chambre, répété-je.

— Nous séjournerons au *Phoenix*.

Je secoue la tête sans comprendre.

— C'est un hôtel et un casino sur le Strip. Tu auras ta propre chambre.

Je le regarde, toujours hésitante.

— Tu m'invites à ce voyage et tu m'offres le tout inclus ? Et sans contraintes ? Pourquoi ?

— Parce que l'article est important, c'est une histoire qui mérite d'être racontée. Plus la fondation reçoit une bonne presse, plus nous recueillerons d'argent et plus de personnes dans le besoin nous contacteront. Tu vois, il est dans mon intérêt de t'aider non seulement à écrire ton article, mais aussi à comprendre pleinement le fonctionnement de la fondation.

Il n'ajoute rien, mais j'entends le reste quand même : *et dès que tu auras terminé tes recherches, tu pourras ficher le camp de Laguna Cortez.*

Et vous savez quoi ? C'est peut-être une raison suffisante pour que j'accepte.

Alors, c'est ce que je fais.

☙❧

— Je ne sais pas ce que tu prépares, mais ça sent bon, lancé-je en sortant de ma chambre d'un pas traînant vers neuf heures et demie, lundi matin.

— Muffins aux pépites de chocolat, crie Brandy, me faisant immédiatement saliver. Au fait, un colis est arrivé pour toi.

En cuisine, Brandy surpasse la plupart des boulangers que je connais. Et elle a presque toujours des biscuits et des muffins tout frais. Depuis petite, elle peut manger ce qu'elle veut et ses vêtements lui vont toujours comme un gant. Moi qui suis du genre à devoir passer à la taille supérieure si je prends deux kilos, je l'ai longtemps détestée pour ça. Maintenant, je suis seulement très jalouse.

Et je compte bien déguster un muffin.

J'arrive en bâillant dans la cuisine. J'ai envoyé mon article à Roger suffisamment tôt, mais je suis restée éveillée tard dans la nuit, à suivre une piste de recherche sur le Loup. Des informations basiques qui se trouvent sur internet, mais elles foisonnent. Et comme l'a dit le chef Randall, le monde entier sait que Daniel Lopez était le Loup, mais personne ne l'a jamais prouvé.

Puisqu'il est mort maintenant, je suppose que personne ne s'en soucie.

Je m'assieds devant le plan de travail, à côté du colis, et je chuchote :

— Café ?

Brandy pouffe en tapotant le côté de sa tasse.

— Infusion.

— Comment se fait-il que nous soyons amies, toutes les deux, rappelle-moi ?

— Je vais mettre de l'eau à bouillir pour ton café. Qu'y a-t-il dans le paquet ?

— J'ai appelé Roger avant le gala et je lui ai demandé de passer chez moi et de m'envoyer les journaux de ma mère.

Son front se plisse.

— Par nostalgie ?

— Pour l'oncle Peter, dis-je.

Elle incline la tête, me regardant avec compassion.

— Tu penses qu'il aurait vraiment pu être impliqué.

Elle le dit comme un fait, non comme une question.

— Et pendant longtemps, ajoute-t-elle.

— Waouh. On dirait presque tu es ma meilleure amie. Tu me connais si bien.

Je l'ai mise au parfum après le gala. Au sujet de Peter, du moins. Pour Alex, je ne savais pas quoi dire. Je ne sais toujours pas, d'ailleurs.

Elle pointe vers moi une spatule enduite de pâte.

— Ne l'oublie pas. Au fait, que vas-tu porter à Las Vegas ?

Elle se dirige vers l'évier, laisse tomber la spatule et commence à remplir la bouilloire.

— Tu t'es décidée ?

— Je te l'ai dit hier. Ce n'est pas un séjour romantique. C'est pour le travail.

— Tu en es sûre ? fait-elle en remuant les sourcils d'un air suggestif. Il t'a suivie au bar, tu te souviens ?

Je soupire, regrettant de ne pas avoir pris le taureau par les cornes vendredi soir en lui parlant d'Alex. Mais je ne savais pas par où commencer, et ça me semblait un poil trop après la révélation de Peter.

Même si j'avais décidé de le lui dire hier soir, après l'invitation, je suis restée tard dans la salle de recherche, longtemps après le départ de Doyle. Brandy était crevée quand je suis rentrée, alors je lui ai seulement parlé du voyage à Vegas.

Peut-être que je me cherchais des excuses.

Rien ne vaut le présent...

— Écoute, dis-je en contournant l'îlot vers le pot de café instantané. C'est un peu... Ah !

Je recule d'un bond, et en même temps, je me rends compte que la forme couchée et sans tête sur le sol n'est autre que Lamar.

Il s'extirpe du placard sous l'évier, les sourcils froncés, et me toise du regard.

— Où vas-tu ? Je crois deviner qui est impliqué dans ce soi-disant séjour professionnel...

— Objection, Votre Honneur. C'est du harcèlement de témoin.

Il se renfrogne, mais je me détourne pour verser de l'eau bouillante sur le café lyophilisé, poussant un soupir de soulagement en songeant que j'ai bien failli laisser échapper la vérité au sujet de Devlin.

Je regarde Brandy, les sourcils froncés.

— Tu aurais pu me dire qu'il était là !

— Je l'ai fait. Je t'ai appelée dès qu'il est arrivé. Quel est le problème ? Ce n'est pas comme si tu étais sortie toute nue de ta chambre.

— C'est bien dommage, observe Lamar.

Je le fusille du regard tout en versant du lait dans le café – toujours dans la première tasse de la journée pour pouvoir l'ingérer le plus rapidement possible – et je prends une longue et délicieuse gorgée de l'élixir magique.

— Et d'abord, qu'est-ce que tu fiches par terre ? demandé-je une fois que ce premier coup de fouet a remis en branle mes cellules cérébrales.

— L'écoulement se fait mal, m'explique Brandy. Je lui ai demandé de me conseiller un plombier, mais c'est lui qui est venu.

— C'est très galant de ta part, dis-je à Lamar en me tournant vers lui, maintenant assis au sol, adossé contre la porte du placard.

— Tu n'as pas répondu à ma question.

Avant que je puisse lui répondre que ce ne sont pas ses affaires, Brandy intervient.

— Elle va à Las Vegas avec Devlin Saint.

— Oh, pitié, Ellie.

Lamar essuie ses mains sur son jean en se levant.

— Tu es dure de la feuille ou quoi ? À moins que tu aies décidé de ne pas écouter ce que je dis.

Le regard de Brandy alterne entre nous.

— De quoi parle-t-il ?

— Au gala, précisé-je. Monsieur Galanterie ici présent m'a dit qu'il craignait que Saint ait une mauvaise réputation. Il a peur que le scandale m'éclabousse et que je devienne une célibataire recluse, dans une maison avec vingt-sept chats, si je m'associe avec lui.

— Pas vraiment, rectifie Lamar. *Il* a peur que Saint soit du genre à prendre ce qu'il veut.

— Moi aussi, lui rappelé-je. De toute manière, je l'accompagne pour voir en personne le travail que fait la fondation au Nevada. C'est mon job, tu te souviens ? Aussi simple que ça.

— Rien n'est simple avec cet homme.

— Bon, eh bien, tu m'auras prévenue. Mais ce n'est vraiment pas à toi d'en juger, pas vrai ?

Je suis un peu sèche, un peu froide, mais Lamar finit par secouer lentement la tête.

— Non, dit-il, tu as raison.

Une boule me noue le ventre. Techniquement, je ne mens ni à l'un ni à l'autre. Mais Brandy a connu Alex et elle mérite la vérité.

Quant à Lamar... eh bien, il craint que je sois trop proche d'un gars comme Devlin Saint. Et peut-être a-t-il raison. Dieu sait que Devlin a le pouvoir de me blesser.

Ils me regardent tous les deux, dans l'expectative, mais je ne sais pas quoi dire. J'opte donc pour la facilité et je leur dis encore une fois que ce n'est que du travail. Puis je me réjouis lorsque mon téléphone sonne, me donnant une excuse pour aller m'installer dans le salon.

— Ellie ? C'est Anna Lindstrom.

Sa voix est claire, nette, assurée comme à son habitude, j'imagine. Elle ne semble pas être du genre à laisser un mauvais réseau cellulaire saper son autorité.

Je grimace, honteuse de sentir mon animosité revenir. Après tout, je n'ai aucune véritable raison de ne pas l'apprécier, hormis le fait qu'elle est bien trop belle au bras de Devlin – et, bien sûr, qu'elle couche forcément avec lui.

— Je crois savoir que vous vous joignez à Devlin aujourd'hui sur le vol pour Las Vegas.

Je déglutis.

— Oui. Je vais travailler à mon article.

— Quelle formidable occasion pour vous. Je voulais vous faire savoir qu'il a demandé à ce qu'une voiture passe vous chercher pour vous conduire à l'aéroport. Elle sera chez vous à treize heures. Vous arriverez au *Phoenix* avant seize heures. Devlin dîne avec des représentants du projet Beyond et il espère que vous y participerez. J'ai dîné avec eux plusieurs fois et toute l'équipe est formidable. Je suis certaine que cela vous sera très utile pour votre article.

— On dirait bien, dis-je en étouffant cette foutue jalousie. Je vous remercie.

Le projet Beyond est l'organisme financé par la fondation qui effectue un travail de terrain auprès des victimes du réseau d'esclavage. C'est une chance de rencontrer certains des représentants soutenus par les fonds de la FDS.

Quand je mets fin à l'appel, Lamar est sur le départ.

— Je pars au boulot, me dit-il. Je compte sur toi pour être intelligente.

— Je suis intelligente.

— Un peu trop, même, marmonne-t-il.

— C'est trop gentil de te faire du souci pour moi, lui dis-je en l'accompagnant. Mais ce n'est pas nécessaire. Vraiment.

Il ronchonne en s'en allant. Alors que je ferme la porte, j'entends mon téléphone annoncer un message. C'est Millie.

J'ai trouvé quelqu'un pour toi. Je pense que je peux organiser une interview. Un condamné à perpétuité à Delano. Au téléphone, ça te va ? Ou tu préfères en personne ?

J'aime mieux en personne, mais je sais par expérience que cela peut prendre parfois plus de temps à organiser.

Le plus rapide.

Elle répond avec l'emoji du pouce levé et je souris en retournant dans la cuisine pour une autre tasse de café.

Brandy est derrière le plan de travail. Une manique à la main, elle sort le moule à muffins. Immédiatement, je commence à saliver.

— Bonnes nouvelles ? demande-t-elle en me regardant.

— Apparemment, je vais bientôt avoir une interview avec l'un des lieutenants du Loup.

Elle fronce les sourcils.

— Tu crois vraiment que Peter travaillait pour lui ? J'ai lu des trucs sur le web hier soir, et ce Loup m'a l'air vraiment flippant.

— Honnêtement, je ne sais pas.

Je sirote mon café tout en rejoignant le bar, où je me juche sur l'un des tabourets.

— J'en prendrai un, dis-je en désignant les muffins. Juste un seul.

Elle hausse les sourcils.

— Premièrement, tu dois attendre qu'ils refroidissent. Deuxiè-mement, qui a dit que je t'en proposais ?

— Tu adores me nourrir, la taquiné-je. À moins que...

Je m'écarte, les sourcils levés.

— Tu prépares peut-être un panier pour quelqu'un de spécial ?

À en juger par les couleurs qui se propagent sur ses joues, je sais que j'ai visé juste.

— Oh mon Dieu, c'est ça ? Qui ? Et pourquoi tu ne me l'as pas dit hier soir ?

Elle hausse une épaule.

— Je l'ai rencontré au gala, juste après notre discussion. Il m'a fait l'effet de... Je ne sais pas, d'un cadeau quand on pense à mon état de nerfs. Il est gentil, il n'est pas insistant et il est adorable. Je craignais de me porter la poisse si je t'en parlais.

— D'accord, je vois. Mais dis-moi, comment en es-tu arrivée aussi vite au stade des muffins ? Et donne-m'en un avant que l'homme mystère mange tout le reste.

— Tu le veux vraiment maintenant ? Tu vas te brûler la langue.

— Tu me connais. Je n'ai pas peur du risque. Et puis, ils sont meilleurs quand le chocolat est encore fondant.

Elle en pose un sur une assiette et le fait glisser sur le bar vers moi. Je me brûle les doigts en détachant un morceau.

— C'est délicieux, dis-je, la bouche ouverte pour essayer de refroidir le muffin bouillant sur ma langue.

— Comment se fait-il que nous soyons amies, déjà ?

— Le yin et le yang. Et parce qu'on est toujours là l'une pour l'autre.

Elle lève le bras et fait mine de me taper dans la main, de loin, avant de traverser la cuisine. Je lui réponds avec le même geste.

Une fois de plus, je me sens coupable.

— Brandy...

— Je sais, je sais. La suite de l'histoire. C'est à peu près tout. Je lui ai donné mon numéro. Hier soir, il a appelé et on est allés se promener sur la plage après le dîner. On a commencé à parler, et...

Elle termine avec un geste évasif.

— Tu sais, il est vraiment gentil. On a pris un café et il m'a raccompagnée à la maison.

— Et...

— Il m'a embrassée avant de me laisser. C'est tout. Un parfait gentleman. Je lui ai dit que je prenais mon temps et il m'a répondu qu'il était prêt à avancer à un rythme d'escargot pour une femme comme moi.

Je pose les deux mains sur mon cœur.

— Quelle belle réplique !

— C'est ce que j'ai pensé, moi aussi, répond-elle en riant. En tout cas, je suis désolée de ne pas te l'avoir dit. Je crois que je voulais voir comment ça se passait d'abord. J'en ai marre de t'appeler pour te dire que j'ai rencontré le bon, avant de me rendre compte que sa patience a des limites et qu'il rêve de performances de star du porno. Mais j'aurais dû, ajoute-t-elle en me regardant dans les yeux.

— Ce n'est rien, lui dis-je. Je comprends.

Je lui fais signe de me passer un autre muffin. Au diable mon tour de taille !

Elle m'en lance un et je le triture tout en essayant de rassembler mes pensées. Je dois décider quoi faire, quoi dire. Si tant est que je doive faire ou dire quelque chose.

Après un moment de silence gênant contraire à nos habitudes, elle contourne l'îlot central et grimpe sur le tabouret à côté de moi.

— Tu te rappelles quand papa nous a fait plier bagage pour déménager à San Diego ?

Je fronce les sourcils.

— Oui, évidemment.

— Je ne t'ai pas expliqué pourquoi. Enfin, si, mais j'ai menti.

— Tu as dit que ton père avait un nouveau travail. Je m'en souviens.

Je tends la main et la pose sur la sienne.

— Ça va. J'ai été un peu vexée quand tu as fini par me parler du bébé et de l'adoption, mais je comprends pourquoi tu ne l'as pas fait tout de suite. Je me doute que ça a été très difficile pour toi.

— Oui, dit-elle. C'était très violent. Mais c'est là où je veux en venir.

— Comment ça ?

Elle passe un doigt dans son enchevêtrement de mèches blondes et roses.

— Le fait est que j'aurais dû te le dire plus tôt. C'était un fardeau énorme et tu m'aurais aidée. Mais... Je ne sais pas, je crois que j'avais honte.

— Honte ? Un connard d'étudiant te drogue à une fête et...

Elle me serre la main.

— Ce n'est pas le propos. J'essaie de te parler de tout ce bazar avec le bébé, mes parents qui n'ont pas cru que c'était contre mon gré, le déménagement à San Diego, tout ça. Je voulais t'en parler, mais j'ai tout gardé pour moi et je n'aurais pas dû. J'aurais dû me confier. Je pense – non, je *sais* – que ça m'aurait aidée.

Elle glisse au bas du tabouret, puis retourne à la cuisine et commence à charger le lave-vaisselle.

— Je devais te le dire.

Pendant un moment, je reste assise en silence. Je ne suis pas bête. Et ma meilleure amie non plus. Elle me l'a expliqué assez clairement. J'ai envie de lui en parler. L'ennui, c'est que ce n'est pas seulement mon secret. C'est aussi celui d'Alex.

Brandy peut sembler très spontanée, mais elle sait garder un secret quand il le faut. Dieu sait qu'elle a gardé son bébé secret bien assez longtemps. Et elle n'a jamais parlé à personne d'Alex et moi, malgré les années.

Sans compter que c'est ma meilleure amie. Elle mérite la vérité. En plus, je mérite d'avoir quelqu'un à qui parler de ces montagnes russes émotionnelles qui virevoltent en moi.

— Tu dois promettre de garder le secret. C'est le genre de secret à enfermer à double tour dans ton coffre-fort.

— Lamar avait raison. Tu as couché avec Devlin Saint.

— Non ! me récrié-je. Enfin, pas exactement.

Elle se fige, un bol sale à la main. Puis, comme si l'on venait d'appuyer à nouveau sur le bouton lecture, elle recommence à bouger. Elle range le bol dans le lave-vaisselle, vient se camper en face de moi à l'îlot central et lance :

— Bon, dis-moi tout !

— Tu as déjà remarqué que Devlin Saint ressemble à Alex ?

Elle fronce les sourcils.

— Un peu, c'est possible. Ça fait longtemps que je n'ai pas vu Alex, mais il était blond.

— Crois-moi, il y a une ressemblance.

— D'accord. Mais pourquoi...

Soudain, elle écarquille les yeux.

— C'est son frère !

— Non.

— Alors, quoi ?

— Eh bien, la vérité, c'est que c'est une seule et même personne.

Elle me regarde, abasourdie. Puis elle cligne deux fois des paupières, ravale un rire et me dit :

— Tu te fiches de moi ?

❧ 18 ❧

Nous en sommes toujours au stade de l'incrédulité la plus totale dix minutes plus tard. Nous avons migré dans ma chambre pour que je puisse m'habiller et faire mes valises. Je lui ai déjà expliqué la métamorphose d'Alex, et maintenant, assise en tailleur sur mon lit, Brandy secoue la tête.

— On dirait l'intrigue d'une série télé, dit-elle. Mais pourquoi a-t-il choisi de ne plus être Alex ?

Je lève les yeux de l'unique robe de soirée que je suis en train de fourrer dans le petit bagage à main emprunté à Brandy – la valise que j'ai apportée est beaucoup trop grande pour un séjour si court.

— Honnêtement, je n'ai pas pensé à le lui demander. Comme il est Devlin Saint, maintenant, je suppose qu'il préfère le rester. C'est vrai, Saint est une célébrité, non ?

— Oui. Sans compter qu'il a peut-être toujours une cible dans le dos…

Je fronce les sourcils en réfléchissant. Le Loup est mort et ses hommes se sont dispersés. Certains, comme le type avec qui Millie m'organise une interview, sont en prison. Mais d'autres ont certainement lancé leurs propres organisations criminelles, plus modestes, financées en partie par les gains mal acquis qu'ils ont amassés en travaillant pour le célèbre patron de la pègre.

— Il se peut que tu aies raison.

— C'est de la pure folie. Et il ne se passe vraiment rien entre vous deux ?

— Tu me l'as demandé au moins une douzaine de fois. C'est un moment d'honnêteté absolue, tu te souviens ?

— Je sais, je sais. Ne va pas croire que je te prends pour une menteuse. Seulement, à l'époque, tous les deux, vous étiez... Bon sang, je ne sais pas. Une légende !

Un nœud de remords et de nostalgie me noue les entrailles.

— Oui, c'est ça. Mais on n'était que des gosses.

Elle part d'un rire sans joie.

— Tu n'as jamais vraiment été une enfant. Et Alex a toujours paru plus âgé.

Je ne peux pas être en désaccord.

— Enfin, la réponse est toujours la même. Il ne se passe plus rien maintenant. Moins que rien, d'ailleurs. Parce que cette nuit-là, dans le parking, c'était comme de la torture en réalité.

— Il t'a rejetée.

J'incline la tête comme pour souligner l'évidence.

Elle roule sur le lit pour se mettre à plat ventre, sur les coudes, son menton posé dans ses mains.

— Tu aimerais qu'il se passe quelque chose. Même s'il se comporte comme un abruti, tu as toujours envie de lui.

— Non, dis-je par automatisme.

Mais comme nous sommes parfaitement honnêtes l'une envers l'autre, je fais machine arrière.

— Tu sais quoi ? En fait, oui.

Ce simple aveu réveille des papillons dans mon ventre, qui se met à palpiter. Parce que la vérité, c'est que je me souviens encore avec une clarté cristalline de cette nuit-là, où je me suis complète-ment abandonnée à Alex Leto. La sensation de ses doigts sur ma peau. Le frôlement de ses lèvres sur mes épaules. Et tout le reste, chaque instant.

En dépit de tout, je meurs d'envie de ressentir cela à nouveau.

Cela, et plus encore.

Nous avons connu la douceur. Maintenant, je veux de la fougue. Je veux de la frénésie, de l'ardeur et de la brutalité. Je veux l'envie éperdue. Je veux Devlin Saint et tout le danger qu'il représente, tout le danger auquel j'aspire.

J'aimerais à la fois capituler et attaquer. Je veux des corps-à-corps jusqu'à l'épuisement. Jusqu'à avoir satisfait mon obsession, jusqu'à ce qu'il me sorte de la tête. Enfin, je pourrai m'en aller et tourner la page une bonne fois pour toutes. Enfin, ce sera fini, et bien fini.

— Tourner la page, dit Brandy une fois que je lui ai exposé mon plan. Ça se tient. Après tout, c'est pour ça que tu es revenue, non ?

— Oui, mais je pensais plutôt à l'oncle Peter. Je voulais connaître la vérité après avoir appris qu'il n'était pas une victime complètement innocente. Je ne m'attendais pas à voir Alex.

— Personne ne s'attend à...

— ... l'Inquisition espagnole. Je sais, je sais.

Elle rit à cette citation des Monty Python, puis se redresse, sort ma robe du sac et la plie convenablement. Elle se débrouille bien mieux que moi.

— Et lui, c'est ce qu'il veut ?

— Il m'a clairement indiqué que ce n'était pas le cas, lui dis-je en allant chercher ma trousse de toilette dans la salle de bain.

— Mais est-ce qu'*il* en a envie ?

Je reviens m'asseoir au bord de mon lit.

— Oui. Je pense que oui.

Je prends une inspiration et souffle lentement.

— Mais je le connais. Il ne le fera pas.

Et j'ai beau avoir très envie de tourner la page, ce n'est peut-être pas si mal, en fin de compte.

La voiture s'arrête sur le tarmac d'un aérodrome privé, au cœur du comté d'Orange. Devlin en personne m'ouvre la portière. Je sors pour découvrir le petit jet élégant, au logo bleu et or de la FDS.

Une femme en pantalon beige et blazer bleu, avec le nom *Compagnie Saint* brodé sur la poitrine, vient à notre rencontre sur la passerelle. Elle salue Devlin, puis se présente à moi sous le nom de Marci, notre pilote.

— Mon co-pilote, Thomas, est déjà à bord, nous dit-elle. Et Gregg assurera le service dans la cabine. Nous sommes prêts pour l'embarquement. Nous partirons dès que j'aurai l'autorisation de rejoindre la piste.

— Parfait, Marci, dit Devlin avant de me faire signe de le précéder dans l'escalier.

Je m'exécute, puis je m'arrête après avoir franchi la porte. On se croirait dans un bureau haut de gamme, avec des fauteuils inclinables en cuir, un canapé, un bureau et même un mini-bar. La seule différence, c'est que ce bureau vole dans les airs.

— Waouh, dis-je alors que Devlin me conduit vers l'un des fauteuils.

Je me tourne vers lui en ajoutant :

— C'est incroyable.

Un éclat de fierté brille dans ses yeux.

— Je suis content que tu sois impressionnée.

— C'est quand même un peu ironique, tu ne penses pas ?

— Pourquoi ça ?

— Eh bien, la FDS est un organisme caritatif. Il me semble que les fonds devraient aller exclusivement à des œuvres caritatives.

— Je ne peux pas contester cet argument.

Je tourne à trois cent soixante degrés sur le fauteuil, admirant la cabine luxueuse.

— Et pourtant... ajouté-je, goguenarde.

Il rit tout bas.

— Et pourtant, rien du tout. Ce jet n'a rien à voir avec la FDS. C'est l'un des cinq jets de la compagnie charter que je possède. Personnellement, je veux dire. Pas au nom de la fondation.

— Oh.

Je fronce les sourcils. J'aurais dû m'en douter. En faisant des recherches préliminaires sur la fondation et sur Saint, j'ai appris qu'il avait employé la majorité de sa fortune personnelle pour financer initialement la FDS. Mais il en a conservé environ dix pour cent. Et compte tenu des montants en jeu, c'est plus d'argent que je ne peux l'imaginer.

— Je ne savais pas que tu avais de l'argent, avoué-je.

— Quand je t'ai connue, ce n'était pas encore le cas. C'est l'argent de mes parents. L'argent de la famille. J'ai utilisé une partie de mon héritage pour la fondation et une autre pour financer mon train de vie personnel.

— Et les jets entrent dans la catégorie personnelle ?

— Plus ou moins, répond-il en riant. J'utilise les avions pour les déplacements dans le cadre de la fondation, poursuit-il, mais c'est moi, personnellement, qui rémunère le personnel au sol et le personnel de bord, qui paie les frais de maintenance à chaque destination et tous les coûts liés à la fondation, pour éviter à la FDS de débourser d'importantes sommes.

— Je vois.

C'est la première fois que je vois vraiment Devlin Saint dans son élément. Je l'ai vu dans son bureau, bien sûr, mais ce n'était jamais qu'un bureau. Là, c'est le luxe et l'argent, l'attrait du pouvoir. Je n'aurais jamais imaginé Alex dans un tel cadre, pourtant je ne peux pas nier qu'il s'y intègre parfaitement. Devlin Saint, du moins.

— Et la fondation elle-même ? demandé-je en me remémorant les questions que je me suis posé le tout premier jour. Je m'attendais à une décoration caritative minimaliste, mais tout est ultra haut de gamme.

— Les meubles, la déco, même le bâtiment. Tout cela, c'est moi qui en ai fait don à la fondation. Je ne voulais pas utiliser la dotation, consacrée à nos œuvres. Mais je ne voulais pas non plus que la fondation fasse pitié. C'est ironique, mais les gens sont plus susceptibles de donner quand il semble qu'une organisation est déjà bien financée. Et comme nous cherchons des donateurs importants – des entreprises, des célébrités, le 1 % des plus riches de ce monde –, on s'attend à un certain standing de notre part.

— En effet, très ironique.

— Je suis bien d'accord, c'est un fait.

Je souris, puis je pivote sur le fauteuil, délaissant les questions financières pour me plonger dans l'observation fascinante de ce nouveau terrain de jeu.

La cabine de l'équipage est séparée de la principale par une double porte. Elle est ouverte, maintenant, et je vois un homme aux cheveux roux, Gregg sans doute, qui prépare un plateau. Quand il entre, il porte une assiette de fromages et de biscuits secs, un verre de vin rouge et un autre de scotch.

— Merci, Gregg. Je me suis dit que tu voudrais un peu de vin, me dit Devlin. Mais je peux le prendre et te laisser le scotch si tu préfères.

— Non, dis-je, encore un peu dépassée. Le vin, ça me va.

Je regarde Gregg poser le plateau à l'écart sur le guéridon entre nos deux fauteuils inclinables. Puis il disparaît assez longtemps pour aller chercher des couverts et revient avec de petites assiettes, de l'argenterie et des serviettes en lin.

— Y aura-t-il autre chose ?

— Non, merci, répond Devlin. Tout est parfait.

— Dans ce cas, le pilote vous demande de boucler vos ceintures de sécurité. Notre temps de vol est d'un peu plus d'une heure et nous allons bientôt décoller.

— Merci. Oh, Gregg, fermez la porte, s'il vous plaît. Je sonnerai quand nous aurons besoin de vous.

L'expression de Gregg demeure impassible, et je ne peux m'empêcher de penser qu'il a déjà reçu cet ordre. Et même si je sais que Devlin n'a pas l'intention de me toucher, je n'imagine pas qu'il se retienne avec les autres femmes qu'il invite à bord.

Cette pensée ne me plaît pas.

— Bien sûr, Monsieur Saint, répond Gregg avant de s'éclipser, nous laissant seuls.

Je prends une inspiration, puis me penche en avant pour me servir une part de brie.

— C'est un bel assortiment pour un vol si court.

— Le dîner n'aura pas lieu avant vingt heures, et je ne savais pas si tu avais mangé quelque chose ce matin.

— Oui, copieusement, même. Brandy a fait des muffins. J'ai un peu abusé du petit-déjeuner.

Un sourire étire ses lèvres.

— Quoi ?

Il secoue la tête.

— Rien. Un souvenir, c'est tout. Ce n'étaient pas des muffins, mais vous avez passé tout un samedi à faire des expériences en cuisine, toutes les deux.

— Des biscuits au beurre d'amande et aux pépites de chocolat, c'est vrai. J'avais oublié.

— Ils étaient atroces.

Nous rions tous les deux en hochant la tête.

— Mais c'est pour ça qu'elle a fait des cookies classiques plus tard dans la journée. Elle s'est beaucoup améliorée.

— Dans ce cas, je regrette de ne pas avoir goûté à ses muffins.

Je perçois une vraie chaleur dans sa voix et je penche la tête.

— Vraiment ?

Quand je croise ses yeux, je n'y vois rien de la douceur que je viens d'entendre. Au lieu de ça, son regard est plat. Une ardoise vierge.

— Que les choses soient claires, dit-il. Je n'ai aucun regret à propos de notre passé. Aucun. Cette période de ma vie m'était chère. Mais c'est fini. Les choses ont changé. Et nous sommes des personnes différentes, maintenant.

— Aucun regret, répété-je. Pas même sur ton départ ?

Il hésite une fraction de seconde.

— Non, Ellie. Pas même sur mon départ.

Je détourne le regard, en colère contre moi-même d'avoir baissé ma garde ne serait-ce que d'un millimètre. Putain de cookies, tu parles. Puis je reprends une inspiration et me tourne vers lui.

— J'ai compris. C'est vrai. Mais j'aimerais que tu fasses quelque chose pour moi.

— Je t'écoute.

— Tu ne regrettes pas le passé ? Tant mieux. C'est super pour toi. Mais moi, oui. Je le regrette. Chaque moment. Chaque mort. Chaque abandon. Mon enfance a été un enfer vivant, et la seule partie que je croyais bonne m'a plantée de la manière la plus abjecte, la plus cruelle. Tu m'as pris quelque chose que tu ne méritais pas, Alex. Et pas seulement mon cœur. Tu n'es peut-être pas aussi minable que le salaud qui a violé Brandy, mais au moins, lui, il ne lui a jamais fait croire que c'était réel.

— Violé… quoi ?

J'enchaîne en faisant la grimace. Bien sûr, il n'est pas au courant, puisque je ne l'ai pas appris avant la fac.

— Voilà ce que j'aimerais que tu fasses. Souviens-toi du passé autant que tu veux, mais ne t'avise pas de m'en parler. Tu as dit très clairement que tu voulais que je retourne à New York le plus tôt possible. Alors, à moins que tu aies l'intention de terminer ce que tu as commencé sur le parking, je ne vois vraiment pas l'intérêt d'une parenthèse nostalgique.

Nous venons de nous avancer lentement sur la piste et je me mords la lèvre inférieure au moment où Marci annonce que nous devons attacher nos ceintures de sécurité pour le décollage. Puis j'incline la tête en arrière et ferme les yeux, attendant le vrombissement du moteur et la poussée d'accélération de l'avion quand il prendra de la vitesse pour quitter la terre ferme.

Je ne suis pas pilote, mais j'aimerais apprendre un jour. Je veux connaître ce frisson. Cette bouffée d'adrénaline, en sachant que la seule chose qui me garde en vie, c'est mon talent et la qualité de la carlingue qui me porte.

Je n'expire qu'une fois dans les airs, puis j'ouvre les yeux et fais pivoter mon fauteuil vers Devlin. Il me regarde attentivement, comme si j'étais une énigme qu'il n'arrive pas à résoudre.

— Quoi ?

Il hésite, puis répond simplement :

— Rien.

Je m'apprête à insister pour obtenir une vraie réponse, mais je ne suis pas sûre d'aimer ce que j'entendrai. Je sais ce que je fais —

chercher l'adrénaline, tutoyer la mort – et je sais pourquoi je le fais. Mais j'aime croire que je ne suis pas transparente. Que lorsque les gens me voient, ils ne voient qu'une jeune femme qui aime passer un bon moment.

Or Devlin a déjà eu un aperçu de ce qu'il y avait sous la surface. Il m'a percée à jour, ce premier soir. Il a évoqué le danger. Et il avait bien raison.

Alors, non. Ce n'est pas une question que je pose. Je ne suis pas prête à entendre son analyse de ma personne. Je me contente de le dévisager comme si je ne réfléchissais à rien de plus intéressant que des potins sur ce philanthrope milliardaire.

— Pourquoi Peter ? À l'époque où tu es venu à Laguna Cortez, je veux dire. Pourquoi as-tu choisi de travailler pour Peter ?

Il hésite et je pense qu'il va rejeter ma question. Mais il finit par se rencogner dans son siège, prend une gorgée de scotch et dit :

— Mon père le connaissait, et quand j'ai dit que je voulais travailler avant d'aller à l'université, il a appelé Peter. Pour autant qu'il sache, Peter était le meilleur dans la promotion immobilière.

Je me penche en arrière dans le cuir moelleux et croise les jambes, laissant pendre un escarpin Chanel noir au bout de mes orteils. Comme je n'étais pas sûre de ce que nous ferions aujourd'hui, j'ai enfilé un pantalon, un chemisier et une veste sur mesure. Compte tenu de notre environnement, je me sens un peu comme un magnat des affaires.

— Comment se sont-ils connus ?

— Des relations commerciales. Je ne sais pas trop.

— Tu m'as dit un jour que tu n'avais pas demandé à venir.

— Non, c'est vrai.

Il laisse son regard vagabonder sur moi, sur ma poitrine et mes jambes croisées, jusqu'à la chaussure suspendue à mes orteils. Je devrais lui dire d'arrêter, que cela ne correspond pas au cadre que j'ai défini. Mais je sais qu'il niera m'avoir reluquée. Et moi...

Bon sang, j'adore sentir mes tétons durcir et mon sexe se contracter sous son regard insistant. J'aime jouer à l'équilibriste avec lui, sur une corde raide au-dessus de charbons ardents.

Et surtout, j'aime qu'il me fasse ressentir cela.

— Tu étais la seule chose qui me plaisait, à cette époque, poursuit-il.

Il a perdu son intonation professionnelle et détachée, et j'entends une véritable émotion dans sa voix. Le genre qui me flanque une boule dans le ventre délicieusement douloureuse, que je ne devrais pourtant pas désirer.

— Toi, reprend-il, et tout ce que j'ai appris sur la gestion d'une entreprise. L'organisation. La comptabilité. Des compétences pratiques que j'utilise encore aujourd'hui. Mais sans toi, j'aurais déguerpi bien plus tôt.

— Devlin, commencé-je, mais il m'interrompt.

— C'est vraiment ce que tu veux ?

Je fronce les sourcils.

— Quoi ?

— Finir ce que nous avons commencé.

Sa voix est basse, mesurée et pleine de chaleur.

Je dois passer la langue sur mes lèvres, la bouche desséchée, et je serre mes cuisses en murmurant :

— Oui.

Je suis à peu près sûre que la température dans la cabine a grimpé de cinq degrés, parce que des gouttes de sueur perlent entre mes seins.

— Ce n'est pas une bonne idée.

C'est ce que disent ses mots, du moins. Sa voix suggère quelque chose de bien différent.

— Ah bon ?

Je détache ma ceinture de sécurité, sans m'autoriser à réfléchir et sans me soucier que le voyant soit toujours allumé.

— Je pense que c'est une excellente idée.

Je me lève et franchis la courte distance qui nous sépare. Là, très ostensiblement, je le chevauche, remerciant mentalement la personne qui a conçu ce jet pour les merveilleux sièges si spacieux.

— Ellie.

J'entends sa protestation, mais il ne fait aucun mouvement pour me repousser. Je referme mes mains autour de son cou et avance les hanches jusqu'à atteindre son sexe merveilleusement rigide.

— Tu me dois bien ça, dis-je, ôtant une main de sa nuque pour saisir l'une des siennes.

Je l'appuie sur ma poitrine et la maintiens là, puis je regarde la chaleur – l'envie – inonder son visage.

J'admets que je me délecte de la victoire quand il resserre sa prise, son pouce et son index pinçant mon téton à travers la soie fine de mon soutien-gorge.

— Tu as eu l'occasion de satisfaire ton petit fantasme, lui dis-je. Tu savais que tu partais. J'étais ton cadeau d'adieu. Ton putain de chant du cygne.

Mes hanches bougent, se pressant contre lui, et j'aimerais sentir ses doigts entre mes cuisses. Je veux qu'il me fasse jouir.

— Tu as pu tourner la page, enfoiré. Mais tu m'as laissée dans l'attente, perdue et toute seule.

— Ellie...

Une main sur sa bouche, je me penche en avant. Mes lèvres effleurent son oreille tandis que mes doigts s'aventurent à tâtons sur sa braguette.

— C'est Alex Leto qui me le doit, mais je veux que ce soit Devlin Saint qui paie. Baise-moi, exigé-je. Putain, tu me dois bien ça.

Je recule, m'attendant à voir la fureur dans ses yeux. Au lieu de ça, j'y devine la chaleur et le désir, un besoin aussi avide que le mien, si intense qu'il vibre dans l'air entre nous. Nos souffles se mêlent et je me prépare à ce qu'il me jette à terre. À ce qu'il me déshabille et me baise sans ménagement.

Puis je sens ses mains autour de ma taille et je sais que nous y sommes.

L'ennui, c'est que sa caresse est douce. Et alors qu'il me recule, tout ce qu'il me dit, c'est :

— Non.

Cette fois, je suis hors de moi. Je lui gifle violemment la joue gauche.

Ce salaud tressaille à peine.

Je suis toujours à cheval sur ses cuisses. Ma paume me pique et ma respiration devient laborieuse, lorsque j'entends le crachotement de l'interphone, suivi de la voix de Gregg.

— Monsieur Saint, il y a un appel pour Mademoiselle Holmes.

— Merci, dit-il sans me quitter des yeux.

Je m'éloigne, rajustant mes vêtements pendant qu'il sort le téléphone satellite de la console près de son fauteuil et me le passe. Je le prends, évitant soigneusement le contact de sa main et l'humiliation de son regard.

— Roger ?

Je savais que je n'aurais pas de connexion dans les airs. C'était un vol court, mais comme je suis formée pour être disponible en toutes circonstances, j'ai envoyé un texto à Anna pendant le trajet. Elle m'a donné le numéro de la ligne satellite et j'y ai fait transférer mes appels.

— Excellent travail sur l'article de Myers, dit-il alors que je m'installe dans mon siège, prenant de grandes inspirations pour essayer de m'apaiser. Tu t'es surpassée. Il sera publié sur le site demain.

— C'est génial. C'est pour ça que tu m'appelles ?

— Je voudrais savoir quand tu comptes m'envoyer le portrait de la fondation.

— En fin de semaine, je pense. Là, je suis en route pour Las Vegas avec Monsieur Saint.

Par chance, ma voix ne semble rien trahir.

— Excellent. Les délais seront serrés, mais on devrait être en mesure de préparer la maquette avant que le numéro du mois prochain ne soit envoyé sous presse.

J'effectue quelques calculs mentaux et j'acquiesce.

— Et le reste ? demande Roger d'un ton affable. Des nouvelles de ton oncle ?

— J'y travaille.

Je prends une profonde inspiration.

— Bon, d'accord, pour tout dire, je voulais t'en parler. Tu as une seconde ?

— Vas-y, petite. Tu sais que j'ai toujours une seconde pour toi.

Je me trémousse un peu. Roger a toujours été un excellent mentor, et je l'apprécie énormément, mais je me sens toujours un peu gênée. Parce qu'après tout, est-ce que je le mérite ? Bon sang, pourquoi est-ce que je mériterais d'être encore là, alors que ma mère, mon père et Peter sont tous morts ?

— J'ai perdu la liaison ?

— Désolée, dis-je en levant les yeux pour croiser le regard de Devlin.

Je me détourne, sans trop savoir si je suis gênée ou en colère. Surtout en colère, je crois.

Je chasse ces pensées pour me concentrer sur Roger.

— Écoute, tu te souviens quand je t'ai dit que cette recherche sur Peter n'était peut-être que pour moi ? Que tu ne devrais pas prévoir d'article ?

— Bien sûr.

— Eh bien, plus j'y pense, plus j'ai envie de publier quelque chose. Parce que ça ne fera aucune différence si je garde tout ça dans ma tête.

— Non, en effet.

— C'est toi qui m'as toujours dit ça, et tu as raison.

Je change de position sur le siège, rassemblant mes pensées.

— J'ai toujours cru que je serais flic, mais quand j'ai commencé, j'ai compris que ce n'était pas pour moi. Mais le journalisme ? C'est vraiment mon truc. Parce que je peux faire une vraie différence.

— Tu penses à ton oncle, tué par le Loup ?

— Exactement. Cet homme avait de vrais tentacules capables d'aller très loin et de détruire des vies innocentes. Celle de Peter. La mienne.

— Je suis d'accord. Ce serait un bon article.

— Ce n'est pas tout. Je veux enquêter pour savoir pourquoi le Loup ne s'est jamais fait arrêter ou condamner. Ma théorie, c'est qu'il avait une petite armée d'hommes à sa solde dans la police et la magistrature. Et je veux approfondir les répercussions de ce qu'il a fait.

— Ce ne sera pas un essai personnel, alors, dit Roger.

Je pivote sur le fauteuil, surprenant le regard de Devlin, qui m'observe, la bouche pincée.

— Exact. Je veux faire un véritable dossier d'investigation. Depuis les toxicomanes qui consommaient les drogues du Loup jusqu'aux mules qui les faisaient passer en contrebande et les gens qu'il attirait dans ses filets et utilisait comme l'oncle Peter. Je veux raconter les histoires des victimes, comme moi, qui ont perdu leurs familles et leurs amis, tout cela parce qu'un homme assoiffé de pouvoir et d'argent était prêt à tout pour arriver à ses fins.

— C'est ambitieux, petite.

Je me hérisse.

— Tu refuses ?

J'entends Roger respirer.

— Je dis juste que c'est une histoire personnelle et un engagement important pour quelque chose qui n'est plus d'actualité. Mais je ne dis pas non. Nous en reparlerons quand tu m'auras envoyé ton portrait. Ce que la FDS accomplit au Nevada est un sujet brûlant. L'histoire de ton oncle peut attendre encore un peu.

Je me détends.

— Oui, patron.

— Bon boulot, Holmes. Tiens-moi au courant.

Je raccroche, puis je me penche en arrière, fière de moi. Son souci des délais est légitime, mais je veux montrer que cette affaire a des répercussions encore dans le présent. Je suis un exemple vivant, car ma perception de la réalité a été bouleversée quand j'ai appris que je vivais dans le mensonge depuis dix ans.

Quand je parlerai au détenu de Millie, je parie que je serai en mesure de mettre au jour d'autres répercussions du même ordre.

Je me tourne vers Devlin.

— Au moins, ça s'est bien passé.

— Ce serait une erreur, me dit-il.

Je soupire. Je sais très bien qu'il ne parle pas de mon travail.

— Dans ce cas, soyons d'accord pour ne pas être d'accord.

Il garde le silence pendant si longtemps que j'ouvre ma sacoche et commence à revoir mes notes.

— Je comprends pourquoi tu es attirée par le journalisme, dit-il après quinze minutes de silence pesant. Tu as toujours été avide de réponses, et si tu ne trouves pas les tiennes, le mieux que tu puisses faire, c'est d'aider les autres à obtenir les leurs.

Je le fixe du regard.

— Je n'ai vraiment pas besoin d'être psychanalysée. Et surtout pas par toi.

Il hausse les épaules.

— Je vois. Mais crois-tu vraiment que cette histoire vaille le coup ? Le Loup est mort. Tu ne préfères pas te concentrer sur quelque chose qui fera la différence ? Pas une affaire vieille de dix ans ?

Je reste bouche bée.

— Comment peux-tu dire une chose pareille ? Peter a été pris dans la toile de ce salaud, et ça l'a tué. Il a mis une cible dans ton dos, au point de déraciner toute ta vie. Tu ne veux pas de réponses ? Tu ne veux pas que toute cette histoire trouve sa conclusion ?

Je vois sa gorge tressauter lorsqu'il déglutit. Puis ses yeux se rivent aux miens.

— Si, dit-il enfin. Plus que tu ne le crois.

$\text{\textborn}$ 19 $\text{\textborn}$

Je suis allée à Las Vegas une fois, avec Brandy, juste après la fac. Nous avons séjourné dans l'un des casinos les moins chers du Strip. Nous avons joué, bu, profité des buffets, regardé quelques spectacles, sans même quitter le casino. Les hôtels me faisaient penser à des motels comme il en existe à la chaîne, dopés avec un peu d'adrénaline pour paraître plus pimpants. Il n'y avait pas de véritable luxe, à l'exception des boissons diluées servies gratuitement si l'on restait assis à une table ou à une machine à sous suffisamment longtemps. Et bien sûr, du shampoing et du savon sans marque dans la salle de bain de la chambre.

J'ai réussi à rentrer chez moi avec en poche dix dollars de plus que ce que j'avais emporté, sans compter ma part de la chambre. À l'époque, je considérais cela comme une petite victoire. J'étais aussi très impressionnée par la démesure du casino.

Clairement, j'étais jeune et naïve.

Le *Phoenix* est situé sur le célèbre Strip de Las Vegas, mais Devlin m'explique qu'il se trouve dans l'un des quartiers les plus récents, délibérément à l'écart de la foule et de l'effervescence.

— Nous voulons attirer les touristes, mais cet établissement répond à un double objectif. Nous nous contentons d'un passage moindre tant que nous gagnons assez pour couvrir les frais de l'hôtel et du casino, ainsi que la réhabilitation et la réinsertion.

— Réhabilitation et réinsertion ?

Le chauffeur s'engage dans une longue allée menant à un immense bâtiment élégant, avec une structure centrale flanquée de deux hautes tours et une plus petite, à l'arrière. Au bout d'un moment, il s'arrête devant la porte cochère.

— Je t'expliquerai dans une minute, me dit Devlin alors que le voiturier ouvre la portière et me tend la main.

Devlin me suit dans l'hôtel. J'ai soudain l'impression que nous ne sommes plus au Nevada — pas plus que dans un quartier du Strip.

L'établissement est magnifique. Décoré dans un style contemporain, avec des lignes épurées et des œuvres d'art somptueuses et fonctionnelles, à l'image des lustres qui baignent la pièce principale d'une lueur chaleureuse, des meubles en acier et en cuir dans l'espace de réception, et du bar en laiton et en verre dans le coin le plus éloigné, sorte de zone tampon avec le casino de l'autre côté.

— Le casino est dans cette section, dit Devlin. Et dans les tours se trouvent les chambres de l'hôtel. Nous séjournerons dans l'une des suites.

Nous ?

Il a dit que j'aurais ma propre chambre, mais je ne lui pose pas de questions. Je ne sais pas à quoi il pense, mais ce que j'ai dit à Brandy résonne toujours au premier plan de mon esprit. *Tourner la page.*

Malgré son refus dans l'avion, je n'ai pas changé d'optique.

— ... et centre d'éducation.

Je lève les yeux en fronçant les sourcils.

— Pardon, tu peux répéter ?

— J'ai dit qu'il y avait un couloir derrière la boutique, qui mène à la troisième tour, plus petite. C'est là que se trouve le bureau local de la fondation. C'est aussi là que nous hébergeons les femmes et les enfants secourus, pendant qu'ils suivent un programme d'éducation, de réinsertion et de formation professionnelle.

— C'est incroyable. Combien de personnes ?

— La capacité maximale est d'un peu moins de cinq cents. Nous sommes actuellement à environ cinquante pour cent d'occupation.

Je hoche la tête, la gorge un peu nouée en prenant conscience qu'il y a donc environ deux cent cinquante femmes qui vivent actuellement dans cet hôtel, victimes du réseau de traite des êtres humains.

— Vous faites du très bon travail ici.

— Je sais, dit-il avec une fierté évidente dans la voix.

Il me regarde droit dans les yeux et ajoute :

— Ça me touche que tu le penses.

Je déglutis, et pendant un moment, nous restons debout, les bras ballants. Pas de tension, pas de peur, pas de manque. J'ai l'impression de retrouver notre relation d'autrefois et mon cœur se serre à l'idée qu'une partie de ce que nous partagions n'est peut-être pas morte. Ce ne sera peut-être plus jamais pareil, mais au moins, tout n'a pas été emporté comme des cendres dans le vent.

Soudain, comme par enchantement, tout s'écroule quand une femme lance :

— Devlin !

Je lève aussitôt les yeux pour voir Anna s'avancer vers nous, ses talons claquant sur le parquet ciré.

— Anna ? fait-il, les sourcils froncés.

— Je t'ai installé dans la suite Dean Martin, avec Mademoiselle Holmes de l'autre côté du couloir, dans la suite Sinatra.

— C'est Tamra qui devait venir. Et elle avait prévu la suite Sammy Davis. J'ai cru comprendre qu'elle était disponible.

— Elle a eu un petit contretemps. J'ai proposé de venir à sa place.

Devlin n'a pas l'air convaincu.

— Elle a précisé la nature du contretemps ?

— Non, fait-elle en secouant la tête. Seulement qu'il est question d'un de nos partenaires internationaux et qu'elle t'appellerait plus tard. J'ai signalé le changement de chambre à Madame Danvers, poursuit Anna. Je me suis dit que cela conviendrait mieux à Mademoiselle Holmes. Au moins, nous ne la dérangerons pas lors de nos réunions.

Elle m'adresse un sourire discret. Son comportement est parfaitement poli, et pourtant une colère sourde m'envahit. Ça ressemble beaucoup à de la jalousie. Ce qui est ridicule, car je n'ai aucun droit sur cet homme.

Son attention revient sur Devlin.

— Tamra semblait penser que c'était une excellente idée.

— Très bien, dit-il. Tu as les clés ?

Elle lui tend deux enveloppes, les cartes magnétiques.

— Je te vois demain matin à dix heures. Dans le bureau. C'est bon, je prends la relève.

Encore une fois, Anna me sourit.

— Très bien. Bonsoir, Ellie. Faites-moi savoir si vous avez besoin de quelque chose pour votre article.

Je parviens à lui répondre avec un sourire que j'espère avenant.

— Merci beaucoup.

Elle s'en va, et j'attends que Devlin nous montre le chemin de nos chambres. Au lieu de ça, il sort son téléphone et compose un numéro.

— Tamra. Dites-moi tout.

Il reste silencieux pendant un moment, à l'exception de quelques grognements gutturaux.

— D'accord. Je vais régler ce micmac. Et notre petit souci international ? Ce soir ? Bon sang, je...

Il jette un regard furtif dans ma direction, mais son visage est indéchiffrable.

— Non, non. C'est un inconvénient, mais je m'adapterai. Vous arrangez la réservation ? D'accord. Oui. Bon, je vais régler cette question de chambres. Très bien. Au revoir.

J'arque un sourcil, mais il lève un doigt et compose un nouveau numéro tout en marchant, me faisant signe de lui emboîter le pas.

— Carmen, dit-il alors que nous passons devant une superbe sculpture abstraite avant de tourner à gauche dans un couloir que je n'avais pas repéré. Je pensais vous avoir clairement fait comprendre que je voulais la suite Davis. Oui, je sais, mais elle s'est trompée.

Nous nous arrêtons devant les ascenseurs et il continue.

— J'utiliserai mon passe. Demandez-leur de monter nos bagages. Fantastique, dit-il alors que nous entrons dans l'ascenseur. Merci beaucoup, Carmen. Je peux toujours vous faire confiance pour que tout se passe bien.

Il raccroche, puis appuie sur le numéro vingt-sept, le dernier étage.

— Qui est Carmen ?

— La directrice générale adjointe. L'une des premières femmes que nous avons secourues. Elle travaille avec Dimitri, le directeur du casino.

— Secourue ?

— Elle a été victime du réseau à l'âge de vingt ans. Enlevée alors qu'elle voyageait à travers l'Europe avec une amie. Elle a survécu. Son amie n'a pas eu cette chance.

Je me rends compte que j'ai plaqué ma main sur ma bouche.

— Comment est-elle arrivée ici ? demandé-je.

— L'un des organismes que nous finançons est le projet Beyond. Tu le sais, n'est-ce pas ?

— Bien sûr. Leur travail avec la fondation est au centre de mon article. Sa mission est d'enquêter, puis d'essayer de faciliter le sauvetage des victimes du réseau. Nous rencontrons certains de leurs représentants ce soir, c'est bien ça ?

— Exactement. Eh bien, lorsque Beyond a pris connaissance du réseau qui détenait Carmen, nous avons financé leurs efforts de recherche et avons assuré le lien entre Beyond et l'organisation paramilitaire envoyée en tant qu'équipe de sauvetage.

— Paramilitaire... Je n'avais pas réalisé que la FDS était si...

Je secoue la tête en cherchant le mot.

— Proactive, je dirais.

— La majorité des fonds de la fondation vont à la recherche, à l'éducation et à la réadaptation. Mais une quantité importante est consacrée au sauvetage. Dans la mesure où nos partenaires prennent connaissance d'une situation susceptible être corrigée, la FDS est prête à participer à cet effort.

— Prête, répété-je alors que l'ascenseur s'arrête en douceur.

— Nous contrôlons tout. Depuis l'équipe que l'organisme bénéficiaire souhaite envoyer jusqu'au sauvetage lui-même.

— Tu penses que quelqu'un pourrait simuler une situation donnée ?

— Je pense que les gens peuvent être à la fois plus sournois et plus généreux qu'on le croit. Et à moins de bien se renseigner, on ne sait jamais vraiment de quel côté ils se situent. Alors, je ne suis pas enclin à agir sur un coup de tête, dans quelque domaine que ce soit. Il y a toujours des risques pour les personnes impliquées.

Il rencontre mon regard et je perçois une chaleur inattendue. Il détourne alors les yeux et me fait signe de descendre de l'ascenseur devant lui.

— Mon objectif est de limiter les dégâts. Ça a toujours été le cas.

Mon cœur fait un soubresaut et je m'arrête pour le regarder alors qu'il s'avance dans le couloir. Je ne peux pas m'empêcher de me demander s'il parle de moi. De son départ inattendu. Mais à moins qu'il s'agisse des excuses les plus pitoyables de tous les temps, je ne comprends pas.

Je pourrais l'interroger, le pousser à m'expliquer ce qu'il veut dire. Mais je n'en fais rien. Peut-être ai-je peur d'entendre la vérité. Peut-être dira-t-il qu'il savait que son départ me détruirait, et alors, ce sera encore plus réel que ça ne l'a été dans mon cœur.

Il me dira peut-être aussi qu'il devait partir, que c'était la seule façon de me protéger. Mais ce n'est pas mieux, car je ne suis pas prête à le croire. Et je ne suis certainement pas prête à lui pardonner.

Alors, j'opte pour une question :

— Participes-tu aux missions de sauvetage ?

Il fronce les sourcils et incline légèrement la tête sur le côté.

— Qu'est-ce qui te fait croire ça ?

— Je ne sais pas. Ronan a dit que vous vous étiez rencontrés dans l'armée, dis-je en haussant les épaules, toute penaude. Mais comme tu ne portes manifestement plus l'uniforme, j'imagine que je me suis trompée.

Il ne répond pas, poursuivant à grands pas tandis que je trottine rapidement à côté de lui. Nous allons jusqu'au bout du couloir, où deux portiers emportent nos bagages dans une chambre.

— Attends, nous n'avons pas deux chambres distinctes ?

— Je nous ai transférés dans la suite Davis.

— Nous ?

Il plisse les yeux et je devine un infime sourire sur ses lèvres.

— Ne t'inquiète pas. Chacun aura sa propre chambre.

— Pourquoi ?

Au fond, je ne sais pas quelle réponse je souhaiterais entendre.

Il n'y a aucune expression sur son visage quand il répond avec lenteur, presque hésitation :

— Parce que je veux t'avoir à proximité.

— Je... oh.

Je déglutis et je suis sur le point de demander à nouveau pourquoi, mais les portiers reviennent sur ces entrefaites.

Devlin leur donne un pourboire et les remercie, puis il tient la porte ouverte, me faisant signe d'entrer.

Je fais un pas, mais je m'arrête net en découvrant les lieux. Je ne devrais pas être étonnée. Après tout, j'ai vu le couloir, mais je conservais l'image de la chambre que j'ai partagée avec Brandy. Spacieuse, mais sans éclat.

La suite est aux antipodes de cette description.

— Waouh !

Je m'attarde sur le pas de la porte, humant le parfum des roses sur la table ornementale dans l'entrée.

— C'est somptueux.

En effet. Avec ses canapés et ses fauteuils rembourrés, ses étagères capables de rivaliser avec n'importe quelle bibliothèque, son mini-bar et ses portes vitrées donnant sur un balcon, c'est de toute beauté.

Il désigne une porte sur la gauche.

— Ta chambre, dit-il. Si tu allais déballer tes valises ? Nous avons juste assez de temps pour la visite avant d'aller rencontrer l'équipe de Beyond pour l'apéritif.

— Je pensais que c'était le dîner.

— Changement de plan. On a prévu deux soirées sur mon agenda.

— Aucun problème.

Je tiens à rencontrer l'équipe de Beyond, mais un dîner d'affaires m'intimidait un peu. Cet échange plus informel sera tout aussi utile du point de vue de l'article. J'obtiendrai les bases, ainsi que les coordonnées pour un éventuel suivi.

— J'ai apporté une robe de cocktail noire, lui dis-je. Ce sera approprié ? Je peux descendre dans l'une des boutiques...

J'ai repéré plusieurs magasins haut de gamme dans le hall. Apparemment, il y a une section boutiques juste à côté du casino.

Ses yeux balayent mon corps dans une inspection qui me réchauffe de l'intérieur.

— Une robe noire, ce sera parfait.

— Ne fais pas ça, murmuré-je.

Je pince les lèvres et inspire profondément par le nez. Puis je penche la tête et lui fais face :

— Tu couches avec Anna ? C'est ça ?

Il fronce les sourcils.

— Quoi ?

— Tu as envie de moi, c'est évident. Pas pour du long terme, j'ai bien compris. Mais je te plais. Je le vois dans tes yeux. Merde, j'ai même senti ta queue. Dans l'avion. Sur le parking. Je l'ai vu dans ton putain de bureau quand tu essayais de me faire taire.

Je fais un pas vers lui et poursuis tant bien que mal.

— Et tu sais très bien ce que je veux. Une baise rapide, rien de plus, Monsieur Saint. Je veux que tu me prennes, pas que tu me fasses l'amour. Je veux que tu me fasses oublier Alex et mes putains de souvenirs. Que les choses soient bien claires sur ce point.

Un muscle se contracte dans sa joue.

— Je pense avoir bien compris le message.

— Ah oui ? Parce que tu ne me plaques toujours pas contre le mur, là. Je ne sens pas ta langue dans ma bouche ni ta queue entre mes jambes. Et comme je t'ai tendu la perche plus d'une fois, la seule raison qui me vient, c'est que quelque chose te retient. Parce que tu n'as rien d'un gentleman. Je l'ai appris à la manière forte.

— Ellie...

— C'est ce qui me fait penser que tu te tapes ton assistante. Alors, je vais te le demander une fois de plus. Est-ce que tu couches avec Anna Lindstrom ?

— Non. Ça ne te regarde absolument pas, mais non. On ne couche pas ensemble.

Je reste sans rien dire, mitigée. J'en étais sûre.

— Bon, alors ça doit venir de moi.

Un ange passe et nous ne parlons toujours pas.

— Ça doit être ça, dit-il enfin. Maintenant, va te changer. Je ne veux pas être en retard.

❧

— Je suis désolée que nous n'ayons pas pu passer plus de temps ensemble, dit Nora Prescott alors que Devlin règle l'addition. C'était un plaisir de prendre de vos nouvelles, Devlin. Et un réel plaisir de vous rencontrer, Ellie.

— En effet, un plaisir, lui dis-je. Tous les deux.

Nora et Franklin Prescott ont fondé le projet Beyond il y a cinq ans et, comme je l'ai appris aujourd'hui, ils ont été le premier organisme à recevoir une subvention de la Fondation Devlin Saint, juste après sa création.

— J'apprécie que vous ayez répondu à tant de questions. J'ai bien peur que cette soirée n'ait pas été aussi productive que vous l'aviez prévu, tous les trois.

— Mais non, rétorque Franklin. Nous sommes heureux d'aider de toutes les manières possibles. La connaissance est comme le soleil dans ce monde. Plus la lumière brille, plus nous gagnons du terrain sur l'obscurité. Cet homme en sait un rayon, ajoute-t-il en désignant Devlin. N'est-ce pas ?

— Je fais de mon mieux, répond Devlin, esquivant mon regard.

Ça ne m'étonne pas. Il n'aime pas se mettre dans la lumière. Ni devant moi, ni aux yeux du monde.

Cependant, je n'en suis pas moins consciente de sa présence à mes côtés. Je ressens une tension particulière entre nous, un rapport nouveau, comme si maintenant que nous avons admis notre désir mutuel, maintenant que le bras de fer est lancé, les étincelles allaient continuer à crépiter jusqu'à ce qu'il cède ou que nous retournions en Californie.

Avec n'importe quel autre homme, je ne douterais pas de mes chances. Mais Devlin Saint a vécu dans le mensonge pendant plus d'une décennie. Et je ne suis pas sûre que mon désir soit à la hauteur de sa détermination et de sa volonté.

— Appelez-moi en cas de besoin, dit Nora. Vous avez mes coordonnées.

— Merci, dis-je en tapotant mon téléphone, face cachée sur la table.

Pendant un moment, j'ai enregistré notre conversation. Elle m'a envoyé ses coordonnées. Même si une grande partie de la soirée se réduisait à des bavardages sans conséquence, je sais que je peux reprendre contact avec elle si j'ai besoin d'en savoir plus sur le projet Beyond.

Nous les avons retrouvés pour l'apéritif il y a un peu plus d'une heure, après avoir fait une visite rapide de la tour du milieu où résident les femmes et les enfants secourus, ainsi que l'antenne locale de la FDS.

— Et les hommes ? ai-je demandé.

— Nous avons une résidence distincte. Nous ne prenons pas leur traumatisme moins au sérieux, mais nous comprenons que les femmes aient besoin d'intimité. Nous avons une maison à l'extérieur de la ville pour les victimes de sexe masculin.

Il m'a donné plus de détails alors que nous traversions l'espace commun de la tour, où les mères et les enfants jouaient, où les femmes célibataires lisaient et où quelques cours avaient lieu dans des alcôves, avec tableaux blancs et écrans numériques.

Le projet Beyond, comme je l'ai appris, fait appel à des bénévoles pour l'enseignement à proprement parler, ainsi que l'aide à la réinsertion.

— C'est une relation symbiotique, m'a dit Devlin alors qu'Anna nous rejoignait pour une visite guidée des bureaux.

Très impressionnée, je lui ai fait part de mes remarques avant de rencontrer Nora et Franklin. À présent que nous remontons à notre suite, avec toutes ces informations supplémentaires qui s'amoncellent dans ma tête, je suis encore plus abasourdie.

— Je ne devrais pas l'être, lui dis-je après lui avoir confié mon ressenti, alors que nous montons dans l'ascenseur.

— Pourquoi. Au risque de manquer de modestie, ce que nous avons accompli est vraiment impressionnant.

— Bien sûr, mais je te connais. Je sais ce que tu peux accomplir.

Je dévoile trop mon cœur, mais je m'en fiche. J'ai eu un aperçu de sa vraie personnalité ce soir, à travers Nora et Franklin.

— Tu as de quoi être fier.

Il cligne des paupières. C'est une réaction discrète, mais elle me réchauffe comme une tasse de chocolat fumante par une soirée d'hiver. Parce que c'est la première fois que je le désarme vraiment. Quand il me remercie en souriant, j'aimerais chérir ce moment pendant longtemps.

— Ça me manque, tu sais, dis-je à voix basse alors que l'ascenseur s'immobilise à notre étage.

— Quoi donc ?

— Des moments comme ce soir. Nos conversations. Les heures que nous passions, assis tous les deux, à parler. Je sentais que je pouvais tout te dire.

— C'était le cas.

— Je sais. Mais plus maintenant.

— Non, reconnaît-il. Plus maintenant.

❧ 20 ❧

J'envisage d'aller jouer au casino puisque Devlin a une réunion ce soir, mais il suggère que je reste et que je travaille sur mon article.

— Je t'emmènerai au casino demain, promet-il. Crois-moi. C'est plus amusant quand on est avec le propriétaire.

C'est alors que je me rends compte que, tout comme les jets privés, Devlin possède personnellement ce casino, dont il fait don à la fondation. C'est un autre argument en sa faveur. Je commence à me demander si cette liste croissante de qualités me pousse à l'aimer encore plus, autant qu'elle m'empêche de m'enfoncer dans le crâne que je ne peux pas être avec lui.

Si je prends un peu de recul, cela n'a aucune espèce d'importance. Je suis ici pour écrire un article et lui pour travailler. Je suis son conseil et reste dans la suite, en pantalon de jogging et en t-shirt. Je m'installe dans le salon, devant une émission lamentable de télé-réalité, pour travailler sur mon article.

J'ai à peine démarré mon ordinateur que le téléphone de la chambre sonne. Je m'apprête à appeler Devlin, mais je me rends compte que je peux très bien décrocher moi-même.

— Ellie, fait la voix de Tamra. C'est bon de t'entendre. J'espère que tu apprécies le Nevada.

— Jusqu'à maintenant, tout va bien. Le *Phoenix* est incroyable.

— N'est-ce pas ? Je suis désolée d'avoir dû rester en Californie. J'espère que tout se passe bien.

— De mon côté, absolument. Devlin se change pour aller à une réunion. Voulez-vous que je vous le passe ?

— Ne t'embête pas. Dis-lui simplement que tout est prêt pour la réunion du casino.

— Très bien. Le pauvre.

— Pardon ?

Il y a un soupçon de panique dans sa voix et je m'empresse d'expliquer.

— Non, non, je plaisante. Il m'a proposé de m'emmener au casino demain. Si j'avais su qu'il y passait déjà la soirée, j'aurais répondu je pouvais très bien y aller seule.

— Oh ! fait-elle avec un petit rire. C'est Las Vegas, après tout. La vie de casino, on n'en a jamais trop.

— Je vous dirai ça une fois que j'aurai perdu au jeu, demain.

Elle rit et je raccroche, puis traverse le salon et frappe à la porte de Devlin.

— Tamra a appelé.

En même temps, il me répond :

— Entre.

— Elle m'a demandé de te dire que la réunion du casino...

Je pousse la porte et m'arrête net dans mon élan, instantanément sous le charme. Parce qu'en cet instant, il ne porte qu'un jean, la braguette entrouverte et baissé sur ses hanches, le haut du corps entièrement et délicieusement nu.

Je savais qu'il était magnifique – il l'a toujours été –, mais j'avais gardé le souvenir d'un garçon dans ma tête. Âgé de dix-neuf ans, certes, mais encore très jeune.

Devlin Saint, en revanche, est un homme, un vrai. Bien bâti, qui plus est. Si son torse était sec autrefois, il est large, à présent, et son ventre présente les abdominaux bien définis d'un homme qui s'entraîne régulièrement. J'ai eu un aperçu de sa force quand il m'a arrachée aux bras de Monsieur Gin Tonic et je l'ai ressentie également lorsqu'il m'a serrée dans ses bras. Mais il était habillé, à ce moment-là, son corps impressionnant caché sous une couche de vêtements.

Il n'a absolument rien d'un saint. Non, c'est un ange déchu. Il émane de lui puissance, maîtrise et danger. Et il me regarde avec une telle chaleur que c'est une chance que je ne fonde pas sur place.

— La réunion ? demande-t-il.

Il me faut une éternité pour comprendre de quoi il parle.

— Oh. C'est prêt. La réunion au casino est prête.

Il hoche la tête.

— Bon à savoir, dit-il en enfilant un polo noir à manches longues.

Quand il lève à nouveau les yeux vers moi, je devine une envie brûlante sur son visage. Mais il se contente de hausser un sourcil en demandant :

— Y a-t-il autre chose ?

J'ai envie de crier : *oui, oui, bien sûr qu'il y a autre chose.* J'aimerais passer mes doigts sur sa peau nue, sentir ses lèvres contre les miennes, me consumer avec cet homme, dans un corps-à-corps si torride, fougueux et sauvage que chaque souvenir de notre passé se transformerait en cendres, le chagrin et le manque se dispersant comme des poussières dans le vent.

Bien sûr, je ne dis rien de tout cela.

Je me contente de secouer la tête en chuchotant :

— Non. C'est tout.

Et alors que je retourne en silence dans le salon, je ne peux m'empêcher de penser qu'il est bien triste, après tout ce qu'il m'a pris, qu'il ne veuille toujours pas m'accorder une conclusion digne de ce nom.

❧❦❧

Je me réveille désorientée, sans trop savoir ce qui m'a réveillée. La pièce est sombre à l'exception d'un rayon de lumière traversant le salon, et je me redresse, un peu groggy. Apparemment, je me suis endormie sur le canapé en regardant la télé et en travaillant sur mon article.

Mais l'écran est éteint.

L'esprit toujours engourdi, je ne me rends pas compte tout de suite que c'est Devlin qui a dû l'éteindre en rentrant. Soudain, j'entends un juron étouffé, un bruit sec et le tintement de morceaux de verre brisés.

Je me lève d'un bond et franchis sa porte entrouverte. Je m'arrête brutalement, stupéfaite de découvrir cet homme si impeccable et maîtrisé en temps normal dans un état méconnaissable, le corps si tendu que c'est un miracle qu'il ne se casse pas, les cheveux hirsutes autour de son visage et ses yeux hagards comme ceux d'une créature sauvage. Il se tient dans le coin le plus éloigné, de profil derrière son bureau. Le mur derrière est taché. Les éclats de verre d'un vase brisé jonchent le bureau et l'air est chargé du parfum prégnant des pétales de rose.

J'ai dû pousser un cri, car il tourne son corps imposant vers moi, et je vois l'instant précis où il réalise que je suis là. Aussitôt, il abandonne la fureur qui s'est emparée de lui pour reporter toute sa passion sur moi.

Il fait un pas dans ma direction, mais je ne bouge pas. Mon cœur bat la chamade. Je ne sais pas si c'est de la peur, de l'excitation, du désir ou de l'impatience. Tout ce que je sais, c'est que ce moment est pesant. Intense. *Sauvage.*

Bon sang, je rêve de me laisser consumer par sa chaleur.

Un pas de plus et il est juste devant moi, tel un mur d'énergie refoulée. De la colère, peut-être. De la frustration, à n'en pas douter. Du regret, probablement.

Il me surplombe, et en dépit d'un réflexe qui manque me faire reculer, je reste fermement campée sur mes jambes, penchant la tête en arrière pour croiser son regard. Plus tôt dans la soirée, j'ai enfilé un short de pyjama et un débardeur sans soutien-gorge, et maintenant, mes tétons sont durs sous le tissu fin.

Son regard me transperce et ma respiration devient pénible. J'ai envie de parler, de le supplier, même, mais je ne veux pas rompre le charme.

Lentement, il lève la main, puis effleure mon visage du bout des doigts, caressant légèrement mes lèvres avant de redescendre dans mon cou. Alors, il me saisit, refermant sa main autour de ma gorge. Il se rapproche. La pression de sa paume me force à reculer jusqu'à ce que je sois plaquée contre le mur de sa chambre, incapable d'aller plus loin.

Il me maintient immobile, puis me toise lentement du regard, tandis que son autre main suit le tracé de ses yeux, remontant le long de ma cuisse nue et sur le coton fin de mon short. Son doigt effleure la bande de peau entre le short et le débardeur, avant que sa main glisse légèrement vers le haut pour finir sur ma poitrine, son pouce sur mon mamelon dur et sensible.

— Tu veux tourner la page, Ellie ? Ce n'est pas ce dont tu as besoin, et ce n'est certainement pas ce que tu veux.

Sa main se resserre autour de mon cou et je redresse le menton. Je suis capable de respirer à mon aise, mais je ne peux nier que je suis à sa merci, tout comme je ne peux nier que je suis humide au point d'en avoir les cuisses moites.

— Ce n'est pas tourner la page que tu veux, répète-t-il. Tu veux le danger. Le tranchant du couteau.

Il se penche plus près, puis murmure, si proche que je sens le frôlement de sa barbe contre mon oreille :

— Tu veux que je jette une allumette sur l'essence pour te faire prendre feu.

Je gémis. Parce qu'il a entièrement raison.

— As-tu la moindre idée de ta vulnérabilité, là maintenant ?

J'avale ma salive et ma gorge tressaute sous sa paume alors que l'électricité crépite entre nous.

Il retire sa main, mais ne me libère toujours pas. Il m'agrippe les deux épaules, se rapprochant encore plus de moi de sorte que je sente son jean contre mes cuisses, la chaleur qui pénètre mon short. Je suis nue en dessous et j'ai envie de lui au point de la douleur, tout en redoutant le moment où il déchaînera sa fureur.

Ses mains descendent le long de mes bras jusqu'à mes poignets. Puis, dans un mouvement brutal, il les ramène au-dessus de ma tête, plaquant mes bras contre le mur à une main tandis que son corps se presse contre le mien, me prenant entièrement au piège.

J'étais policière et j'ai grandi dans la maison d'un policier. La notion de légitime défense ne m'est pas inconnue. Mais je suis frêle, pas de taille contre cet homme. J'en suis bien consciente, et lui aussi, il le sait.

Ma respiration est effrénée, mais il reste parfaitement calme. Approchant sa bouche de mon oreille, il chuchote :

— Je te possède, putain. Tu es entièrement à ma merci et tu n'as pas idée de ce que je vais faire. Ça t'excite, pas vrai, bébé ? Ce danger ? Cette peur. Je veux que tu le dises, bébé. Dis-le, ça me fait bander.

Je ferme les yeux. J'aimerais pouvoir le nier, mais à quoi bon ? Il connaît la vérité. Ça me fait peur. Cette vulnérabilité, la perte de contrôle.

Cela fait des années que je tire les ficelles avec les hommes que je baise. Je suis implacable, exigeante. Je prends ce que je veux, puis je m'en vais.

Mais ça... Oh, mon Dieu, c'est ce dont j'ai toujours rêvé. Et Devlin est le seul homme à le comprendre.

— Oui, murmuré-je. Tu le sais.

— Je le sais.

Sur ce, il remonte mon débardeur, dévoilant ma poitrine et masquant mon visage. Je prends une inspiration, puis une autre en sentant sa langue sur mon mamelon.

— Voilà comment je le sais aussi, dit-il avant de le prendre entre ses dents. Ton téton dur. Ce petit caillou rigide.

Il le suce avec avidité et un spasme me traverse avec la force d'un orgasme.

— Dis-moi que ça t'a plu, demande-t-il alors qu'une de ses mains glisse le long de mes côtes, sur la courbe de ma taille, puis sur mon short en coton.

Du bout du doigt, il effleure l'ourlet de mon short, à l'intérieur de ma cuisse. Je ne porte pas de sous-vêtements et mon bas de pyjama est ample. Le frôlement de sa peau sur une zone si sensible embrase mes sens.

— Je parie que tu as presque mal entre les jambes, en ce moment, et que tu te mords la langue pour ne pas m'implorer. Tu as envie de me supplier de te toucher, de glisser mes doigts au fond de toi. Mais tu résistes. Tu ne veux pas me donner cette satisfaction.

Il tire sur mon lobe d'oreille avec ses dents.

— Je vais te dire un secret, bébé. Je suis déjà satisfait de savoir que tu es mouillée pour moi.

Son doigt poursuit sa promenade pendant qu'il parle, d'avant en arrière le long de ma vulve, sans jamais la pénétrer. Je ne veux pas lui montrer à quel point il me fait brûler, mais c'est plus fort que moi. J'ondule du bassin, éperdue de désir, puis à mon grand désarroi, je me laisse aller à gémir.

— Bon sang, Ellie, si tu savais comme c'est érotique ! Tu me fais bander si fort !

Sa voix est rauque et j'imagine les traits de son visage. La chaleur dans ses yeux. Je ne peux pas vraiment le voir, mais j'imagine. Ça me plaît. Être ainsi exposée pour lui, simple jouet de ses désirs. Le laisser prendre le contrôle et savoir que j'en récolterai les fruits.

Sa main glisse à l'extérieur de ma cuisse jusqu'à s'arrêter derrière mon genou.

— Veux-tu que je soulève ta jambe comme ça, que je la passe autour de ma taille ? Que j'écarte ton short pour voir ce qu'il y a en dessous ?

Il redresse ma jambe en guise de démonstration et je l'entends soupirer. Je prends une inspiration en prenant conscience que, sous mon short ample, il a dû voir mon intimité dans ses moindres détails.

Il replie ma jambe et pose l'intérieur de mon genou contre sa hanche.

— Reste comme ça, dit-il.

Sa main désormais libre remonte lentement de mon genou

jusqu'à la jonction de ma cuisse et de mon bassin. Sous mon débardeur, je ferme les yeux et me mords la lèvre, impatiente de connaître son prochain geste, de sentir son doigt sous mon short s'enfoncer profondément en moi.

Mais il se fait désirer.

— Patience, bébé, murmure-t-il, son souffle taquinant mon oreille alors que son doigt se fraye un chemin le long de mon aine quand je bouge mes hanches, implorant silencieusement des caresses plus profondes. Mais pas seulement pour ça.

Enfin, ses doigts effleurent ma vulve, dans un infime frôlement.

— Tu en veux plus. Plus fort. Dis-le-moi, bébé.

— Oui, lâché-je d'une voix éraillée par le désir. Oui, s'il te plaît.

Ses doigts s'aventurent entre mes cuisses, mais à peine. Pas même jusqu'à la première phalange. Juste assez pour m'attiser et me soutirer des contractions de plaisir, juste assez pour mouiller ses doigts de sorte que je le sente quand il se retire et remonte sur mon mont de Vénus, autour de mon nombril et jusqu'à mon sein droit.

Ses doigts sont toujours humides lorsqu'il pince mon téton. Sa bouche se referme sur mon autre sein et l'aspire, tandis qu'il pince mon autre mamelon au rythme de ses succions. J'en perds la tête, le dos cambré, mes hanches donnant des coups éperdus, pressant mon corps contre lui et mon entrejambe sur le renflement de son jean, sans la moindre honte. Maintenant, je n'ai plus rien à perdre.

— Tu en as envie, dit-il en reculant suffisamment pour que son souffle frais me fasse pointer encore plus. Tu sais que tu es à moi et ça te fait mouiller.

Je suis toujours aveugle à cause du débardeur devant mes yeux, prise au piège de ses bras et complètement exposée. Ma respiration est irrégulière, mes seins tendus et mon entrejambe endolori par le désir.

Je suis tellement vulnérable.

— Dis-le-moi.

— Oui, dis-je dans un soupir, aussi léger que l'air qui nous entoure.

— Moi aussi, ça me plaît, répond-il. Parce que je te possède, putain.

Un frisson m'ébranle. Il a raison. J'aime ça. Beaucoup trop. Je ne sais pas ce qui l'a fait changer d'avis ce soir, mais j'en suis contente. Il semble différent, libéré. Et je sens qu'il m'accorde enfin la conclusion dont j'ai tant besoin.

Il relâche mes bras, m'intimant de ne pas bouger, puis relève le débardeur au-dessus de ma tête et le jette de côté. Il pose ses mains sur les miennes, et lentement – avec une langueur si délicieuse, infiniment tentante – il passe ses paumes sur mes bras, mon buste, ma taille, puis mes hanches.

Doucement, il repose au sol ma jambe qui commençait à se tétaniser autour de lui. Son doigt glisse sous l'élastique de mon short ample et il le tire très doucement sur mes hanches, le laissant tomber à mes pieds.

Pendant tout ce temps, il ne me quitte pas des yeux et je me rends compte avec un sursaut que ses iris sont à nouveau d'un brun couleur de sable. Mon esprit est trop confus pour que je m'y attarde, mais quelque part dans le flou de mes pensées, je me demande s'il a enlevé ses lentilles de contact, tout à l'heure, avant de laisser libre cours à sa colère.

Cette question abandonne aussitôt mes pensées lorsqu'il tombe à genoux, déposant des baisers de ma poitrine jusqu'à mon entre-jambe. Bientôt, je suis incapable de garder mes bras levés plus long-temps et je me penche en avant, griffant ses épaules alors que sa bouche se referme sur moi, sa langue m'entraînant vers le précipice. Je me cambre, me presse contre lui, si proche de l'extase, à deux doigts de...

Brusquement, il s'écarte et me regarde avec un sourire malveillant. À bout de souffle, j'essaie de comprendre ce qui se passe.

Il recule d'un pas et je gémis en signe de protestation.

— Oh, non, bébé, dit-il en riant. Nous sommes loin d'avoir terminé.

Il retire sa chemise et l'abandonne derrière lui sur le sol.

Puis il déboutonne son pantalon, baisse sa fermeture. Je le regarde avec audace, intriguée, alors qu'il se déshabille. D'abord, il sort son portefeuille de sa poche et le jette sur le matelas, puis il baisse son boxer en même temps que son jean. Enfin, il se retrouve entièrement nu, son sexe dressé, parfait et infiniment attirant.

C'est la première fois que je le vois vraiment. À l'époque, je manquais trop d'expérience. J'étais trop timide pour vraiment le regarder. Maintenant, alors que la tempête gronde en moi, je n'en reviens pas de m'être privée pendant dix ans d'un tel support à fantasmes.

Je déglutis en imaginant déjà ce que je ressentirai quand il sera en moi, puis je croise son regard. Un véritable brasier brûlait en lui quand je l'ai surpris, après son coup de colère, alimenté par la fureur ou la frustration – difficile à dire, peut-être le besoin d'intervenir dans les malheurs du monde et de les rectifier, tous jusqu'au dernier –, et qu'il s'est rabattu par défaut sur mon corps, seule chose à sa disposition.

Or maintenant, j'ai la nette impression que sa chaleur a changé de nature. Il ne s'agit plus de colère, de perte de contrôle ou de cette émotion sombre qui s'était emparée de lui, quelle qu'elle soit. Maintenant, tout ce que je vois, c'est le désir.

— Pourquoi ? demandé-je.

C'est le seul mot qui jaillit du tumulte incohérent de mon cerveau.

— Pourquoi ce soir, alors que tu m'as repoussée jusqu'à présent ?

Il se rapproche et je recule instinctivement, jusqu'à sentir à nouveau le mur derrière moi.

— Quelle importance ? fait-il en posant ses mains sur le mur, de part et d'autre de ma tête, avant de se pencher. Tu as vraiment besoin de le savoir ? Ou as-tu seulement besoin de mes mains sur ton corps ? De ma bouche sur la tienne et de mon sexe au fond de toi ? Quelle importance, la raison pour laquelle je te baise ce soir, tant que je te fais perdre la tête, tant que je prolonge ton plaisir jusqu'à ce que tu cries mon nom ? Dis-moi, Ellie. As-tu vraiment besoin de le savoir ?

Mon menton entre ses doigts, il me retient tandis qu'il m'embrasse avec vigueur, son corps plaqué contre le mien. Sa verge dure comme le roc se presse contre mon ventre et l'envie revient en force. Je gémis et m'ouvre à lui, écartant les jambes en même temps que les lèvres. J'étouffe un cri quand ses dents frôlent ma langue, quand ses mains m'empoignent les fesses. Il prend possession de moi et je pense qu'il va me baiser sur-le-champ. Au lieu de quoi, il me porte vers le lit et me pose par terre. Mon corps se dérobe et je sens mes genoux flageoler.

Il s'assied sur le matelas tandis que je reste debout devant lui, les yeux dans les siens.

— Que voulais-tu faire dans l'avion ?

Ma voix chevrote quand je demande :

— C'est ce que tu veux ?

— Oh, bébé, c'est ce que je veux et bien plus encore.

Ses paroles sont douces, lourdes de promesses.

— Je veux que tu te mettes à genoux pour me sucer. Je veux t'attacher au lit. Je veux t'enlever tout pouvoir, tout contrôle. Je veux que tu sois grande ouverte pour moi, soumise au plaisir comme à la douleur. Je veux tout te donner et tout te prendre. Je veux repousser tes limites, puis je veux te regarder jouir. Mais pour le moment, j'ai seulement envie de te baiser.

Je déglutis, confondue par toutes ces propositions. Enfin, je le rejoins sur le lit et j'enfourche ses cuisses.

— Un préservatif ?

Sa bouche frémit et il récupère le portefeuille qu'il a jeté sur le lit. Il rencontre mes yeux et je me demande s'il se souvient de cette nuit, il y a tant d'années. Je ne lui pose pas la question, craignant trop de rompre le charme. S'il ne me baisait pas, je suis sûre que je me ratatinerais sur place, que j'en mourrais.

Il l'enfile, et même si c'est lui qui mène la danse ce soir, je ne veux plus attendre. Je me lève et murmure :

— Maintenant. Tout de suite. Ne me force pas à supplier.

Il faut reconnaître qu'il m'épargne l'attente insoutenable en me laissant m'empaler sur lui. Je suis si humide, si prête, que malgré son volume, je le prends tout entier. C'est une sensation délicieuse, la friction, la résistance en dépit de ma moiteur. Je me hisse, les mains sur ses épaules, les cuisses tendues pour mieux me laisser retomber. Pour des moments comme celui-ci, je me félicite d'aller régulièrement à la salle de sport.

Au moment où je me cambre, ses doigts viennent se poser sur mon clitoris, produisant une autre étincelle entre nous. J'ai beau vouloir faire durer ce moment, j'en suis tout bonnement incapable. Lui non plus, je le sens. Sa verge se contracte à l'intérieur de moi, son corps se tend, son souffle dérape.

— Oui, bébé, putain, vas-y, chuchote-t-il alors que je le chevauche comme si ma vie en dépendait.

Enfin, je touche l'extase du doigt. Ça y est, je crois que j'y suis.

Oh, mon Dieu, oh, waouh ! Dans une déferlante de plaisir, tout mon corps se crispe et je me resserre autour de lui.

— Putain, oui, crie-t-il.

Je me penche en avant, mon corps en feu, ma tête tout contre la sienne alors que des tremblements nous parcourent. Bientôt, les étoiles se dissipent et je ne vois plus que nos deux corps unis, essayant de comprendre si tout cela est bien réel.

Est-ce que je viens vraiment de coucher avec le garçon que j'ai tant aimé ?

Ou était-ce juste une autre de ces baises rapides, avec un inconnu que je ne prendrai jamais le temps de connaître ?

�֍ 2 1 ✎

Je suis seule quand j'ouvre les yeux et je me tourne vers le réveil. Trois heures quinze.

Je me redresse, hébétée, et jette un œil autour de moi, m'attendant à voir un rayon de lumière sous la porte de la salle de bain, mais tout est noir. Hier soir, je me suis effondrée avec lui sur son lit, épuisée et comblée. S'il ne m'a pas prise dans ses bras comme le ferait un amant attentionné, il est tout de même resté à côté de moi, sous les draps.

Je me suis endormie en sachant qu'il était là. Et ça m'a plu, bien plus qu'il ne le faudrait.

— Devlin ?

J'attends. Pas de réponse. Les sourcils froncés, je me glisse hors du lit puis je parcours la suite à sa recherche, mais elle est vide. Frustrée, je tourne en rond en me demandant où il a bien pu aller au milieu de la nuit.

Cela dit, nous sommes à Las Vegas. C'est certainement le meilleur endroit au monde pour les insomniaques.

Je me dirige vers le salon en espérant qu'il m'aura laissé un mot, mais il n'y a rien. Je me rends compte avec agacement que je suis en colère qu'il ne m'ait rien dit. Bien sûr, ça n'a aucun sens. Nous ne sommes plus Ellie et Alex. Et même si, au lit, c'était encore plus torride que je l'aurais imaginé, ce n'était rien de plus que cela. Du sexe.

Une conclusion à notre histoire.

Et je n'en attends rien de plus. Tout le reste serait une complication inutile, brouillonne. Qui a besoin de ça, franchement ?

Non, je ne peux pas vraiment me plaindre qu'il ne me tienne pas informée de ses moindres faits et gestes. Mais il aurait au moins pu avoir la courtoisie de me laisser un mot. Après tout, il a pris la peine de m'écrire quelque chose, il y a toutes ces années, quand il est parti pour de bon. Un bref message, du style « à tout à l'heure », ça n'aurait pas été la mer à boire.

Au risque de paraître accro, je compose son numéro, mais son téléphone sonne sur la table de chevet.

Raté.

J'hésite un instant, puis j'appelle la réception.

— Comment puis-je vous aider, Mademoiselle Holmes ?

— Vous venez de le faire, dis-je. Comme vous saviez que c'était moi, j'en déduis que vous savez déjà que Monsieur Saint n'est pas dans la suite. Sauriez-vous où il se trouve ?

— Au bar de l'hôtel. Dois-je lui apporter le téléphone ?

— Non, merci. Ce ne sera pas nécessaire.

Je raccroche et envisage d'aller me recoucher. Il n'arrivait pas à dormir, sûrement. Mais à vrai, dire, moi non plus, et s'il boit un verre, j'en veux bien un, moi aussi. Après tout, n'est-ce pas l'intérêt d'être à Las Vegas ? L'alcool à volonté ?

Je me demande aussi pourquoi il ne s'est pas contenté de rester dans le salon. Cette suite fait environ quatre fois la taille de mon appartement à Manhattan. Ce n'est pas comme s'il allait me déranger en allumant la lumière.

Comme je suis toujours en débardeur et en short, je vais dans sa commode chercher un t-shirt. Bêtement, je n'ai emporté que des vêtements de travail ou de soirée. Je sais que ça ne le dérangera pas. J'ai parlé avec lui pendant qu'il déballait sa valise et j'ai constaté les lacunes de mes propres bagages. Il m'a dit que je pouvais me servir.

L'ennui, c'est que j'ai ouvert le mauvais tiroir. Au lieu des t-shirts, je découvre deux pantalons de survêtement. Je suis sur le point de fermer le tiroir quand je remarque un objet noir et familier dans la pénombre ambiante.

Mon estomac se noue. Mon père était policier. J'ai été policière. C'est donc sans surprise que j'écarte les vêtements pour révéler un Glock noir et bronze.

Je reste plantée là, figée, mon esprit en ébullition. Que fait-il avec une arme ?

Je fais volte-face, aux aguets, comme si quelqu'un risquait de me sauter dessus. Aussitôt, je me dis que je suis ridicule. Cet homme est milliardaire. Il voyage fréquemment. C'est un ancien militaire. Et je suis sûre qu'il a des ennemis. C'est parfaitement logique qu'il ait une arme à feu.

Je le prends et tire sur la glissière pour vérifier la chambre. Chargé. Je fronce les sourcils en éjectant le chargeur. Plein.

Pourquoi prendre la peine d'insérer une cartouche, puis d'éjecter le chargeur et de rajouter cette dernière balle ?

Et pourquoi ne m'a-t-il pas dit qu'il y avait une arme à feu dans la chambre ? Après tout, c'était mon métier, on ne peut pas dire que les armes me soient inconnues.

Cela dit, c'est peut-être précisément pour ça. Peut-être pense-t-il que je suis une inconditionnelle des forces de l'ordre, au point de désapprouver la possession d'armes par les particuliers.

Je n'ai pas de réponses, mais comme je suis sur le point de descendre le rejoindre, je compte lui poser la question au lieu de me faire des idées.

J'ouvre le bon tiroir, attrape un t-shirt bleu délavé au logo de la FDS, puis je vais dans ma chambre chercher un legging que j'ai apporté pour l'associer à une veste mi-longue et des Jimmy Choo noires. Ce soir, je renonce aux talons hauts pour enfiler mes ballerines préférées.

Je repère Devlin dès que j'arrive en bas, assis à une petite table de cocktail dans le bar qui jouxte l'entrée du casino. Il n'est pas seul, cependant, et à mesure que je me rapproche, je constate qu'il parle avec Ronan Thorne. Je ne savais même pas qu'il venait à Las Vegas, lui aussi.

Thorne me voit en premier, mais au lieu de me saluer, il regarde Devlin et secoue la tête, comme un signal. Devlin se retourne et je décèle un instant de gêne avant qu'il ne me sourie et me fasse signe.

— Désolé de t'avoir laissé tomber, me dit-il. Je croyais que tu avais sombré pour de bon.

— Ça va, lui dis-je, vaguement alarmée. Excuse-moi de vous interrompre.

— Non, ce n'est rien.

Il désigne un siège libre, et alors que je m'y installe, une partie de l'inquiétude qui s'attardait autour de moi comme un nuage noir commence à se dissiper.

Thorne me regarde, impassible.

— Je ferais mieux d'y aller, dit-il à Devlin. Tout va bien ?

— On le saura bien assez tôt. À demain.

Thorne nous salue d'un mouvement de tête, puis se dirige vers la sortie. J'attends qu'il ait franchi les portes et qu'il soit sorti du bâtiment avant de dire :

— Je ne savais pas que Ronan était ici.

Il retire l'élastique de ses cheveux et passe les doigts dans sa crinière.

— Oui. Il est arrivé avant nous.

— Que se passe-t-il ?

— Rien, les affaires.

— Les affaires ? Il est trois heures du matin.

J'entends l'accusation dans mon intonation et je le regrette aussitôt.

— Intéressant, c'est une heure assez raisonnable dans d'autres parties du monde. Y a-t-il un problème ?

Je m'affaisse sur mon siège en secouant la tête.

— Non. Je suis désolée. Le problème, c'est moi. Je me suis réveillée et tu n'étais pas là.

Je croise son regard.

— Ça ne devrait pas être un problème, je sais.

— Non, dit-il avec détermination. Ça ne devrait pas.

J'ignore le nœud désagréable dans mon estomac. Ce qui s'est passé dans la chambre, les sommets vers lesquels il m'a entraînée, plus vertigineux que jamais, étaient censés m'aider à tourner la page, après tout. Ce devait être le coup final qui satisferait une bonne fois pour toutes ce besoin persistant.

— Ne t'inquiète pas, dis-je d'un ton mordant. Je ne me suis pas traînée ici parce que ta queue me manque.

Il lève un sourcil.

— Non ?

— Je t'ai emprunté ça, dis-je en lui montrant le t-shirt que je porte.

— Eh bien, ça te va beaucoup mieux qu'à moi.

— Je n'en suis pas certaine.

Je l'imagine, grand, ténébreux, le corps sculpté, avec le vêtement souple soulignant son torse et ses abdominaux. Oui, ça lui va clairement mieux.

— Et en quoi ça t'a poussée à descendre ? Tu voulais mon autorisation ? Je t'avais proposé de te servir.

— Je me suis dit que ça te dérangerait peut-être de savoir que j'avais trouvé ton arme.

Il paraît étonné, mais ne répond pas tout de suite. En fait, pendant un bref instant, il semble figé dans le temps. Puis il secoue lentement la tête.

— À moins que tu aies l'intention de te lancer dans une fusillade, ça ne me dérange pas du tout. Qu'est-ce qui t'a fait croire ça ?

Je hausse les épaules.

— J'ai été surprise de le trouver, c'est tout. Légitime défense, je suppose ? Tu dois recevoir des menaces ?

Il fait signe au serveur, désignant son verre en levant deux doigts.

— Je la garde avec moi quand je suis dans une foule ou quand je prononce un discours. Prudence élémentaire.

— Tu es formé ? Suis-je bête, bien sûr que oui. L'armée.

Maintenant, il se penche en arrière, l'air intéressé.

— Je voulais te demander, tout à l'heure. Que sais-tu de mon service dans l'armée ?

— Pas grand-chose, avoué-je. Je l'ai appris en faisant des recherches sur toi – enfin, des recherches sur Devlin. D'après l'armée, tu as bien servi et tu as été démobilisé avec les honneurs. Ils n'ont pas donné beaucoup d'infos.

Il faut dire que je n'ai pas creusé trop loin. Je me suis dit que Devlin Saint me raconterait tout ça lui-même. Après tout, je n'avais aucun moyen de savoir qu'il était un fantôme revenu de mon passé.

— Ronan a dit que vous aviez servi ensemble, ajouté-je. Mais j'avoue que je ne sais plus trop. Tu as vraiment été dans l'armée ? Ou est-ce une fiction tout autant que ton identité ?

— Je t'assure que je suis très réel, quel que soit mon nom.

Ses yeux m'enveloppent et son regard me fait l'effet d'une caresse, laissant une traînée de chaleur dans son sillage.

— Je ne pense pas qu'un homme fictif aurait pu te faire crier comme ça.

Ma bouche est sèche et j'attrape son verre pour croquer le dernier glaçon.

— Oui, mon dossier de service est bien réel. Quant à l'arme, je suis peut-être un civil maintenant, mais je ne commettrai pas d'imprudences en matière de sécurité personnelle. Pas dans ma position. Ça ne t'inquiète pas, j'espère ?

Il a l'air amusé.

— Tu as peur pour ta sécurité ? Peur que je puisse être un danger pour toi ?

Il a baissé la voix et son timbre sensuel me va droit au cœur. Je serre les jambes, espérant que la réaction ne se manifestera pas dans ma voix.

— Le danger, j'en bouffe au petit-déjeuner, ne l'oublie pas !

Il caresse sa barbe, les yeux rivés aux miens.

— Il y a d'autres choses que tu pourrais bouffer.

Je hausse les sourcils, me retenant de rire aux éclats.

— Donc on est passés du sarcasme aux allusions sexuelles ?

C'est dingue les effets d'une bonne baise sur l'état d'esprit, n'est-ce pas ?

— C'est vrai. *Bonne* baise, c'est tout ?

À présent, je pouffe sans retenue.

— Ne cherche pas les compliments. Et ne change pas de sujet.

— Je n'avais pas réalisé qu'il y avait un sujet.

— Il y en a maintenant, parce que ça m'est venu à l'esprit.

Je me penche en avant et baisse la voix.

— Dans ton bureau, quand on a parlé de l'ancien Alex et du nouveau Devlin, tu as dit que la protection des témoins n'était pas impliquée. Alors, comment as-tu fait ? C'est une chose d'endosser une identité et d'avoir une vie discrète. Mais tu avais dû sacrément couvrir tes traces pour rejoindre l'armée. Le gouvernement t'a aidé ? Je veux dire, étais-tu dans une unité spéciale ou quelque chose comme ça ?

— Disons simplement que j'ai financé la FDS avec la majeure partie de mon héritage, mais que j'en ai utilisé une grande part pour ma nouvelle apparence.

Il hausse les épaules.

— Entre autres choses, l'argent peut vraiment acheter la liberté.

Au même moment, le serveur arrive avec nos boissons. Je prends une longue gorgée tout en réfléchissant à sa réponse. Ce n'est pas faux. D'après ce que j'ai vu, l'argent se rapproche presque de la magie. La seule chose qu'il ne peut pas faire, c'est de ramener les morts.

Il prend son verre, mais ne boit pas. Il se contente de faire tournoyer le liquide, m'observant depuis l'autre côté de la table jusqu'à ce que je cède et lui demande à quoi il pense.

— Je me demande si tu me fais confiance, répond-il.

— Pas vraiment. Je te l'ai dit, à l'étage. Sans compter la fois où tu m'as pris mon innocence avant de m'abandonner.

Il a la bonne grâce de paraître contrit.

— Je ne parlais pas forcément de sexe, précise-t-il. Quant à notre dernière nuit, je ne peux rien dire pour changer les choses.

Je secoue la tête.

— Non, ce n'est pas que tu ne *peux* pas, c'est que tu ne *veux* rien dire.

Aussitôt, je regrette ce que j'ai dit. Je voulais lui lancer une gifle impérieuse en affichant mon mépris, mais ça ressemble surtout à un rameau d'olivier. Parce qu'au fond, je viens de lui dire que j'imaginais un monde dans lequel il serait pardonné pour m'avoir quittée, ce jour-là. Un scénario dans lequel il me dirait la vérité, et où je lui accorderais mon pardon.

Voilà pourquoi je m'empresse d'ajouter :

— Tu m'as blessée.

— Tu crois que je ne le sais pas ? Tu crois que je ne comprends pas que je ne pourrai jamais me réconcilier avec toi ? J'aurai beau te dire à quel point j'ai envie de toi, combien de fois j'ai fantasmé sur toi au fil des ans, ça n'y changera rien, pas vrai ?

Je secoue la tête.

— Ça me rend triste. D'autant que je ne comprends toujours pas pourquoi.

— Pourquoi ? répète-t-il. Bon, je vais te dire pourquoi. Je suis parti parce que je devais le faire. Parce qu'il n'y a jamais rien eu que je ne sois pas prêt à faire pour te protéger.

— Si c'est vrai, dis-moi le reste. Était-ce à cause de Peter ? Étais-tu le suivant ?

— Ce ne sont pas des questions auxquelles je peux répondre, Ellie. N'insiste pas, sinon cette conversation se termine maintenant.

Bien sûr, ça me donne envie d'insister encore plus. Mais au lieu de ça, je demande :

— Pourquoi m'as-tu laissé entrevoir la vérité ? L'autre soir, à marée basse. Tu es venu me voir. Tu ne portais pas tes lentilles. Tu voulais que je te reconnaisse. Pourquoi ?

Son doigt effleure le bord de son verre et il répond en regardant la table.

— Parce qu'au moment où j'ai appris que c'était toi qui venais m'interviewer, j'ai su que je n'avais que trois choix. Je pouvais te tuer, dit-il en levant la tête, me regardant droit dans les yeux sans la moindre trace d'humour sur le visage. Je pouvais te garder tout près de moi, ou bien te renvoyer.

Il attend que je réponde, mais comme je me contente de lever les yeux au ciel, il poursuit :

— Le seul moyen d'être certain à cent pour cent que tu ne saurais jamais que j'étais Alex, c'était de te tuer. Mais, évidemment, ce plan présentait quelques inconvénients.

— Oui, évidemment.

— Te garder tout près de moi ? C'était ce que je voulais. Tu n'as pas idée comme je le voulais. Mais je t'ai blessée, autrefois. Et de toute façon, certaines raisons m'empêchent de t'avoir à mes côtés, quels que soient mes désirs.

Mon pouls s'accélère à cause de la chaleur de sa voix. J'aimerais lui demander ses raisons, mais je ne veux pas l'interrompre. Et surtout, je sais qu'il ne me le dira pas.

— Te renvoyer chez toi, c'était aussi dangereux. Et si tu allais raconter au monde que Devlin Saint est une fiction ?

Il prend une autre gorgée.

—J'ai des secrets, Ellie. Bon sang, même mes secrets ont des secrets. Je ne fais confiance à personne, ou presque.

Il me prend la main, puis frotte doucement son pouce sur le mien.

— Et pourtant, chaque fois, je t'ai fait suffisamment confiance pour te laisser partir. Sur la plage. Après le parking. Après le gala. Encore une fois, je te laisserai partir après notre retour à Laguna Cortez, et je te ferai confiance pour garder mon secret. Mais d'abord, je veux que nous soyons rassasiés l'un de l'autre.

Il me faut un moment pour comprendre ce dont il parle, et aussitôt, un frisson me traverse.

Il dit qu'il a envie de moi.

Il me dit que c'est seulement pour la durée de notre séjour à Las Vegas.

Il a ses secrets. J'ai mon travail. Et je serai bientôt de retour à Manhattan, de toute façon.

Cette fois, la balle est résolument dans mon camp. Je peux

profiter de lui pour le moment, assouvir tous mes fantasmes, ou du moins, essayer. Ou bien, je peux refuser, et nous partirons chacun de notre côté.

Pendant un moment, je respire, laissant les ramifications des deux options se développer dans mon esprit. Puis j'avale le reste de mon bourbon, repousse le verre et fais glisser ma chaise.

— Ce qui se passe à Vegas reste à Vegas, pas vrai ?

Son sourire est sensuel, terriblement sexy avec un soupçon de soulagement.

— Il est tard, dit-il. Mais j'espère vraiment que tu n'es pas fatiguée.

— Y a-t-il une chance que tu me dises ce qui s'est passé tout à l'heure ?

Je l'interroge alors qu'il signe l'addition et il lève furtivement les yeux avant de reporter son attention sur la note. Il griffonne sa signature, éloigne le porte-documents en cuir, puis rencontre mon regard, le visage de marbre.

— Non.

Bien sûr, je m'y attendais. Mais je n'imagine pas l'Alex que je connaissais perdre son sang-froid comme j'ai vu Devlin le faire dans sa chambre. Quant à Devlin Saint... eh bien, jusqu'à ce que j'entende ses jurons et l'éclat du verre brisé, je n'aurais jamais imaginé qu'il puisse avoir des raisons de dérailler à ce point.

— Tu peux me parler, tu sais. Enfin, on peut étendre les critères de notre accord pour inclure la conversation si tu as besoin de te confier. Je te promets de ne pas répéter tes secrets.

Ses traits s'adoucissent et il presse sa main sur la mienne.

— Merci, dit-il. La réponse est toujours non, mais merci.

Je hausse ostensiblement les épaules, mais je ne peux pas nier que je suis déçue. Non que j'aie désespérément besoin de potins, mais j'ai adoré nos discussions, et son silence ne fait que me rappeler à quel point les choses ont changé.

Il s'éloigne de la table et j'en fais de même, pour me figer en apercevant une chevelure rousse derrière un groupe de fêtards à moitié ivres devant nous. Une seconde plus tard, mon intuition se confirme. *Anna*.

Je sais que je ne devrais pas être énervée, mais nous sommes en pleine nuit, et tout ce que je veux, c'est retourner dans la chambre, m'envoyer en l'air avec Devlin pour sceller notre accord, puis m'endormir du sommeil du juste, comblée sexuellement.

Anna n'est pas la bienvenue dans ce plan, et d'après le regard de Devlin, il est d'accord avec moi sur ce point.

— Un problème ? demande-t-il lorsqu'elle nous rejoint.

Son corps est tendu, sa tête légèrement penchée. Il semble préparé au pire, et une fois de plus, je me demande ce qu'il se passe. Y a-t-il eu un autre incident avec les réseaux de trafiquants ? Une mission de sauvetage a-t-elle échoué ?

Anna me jette un œil, visiblement contrariée. Et même si Devlin m'a assuré qu'il n'y avait rien entre eux, je ne peux pas m'empêcher de me demander si son mécontentement est lié à ma présence.

Quand elle parle, cependant, je me fais l'effet d'une imbécile excessivement jalouse. Parce que non seulement je n'ai aucun droit sur Devlin, mais parce qu'il devient vite évident qu'elle est ici pour une raison professionnelle – et une raison qui la fait travailler au milieu de la nuit, qui plus est.

— Ces, euh… ces fuites de serveurs qui te préoccupaient, dit elle. Nous avons pu examiner certains des flux réseau interconnectés. Et ça nous a permis d'identifier la source.

— Voilà au moins une bonne nouvelle. Es-tu en mesure de dire si l'information s'est propagée ?

Les lèvres pincées, elle secoue la tête.

— Ça ne semble pas être un problème. Mais en même temps, ça ne sauterait pas aux yeux.

— Bien sûr. Enfin, l'identification est une première étape. Remercie l'équipe et félicite-les pour moi. Dis-leur que je leur enverrai un message personnellement dans la matinée.

— Très bien. Es-tu...

Elle s'interrompt en secouant la tête et il hausse les sourcils.

— Tout va bien. J'apprécie ton intérêt. Les failles de sécurité de ce type sont inévitables, de temps en temps. Nous les réglerons comme pour tout le reste. Une étape après l'autre.

Elle incline la tête.

— Bien sûr. Bonne nuit, Devlin. Ellie.

Elle m'adresse un sourire qui me paraît glacial, mais c'est peut-être une projection de ma propre jalousie.

Devlin me prend le bras, les doigts un peu plus serrés que nécessaire autour de mon coude, alors que nous nous dirigeons vers l'ascenseur.

— Piratage de sécurité ? demandé-je alors que nous montons à notre étage.

Il me relâche le bras et se frotte les tempes.

— Quelque chose comme ça. Cela aurait pu être grave, mais comme je l'ai dit à Anna, nous allons renforcer nos défenses.

— Tu m'as dit que tu ne couchais pas avec elle.

Il se tourne vers moi, clairement irrité.

— Et c'est la vérité.

— Désolée. Ça ne me regarde pas.

Je suis sincère. Je ne sais pas ce qui a provoqué ce commentaire acerbe, mais j'ai l'air d'une vraie garce, collante avec ça.

— Alors, pourquoi tu me le demandes ?

Je le suis jusqu'à notre porte, regrettant amèrement mes paroles. Seuls en bas, tous les deux, nous étions bien. Bon Dieu, j'adorais cette torpeur post-coïtale qui s'était transformée en pacte d'amitié un peu particulier. En ce qui me concerne, coucher avec lui m'aidera à tourner la page, et je suis prête à embarquer.

Pourtant, je viens de casser l'ambiance et je ne peux rejeter la faute que sur ma propre jalousie insensée.

Il me regarde, sa clé magnétique à la main, à attendre ma réponse.

— Honnêtement, je ne sais pas. Votre façon de parler, tous les deux. Il y a une intimité.

Il caresse sa barbe en soupirant.

— On ne couche pas ensemble. Mais ça nous est arrivé, il y a de nombreuses années. Avant même que je te rencontre, figure-toi.

— Oh.

Je franchis le seuil, puis je jette un œil par-dessus mon épaule alors qu'il laisse la porte se refermer derrière nous.

— *Oh.*

Il paraît presque amusé, mais je détourne le regard et me dirige vers le canapé. Je me blottis dans un coin, un oreiller sur mes genoux. Comme il n'a toujours rien dit, je me lance :

— C'était ta première, n'est-ce pas ?

Il ne dit pas un mot, mais je connais la réponse. Je le vois sur son visage. Et le fait que je puisse encore le comprendre, ne serait-ce qu'un peu, me donne un regain de confiance inattendu.

— C'est ça, dis-je. Et maintenant, vous n'êtes plus que des amis ?

Il défait son élastique et passe les doigts dans les mèches, agitant sa chevelure.

— Exactement. Nous nous connaissons depuis toujours. Nos pères étaient amis. Nous avons passé beaucoup de temps ensemble, alors que nous n'étions pas spécialement proches de nos pères respectifs.

Il se pince l'arête du nez et soupire.

— Elle est partie à la fac et nous avons perdu le contact. Mais je l'ai cherchée environ un an après avoir lancé la fondation. Elle enseignait les sciences humaines au lycée, mais elle s'est dit que la fondation aurait plus d'impact sur les gens, alors elle nous a rejoints. Et voilà.

— Et voilà, dis-je en me recroquevillant. Écoute, je suis désolée.

— Pourquoi ?

— Parce que je te pose des questions qui ne me regardent pas. Seulement je... j'imagine que j'ai toujours envie de te connaître.

— Je comprends, répond-il d'une voix douce. Mais à quoi bon, puisque cela va se terminer ?

Je serre mon oreiller plus fort.

— Nous pourrions encore être amis.

Son rire est brutal et désespérément triste.

— Non, c'est impossible. Et tu le sais aussi bien que moi.

Je déglutis, parce qu'il a raison. Aussi triste que je sois à l'idée que nous nous séparions pour de bon quand je retournerai à New York, je sais que c'est ainsi. Pour nous, il n'y a que deux options, et il est hors de question que je sois seulement « amie » avec Devlin Saint. Je pourrais faire semblant, à la rigueur, mais cela me rongerait de l'intérieur.

Le mieux que je puisse obtenir de Saint, c'est un bon moment avant d'arracher le sparadrap d'un coup sec et de voir la croûte du passé disparaître, laissant une autre cicatrice sur mon cœur.

Je jette l'oreiller par terre, puis je m'avance sur le canapé jusqu'à lui. Une fois à son niveau, je pose ma main sur le haut de sa cuisse.

— Tu as raison. Ça se terminera quand je rentrerai.

— Ça se terminera après Vegas, dit-il fermement.

Je m'humecte les lèvres, puis glisse ma main plus haut, mes doigts effleurant le renflement de son jean.

— Dans ce cas, j'ai juste une autre question pour toi. On dort ou on baise ?

Je suis délicieusement endolorie mardi matin, malgré une douche chaude – dont j'ai dû profiter seule, car Devlin était au téléphone. Maintenant, je suis habillée et je suis installée sur le canapé du salon, où je dresse une liste de questions pour le personnel de la FDS de Las Vegas ainsi que pour les résidentes de la tour arrière.

Je veux entendre le récit de leurs sauvetages, mais également de leur formation professionnelle, de leur réadaptation, des soins médicaux et psychologiques. En un mot, j'ai l'intention de tout couvrir, et je suis sur le point de revoir les notes que j'ai prises dans la salle de recherche ce week-end lorsqu'une notification apparaît sur mon écran. Lorenzo Bell est mort. Sous ce pseudonyme est connu l'un des éléments clés dans la traite des êtres humains, figurant sur la liste des personnes les plus recherchées par l'immigration américaine depuis plus d'un an, avec des crimes commis un peu partout dans le monde. Je m'y intéresse depuis que Roger m'a confié l'article sur la FDS, d'autant plus que de nombreuses femmes résidentes de la tour arrière du *Phoenix* auraient été enlevées par des « soldats » du réseau de Bell.

Je clique sur le lien et atterris sur un court article rapportant que l'assassinat a eu lieu juste avant minuit, hier soir, devant l'*Everest Hotel & Casino* à l'autre bout du Strip. Bell assistait à un concert en compagnie d'une escort-girl de la ville, sans son contingent habituel de gardes du corps. Il s'était grimé pour l'occasion, avec une perruque, une fausse barbe et une moustache.

La prostituée a tenté de s'échapper, mais des passants l'ont interceptée et la police a pu l'interroger. La photo montre une jeune femme dans tous ses états, aux cheveux blonds bouclés et aux yeux immenses et profonds. D'après la légende, elle n'a rien vu et n'a compris que Bell était mort qu'en le voyant tomber.

Apparemment, ils s'étaient mêlés à la foule en quittant le concert. Quelqu'un s'est approché d'eux et lui a collé un pistolet sous la cage thoracique. Il lui a tiré une balle en plomb de calibre 22 à bout portant, qui a fait éclater son rein, a ricoché dans son intestin et l'a tué presque instantanément.

J'ai une image mentale de l'assassin. Un homme grand, la tête basse, les gestes nets et déterminés. Il avait peut-être une équipe pour l'aider à repérer Bell. En tout cas, il avait certainement reçu des informations à l'avance. Il savait non seulement que Bell serait au concert, mais aussi qu'il serait déguisé.

Après avoir repéré Bell, l'assassin a attendu, puis il est passé derrière lui, dissimulé par la cohue. Il s'est rapproché, a enfoncé le canon de son arme dans son dos. Il a tiré, puis il s'est fondu dans la foule alors que Bell tombait au sol.

Les premiers à réagir ont supposé qu'il s'était évanoui jusqu'à ce qu'ils voient le sang. Personne n'a entendu le coup de feu. Pas étonnant. Un calibre 22 aurait à peine retenti comme le pop d'une bouteille de soda décapsulée.

J'imagine que le tireur est un homme, mais cela pourrait tout aussi bien être une femme. En tout cas, c'est un professionnel aguerri, compétent et extrêmement maître de lui. Ce genre de meurtre à bout portant exige des nerfs d'acier et une formation militaire.

Mon esprit en ébullition revient immédiatement vers l'arme dans le tiroir de Devlin. Mais c'est une pensée incohérente. Le tireur a utilisé un 22 relativement silencieux. Le Glock de Devlin est un 9 mm très bruyant. Et d'abord, pourquoi un philanthrope comme Devlin Saint errerait-il dans les rues de Las Vegas pour éliminer les hommes recherchés par la police ?

Je secoue la tête, rejetant cette éventualité. Honnêtement, par moments, je me dis que je ferais mieux d'écrire de la fiction.

Quant à ma carrière actuelle, je retourne justement à mon dossier de recherche sur Bell lorsque mon téléphone sonne. C'est Millie. Je réponds avant la deuxième sonnerie.

— Salut, comment vas-tu ?

— Surmenée et sous-payée, dit-elle. Et tu me dois un verre.

— Le prisonnier de Delano. Tu sais quand je pourrai l'appeler ?

— Oui. Andrew Cornwell. Il travaillait pour le Loup. Et il connaissait Peter. Il n'a pas voulu me parler, mais quand je lui ai dit que tu étais la nièce de Peter, il a accepté. J'ai fini par convaincre le directeur de la prison. Ils t'appelleront à onze heures demain. Ils t'expliqueront toutes les règles, puis ils te passeront Cornwell. J'espère que ça te sera utile.

— Tu es incroyable. Sérieusement. Je te dois plus qu'un verre.

— Deux verres et un dîner, dit Millie. Ça fait des lustres qu'on n'a pas passé un peu de temps ensemble pour rattraper le temps perdu.

— Ça marche. Et encore merci. Onze heures. J'ai hâte.

Je souris en mettant fin à l'appel, puis je lève les yeux pour découvrir Devlin qui me regarde tout en se dirigeant vers la kitchenette avec une serviette autour de la taille, les cheveux et la peau humides. Hmm, c'est tentant. Étant donné que nous partons dans moins de trente minutes, ça me semble terriblement cruel.

— Qu'y a-t-il à onze heures ?

— Demain. Entretien téléphonique avec l'un des hommes du Loup.

Je sautille presque sur mon siège tant je suis excitée.

Je me lève et le rejoins, prise d'une brusque envie de caféine. Je me verse une tasse et la sirote, essayant de ne pas prêter attention au renflement maintenant évident sous sa serviette. Ni à la réaction épidermique de mes tétons. Nous n'avons pas le temps, et c'est bien dommage. Parce qu'avec cet homme, je me sens vivante.

Je suis tellement concentrée sur mon attitude qu'il me faut un moment pour réaliser qu'il fronce les sourcils.

— Quoi ?

Il secoue la tête.

— J'ai peur que plus tu en apprends sur Peter, moins ça te plaise. Ce qui compte, c'est qu'il était ton oncle. Et qu'il t'aimait. As-tu vraiment besoin de retourner les rochers pour voir le côté obscur ?

— Oui. Absolument. J'ai besoin de savoir. J'ai besoin de comprendre.

Je hausse les épaules avec fatalisme.

— Flic. Journaliste. Je suis le genre de personne qui a besoin de réponses. C'est dans mon sang.

Il hoche la tête, mais il n'a pas l'air content et mon cœur se serre, sachant qu'il s'inquiète pour moi.

J'abandonne mon café, puis je me hisse sur la pointe des pieds. Les mains sur ses épaules pour garder l'équilibre, je l'embrasse très doucement.

— J'apprécie que tu t'en préoccupes, lui dis-je. Maintenant, va t'habiller.

❧ 23 ☙

On accède à la tour arrière avec une clé magnétique. Une fois dans le hall, on a l'impression de ne plus être à Las Vegas. Le rez-de-chaussée est aménagé en bureau, avec une réception, une salle d'attente et des baies vitrées tout autour des locaux ovales.

Je distingue l'intérieur des espaces de travail : des employés s'activent, en réunion, au téléphone, penchés sur leurs ordinateurs. Quand Devlin m'emmène rencontrer certains d'entre eux, je suis tout aussi impressionnée par les gens que par l'énergie qui en émane.

Nous faisons le tour de chaque département et j'en apprends plus sur les recherches qui accompagnent les victimes du réseau, le processus selon lequel la FDS assure la liaison avec les organismes qu'elle finance, comme le projet Beyond, l'aide aux forces de l'ordre et bien plus encore.

C'est l'heure du déjeuner quand je finis de rencontrer tout le monde. J'ai mal à la main à force d'écrire et mon téléphone est plein à craquer d'enregistrements, que je passerai au crible plus tard. J'espère que les entretiens combleront les lacunes de ma prise de notes.

Devlin profite d'être en ville pour parler au personnel. Des sandwiches sont servis dans la salle de conférence, après quoi nous monterons dans la tour pour rencontrer certaines des résidentes.

Je m'assieds en fond de salle, où je grignote un sandwich à la dinde en regardant Devlin dans son élément. Il y a une estrade à sa disposition, mais il préfère s'appuyer contre une table, incroyablement professionnel dans son costume sur mesure, même si sa posture décontractée reflète un homme accessible et à l'aise dans son rôle et sa maîtrise du sujet qu'il aborde.

Il passe en revue les progrès réalisés par le bureau de Las Vegas depuis sa dernière visite, parlant de mémoire sans même consulter ses notes, mentionnant même de nombreuses résidentes par leur nom. Il discute avec les employés, évoque les problèmes de financement et les entreprises commanditaires, analysant l'efficacité de certains programmes éducatifs et offrant des alternatives et des ajouts, ainsi que des pistes pour améliorer le bien-être général des victimes en convalescence.

L'objectif de la fondation est de les aider, pas seulement de leur donner un hébergement où récupérer, et à l'évidence, la FDS et ses partenaires remplissent cet objectif.

— C'est pour vous que nous existons. Ce qui signifie que tant que vous en aurez besoin, dit-il aux résidentes, le *Phoenix* est votre maison et nous sommes là pour vous aider. N'hésitez jamais à demander ce dont vous avez besoin.

Il est évident qu'il le pense. Et je vois bien à leurs applaudissements que ces femmes le savent aussi.

Une fois le déjeuner terminé, Devlin m'emmène à l'étage des loisirs.

— Il y a aussi une aire de jeux extérieure, mais la plupart des enfants préfèrent cet espace.

Pendant qu'il parle, nous entrons dans ce qui ressemble à un immense centre de loisirs. Un groupe d'enfants joue au basket dans un coin. Plus loin, les plus jeunes sont assis autour de petites tables colorées, à dessiner, faire des collages, comme des bambins normaux.

— Ces femmes là-bas révisent pour passer l'équivalent du bac, me dit Devlin, désignant un groupe dans un autre coin. Et celles-ci reçoivent de l'aide pour préparer leur CV, puis simuler des entretiens d'embauche. Nous avons un centre technique au deuxième étage, avec des ordinateurs accessibles à tous. Elles peuvent se détendre, postuler à des offres d'emploi ou assister à des formations spécialisées.

— C'est incroyable, dis-je alors qu'il appelle une blonde élancée qui se dirige vers un groupe d'enfants sur un tatami.

— Monsieur Saint !

Le plaisir dans sa voix est évident, et il la serre dans ses bras lorsqu'elle vient le saluer.

— J'ai entendu dire que vous étiez ici. J'espérais votre visite.

— Stacy Blake, je vous présente mon amie Elsa Holmes. Elle écrit un article sur nous pour le *Spall Monthly*.

— C'est génial, commente Stacy en me serrant la main. La fondation m'a sauvé la vie, au premier sens du terme. Cet homme est vraiment un saint.

— Ça vous dérangerait de me raconter votre histoire ?

— Pas du tout.

Alors que Devlin s'éloigne pour faire un tour, elle m'emmène vers quelques chaises où nous nous installons pour discuter. J'apprends qu'elle a vingt-quatre ans et qu'elle a été enlevée il y a six ans, alors qu'elle prenait un taxi devant un aéroport au Mexique. En réalité, ce n'était pas un taxi.

— C'était comme dans un film, dit-elle avant de me raconter son calvaire.

Mise en vente. Achetée. Transportée chez son acquéreur les yeux bandés et ligotée à l'arrière d'un camion. Utilisée sexuellement.

Plus elle parle, plus j'ai envie de vomir.

— Le projet Beyond a travaillé avec les autorités locales, Interpol et toutes sortes d'agences. La fondation les a soutenus, puis a financé la mission de sauvetage. Mais je ne l'ai appris que plus tard. Tout ce que je savais, c'était que nous étions enfin sauvées. Pendant un moment, c'était tout ce qui m'intéressait.

Elle fait un signe de tête derrière moi et crie :

— Amy ! Fais coucou à maman !

La tête d'une fillette aux cheveux noirs apparaît. Elle sourit, puis agite la main pour dire bonjour.

— Je l'ai gardée, me dit Stacy. Quand j'ai été secourue, ma grossesse était trop avancée. Je n'avais pas d'autre choix que d'accoucher, et une fois que j'ai vu son visage, je n'ai pas pu me résoudre à l'abandonner.

Je vois la douleur sur ses traits.

— C'était difficile, cela dit, même en sachant que l'homme… celui qui, enfin… il ne voulait pas non plus. Il… On l'avait enlevé, lui aussi. Ils nous regardaient, vous savez. Comme un divertissement. C'était…

Je pose ma main sur son bras.

— Tout va bien.

— Je ne sais rien de lui. Je ne l'ai jamais revu. Mais quand j'ai décidé de garder Amy, la FDS a tout fait pour moi. Soins médicaux. Conseils. C'était difficile au début. Maintenant, cette gamine est la lumière de ma vie. Elle est la preuve que de bonnes choses, des choses merveilleuses, même, peuvent venir de la pourriture. Comme des fleurs qui s'épanouiraient dans la boue.

Elle m'adresse un sourire larmoyant, puis ajoute en guise de conclusion :

— Voilà, c'est tout.

— Vous êtes l'une des personnes les plus fortes que j'aie rencontrées, lui dis-je.

En tout cas, ses épreuves mettent clairement les miennes en perspective.

— Est-ce fort d'assumer ce que vous avez à faire ? Je ne sais pas. Je pense que Monsieur Saint est fort. Il a plus d'épaules que la plupart, vous savez. Tout cela lui tient à cœur, et même si je doute qu'il connaisse le nom de tout le monde ici, il est souvent avec nous. Il nous parle, il s'intéresse à nos vies.

Elle hausse les épaules.

— Écrivez-le dans votre article.

— Oui, dis-je en regardant Devlin, assis avec un groupe de tout petits, à leur lire une histoire. Je l'écrirai.

❧

— Aujourd'hui, c'était fort, lui dis-je alors que nous remontons dans la chambre pour nous changer avant le dîner avec Anna et quelques membres du personnel. Les discussions avec tout le monde, la rencontre avec Stacy, ce sera très utile dans l'article.

— Il y a autre chose que j'aimerais te montrer. Bon sang, tu auras de quoi écrire toute une série d'articles.

Mes sourcils se lèvent.

— On essaie de me faire rester, Monsieur Saint ?

Son visage, animé quelques instants plus tôt, se change en pierre et je regrette aussitôt d'avoir plaisanté.

— Désolée. Je ne voulais pas suggérer...

Il prend une inspiration.

— Je m'inquiète pour l'autre article, par contre. Celui que tu écris sur Peter.

— Oh.

Je m'arrête alors que nous tournons vers les ascenseurs.

— Pourquoi ?

Il me prend le coude et m'entraîne vers la cabine qui vient d'arriver. Nous montons à l'intérieur, et dès que les portes se ferment, il me dit :

— Tu dois rester à l'écart de ce monde, Ellie. Ces gens sont mauvais. J'ai vu l'effet que cela a eu sur Peter d'évoluer en périphérie de cette organisation. Je me suis enfui, tu te souviens ? Il ne faut pas plaisanter avec ces gens-là.

Je retourne ces mots dans ma tête, essayant de comprendre exactement ce qui le tracasse. Mais je ne comprends pas.

— Je ne plaisante avec personne. Je ne suis pas dans leurs pattes. Je suis journaliste, tu as oublié ? Je transmets des témoignages. J'écris des histoires.

— Ce n'est pas une histoire pour toi. Je ne sais pas comment le dire autrement.

— Mais ça n'a aucun sens, dis-je alors que l'ascenseur s'immobilise.

Notre conversation reste suspendue, car un couple entre. J'attends d'être dans notre chambre pour continuer.

— Daniel Lopez est mort. Le Loup aussi. Son organisme n'existe plus. Quel danger pourrais-je bien courir ?

Il s'arrête dans l'encadrement de la porte, puis presse ses doigts contre sa tempe.

— Tu n'as pas idée comme ces organismes ont le bras long. Comme des vers, ils ne meurent pas nécessairement quand on les coupe en deux. Daniel Lopez est peut-être mort, mais ses sbires courent toujours, à essayer de remettre cette organisation en marche. Si tu donnes un coup de pied dans la fourmilière, tu vas réveiller les frelons.

Je fronce les sourcils et me dirige vers la cuisine, où je prends une eau gazeuse dans le réfrigérateur.

— Il y avait au moins un millier de métaphores croisées dans ce que tu viens de dire.

— Ellie, s'il te plaît.

Il s'approche de moi et pose une main sur mon épaule.

— Je ne plaisante pas. Tu dois prendre ça au sérieux.

Le ton suppliant de sa voix me touche au cœur et je me retourne pour le regarder. Son expression est aussi sérieuse que sa voix et j'acquiesce.

— D'accord. C'est promis. Je prends ça très au sérieux. Mais ça ne veut pas dire que j'abandonne.

Ses épaules montent et retombent lorsqu'il pousse un profond soupir.

— Écoute, je sais que tu vas faire ce que tu as décidé. Je sais que tu as ce feu dans ton ventre, qui te pousse à courir après l'injustice et à dénoncer les mauvaises personnes. Crois-moi, je le comprends. Mais tu dois savoir que des organismes comme celui-ci ne meurent jamais vraiment. Quelqu'un voudra protéger sa réputation et tu te retrouveras dans la ligne de mire.

Je recule, m'appuie contre le plan de travail et prends une gorgée avant de répondre.

— Tu crois vraiment que ça peut dissuader quelqu'un comme moi ? Mon père a été tué parce que quelqu'un a pointé une arme sur lui. Mon oncle aussi. Je suis devenue policière pendant un temps. Et maintenant, je suis journaliste. Une très bonne journaliste, Devlin. Dans cinq ans, j'aurai la réputation d'écrire des articles qui dévoilent au grand jour certaines opérations extrêmement criminelles. Et tu essaies de m'épouvanter avec ton histoire de ligne de mire ? Tu peux rêver.

— Je n'essaie pas de t'épouvanter. J'essaie de te donner une perspective.

— Tu as peur que je ne comprenne pas les risques, mais c'est faux.

Il fait un pas vers moi.

— Tu crois que tu les comprends ? N'importe quoi. Je pense même que ça t'excite.

Cette fois, je ris franchement.

— Oh, je t'en prie. Et alors ? Si c'est le feu qui me permet de bien faire mon travail ?

— Et alors ? répète-t-il d'une voix sèche, tendant la main pour me serrer le haut du bras. Bon sang, je ne veux pas…

Il me libère brusquement et fait un pas en arrière en lâchant :

— *Putain !*

— Quoi ?

Je le regarde prendre une profonde inspiration.

— Je ne veux pas te voir blessée, dit-il enfin.

Il rencontre mon regard, les yeux doux. En le voyant, je sens mon cœur se serrer, de désir et de manque. Je déglutis, puis me lèche les lèvres.

— Je fais attention, lui dis-je. Mais je suis curieuse, aussi. Et je vais faire mon travail.

— Tu es têtue, voilà ce que tu es.

Je souris.

— Oui, aussi.

Il passe les doigts dans ses cheveux et je fais un pas en avant pour poser ma main sur sa mâchoire. Il l'attrape et la retient en place.

— Je ne pense pas te l'avoir dit, ajouté-je, le souffle court. Ça me plaît. Ta barbe. Tes cheveux. Ton physique. Ton odeur.

— Vraiment ?

— Mais il ne faut pas que ça te monte à la tête.

Il ricane.

Je passe la main dans son dos pour saisir un muffin dans le panier de bienvenue. C'est à la myrtille et il est encore tout chaud. Décidément, je suis sous le charme de cet hôtel.

— Je peux te demander quelque chose ? dis-je en détachant un petit morceau avant de lui tendre le muffin.

Il le prend, puis tire une chaise et s'assied pendant que je me hisse d'un bond sur le plan de travail de la cuisine.

— C'est quoi, l'histoire de Ronan ?

J'essaie d'être décontractée, même si mon esprit a virevolté toute la journée.

— Qu'est-ce que tu veux dire ?

— Je... Tu le connais bien ?

— Plutôt bien. Il est comme un frère pour moi.

Je plisse les yeux.

— Alors, il sait pour Alex ?

Il passe les doigts dans ses cheveux.

— Oui. Et tu me demandes tout ça parce que... ?

— Bell. Lorenzo Bell.

— Quoi ?

— Tu ne trouves pas ça étrange que Ronan soit arrivé si tard le soir où Bell a été tué ?

Il rit derrière sa main.

— Dis donc, tu as vraiment l'esprit suspicieux. D'où sors-tu cette théorie ?

— Ronan, dis-je en donnant un coup de talon contre l'armoire.

Il a raison. Tout ce que j'ai, c'est un sentiment étrange dans le ventre, l'intuition que quelque chose ne va pas. Aucune preuve. Pas même une base solide. Pas vraiment, du moins. Malgré ça, je lui fais part de ce que je sais.

— À Los Angeles, il a dit qu'on ne pouvait pas comprendre ce que Sue a vécu à moins d'avoir vécu quelque chose comme ça soi-même. J'ai eu l'impression que c'était son cas. Qu'il a vécu une expérience similaire.

— Et ça ferait de lui un tueur ?

Je glisse au bas du plan de travail.

— Non. Ça m'y fait penser. Parce que s'il a souffert comme elle, comme les résidentes de la tour arrière, ne serait-ce pas un motif pour éliminer quelqu'un comme Bell ?

— C'est bien ce que je dis, tu as un esprit suspicieux. Et, ajoute-t-il en me tendant la main, je pense que tu es beaucoup trop sexy pour être aussi cynique.

Il m'attire à lui et je comprends l'allusion. Je pose les deux mains sur ses épaules en l'enfourchant.

— Eh bien, j'étais flic.

— Ronan est venu à Las Vegas en voiture. Le meurtre a eu lieu quand ? Vers minuit ?

J'acquiesce.

— Il était à Victorville à peu près à ce moment-là. Il m'a envoyé un texto pour me poser des questions sur ma réunion.

— Hmm, hmm, dis-je en refermant la main autour de sa cravate pour le tirer jusqu'à moi. Et vous, où étiez-vous, Monsieur Saint ?

— Vous savez quoi, officier ? dit-il en approchant la bouche de ma poitrine pour me mordiller à travers mon chemisier fin et me faire voir des étoiles alors que je me trémousse sur ses genoux, déjà avide de plus.

Sans se faire prier, il glisse la main sous la ceinture de mon pantalon.

— Vous pouvez m'interroger à tout moment.

Je halète et me redresse légèrement alors que ses doigts glissent le long de ma raie, son pouce jouant entre mes fesses. Bientôt, ses doigts s'insèrent aisément dans mon sexe déjà humide.

— Nous sommes censés nous changer pour le dîner, tu te souviens ? dis-je péniblement.

De sa main libre, il attrape son téléphone, puis dicte un texto pendant que je passe la main entre nos corps.

— Désolé de rater le dîner, dit-il alors que je sors sa verge de son jean. Mais Mademoiselle Holmes et moi, nous sommes très pris.

❧ 24 ❧

Je me réveille en sentant l'arôme du café, puis je me lève, emportant le drap avec moi par pudeur, ce qui est ridicule compte tenu de tout ce que nous avons fait ces deux derniers jours.

— Bonjour, dit-il, assis sur le bord du lit, ma tasse à la main.

Je la prends.

— C'est un merveilleux réveil, dis-je avant de prendre une gorgée.

— Je voulais te prévenir qu'Anna est à côté. Au cas où tu sortirais en peignoir. Ou sans, ajoute-t-il avec un sourire narquois.

— Heureusement que tu me le dis. J'aurais pu être tentée de le faire. Je pense que nous avons tout essayé au lit. Il est temps de trouver des supports plus solides. Comme le plan de travail, par exemple.

Il tire le drap, exposant ma poitrine. Puis il effleure légèrement mon mamelon et, aussitôt, je deviens alanguie, éperdue de désir.

— Tu crois pouvoir m'allumer…

— Pas du tout. Et ce qui se passe à Vegas reste à Vegas, dis-je en chantonnant.

Il se lève en riant.

— Sors si tu veux, mais sens-toi libre de rester cachée. Pour le moment, de toute façon, je dois finir de signer au moins une dizaine de papiers, puis régler quelques questions mineures.

Je hoche la tête. Après son départ, je décide de m'habiller et de sortir. Je ne sais pas pourquoi ça me semble impoli, puisqu'elle sait très bien que je suis ici.

Elle lève les yeux quand j'arrive vêtue du t-shirt de la FDS que j'ai emprunté dans le tiroir de Devlin et de mon legging confortable.

— Bonjour, dit-elle avec un sourire éclatant. J'espère que nous ne vous avons pas réveillée avec nos conversations.

— Pas du tout. Je ne vous dérangerai pas. Je suis juste venue pour remplir ça.

Je lève ma tasse et les contourne pour accéder à la cafetière. Ce faisant, je remarque que la porte de ma chambre est grande ouverte et que le lit est impeccable.

Ce qui veut dire qu'Anna a compris que je partageais une chambre avec Devlin. Il ne semble pas gêné le moins du monde.

J'en déduis que ce n'est pas inhabituel. Elle vient dans sa chambre d'hôtel pour faire le point sur les dossiers de la journée. Elle trouve une femme dans sa chambre – et dans son lit.

Cette idée ne me plaît pas et je m'excuse en bredouillant pour aller prendre une douche.

— Oh, attendez, dit Anna alors que Devlin me regarde, grattant sa barbe comme il le fait souvent quand il réfléchit intensément. Je vais partir, moi aussi. Mais avant, j'avais une idée. Puisque vous avez manqué le dîner hier soir, pourquoi ne pas réessayer ce soir avant le vol ?

— Excellente idée, dit Devlin avant que je puisse répondre. Mais j'ai prévu une interview pour l'article d'Ellie. Et nous rentrerons en voiture. Nous n'avons toujours pas eu l'occasion de parler en détail de la création de la FDS. Je me suis dit qu'on pourrait le faire en chemin.

Le sourire d'Anna est un peu trop radieux, mais il n'y a aucune trace d'irritation dans sa voix quand elle répond :

— Aucun problème. Bon, je file. On se voit en bas, dit-elle à Devlin avant de refermer son classeur et de se lever pour partir.

— Vous aviez terminé, tous les deux ? demandé-je alors que la porte se referme derrière elle.

— Pas tout à fait, mais ça peut se terminer en bas. Il est presque dix heures. Elle a sans doute un autre rendez-vous. Cette femme gère son emploi du temps d'une main de fer.

— En parlant d'emploi du temps, de quelle interview s'agit-il ?

— Ah, une question très approfondie, répond-il en passant ses mains de chaque côté de mon corps, me piégeant contre le plan de travail avec un regard taquin. L'occasion de repousser nos limites, de creuser en profondeur, d'explorer des territoires inconnus.

— On dirait un travail digne du prix Pulitzer.

Ma remarque le fait rire. Nous avons partagé trop de moments de ce genre ces deux derniers jours. Nous avons connu les regards, les rires complices. Bon sang, je chéris chacun d'eux. Ils alimentent mon âme, même si je sais que tout cela est trop beau pour être vrai. Parce que ce sera encore plus douloureux quand ça se terminera.

Mais je ne veux pas m'autoriser à y penser.

— Et le retour en voiture ?

Il hausse une épaule, désinvolte.

— Si je loue la voiture à Las Vegas, techniquement, c'est une juridiction extraterritoriale. Nous sommes toujours à Vegas jusqu'à ce que nous quittions le véhicule. Par conséquent, notre accord tient toujours.

— Comme c'est malin ! J'imagine que tu choisiras une banquette spacieuse.

Je prends une gorgée de café pendant qu'il ricane.

— C'est mal me connaître. Je vais louer un van.

Je manque recracher mon café.

Nous partageons un sourire et j'aimerais lui dire que je ne veux pas que ça se termine. Mais je sais qu'il le faut. Ou du moins, c'est ce qu'il m'a dit.

D'ailleurs, je rentre bientôt à Manhattan. Comme le dit le proverbe, toutes les bonnes choses ont une fin.

— Tu es bien songeuse, tout à coup.

Je m'efforce de me secouer.

— Non. J'imagine toutes les possibilités si on louait un van. Et je me dis aussi que cette humeur taquine te va bien, ajouté-je en attirant sa bouche vers la mienne. C'est inédit.

Sur ce, je l'embrasse.

— Inédit, répète-t-il après avoir retrouvé l'usage de sa voix. Comment ça ?

— J'ai le sentiment que peu de gens ont vu ce côté de ta personne.

Presque aussitôt, sa mine s'assombrit et je regrette mes paroles.

— Non, dit-il. Tu as raison.

— Devlin, je...

Il pose un doigt sur mes lèvres.

— Ça va. Ce n'est rien que pour nous.

J'acquiesce, à la fois séduite par cette intimité et attristée de savoir qu'il se retient avec tout le monde.

Comme je ne le sais que trop bien, c'est un mode de vie très solitaire.

❧

J'ai raté un appel de Brandy quand je sors de la douche et je mets le haut-parleur pour la rappeler pendant que je m'habille.

— Alors, c'est comment, Vegas ?

— Fabuleux.

— Hmm. Et avec Devlin ?

— C'est vraiment incroyable, dis-je d'une voix mélodieuse. Je te passe les détails, je dois me préparer pour une interview.

— D'accord, d'accord. Mais tu es sérieuse quand tu dis que c'est génial ?

— Oui.

Pour tout dire, ce n'est génial que pour le moment. Parce que j'ai beau vouloir faire l'autruche, je sais déjà que je serai anéantie quand ce sera terminé.

— Alors, nous avons toutes les deux quelque chose à fêter, m'annonce Brandy, renvoyant mes pensées maussades vers les abysses sombres de mon esprit.

— Quoi ? Raconte ! C'est en rapport avec le type pour qui tu as fait des muffins ?

— Tout juste. Figure-toi qu'il te connaît.

Je m'assieds au bord du lit, en soutien-gorge et culotte.

— Vraiment ? C'est qui ?

Pendant un moment invraisemblable, je me dis que c'est peut-être Ronan. Devlin peut dire ce qu'il veut, et au fond je sais qu'il a probablement raison, je ne parviens pas à me défaire du sentiment que quelque chose ne va pas avec ce type.

Ce n'est pas Ronan, bien sûr. Mais je tombe des nues quand elle m'apprend qu'elle sort avec Christopher Doyle.

— C'est tellement dingue, lui dis-je. Je ne le connais pas vraiment. Nous avons à peine échangé quelques mots. Mais il a l'air gentil, et puis, c'est un écrivain, alors ça le rend obligatoirement sympathique.

— C'est comme ça qu'on en est venus à parler de toi. Il m'a dit qu'il faisait des recherches pour un personnage dans le livre, un journaliste d'investigation. Il m'a dit qu'il avait eu le courage d'interroger une femme qu'il avait rencontrée dans la salle de recherche de la FDS. C'était forcément toi.

— Tu lui as dit que je l'aiderais, bien sûr.

— Évidemment. Je cherche à gagner des bons points.

Nous rions ensemble. Je lui annonce que je ne sais pas encore quand je rentrerai – au fond, j'espère que le trajet en voiture durera quelques jours –, mais que je la reverrai très bientôt.

Après avoir raccroché, je finis de m'habiller, puis j'apporte mon ordinateur portable et les journaux de ma mère au lit avec moi. Je sais que je devrais me préparer pour la conférence téléphonique, mais c'est la première fois que j'ai l'occasion de me poser pour analyser les documents. Je les ai mis dans mon sac en toute hâte, car ils sont arrivés le jour même où nous sommes partis pour Las Vegas. J'étais impatiente de les passer en revue. Maintenant, je suis encore plus fébrile. Il pourrait bien y avoir quelque chose là-dedans qui me sera utile pour l'interview.

Je devrais commencer par le début, mais je n'ai pas beaucoup de temps avant le coup de fil. Et qu'importe l'ordre tant que je trouve finalement tous les chapitres pertinents.

Au lieu de commencer par la première page, je feuillette les volumes jusqu'à trouver celui qui mentionne la grossesse de ma mère. Je survole le texte tout en tournant les pages, attendrie en voyant mon nom çà et là alors que je cherche les mots *Peter* ou *mon frère*.

Je le trouve plusieurs fois, mais rien ne semble pertinent jusqu'à ce que j'arrive vers la fin du dernier livre.

Je suis allée à Los Angeles voir Peter, qui est en Californie pour affaires. Il est censé nous emmener déjeuner avec Ellie, mais il a dû s'arrêter, et maintenant nous sommes garés dans l'allée d'un joli bungalow dans les collines d'Hollywood. Peter dit qu'il « travaille », mais je n'aime pas rester dans la voiture. Ellie s'ennuie et elle devient grincheuse.

Il n'y a pas que ça. Je me fais de plus en plus de souci pour lui. Il dit que je ne comprends pas le monde des affaires et il a peut-être raison, mais parfois, je me dis que ça n'a rien à voir avec un boulot classique. En tout cas, rien que la femme d'un chef de police ne devrait savoir.

Mais ça me donne aussi de l'espoir. Parce que s'il faisait quelque chose de grave, il ne m'emmènerait sûrement pas avec lui. En ce moment, je... Oh, je dois partir. Il nous fait signe de venir à la porte.

Nous sommes de retour. Quelle journée bizarre. Une jolie femme du nom de Caitlyn Devline a ouvert la porte-moustiquaire, mais elle n'a pas voulu nous ouvrir la porte principale. Elle avait l'air nerveuse. Elle avait un petit garçon, plus âgé qu'Ellie de quelques années, accroché à sa jambe, et Ellie s'est amusée à lui faire coucou. Peter lui a dit que Daniel était désolé. Qu'il avait quelque chose à régler et qu'ils devaient tous les deux être raisonnables.

Quand nous sommes enfin arrivés au restaurant pour déjeuner, j'ai demandé à Peter ce qui se passait, pourquoi il voulait que je vienne à la porte et pourquoi il a présenté Ellie. Il a dit qu'il voulait qu'on l'accompagne pour que Caitlyn comprenne que Peter aimait sa nièce et ne ferait jamais prendre de risques à un enfant. Il voulait seulement l'aider, elle et le petit Alejandro.

Il a dit que Caitlyn était l'ex-femme de son patron et qu'ils se battaient pour obtenir la garde. Apparemment, elle a enlevé le garçon en enfreignant les conditions de leur accord, et il espérait lui faire entendre raison. Elle devait trouver une solution, sinon son patron allait faire appel à toute l'artillerie. Beaucoup d'avocats, j'imagine, qui essaieraient de lui reprendre ce gentil petit garçon.

J'ai passé le reste du déjeuner à serrer Ellie dans mes bras, en me disant à quel point ce serait atroce que quelqu'un me l'enlève.

Je relis ce texte à plusieurs reprises, jusqu'à en connaître les mots par cœur. *Ma mère m'aimait.* Je l'ai toujours su, bien sûr, mais le voir inscrit noir sur blanc me fait chaud jusque dans mon âme.

Pour le reste, c'est peut-être un moyen de confirmer le lien entre Peter et le Loup. Si Caitlyn était l'ex-épouse du Loup ou d'un gros bonnet de son entourage, ce n'est certainement pas sans importance.

Je flaire quelque chose de désagréable, mais quoi ?

Je suis en grande réflexion quand l'alarme de mon téléphone me signale que l'appel de la prison ne va pas tarder. Connaissant les organismes gouvernementaux, je m'attends à un certain retard, si bien que je suis surprise lorsque mon téléphone sonne pile à l'heure prévue.

Au bout de quelques minutes, on me met en communication avec Cornwell.

— Tu es vraiment la nièce de Peter White ? fait une voix bourrue.

— Oui. J'ai habité avec lui entre mes treize et mes dix-sept ans.

— Quand il s'est fait descendre ?

— Oui.

Je cligne des yeux, surprise par les larmes. Je m'attendais à cette conversation, après tout. Je renifle et grince des dents, certaine que Cornwell peut entendre ma réaction excessivement sentimentale. J'espère qu'il ne me raccrochera pas au nez.

Ses prochains mots me prennent au dépourvu par leur douceur.

— C'était un type bien, ton oncle. J'ai rencontré ta mère une fois. C'était un hasard. Il ne voulait pas qu'elle connaisse sa vie. Enfin, avec votre père, forcément...

Je ferme les yeux en prenant conscience que je suis assise par terre, dos au mur. Au début de la conversation, je faisais les cent pas. Mais mon corps semble avoir compris la vérité beaucoup plus rapidement que mon esprit.

— Alors, mon oncle était dans l'organisation du Loup.

Ce serait cohérent. Je sais déjà que Cornwell en faisait partie.

Il lâche un petit grognement amusé.

— Il était dedans... Oui, on peut dire ça.

— Je vois.

Je prends une inspiration.

Pendant une minute, c'est le silence, puis il dit :

— Eh, petite. Ça va ? Mon avocat a dit que tu voulais savoir qui l'avait tué. Il était proche de Danny, tu le sais, ça, non ?

Je hoche la tête en respirant calmement, même s'il ne me voit pas.

— Je m'en doutais. Enfin, je crois bien que je savais qu'il faisait des trafics douteux à Laguna Cortez. Mais je ne savais pas qu'il était mêlé à tout ça en profondeur.

— Désolé pour l'électrochoc.

— Comment se fait-il que vous n'en ayez jamais parlé à personne auparavant ?

Je l'entends presque hausser les épaules.

— Quoi ? Balancer un gars ? Ça va pas, ou quoi ? Je te le dis seulement parce que ça fait un bail. Il fallait que tu le saches. Si t'avais pas demandé, je n'aurais jamais rien dit.

Il poursuit en me disant que le Loup et Peter s'étaient rencontrés quand ils étaient jeunes et que Peter était monté en grade au sein de l'organisation.

— Je crois qu'il voulait en sortir. C'est un peu pour ça qu'il a déménagé à Laguna Cortez. Il était censé aider son beau-frère avec son enfant. C'était toi, j'imagine ?

— Oui.

— Eh bien, il voulait être normal, je crois. Bosser dans l'immobilier ou je sais pas trop quoi. Apparemment, Danny l'a laissé partir. Après tout, ils étaient copains. Mais sans le magot, ton oncle y arrivait pas. Il voulait pas renoncer à sa grande maison chic. Alors, il est revenu avec le Loup tout en continuant ses activités parallèles. Tu comprends, il voulait un gros pourcentage.

— Le Loup l'a découvert.

J'ai parlé froidement, un peu engourdie.

— Bien vu. Il l'a appris et il a décidé qu'il était temps de mettre fin à leur amitié.

Il rit, mais je grince des dents.

— Savez-vous qui a fait le coup ?

— Pas la moindre idée, dit Cornwell.

Je le crois à moitié.

— Il s'est attiré lui-même les emmerdes, ajoute-t-il. C'était con de jouer à des jeux comme ça, surtout avec le fils de Danny qui vivait sous son nez.

Je frissonne, comme si je venais de faire irruption dans une pièce remplie de fantômes.

— Comment ça ?

— Le Loup avait un gosse. Alejandro. Ce garçon, c'était le seul point faible de Danny, même s'il avait rien de faible, ce môme. Il l'a entraîné comme un soldat après l'avoir enlevé à sa mère. C'est ce qui m'a fait de la peine. J'adore ma maman, tu sais. Et j'ai aussi un gosse. Enfin, voilà, Peter aurait pu s'en tirer sans le gamin. Mais le Loup laissait rien au hasard, tu vois ?

— Qu'est-ce... qu'est-il arrivé à son fils ? Après la mort de Peter ?

— J'en sais fichtre rien. Le Loup l'a récupéré, j'imagine. Je n'ai pas suivi. Tout ce que je sais, c'est qu'un abruti du gouvernement a assassiné le Loup. Peu de temps après.

— Je ne savais pas que le tueur du Loup avait été identifié.

Avec une désinvolture évidente, il répond :

— J'ai entendu des rumeurs. Enfin, je crois que le gamin a hérité de ce que le gouvernement ne pouvait pas récupérer. Il doit mener la grande vie, maintenant, ou alors il continue à diriger l'entreprise de papa au Mexique ou Dieu sait où.

— Je... merci, Monsieur Cornwell.

Mon corps tout entier est transi de froid et j'ai envie de vomir.

— Ça... c'était plus instructif que je ne l'aurais cru, dis-je d'une voix étranglée.

— C'est bien. Désolé pour ton oncle, ma petite. Il a merdé, mais j'imagine que ça n'a pas beaucoup d'importance pour toi.

— Non, en effet.

Je viens à bout des dernières formalités avant de raccrocher, sans avoir conscience de ce que je dis au personnel de la prison. Je n'ai même pas conscience de mes gestes avant de me rendre compte que mon sac est fait et que je me dirige vers la porte.

C'est le fils du Loup.

Alejandro. Alex. Le garçon enlevé à sa mère. Envoyé chez Peter pour travailler auprès de lui.

Alex Leto – Devlin Saint – est le fils de ce putain de Loup.

$\maltese$ 25 $\maltese$

La journée s'écoule dans le flou.

Dès que j'ai compris la vérité au sujet de Devlin, ou Alex, j'ai quitté le *Phoenix* en toute hâte, j'ai sauté dans un taxi et je me suis immédiatement rendue dans une agence de location de voitures près de l'aéroport.

J'aurais pu prendre un avion, mais j'avais besoin de sentir la vitesse de l'autoroute, l'asphalte sous mes pneus. J'ai poussé ma Toyota de location jusqu'à ses limites. Les dieux doivent être de mon côté, parce que je n'ai pas eu la moindre contravention pour excès de vitesse.

J'arrive dans le comté d'Orange alors que le soleil se couche à l'horizon. Je déboule chez Brandy et elle saute du canapé pour se ruer vers moi, m'étreignant avec ferveur pendant que Christopher se lève, derrière elle, à la fois inquiet et soulagé.

— Bon sang, mais où étais-tu ? Je n'ai pas arrêté de t'appeler. Devlin devient fou. Il a appelé une douzaine de fois et il est passé ici deux fois.

Je la regarde dans les yeux.

— Il est venu ici ?

— Il est rentré en avion. Il a dit que vous vous étiez disputés et que tu étais partie. Bon sang, Ellie, c'est quoi ce bordel ? Je t'appelle depuis qu'il a téléphoné de Las Vegas. Il a dit qu'il était rentré dans ta chambre et que tu n'étais plus là.

— On s'est disputés, dis-je avec hébétude, me raccrochant à sa version.

— À quel sujet ?

Elle s'écarte et je me dirige vers la cuisine pour me remplir un verre de vin.

Je passe les doigts dans mes cheveux, hausse les épaules, puis regarde Christopher. Je ne sais pas par où commencer, et même si j'ai envie de tout balancer sur Devlin Saint, je ne veux pas déballer son linge sale devant un inconnu.

— Je suis très fatiguée. On peut remettre ça à...

— Je ferais mieux d'y aller, dit Christopher en m'interrompant.

Il rejoint Brandy et lui prend la main.

— Vous devez discuter, toutes les deux.

Elle hoche la tête. Apparemment, personne ne m'écoute. Je n'ai aucune envie de parler. Je veux dormir, oublier.

Mais Brandy est inquiète, à juste titre, alors j'adresse à Christopher un sourire hésitant, puis je vais me pelotonner sur le canapé tandis qu'elle le raccompagne à la porte avant de venir s'asseoir à côté de moi.

— Tu n'es pas obligée d'en parler si tu ne veux pas, dit-elle en me prenant les mains. Mais j'étais folle d'angoisse.

— Excuse-moi. Je suis désolée, j'ai coupé mon téléphone. Je n'aurais jamais cru qu'il t'appellerait. Il fallait que je m'en aille. Alors, j'ai loué une voiture.

Je hausse une épaule et Brandy a la délicatesse de ne pas me demander pourquoi je n'ai pas pris l'avion si je fuyais Las Vegas. Elle sait très bien que j'avais besoin de la vitesse, de brûler toutes les émotions qui m'étouffaient.

Ça va mieux, en effet. Ce matin, j'étais dans un tel état de nerfs, un tel chaos émotionnel, que l'employé de l'agence de location aurait pu refuser de me remettre les clés. Je n'aurais pas dû prendre le volant, je le sais. Mais la vitesse, la puissance et la liberté ont opéré leur magie, et dès que je me suis retrouvée à l'extérieur de la ville avec l'horizon pour seule limite, je me suis sentie mieux. J'allais vite, et ça m'aidait à me recentrer.

— Alors, Christopher était là, hein ? Ça devient sérieux, dis donc.

— Tu ne détourneras pas la conversation. Soit tu vas au lit, soit tu me parles. Voilà tes choix. J'étais folle d'inquiétude et Devlin paniquait aussi.

— D'accord, m'exclamé-je.

Ça me mine de connaître la vérité sur lui. Qu'il m'ait caché ce secret si énorme, si dangereux, pendant des années et des années. Quand il était Alex. Maintenant qu'il est Devlin. Sur lui-même. Et sur mon oncle, aussi.

— C'est un putain de menteur, ajouté-je, les joues baignées de larmes chaudes.

Elle me prend dans ses bras et me laisse pleurer.

— Tu veux en parler ?

Je hoche la tête, mais je me contente de répondre :

— Je ne peux pas.

Et merde, je m'en veux terriblement. Je ne devrais pas me soucier de ses secrets. Après tout, il a hérité de la fortune du Loup – que le gouvernement n'a jamais pu récupérer parce qu'officiellement, le Loup n'a été condamné pour aucun crime majeur.

D'autant plus que... Oh, mon Dieu ! Pourquoi n'y ai-je pas pensé pendant le trajet ? Toute sa fortune, y compris la FDS, est bâtie sur de l'argent sale. Et qui sait ce qu'il gère encore en coulisses, utilisant son organisme à but non lucratif comme couverture pour ses entreprises criminelles ?

J'ai l'estomac noué quand je pense à Ronan et à mes soupçons. *Lorenzo Bell.* C'était une cible ? Bell avait-il damé le pion à l'organisation de Saint ?

— Dis-moi, reprend Brandy, la voix vibrante d'inquiétude. J'ignore à quoi tu penses, mais dis-le-moi. Et si tu ne me le dis pas, parle au moins à Devlin. Sérieusement, il a l'air aussi mal en point que toi.

Une fois de plus, je passe les mains dans mes cheveux.

— Qu'est-ce qu'il t'a dit ?

— Il a dit que tu avais appris des trucs sur lui et qu'il avait besoin de te parler. Qu'il te devait des explications.

J'acquiesce. Je lui ai laissé un mot avant de partir. Je n'aurais pas dû. J'aurais dû m'en aller, un point c'est tout. Il aurait cru que j'étais quelque part à Las Vegas, à perdre de l'argent à une table de roulette. Au lieu de ça, j'ai griffonné : « Je sais qui tu es » sur le bloc-notes de l'hôtel et je l'ai laissé en évidence sur la table.

Non, mais quelle conne !

— Il a dit qu'il ne savait pas si tout ce que tu as appris est vrai, mais que c'est en partie le cas, et qu'il est désolé de t'avoir blessée.

Je déglutis.

— Il dit que c'est vrai ? Il t'a expliqué quoi, au juste ?

— Il ne m'a rien dit d'autre, si ce n'est qu'il était inquiet pour toi. Sérieusement, Ellie, ce gars est une loque en ce moment.

— Tant mieux. Qu'est-ce qu'il a dit d'autre ?

— Qu'il ne voulait pas que tu l'apprennes comme ça... *Comment*, Ellie ? Et qu'est-ce que tu as découvert ?

Que je l'apprenne comme ça ? Par quelqu'un d'autre que lui ? Ou en parlant avec un détenu, ce qui signifierait qu'il surveille chacun de mes mouvements ? Je ramène mes genoux contre ma poitrine et les serre dans mes bras.

— Il ne voulait pas du tout que je le sache.

— Oui, il l'a dit, ça aussi.

Je regardais fixement mes orteils, mais maintenant, je lève les yeux.

— Ah bon ?

Elle hoche la tête.

— Mais comme tu es au courant, il dit que c'était vraiment une terrible façon de l'apprendre. Il aurait préféré te le dire lui-même.

— N'importe quoi ! dis-je en secouant la tête. Il est juste dégoûté que j'aie appris la vérité.

Elle pose une main sur mon genou et exerce une légère pression.

— Il a dit aussi que tu pouvais tout me dire. Parce qu'il sait que tu as besoin de parler à quelqu'un.

— Quoi ?

J'ai dû mal l'entendre.

— Il a dit qu'il te connaissait et que tu ne m'avais sans doute rien dit. Mais que tu pouvais. Tu ne lui as pas dit que j'étais au courant pour Alex ?

Je secoue la tête, agacée. Comme si j'avais besoin de sa permission ! Je rêve. Il devrait être reconnaissant que je ne le crie pas sur tous les toits, sans parler de Brandy.

Je me lève et regarde ma sacoche. Ce serait si facile. Il me suffirait de sortir mon ordinateur portable, d'ouvrir Twitter et de poster quelque chose à partir de mon compte officiel de journaliste du *Spall*.

Mais je n'arrive même pas à faire le premier pas.

— Ellie, s'il te plaît.

J'en suis incapable. Quand les larmes commencent à couler, elle passe un bras autour de mon épaule et m'attire à elle jusqu'à ce que l'épuisement l'emporte et que je sombre dans le refuge des ténèbres et des rêves.

❧

Quand je me réveille, c'est le milieu de la nuit. Je suis toujours sur le canapé, mais Brandy m'a recouvert d'un plaid et Jake est blotti contre moi. Je reste immobile un moment, profitant de la sensation chaude de son corps velu, puis je me redresse en tenant le plaid autour de mes épaules comme une cape et prends de profondes inspirations, essuyant la peau tendre et sensible où les larmes ont séché sous mes yeux.

Je me lève avec l'intention d'aller dans ma chambre. Au lieu de ça, je me retrouve dans ma Shelby. Je lance le moteur, puis je sors du garage jusqu'au bout de l'allée. J'envoie un petit texto à Brandy pour lui faire savoir que je suis partie au volant. Je doute qu'elle se réveille avant le matin, et d'ici là, je serai de retour. Mais juste au cas où, je tiens à la prévenir. J'ai les idées assez claires pour savoir que c'est important. C'est déjà ça.

Le véhicule de location est toujours garé dans la rue et je pense vaguement que je dois le rendre. Enfin, mis à part ça, je ne pense pas du tout.

J'ai juste besoin de conduire. J'ai besoin de sentir le vent dans mes cheveux. Le bruit et la vitesse me ramènent à la vie, chassent toutes les pensées sombres de ma tête. Je ne veux pas le désirer. Je ne veux pas penser. Et le seul moyen de me libérer, c'est de faire corps avec mon moteur, dans les collines et leurs virages sinueux.

Je reste prudente jusqu'à sortir du quartier résidentiel, puis je me dirige vers Sunset Canyon Road et m'éloigne de la ville, empruntant des bifurcations qui me conduisent vers les contreforts et les routes de traverse peu fréquentées, aux virages abrupts, qui montent et montent encore jusqu'à ce que l'on soit assez haut pour toucher le ciel ou voler au-dessus des sommets vers les eaux scintillantes du Pacifique.

Sans réfléchir, je pilote dans les lacets, ma main sur le levier de vitesses, mon pied sur l'embrayage. Je prends des virages en épingle à cheveux, filant le long des courbes sinueuses et poussant Shelby de plus en plus fort jusqu'à ce que mon corps et ma voiture ne fassent qu'un. C'est moi qui ai le pouvoir, c'est moi qui vole, qui trompe la mort, le chagrin et le deuil. J'ai repris le dessus. C'est moi qui gagne, putain, pas eux ! C'est moi ! Qui ! Gagne !

Merde.

Ce juron retentit dans mon cerveau quand j'écrase la pédale de frein et dérape jusqu'à m'arrêter au bord d'un virage. Je suis pantelante. Je devrais être libre maintenant. Je devrais en être débarrassée, de ce sentiment, de ce besoin impérieux de continuer, encore et encore, d'aller jusqu'au bout pour espérer ressentir à nouveau.

Mais ce n'est pas le cas. Loin de là. Je ne gagne pas du tout, en réalité. Je pourrais conduire toute la nuit, mais ce serait toujours un mensonge.

Parce que ma place, en cet instant, n'est pas dans ces collines.

Ce n'est pas du danger que j'ai besoin.

Je ferme les yeux et prends une longue inspiration, car je sais ce que je dois faire.

Je dois aller voir Devlin.

$$\text{❧ } 26 \text{ ❧}$$

Je gare la Shelby devant sa maison, un peu étonnée de l'avoir retrouvée aussi facilement. Je n'y suis allée qu'une seule fois, quand je l'ai déposé après la conférence de presse sur Terrance Myers.

Il faisait nuit, cette fois-là, mais il n'était pas aussi tard.

Je regarde l'horloge du tableau de bord et je me rends compte qu'il est trois heures du matin.

Et puis, zut !

Je reste assise un moment, à me demander si je dois aller frapper à sa porte ou attendre le matin. Je suis sur le point de repartir quand sa porte s'ouvre. Il est là, sa silhouette encadrée par la lumière de son hall d'entrée.

J'hésite. Je devrais avoir peur. Je connais son secret, maintenant, et il est dangereux.

Mais c'est pour ça que je suis venue ici, n'est-ce pas ? C'est le carburant qui m'y a poussée.

J'inspire pour me donner du courage et sors de la voiture. Je marche lentement vers lui, sans le quitter des yeux, essayant de deviner les émotions derrière ses traits résolument stoïques. Mais je ne peux rien lire sur son visage.

— Écris à Brandy, dit-il. Pour la prévenir que tu es ici.

Je fronce les sourcils.

— Pourquoi ?

— Parce qu'une fois que tu seras entrée, je fermerai la porte derrière toi. Et je veux que tu saches que tu es en sécurité.

Je hoche la tête, puis sors mon téléphone, envoie le message et croise à nouveau son regard.

— C'est bon ?

Je crois déceler une certaine déception sur son visage. Merde ! Je regrette immédiatement d'avoir envoyé le texto. Parce que je n'ai jamais pensé qu'il puisse me faire du mal, aussi naïf que ce soit. Je m'attendais au danger, mais pas du genre physique.

Non, le danger auquel je suis confrontée est de nature à attaquer directement le cœur.

Trop engourdie pour prêter attention à la maison, je le suis dans un grand salon ouvert. À la télévision, une chaîne de cinéma classique diffuse un film en noir et blanc, mais le son est coupé. Il y a une table basse devant un canapé. Un seau à glace et une carafe de whisky à moitié vide sont posés à côté d'un verre avec un glaçon et un fond de liqueur ambrée.

— Tu as bu.

— Ça, oui. Tu en veux un ?

J'acquiesce, puis je m'assieds sur le canapé. Saisissant un coussin, je le tire sur mes genoux et me recroqueville, les pieds sous mes fesses.

Il revient du minibar de l'autre côté de la pièce avec un verre. Il laisse tomber un glaçon dedans, le remplit et me le tend avant de s'en verser un.

— Aux secrets, dit-il.

Je ne peux m'empêcher de pouffer.

— Non, rétorqué-je, fâchée contre nous deux. Ne te moque pas de ça.

— Je ne suis pas moqueur, je le jure.

Il tend la main et je recule. Aussitôt, son visage se ferme.

— Dis-moi. Tout ce que tu sais. Avec qui tu as parlé.

J'envisage de protester, mais c'est pour cette raison que je suis ici, non ? Pour cette confrontation ?

— Je ne révèle pas mes sources. Pas même à toi. Mais il m'a dit que le Loup avait un fils qui travaillait pour Peter. Ça n'aurait peut-être pas suffi, continué-je devant son silence. C'est vrai, Peter avait des employés partout en ville. Mais je connaissais aussi l'existence de Caitlyn Devline. Les pièces du puzzle étaient faciles à agencer.

Je prends une longue gorgée.

— J'ai raison, n'est-ce pas ? Tu es le fils de Daniel Lopez. Le Loup.

Il prend son visage dans ses mains, dissimulant la majeure partie de sa barbe sous ses grandes paumes. Les yeux fermés, il hoche la tête.

— Ce n'est pas comme ça que je voulais que tu l'apprennes.

— C'est ça ! Pas comme ça... Tu ne voulais pas que je le sache, c'est tout.

Il part d'un rire sans joie aux accents ironiques.

— Oui, c'est vrai, dit-il enfin en soupirant. Comment connais-tu le nom de ma mère ?

— Il s'avère que je l'ai vue. Et toi aussi. J'avais trois ans. Peter s'est rendu à une maison, dans les hauteurs d'Hollywood. Elle a répondu à la porte.

— Que sais-tu d'autre ?

— Que ton père t'a enlevé.

Je le regarde fixement.

— Tu t'en souviens ?

— Je l'ai appris plus tard, dit-il en secouant la tête. Il l'a tuée, aussi. Il l'a droguée, puis il l'a assise au volant d'une voiture. Tout le monde a cru à l'accident.

Je reste sous le choc. Je n'en avais pas la moindre idée.

Il se frotte les tempes.

— Elle était riche. Elle s'est brouillée avec ses parents avant de rencontrer Daniel Lopez. Elle a fugué, et elle s'est retrouvée prise dans ses filets. Il est tombé amoureux d'elle, alors on peut dire que, dans un sens, elle a eu de la chance. Je ne sais pas. Après, elle m'a donné naissance. Elle s'est enfuie quand j'avais environ un an, pour retourner chez ses parents.

— Tes grands-parents ?

— Ils sont morts maintenant. Un autre accident, comme par hasard. Quand mon père venait de m'emmener dans le Nevada. Je ne peux pas le prouver, mais je parie que c'est une mise en scène. Leur punition pour l'avoir privé de l'argent familial.

Son sourire est infime, assassin.

— Leur fortune était immense, gérée par des fiducies. Il s'avère que les actifs de ma mère et de mes grands-parents avaient été placés dans un fonds créé en mon nom au moment où elle m'a ramené à Los Angeles avec elle. C'était en béton. C'est toujours le cas. Mon ordure de père a essayé de mettre la main dessus, mais il n'y est jamais parvenu.

Il hausse les épaules.

— C'est avec cet argent que je vis maintenant. De l'argent honorable, accumulé grâce à des générations de travail acharné et d'investissements solides.

— Et l'argent de ton père ? Mon... euh, ma source dit que tu en as hérité. Apparemment, tu diriges ton propre syndicat du crime, maintenant.

Il ricane.

— C'est ce qu'il a dit ? Eh bien, il se trompe, si ça peut t'aider à te sentir mieux. J'ai bouclé l'entreprise de mon père quand j'ai hérité, et j'ai fait tout ce que j'ai pu pour fermer les réseaux et les canaux de communication qu'il utilisait, m'arrangeant pour que ses lieutenants soient étroitement surveillés par le gouvernement.

Il expire, la mine sévère.

— Je ne suis pas mon père, et malheur à quiconque suggérera le contraire. J'ai passé toute ma vie à essayer d'échapper à l'ombre de cet homme, à compenser autant que possible le venin qu'il a injecté dans le monde.

Il vide le reste de son verre, puis l'abat sur la table basse avant de se lever.

— Alors, non. Je n'ai pas mon propre syndicat. À moins que la

Fondation Devlin Saint en soit un, parce que c'est la seule chose à laquelle l'argent de mon père a servi. Mais le but de la FDS est d'aider les gens, d'essayer de nettoyer une partie de la merde que mon père a répandue autour de lui. *Putain !*

Fou furieux, il décoche un coup de pied dans la table. Je saisis la carafe de peur qu'elle ne dégringole par terre.

— Désolé. Putain. *Désolé.*

Il traverse la pièce à grandes enjambées jusqu'aux portes vitrées donnant sur le canyon, où les lumières de dizaines de maisons scintillent en contrebas, comme en écho aux étoiles au-dessus. Je peux voir son reflet, et c'est ce que je regarde quand il dit :

— Je ne suis pas l'homme que tu as connu, Ellie. À l'époque, je croyais pouvoir éviter le destin pour lequel je suis né. J'avais tort.

Il se retourne pour me regarder, comme pour jauger ma réaction, et je m'efforce de ne trahir aucune émotion. Je ne comprends pas exactement ce qu'il me dit, mais je le connais assez bien – ses inflexions de voix, ses attitudes – pour savoir que c'est important.

— Cet homme, poursuit-il en se désignant avec dégoût. Ce philanthrope. Il n'existe pas. C'est une illusion. Il est sorti du chapeau comme un lapin magique. Parce que je te garantis, Ellie, que ce corps, ce sang, sont corrompus. Et qu'ils l'ont toujours été.

Mon cœur se serre et j'étouffe une puissante envie d'aller vers lui. D'essayer d'apaiser une partie de la douleur qui exsude de lui par vagues toxiques.

— Tu viens de dire que la fondation était légitime. Que c'était pour blanchir définitivement l'argent sale de ton père.

Il éclate d'un rire amer.

— Oui, on peut dire ça comme ça. Mais n'essaie pas de me peindre une auréole. J'ai fait des choses dont j'ai honte. Beaucoup de choses.

— Qu'est-ce que tu racontes ? Tu aidais Peter ? Tu vendais de la drogue ?

— Non.

Le mot est à la fois dur et sincère.

— C'était la limite que je refusais de franchir, et mon père a cédé parce qu'il cherchait plutôt à m'inculquer la fibre des affaires, de la comptabilité. Alors, oui, je l'ai aidé de cette façon. Mais je n'ai jamais touché à la drogue et je ne le ferai jamais.

Je me verse un autre verre.

— Tu as déjà tué des gens ?

Il hésite, puis me regarde dans les yeux.

— Oui. Dans l'armée. Et... et quand mon père me forçait à le faire.

Je déglutis et ma voix chevrote lorsque je réponds :

— Tu ne devrais pas me dire ça. C'est dangereux.

Il croise mon regard.

— Vraiment ?

Une vague de chaleur me traverse. Mais cela n'a rien de sensuel. C'est plus intense, plus profond. Je passe la langue sur mes lèvres sans savoir quoi penser, et encore moins quoi faire. Enfin, je pose la seule question que je dois poser.

— Est-ce que tu as tué Peter ?

Il ferme les yeux et secoue la tête.

— Non. Et même si je n'avais pas le choix, je ne me pardonnerai jamais de m'être enfui comme je l'ai fait.

— Alors, pourquoi es-tu parti ?

Il fait les cent pas devant moi, ramenant ses cheveux en queue de cheval avec un élastique tiré de sa poche.

— Parce que j'aurais pu être le suivant. Parce que j'ai vu une échappatoire. C'est ce soir-là que j'ai tourné le dos à tout. À toi. À mon père. À mon passé.

— Oh.

Je m'humecte les lèvres.

— Tu ne pouvais pas m'emmener avec toi ?

— Peut-être que j'aurais pu.

Il me regarde dans les yeux tout en parlant et je ne sais pas si c'est de la douleur ou du regret que je vois sur son visage. Peut-être les deux.

— Mais nous étions si jeunes, tous les deux.

— Je comprends. Mais maintenant...

Je m'interromps pour ne pas paraître trop suppliante. Pourtant, si c'est ce qui l'a retenu, si c'est pour cette raison qu'il est parti, alors ça change tout entre nous.

Mais il secoue la tête et je sais que, comme lorsque nous étions plus jeunes, il a lu dans mes pensées.

— Je ne suis pas le même homme, Ellie. J'en ai trop vu. Et même, j'en ai trop fait. La vie m'a foutu en l'air, et j'ai créé la FDS pour m'accorder un peu de paix. Je chéris chaque putain de moment que j'ai passé avec toi, mais la fondation est ma maîtresse maintenant, et je ne cherche pas de relation à long terme.

— Je n'allais pas...

— Si, c'est ce que tu allais faire.

Ma poitrine se serre et je pars d'un petit rire bizarre.

— Oui, c'est vrai.

Il s'approche alors, et quand il s'assied à côté de moi et me prend les mains, j'aimerais me laisser aller à son contact.

— Je suis tellement, tellement content que tu sois revenue. Au début, je pensais que ça me déchirerait — tous les deux, d'ailleurs —, mais maintenant, je sais que j'avais besoin de ça. De toi. Et je suis infiniment reconnaissant à Las Vegas pour ce que nous avons partagé. Mais c'est un souvenir, maintenant, et ça ne peut être rien de plus.

J'acquiesce. Cette réalité ne me plaît pas, mais je la comprends.

— Tu rentres bientôt à New York.

— Oui. Ma vie est là-bas désormais.

Il glisse les mains dans ses poches.

— Exactement. Ta vie est là-bas.

Je hoche la tête. Même si je pouvais rester, même s'il voulait bien de moi, je ne sais pas si je le ferais. Il y a trop de fantômes à Laguna Cortez.

Il prend ma joue.

— Je ne vais pas te demander si tu garderas mon secret, parce que je sais que tu le feras. Et je sais que tu dois avoir plus de questions, mais il est déjà quatre heures et tu as l'air épuisée.

— Eh bien, je te remercie.

Il sourit.

— Tu veux que je te reconduise chez toi ? Sinon, tu peux dormir ici. J'ai une chambre d'amis.

— Merci.

Il m'apporte l'un de ses t-shirts en guise de pyjama, puis me montre la chambre. Là, il m'embrasse sur le front.

— Je ne voulais pas que tu le saches. Mais maintenant, j'en suis content.

Il ferme la porte derrière moi, me laissant avec mes pensées, mes peurs et le silence d'une maison inconnue à quatre heures du matin. Une heure égarée, solitaire.

J'essaie de dormir, mais ça ne sert à rien. J'ai beau savoir qu'il ne veut pas que je le fasse – et même si je ne cherche que du confort –, je traverse la maison à pas lents jusqu'à la chambre de Devlin.

J'entends sa respiration lente et régulière depuis la porte et je me dirige vers le lit. Je me glisse sous les draps de sorte que nous soyons dos à dos, et dès que ma tête touche l'oreiller, le sommeil m'enveloppe.

La dernière chose que je ressens avant de dériver, c'est le mouvement du matelas quand Devlin se retourne, et la pression chaude de son corps contre le mien.

❧ 27 ❧

Je me réveille, jeudi matin, avec la sensation de la main de Devlin qui caresse légèrement ma hanche. Je garde les yeux fermés et mon souffle lent, sans trop savoir si c'est le désir ou la mélancolie qui guide sa main, et sans savoir ce que je veux moi-même.

Je continue à jouer les petits loirs alors qu'il sort du lit et le bruit de l'eau de la douche m'aide à me rendormir. Quand je me réveille enfin, la maison est vide, mais Devlin m'a laissé un mot près de la cafetière.

Je suis content que tu sois venue et je suis content que nous ayons discuté. Il y a un peu plus de soleil dans ma vie maintenant que je t'ai parlé de mon passé.
D
P.S : Tu es la tentation incarnée. Je n'aurais jamais cru être aussi fort avant de réussir à te résister ce matin.

Cette dernière phrase me fait rire, non seulement parce que c'est adorable, mais surtout parce que c'est n'importe quoi. J'ai toujours su qu'il était fort. Maintenant, connaissant son histoire, je comprends mieux pourquoi.

Je retourne dans la chambre pour m'habiller. Il y a une terrasse adjacente à la chambre principale, à laquelle on accède par une porte vitrée coulissante. Elle est cachée derrière des rideaux opaques, et quand je les écarte, la lumière inonde la pièce et je découvre la terrasse immense, un coin salon d'un côté et un espace de sport de l'autre, avec des haltères, un rameur et un sac de boxe. Je me souviens des phalanges de Devlin et je me dis que ce sac doit lui être très utile.

En détournant le regard, je remarque les trois photos encadrées sur sa commode. De petits cadres autour des soucoupes en bois qu'il utilise comme vide-poches, pour sa monnaie, ses clés et autres broutilles.

Je ne les avais pas remarqués auparavant, car je ne suis pas venue ici pour admirer la décoration, mais avec le reflet de la lumière, les cadres en laiton brillent. Je ne reconnais pas les personnes sur deux photographies. Une femme, debout à côté d'un petit garçon qui, je pense, pourrait être Devlin. L'autre présente Devlin adulte avec un homme plus âgé, en jean et t-shirt, un tatouage des forces spéciales apparaissant sous sa manche courte. La dernière est celle dont je me souviens. Je suis debout, toute seule à la plage, à regarder Alex qui m'agace en insistant pour me prendre en photo.

Contrairement aux autres, il n'y figure pas, et j'ai mal au cœur en réalisant pourquoi – parce qu'il ne pouvait utiliser aucune photo de nous deux ensemble. Parce que le garçon sur ces photos serait – est – Alex.

Ce qui signifie qu'il a fait son possible pour chercher une photo de moi seule. Et qu'il l'a gardée pendant tout ce temps. Ça me donne le sourire de faire partie de sa petite galerie intime.

J'ai toujours un sourire aux lèvres quand je quitte la maison pour retourner chez Brandy. Je prends un café, puis m'assieds sur un tabouret dans sa salle de couture pendant qu'elle travaille sur des commandes de sacs personnalisés et me parle de Christopher. Combien il est intelligent, tendre et drôle.

— Il me comprend, dit-elle. C'est fabuleux.

— Et toujours pas de pression ?

Elle secoue la tête.

— Non. Aucune. Il dit que je vaux la peine d'attendre.

— Il faut le garder, celui-là.

— Peut-être, dit-elle avec un haussement d'épaules.

Elle a l'air ravie. Elle sourit toujours lorsqu'elle incline la tête et demande :

— Alors ? Devlin ? Tu as l'air bien maintenant, mais hier, c'était un vrai mélodrame.

— Oui, je sais. Désolée.

Elle me regarde comme pour dire : « Oh, je t'en prie », avant de se concentrer sur un ajustement, sur sa machine à coudre. C'est tellement technique que je m'émerveille qu'elle n'ait pas cousu ses doigts ensemble.

— Si tu as envie de me raconter tous les détails les plus sordides parce que ça t'aide d'en parler, sache que je suis là pour toi.

— Je t'adore. Je vais me reprendre un café. J'ai besoin de toute la caféine possible. Tu veux quelque chose ?

— Un smoothie. Il y en a dans le frigo.

Je vais chercher nos boissons, puis je m'installe pour lui raconter toute l'histoire. Ou, du moins, la version tout public. Quand j'ai fini, elle a cessé de coudre. Elle est penchée en arrière sur sa chaise, la bouche entrouverte.

— Le Loup, dit-elle. Je me souviens quand il faisait la une des journaux. Ce type était le père d'Alex ?

J'acquiesce.

— Devlin, n'oublie pas. Et ce n'est pas une information publique, alors sois prudente avec ça.

— Bien sûr, fait-elle en hochant la tête. Oui, évidemment.

Je la regarde réfléchir et je devine la question qu'elle va me poser ensuite.

— Mais pourquoi ? Le Loup est mort. Pourquoi ce secret ?

— Je ne le lui ai pas demandé, mais ça se comprend assez facilement. Le Loup avait un réseau étendu. Penses-tu vraiment que si ses anciens lieutenants savaient qui était Devlin, ils ne voudraient pas être dédommagés pour leurs ennuis avec la justice ?

Elle fait la grimace.

— Oh. Oui. En gros, c'est une cible ambulante. Ce qui, ajoute-t-elle en hochant la tête, est certainement la raison pour laquelle il te repousse.

Elle n'a pas tort, mais je trouve un certain réconfort dans le fait que nous nous soyons réconciliés, tous les deux. J'aimerais encore plus, c'est indéniable, mais je sais que je ne peux pas l'avoir. Au moins, il est de retour dans ma vie.

Je laisse Brandy à sa couture lorsque Lamar envoie un texto pour me demander si je veux l'accompagner au stand de tir. Après la conférence de presse au sujet de Myers, je lui ai dit que je manquais d'entraînement, ces derniers temps. Il faut croire qu'il a pris cela à cœur.

C'est un stand de tir intérieur, à quelques kilomètres du poste de police, à l'intérieur des terres. Je le retrouve là-bas et nous nous inscrivons avec ses armes à feu déchargées, puis nous achetons les munitions à blanc. On nous affecte au poste numéro sept. Alors que nous nous installons, je jette un œil derrière moi et je suis surprise de voir Devlin et Ronan, à l'autre bout de la salle, aux postes numéros un et deux.

Comme ils portent des lunettes de protection et un casque anti-bruit sur la tête, ils ne nous remarquent pas, mais j'ouvre l'œil lorsqu'ils récupèrent leurs cibles, les contours en papier d'une tête et d'un torse masculins flottant jusqu'à eux sur la ligne automatisée.

Une cible fixe, pour tous les deux. Un chapelet de balles dans la tête. Un autre dans la poitrine.

Je jette un coup d'œil à Lamar, qui les a repérés, lui aussi. Maintenant, il pince les lèvres.

— Comment s'est passé ton week-end à Las Vegas, au fait ?

— Super. Des tonnes de recherches, et j'ai presque terminé mon article.

Je ne peux pas lui dire la vérité sur Devlin, et je ne veux pas entrer dans les détails personnels de ma relation avec Devlin. Surtout depuis que nous nous cantonnons à une amitié platonique. En plus, je sais que Lamar n'est pas exactement le fan numéro un de Devlin.

Il me dévisage longuement et je me demande s'il va insister pour en savoir plus, mais à la place, il désigne la bordure du stand, où il a déposé les magasins et les armes.

— Honneur aux dames.

Il a apporté son Glock – son arme de service – ainsi qu'un Ruger plus petit qu'il porte lorsqu'il est en civil. J'opte pour le Glock. Cette arme m'obsède depuis que je l'ai vue dans le tiroir de Devlin, et le souvenir de cette nuit-là me rappelle encore une fois l'assassinat de Bell. Sans le vouloir, mon regard dérive vers l'allée de Ronan. Oui, je suis impressionnée.

Non que la personne qui a éliminé Bell soit forcément un bon tireur. Ils étaient proches, l'un contre l'autre. Mais il fallait savoir se fondre dans la foule. Et Ronan est tout sauf ordinaire. Devlin non plus, mais au moins, avec une casquette de baseball et une veste, il pourrait donner le change. En comparaison, Ronan brille de mille feux.

— Tu attends une invitation en bonne et due forme ?

— Excuse-moi, excuse-moi.

J'attache une nouvelle cible en papier à la ligne, puis j'appuie sur le bouton pour la faire glisser vers la position la plus éloignée. Ensuite, j'ajuste mes lunettes, j'enclenche le chargeur, j'y loge la cartouche et je me prépare à tirer.

Tout en douceur, princesse. Les mots de mon père résonnent à mes oreilles. Des conseils et des années de pratique qui m'ont permis de réussir l'Académie avec les meilleurs scores de ma promotion. Lamar le sait aussi, bien sûr. Et je suis certain qu'en ce moment, il se demande si j'ai perdu la main.

C'est possible. Je vais rarement au stand de tir, à New York.

Mais je suis de nature compétitive et je focalise toute ma concentration sur ma cible.

Je repère, j'appuie doucement sur la détente et je m'accorde des félicitations, mentalement, en constatant que j'ai fait mouche.

J'ai vidé le reste du magasin et une seule balle a manqué sa cible. C'était ma faute. Mon attention avait beau rester sur ma cible et mon arme, une partie de mes pensées savait que Devlin s'approchait dans mon dos. Et ma main a légèrement tressailli.

Au lieu du torse, j'ai atteint mon méchant à l'épaule.

Je décrète que c'est à cause de Devlin et qu'il me doit un verre.

Lamar prend la relève, avec des résultats tout aussi impressionnants. Nous sommes à égalité, incapables de nous départager. Enfin, nous abandonnons la compétition pour exécuter quelques tirs d'entraînement supplémentaires jusqu'à avoir utilisé deux boîtes entières de munitions.

— Tu n'as pas perdu la main, commente Lamar alors que nous quittons le champ de tir et entrons dans le parking.

J'ai mon bras autour de sa taille et nous rions de notre premier jour à l'Académie, mais je m'arrête en voyant Devlin appuyé sur le capot de ma Shelby.

— Je peux te demander de me ramener ? fait-il avant d'adresser un signe de tête à Lamar. Inspecteur Gage.

— Monsieur Saint.

Je me retiens de lever les yeux au ciel, puis je me tourne vers Lamar.

— Tu dois aller bosser maintenant, non ? Je passerai plus tard voir le chef. Il a encore quelques dossiers pour moi.

— On se voit tout à l'heure, alors. Saint, ajoute-t-il poliment avant de passer son chemin vers sa voiture.

— Je crois qu'il ne m'apprécie pas trop, remarque Devlin.

— Si tu n'étais pas aussi froid qu'un iceberg.

Il ignore mon commentaire.

— Tu as déjeuné ?

— Ça dépend. J'ai vraiment rendez-vous avec le chef cet après-midi. Mais tant que nous ne partons pas pour Aruba, j'ai certainement un peu de temps à t'accorder.

— Si c'était le cas, est-ce que tu modifierais tes plans ?

Je lui réponds avec un sourire enjôleur.

— J'imagine qu'on ne le saura jamais.

En riant, il se dirige vers la portière du côté conducteur. J'hésite, mais je décide de lui lancer mes clés.

— Ne t'y habitue pas.

— Malheureusement, elle sera bientôt garée à New York. Je veux juste de bons souvenirs.

Moi aussi, et je m'assieds en silence.

Je m'attends à ce qu'il prenne la direction du quartier des arts. Au lieu de ça, nous nous retrouvons à des kilomètres, sur la côte, dans l'un de mes restaurants préférés près de Newport Beach.

— *Marco les pieds dans l'eau* ? dis-je en me tournant vers lui avec un grand sourire. C'est super.

Nous sommes venus ici plusieurs fois, à l'époque. Nous commandions des tacos à emporter, puis nous nous promenions jusqu'à la passerelle devant la marina, avec ses rangées de bateaux de luxe et les portes de service de divers restaurants et magasins. Techniquement, c'est un accès réservé aux propriétaires de bateaux, ce qui fait que c'est rarement bondé.

Aujourd'hui, nous suivons le même itinéraire après avoir acheté notre déjeuner, flânant côte à côte tout en essayant de finir nos tacos sans en mettre partout sur nos vêtements. Je me débrouille, quoique j'utilise beaucoup trop de serviettes, mais j'éclate de rire lorsqu'une grosse goutte de sauce brune tombe sur la chemise blanche immaculée de Devlin.

— Je suis désolée. Mais ça change, toi qui es toujours impeccable.

— C'est ta faute, rétorque-t-il. Tu me déconcentres.

Je penche la tête.

— Devlin.

— Excuse-moi, dit-il d'un air contrit. Je ne joue pas le jeu.

Je ne réponds pas. Il a raison, mais au fond, j'aime savoir que le désir est toujours présent même si nous n'en faisons rien.

Nous marchons en silence pendant un moment, et quand nos mains se frôlent par inadvertance, je ressens cet infime contact depuis mes mamelons jusqu'à mes orteils. Je m'en veux d'être aussi faible avec cet homme.

Nous continuons notre balade jusqu'à avoir dépassé les devantures et atteint les hangars où sont entreposés les bateaux en réparation. C'est désert, de ce côté, et nous débouchons dans une petite crique pleine de boue et de débris.

Je plisse le nez, dégoûtée. Je me retourne, m'apprêtant à dire à Devlin qu'il faudrait mettre la pression aux gérants de l'entreprise pour faire nettoyer cet endroit, quand je vois l'expression de son visage, pincée et concentrée. Il scrute quelque chose. Je suis son regard et aperçois un petit mouvement, le passage de quelqu'un qui disparaît dans un renfoncement sombre entre deux ateliers obscurs.

Devlin se tourne vers moi, le visage de marbre. Il pose un doigt sur ses lèvres et je hoche la tête, silencieuse même si je meurs d'envie de savoir ce qui se passe.

J'entends avant de voir. C'est un cri étouffé, comme quelqu'un qui sanglote dans un oreiller.

Je regarde à nouveau Devlin pour obtenir des explications, mais il ne me prête aucune attention. Il me lâche la main et fonce vers le recoin à grandes enjambées. Derrière lui, je me déchausse pour me mettre plus à l'aise. J'ignore pourquoi je suis calme, mais je suis sûre que c'est une réaction adéquate.

Je me trouve de l'autre côté de la promenade et quand j'arrive devant le renfoncement, je le vois du point de vue de l'extérieur, comme si je me tenais à l'entrée d'une grotte. Je me rends compte que ce n'est pas un recoin, mais une ruelle, et je découvre une femme recroquevillée contre le mur de briques, alors qu'un homme est penché sur elle, débitant tout une guirlande d'insultes – *salope, traînée, sale pute !*

Il s'arrête assez longtemps pour que la femme lui réponde, puis il lève le bras, manifestement dans l'intention de la gifler. J'étouffe un cri et serre les dents en prévision du coup, mais il ne vient jamais. Parce que la main de Devlin jaillit et saisit l'homme par le poignet, l'éloignant de la femme. En même temps, il tord le bras du voyou vers l'arrière, le forçant à se mettre à genoux s'il ne veut pas qu'on le lui casse.

Une fois que l'homme se contorsionne avec une grimace, Devlin reporte son attention sur la femme et lui parle d'une voix si basse et rassurante que je n'en distingue qu'un vague murmure. Elle hoche la tête, le remercie en bredouillant une dizaine de fois, puis se précipite en direction de la rue.

Devlin traîne l'homme sur la promenade, où il le libère enfin.

— Par là-bas, ordonne-t-il en désignant une passerelle conduisant vers l'une des petites îles, dans la direction opposée de la femme.

— Va te faire foutre, répond le fumier avant de détaler.

Je le regarde disparaître dans l'ombre, le sang cognant dans mes oreilles.

Quand Devlin se retourne et me regarde, il respire si fort que je vois les mouvements de sa poitrine.

— Tu es son chevalier blanc, dis-je.

Au moment même où les mots sortent de ma bouche, je me rends compte que ce n'était pas une bonne idée. Son visage se ferme et il redevient dur, impénétrable. Il s'approche, et pendant un instant, je pense qu'il va seulement passer à côté de moi et que je vais devoir presser le pas pour réussir à le suivre.

Au lieu de ça, il m'attire à lui, reculant pour m'entraîner dans la même ruelle, presque exactement dans la même position que le couple qu'il vient de séparer.

— Dev...

— Un chevalier terni, tu veux dire.

Il s'est exprimé dans un grognement et je n'ai pas le loisir de lui demander ce qu'il veut dire, parce qu'il me fait taire avec un baiser violent et inattendu.

Je lui ouvre ma bouche, mon corps. L'adrénaline déferle en moi. Bon sang, j'en ai tellement envie, moi aussi. J'ai besoin de chaleur, ma peau est à vif, et même si ses baisers sont intenses et sans douceur, j'ai envie de plus. Je veux tout de lui.

Je porte une jupe en coton ample, et il la retrousse, puis arrache ma culotte. Le bruit du tissu déchiré se réverbère entre les briques.

— Dis-moi que tu en as envie, exige-t-il, le souffle court.

— Tu as dit qu'on ne pouvait pas.

— Dis-moi que tu le veux, répète-t-il d'une voix dure.

— Tu es fou ? Oui. Bien sûr, je veux que tu me prennes.

Je m'aventure sur sa braguette à tâtons tout en parlant, et il écarte brutalement ma main pour prendre le relais.

— Poche arrière. Mon portefeuille.

Je le sors et il le prend, récupère un préservatif, puis laisse tomber la pochette en cuir sur le sol avant de l'enfiler. Enfin, il m'empoigne les fesses et me hisse en même temps, me claquant le dos contre le mur. Je referme les jambes autour de ses hanches, me cambrant vers lui alors qu'il effleure de son gland mon sexe déjà trempé.

Une main me stabilise tandis que l'autre se pose autour de mon cou. C'est dangereux, bouillant, et je manque perdre la tête lorsqu'il affermit sa poigne sans cesser de m'attiser. Au début, il me donne quelques coups peu profonds et je gémis pour protester. Je veux qu'il me baise, qu'il m'empale, qu'il me prenne sans retenue.

— S'il te plaît, supplié-je.

C'est une formule magique. Aussitôt, il s'enfonce brutalement et je crie :

— Oui, oui !

Je dois être trop bruyante, parce que sa main quitte ma gorge pour se plaquer sur ma bouche, me bâillonnant efficacement tandis qu'il redouble d'ardeur. Mon corps se contracte autour de lui, l'attirant alors que la pression monte en flèche. Enfin, j'expulse un cri bestial et débridé dans la paume de sa main au moment même où il se vide en moi.

Je pars sur une autre planète, mais quand j'en redescends, c'est pour m'effondrer sur lui, les bras autour de son cou et ma tête dodelinant sur son épaule.

Il recule et je me glisse hors de son étreinte, le laissant me reposer au sol, les genoux faibles et le corps engourdi.

Je lève les yeux, pantelante, pour croiser son regard. Pendant un moment, nous nous dévisageons simplement.

— Tu ne m'as jamais dit pourquoi, lui dis-je enfin. Pourquoi as-tu installé la FDS à Laguna Cortez ?

— Parce que Laguna Cortez est le seul endroit où j'ai été vraiment heureux, me répond-il, les yeux dans les yeux. J'aurais cru que tu le déduirais par toi-même.

❧ 28 ❧

— Tu veux m'accompagner après le petit-déjeuner ? demandé-je en brandissant le bloc-notes jaune que j'ai emporté avec moi hier pour mon entrevue avec le chef Randall, lui montrant ma longue liste de noms.

Devlin et moi sommes rentrés de Newport Beach juste avant seize heures et je me suis rendue directement au poste de police. Là, je me suis enfermée dans une salle d'interrogatoire avec tous les dossiers que Randall m'a fournis. Il y avait beaucoup de choses à trier, mais quand je suis enfin repartie vers vingt heures, hier soir, c'était avec plusieurs pistes dans mon escarcelle.

Brandy, occupée à préparer des frittatas dans des moules à muffins, jette un œil vers ma liste.

— Ce sont toutes les personnes avec lesquelles Peter a travaillé ? Les consommateurs de sa drogue ?

Je secoue la tête.

— Certains d'entre eux, peut-être. La liste a été établie dans le cadre de l'enquête sur le meurtre. Mais la plupart n'ont jamais été interrogés, car Ricky Mercado a avoué et l'enquête a été bouclée.

— Et tu comptes leur demander quoi ?

— Ce dont ils se souviennent au sujet de Peter. S'ils connaissaient quelqu'un qui aurait pu avoir une dent contre lui. N'importe quoi susceptible de m'aider à savoir qui aurait pu tuer Peter. Je ne leur demanderai pas directement s'ils achetaient ou vendaient de la drogue auprès de lui, mais j'espère m'en faire une idée plus précise.

Je tapote mon crayon sur le bloc-notes.

— Crois-le ou non, je suis plutôt douée dans ce domaine. Journaliste d'enquête, ne l'oublie pas !

— Je ne doute pas que tu aies le talent nécessaire. Je me demande simplement si quelqu'un s'en souviendra. Ça remonte à loin.

— C'est vrai, mais je vais quand même faire le tour, et j'aimerais bien un peu de compagnie. Je pars vers neuf heures et je compte terminer vers midi. Ensuite, après le déjeuner, j'irai à la fondation.

— Pour voir Devlin ? fait-elle en remuant les sourcils, un sourire aux lèvres. Je suis surexcitée, tu sais.

Je fais mine d'être agacée, mais comme c'est moi qui lui ai raconté notre petite aventure d'hier à la marina, ce n'est guère convaincant.

Pourtant, à vrai dire, je pourrais me tromper. En ce moment, j'ai l'impression que Devlin et moi sommes redevenus un couple – temporaire, bien sûr, le temps que je retourne à Manhattan –, mais je n'en suis pas sûre à cent pour cent.

Notre tête-à-tête sur la promenade a peut-être été un mélange fougueux de testostérone et de désir, mais comme nous n'avons pas pris le temps d'en discuter après-coup, je ne suis pas certaine que la situation ait vraiment changé.

— Tu as un drôle de regard, commente Brandy en glissant les moules à muffins dans le four. Quoi ?

Je hausse une épaule avec désinvolture.

— J'aimerais juste savoir où nous en sommes. Je veux dire, quoi qu'il arrive, je retourne bientôt à New York, alors...

Je me tais, refusant de songer au fait que Devlin serait l'homme parfait pour une relation longue distance. Après tout, il a un jet à disposition, rapide comme l'éclair. Pourtant même avant l'épisode de la ruelle, nous savions tous les deux que cette petite aventure était assortie d'une date d'expiration. Je suis heureuse que nous ayons tourné la page du passé, mais cela ne veut pas dire que nous avons un avenir.

— Quoi qu'il en soit, dis-je, impatiente de remettre la conversation sur les rails, je ne vais pas à la fondation pour voir Devlin. Je dois faire plus de recherches sur Peter. Promets-moi de ne rien dire à Christopher, mais il y a des documents que Devlin ne conserve pas dans sa collection en libre accès. Il doute que ça puisse m'être utile, mais il dit que si je veux perdre mon temps, grand bien me fasse.

En fait de perte de temps, il s'avère que Devlin avait raison. Il a acquis de nombreux documents et dossiers de son père après sa mort, mais rien de ce que je déniche au fond des boîtes ne me donne la moindre piste quant au meurtrier de Peter.

Je termine au moment où Tamra me rejoint.

— Je suis contente qu'il t'ait avoué la vérité, me dit-elle.

Aussitôt, je jette un regard circulaire, redoutant que l'on nous surprenne.

— Et je suis contente que tu tiennes à garder son secret, manifestement, ajoute-t-elle en riant.

Je sens mes joues s'empourprer.

— C'est un réflexe.

Nous sommes seules dans la salle de recherche. Je me mords la lèvre inférieure.

— Alors, vous êtes aussi au courant.

— À propos de son père. Le Loup. Oui, dit-elle en hochant la tête.

— Comment ?

— J'étais amie avec Caitlyn, sa mère.

— Oh.

Je ne m'y attendais pas et je me penche en avant, tout ouïe.

— Elle a rencontré Daniel après avoir fait une fugue. Elle a fini dans la rue, à se droguer et, sans que je sache comment, elle a attiré l'attention d'un de ses hommes. Ils l'ont emmenée dans le Nevada, Daniel l'a prise sous son aile et elle est tombée enceinte.

— Vous étiez là ? Comment le savez-vous ?

— Elle me l'a raconté. Après son sevrage, elle a commencé à faire plus attention à son environnement. Elle a vu ce que Daniel faisait, et ce n'était pas la vie qu'elle souhaitait pour son fils.

— Elle s'est enfuie.

Tamra hoche la tête.

— Ses parents lui ont acheté une maison dans les hauteurs. Le titre de propriété était au nom d'une fiducie, difficile de savoir que c'était chez elle.

Je dois avoir l'air troublée, car elle ajoute :

— Elle ne pouvait pas rentrer chez ses parents. Ce serait trop facile pour lui de la retrouver là-bas. Elle prévoyait même de quitter le pays, mais elle n'en a pas eu l'occasion.

— Parce qu'il l'a retrouvée.

— Je ne peux pas le prouver, mais je suis certain qu'il l'a droguée. Elle avait arrêté. Pour son petit garçon, elle n'y touchait plus. Je ne peux pas croire que, ce jour-là, elle ait été à la fois ivre et défoncée.

— Devlin m'a parlé de l'accident.

Je ne précise pas que je l'ai rencontrée, moi aussi, peu de temps avant sa mort. Je ne m'en souviens pas, alors à quoi bon ? Mais c'est encore un secret qui me lie avec Devlin.

— Une partie de moi est morte avec elle quand j'ai appris pour l'accident, reprend Tamra. Je connaissais la vérité, mais je ne pouvais pas la prouver. Et je savais qu'il avait enlevé le garçon.

Elle se lève et se dirige vers la fenêtre.

— J'ai réussi à le retrouver, et quand il a eu quinze ans, je l'ai rencontré en tête à tête. Je lui ai dit que je connaissais sa mère et que je l'aiderais s'il en avait besoin.

Elle se tourne vers moi.

— C'était un risque. Je ne savais pas s'il avait été endoctriné. Il aurait pu parler de moi à son père. Il aurait pu me faire tuer.

Je frissonne, puis acquiesce.

— Mais il m'a fait confiance. Il m'a dit combien il détestait son père. La vie dont il faisait partie. Il voulait prendre ses distances, mais il ne pouvait pas. Alors, il a appris le métier. Formé aux armes et à toutes sortes de pratiques similaires. J'ai essayé de l'aider, d'être là pour lui parler chaque fois qu'il en avait besoin.

Ma gorge est nouée et j'ai du mal à retenir mes larmes.

— Vous avez remplacé sa mère.

— J'ai essayé, du moins autant que j'ai pu. Quand son père l'a envoyé à Laguna Cortez auprès de Peter, Alejandro m'a appelée, et moi aussi, je suis venue.

Elle sourit.

— C'est à ce moment-là que je t'ai rencontrée, quand on travaillait toutes les deux au poste de police. Et plus tard, quand il a rejoint l'armée, je l'ai encore suivi.

Son visage est empreint de tristesse, mais elle se ressaisit.

— Finalement, je me suis retrouvée ici.

J'ai la tête qui tourne avec tout ce qu'elle vient de me dire, mais un détail domine mes pensées.

— Vous étiez au courant pour nous deux, à l'époque ? Vous saviez qu'Alex et moi...

— Oui. J'ai toujours espéré que votre histoire serait autre chose qu'une tragédie.

Son sourire est faible, et pourtant, il illumine son visage.

— C'est ce que j'espère encore.

❧

Après le départ de Tamra, je remballe mes affaires. C'est terminé pour la journée. Je n'ai rien trouvé dans les journaux qui me donne un indice sur l'assassin de Peter, et je doute d'y parvenir.

Cependant, ce n'est pas ce qui me préoccupe. Non, c'est cette petite pensée insignifiante sur un autre assassin. Le tireur d'élite qui a supprimé Myers. L'assassin intrépide qui a tué Bell à bout portant.

Je quitte la salle de recherche, la tête pleine de bruit, puis je m'arrête au bureau de Tamra avant de monter au troisième. Je sais que Devlin pense que Ronan n'était même pas à Las Vegas à ce moment-là, mais s'il se trompait ?

Je frappe à sa porte et j'entre quand elle me répond.

— Tiens, rebonjour.

Elle affiche un grand sourire, qui disparaît bien vite quand elle regarde de plus près mon visage.

— Qu'est-ce qui ne va pas ?

Maintenant qu'elle me le demande, je me sens bête. Mais je préfère être une idiote trop soupçonneuse plutôt que de me taire.

— Est-ce que... Enfin, ma question va vous paraître étrange, mais faites-vous confiance à Ronan ?

Elle écarquille les yeux.

— Bien sûr. Pourquoi ?

— Je ne sais pas. Une intuition. Je l'ai vu à Las Vegas après que Bell a été abattu, ajouté-je.

J'ai bien conscience de l'absurdité de mon sous-entendu.

— J'imagine qu'il y avait beaucoup de monde à Las Vegas. Tu y étais, par exemple. Et il paraît même que tu n'es pas une mauvaise tireuse.

Je garde le silence. Maintenant, je me sens vraiment ridicule.

Heureusement, elle éclate de rire.

— Je plaisante, bien sûr. Mais oui, je lui fais confiance. Devlin connaît Ronan depuis son service. Et Ronan a même servi quelque temps avec mon mari.

— Votre mari ?

Son sourire devient mélancolique.

— Il a été tué au combat, dit-elle avant d'agiter la main dans un geste évasif, clignant frénétiquement des paupières. Enfin, bref, il connaissait Ronan. Et il lui faisait confiance.

Je croise les bras autour de mon buste.

— Je crois que ça me rend parano d'enquêter sur le Loup.

— Tu dois prendre un peu de recul. Va manger un morceau et prends le reste de la journée.

— Bonne idée.

Je me demande si Devlin aussi peut s'octroyer une pause.

— Je vous vois demain ?

— Je serai là, répond-elle avec ce genre de certitude qui me rappelle que, quoi qu'il advienne, le monde continuera de tourner.

Pourtant, je ne peux pas m'empêcher de penser qu'elle est peut-être trop proche de Ronan pour voir la vérité. Après tout, on ne distingue rien d'un tableau de Monet si l'on se tient le nez contre les traits de pinceau.

Tout en gravissant les marches, j'envoie un texto à Millie et lui demande si elle pourrait fouiller un peu et m'envoyer tout ce qu'elle trouve au sujet de Ronan Thorne.

Anna est à son bureau quand j'arrive au troisième. Elle me sourit et je lui demande s'il est là.

— Je me suis dit que j'allais l'inviter à déjeuner.

— Il a dû s'absenter, mais si vous cherchez de la compagnie, je meurs de faim.

Oh. Heureusement, je me ressaisis avant d'exprimer ma surprise.

— Oui, avec plaisir.

D'ailleurs, j'aimerais bien savoir comment c'était de grandir avec Devlin. Mais comme j'ignore si Anna sait que je suis dans le secret, je ne peux pas engager cette conversation.

Nous traversons la rue vers un charmant petit bistrot avec un service au comptoir.

— Il y a une terrasse à l'arrière, me dit-elle. Allons nous asseoir et je vous dirai tous les secrets de mon patron.

Je la suis en riant. Maintenant que j'ai la certitude qu'elle ne couche pas avec Devlin, je la vois sous un tout nouveau jour.

Nous avons presque terminé nos sandwiches, et j'ignore toujours ce qu'elle sait, quand elle annonce :

— Devlin m'a dit que vous vous connaissiez, tous les deux, quand vous étiez plus jeunes. Avant qu'il ne devienne Devlin, je veux dire.

— Oh.

Je regarde autour de moi, mais il n'y a personne.

— Je ne savais pas s'il vous avait parlé de moi. Il m'a dit la même chose.

Elle sourit.

— Ça nous fait un point commun. Sauf que je l'ai connu en continu. Vous, vous avez eu une interruption.

— Oui, c'est bien dommage.

— En tout cas, je suis contente qu'il vous ait retrouvée. C'est dur d'abandonner sa vie et de s'éloigner de ses amis.

— C'est vrai.

D'après la façon dont elle parle, je me demande si elle sait que Devlin et moi étions – *sommes* – plus que des amis. Bien sûr, même si je ne suis pas certaine de ce que nous sommes. Des amis un peu spéciaux, disons.

Cela dit, ce n'est pas le sujet qui nous occupe et la conversation s'oriente rapidement vers mes recherches, puis nous évoquons le manuscrit de Christopher, que nous espérons pouvoir lire avant qu'il ne l'envoie à son éditeur, et enfin nous discutons des meilleurs magasins de Laguna Cortez.

Quand nous revenons à la fondation, j'ai complètement changé de point de vue au sujet d'Anna. Au gala, je l'avais prise pour une adversaire glamour. Maintenant, elle n'est plus seulement une femme somptueuse et compétente avec qui je pourrais devenir amie, mais elle est aussi un lien supplémentaire entre Devlin et moi.

$$ 29 $$

— V a chercher, Jake ! crie Brandy. C'est bien, bon chien !
Jake s'élance sur la plage à la poursuite de la balle de
tennis la plus dégoûtante que j'aie jamais vue, puis revient avec son
jouet détrempé dans la gueule. Il le laisse tomber à mes pieds, puis
s'ébroue avec plaisir.

— À ton tour, dit Brandy en riant.

Je fais la grimace, mais je ramasse la balle recouverte de salive et
de sable avant de la lancer aussi loin que possible. Malheureusement, ce genre de sport, ce n'est pas pour moi. Je rate complètement mon lancer. Jake bondit malgré tout, pataugeant dans les
vagues avec des gerbes d'eau.

— Il va être trempé, dis-je à Brandy d'un air contrit.

— Ce n'est pas grave. Il séchera.

C'est samedi, mais il n'y a pas grand monde sur la plage. C'est la
beauté de l'automne – beaucoup moins de touristes.

J'ai passé toute la journée d'hier à travailler. J'ai d'abord peau-
finé le portrait de la FDS selon les conseils de Roger, puis j'ai mis
au propre mes notes sur Peter et ce que je sais sur son rôle dans le
réseau mafieux, à savoir pas grand-chose. C'est devenu une histoire
différente, et je ne suis pas prête à la partager avec Roger ni avec
les lecteurs. Au début, je pensais écrire un article sur la chute d'un

homme venu s'installer en toute innocence à Laguna Cortez avant d'être pris dans les filets de la pègre, mais maintenant, il semblerait que l'innocent en question ait été très proche d'un baron du crime international. Et que, malgré cette amitié, il ait suscité la colère du Loup. L'histoire est une tragédie qui a entraîné la destruction d'une famille ainsi que la fin brutale, pour le fils du Loup et moi, d'un premier véritable amour.

Une histoire personnelle, c'est sûr. Je n'ai pas l'intention d'arrêter de l'écrire. Quant à la publier ? Disons que j'hésite encore.

— ... qui a tué Peter.

Je lève brusquement les yeux en prenant conscience que j'ai complètement oublié Brandy.

— Pardon, tu disais ?

Elle secoue la tête, mais semble plus amusée que fâchée.

— J'ai dit que Christopher me posait des questions sur tes recherches au sujet de Peter.

Je m'arrête lorsqu'elle se penche pour gratter Jake dans le cou.

— Tu ne lui as rien dit, n'est-ce pas ?

Elle incline la tête pour me regarder.

— À propos de Peter ? Je pensais que tu l'avais fait.

J'acquiesce. En effet, j'ai effectué mes recherches sur Peter en présence de Christopher et nous en avons discuté. Il voulait même consulter mes notes, estimant que cela pourrait l'aider à l'élaboration de ses personnages.

— Non, il est au courant pour Peter. Je parlais de Devlin. Alex.

Elle ouvre grand les yeux.

— Bien sûr que non.

— Excuse-moi, désolée.

C'est sincère. Je la crois. Vraiment.

— Je... je ne sais pas. Je ne savais pas encore si c'était très sérieux, vous deux.

— Eh bien, il me plaît, mais nous ne sommes pas si proches, encore. Même si je couchais avec lui, de toute façon, je ne lui balancerais pas tous mes secrets en même temps que j'écarte les cuisses.

Je grimace, à la fois à cause de son intonation et de l'image mentale désagréable que cela évoque.

— Je sais, évidemment. Je suis parano, je crois. Il se passe beaucoup de choses, en ce moment, et j'ai du mal à m'accrocher.

— Tu y arrives très bien.

— Oui, mais je…

Soudain, j'ai la gorge nouée et mes paroles s'étranglent. J'essaie encore :

— Je suis plus investie.

Elle me regarde et je crains presque qu'elle me demande ce que je lui cache. Mais à la place, elle me dit :

— Tu lui fais vraiment confiance ?

Je comprends tout de suite qu'elle parle de Devlin, pas de Christopher.

— Il a vécu un enfer, Brandy.

— Ce qui veut dire qu'il a fréquenté beaucoup de personnes atroces. Que te dit ton instinct ?

Je lui serre la main.

— Tu connais déjà la réponse à ça.

Elle hoche la tête.

— Oui, je sais. Et pour ce que ça vaut, je suis du même avis que toi.

Elle hausse les épaules avant d'ajouter :

— J'espère seulement que nous avons raison.

Une heure plus tard, Jake commence enfin à ralentir et nous retournons vers la maison quand je vois Devlin marcher dans notre direction.

— Deux belles femmes, dit-il en nous abordant avec un sourire avant de se pencher pour caresser Jake. Et un chien adorable. Quelle chance.

— Où est-ce que tu vas ?

— J'ai travaillé toute la matinée. J'ai décidé de faire une promenade et de prendre un café.

Il me regarde, la tête penchée.

— Je t'offre un café latté chez *Brewski* ? L'invitation vaut pour toi aussi, dit-il à Brandy.

— J'aurais l'impression de tenir la chandelle, répond-elle en riant. En plus, c'est l'heure de la sieste de Jake. Mais on se voit plus tard.

— C'est moi qui préparerai le dîner, lancé-je alors qu'elle commence à s'éloigner.

— Tous aux abris, crie-t-elle par-dessus son épaule.

J'adresse un sourire narquois à Devlin.

— Elle n'a pas tort. Je suis nulle en cuisine. Je pense que je vais faire de la pizza. La recette est simple : un téléphone et une carte de crédit.

Au comptoir de chez *Brewski*, il commande pour nous deux, puis s'écarte en attendant nos gobelets à emporter.

— Qu'est-ce que tu fais ce soir ?

— Je commande de la pizza et je bosse, à moins que tu me fasses une meilleure proposition.

— Hmm, fait-il en plissant les yeux. Et demain ? Tu as des projets ?

Je croise les bras

— Maintenant, oui.

— Bonne réponse.

— Alors, qu'est-ce qu'on fait ?

Il pose un doigt sur mes lèvres.

— C'est une surprise. Jean. T-shirt. Lunettes de soleil. Tenue de rechange. Commande la pizza de Brandy à l'avance.

— Ça devient intéressant. Attends, je réfléchis. Ça ne peut pas être le sud de la France, parce que je n'ai pas besoin de passeport.

— Oh, chérie, fais-moi un peu confiance. La question des passeports ne serait pas un problème avec moi.

Je ris.

— Oui, je n'en doute pas.

— Je passerai te chercher vers quatorze heures, d'accord ?

— Ça marche.

Je récupère nos gobelets et lui tends le sien.

— Ça veut dire que tu me quittes maintenant ?

— Je n'ai pas fini ma promenade, dit-il en m'offrant son bras. Tu m'accompagnes ?

— Avec joie.

Nous marchons sur Pacific Avenue jusqu'au virage abrupt, puis nous prenons le chemin du canyon en parlant de tout et de rien. De Jake. Du cognac. De Christopher, qui semble avoir élu domicile dans la salle de recherche, annonçant à Tamra qu'il allait finir par revoir toute la trame de son livre.

— Tu devrais écrire des thrillers, dis-je à Devlin. Ou moi. Tu me raconterais toutes les histoires que tu connais, et moi, je les mettrais en mots. Ce n'est pas une idée si saugrenue. Si je décide de coucher sur papier l'histoire de Peter et de la publier, il y a matière à écrire tout un roman.

— Je préfère vivre dans un anonymat discret.

— Voilà qui explique que tu sois si rare sur les réseaux sociaux.

— Disons que je ne suis pas très populaire parmi les hauts gradés de l'organisation de mon père.

— Tu m'étonnes.

Je me rappelle qu'il m'a parlé de ses efforts pour fermer les réseaux et les canaux de communication que son père employait.

— Tu as pris un risque énorme.

— Oui, mais je n'aurais pas pu me regarder en face, autrement. Et j'ai obtenu l'aide du gouvernement.

Il marque une pause.

— Je t'ai dit que je n'étais pas dans un service de protection des témoins, et c'est vrai. Mais il y a des départements approchants et j'ai obtenu de l'aide pour me forger une nouvelle identité. J'ai payé le prix, avec de longues heures d'interrogatoire, mais je suis reparti avec une identité en béton.

Je secoue la tête tout en marchant.

— Je n'imagine même pas ce que tu as traversé à l'époque. J'aimerais que...

Je m'interromps. Ni lui ni moi n'avons besoin de savoir que j'aurais aimé être là pour lui, parce que c'est une évidence.

Nous retournons sur le chemin par lequel nous sommes arrivés, mais sur le trottoir opposé, maintenant.

— Au fait, au *Cask & Barrel*, dis-je. Le premier soir. Tu m'as lâchement abandonnée. Pourquoi ?

— Je n'avais pas encore décidé.

— Décidé de me faire confiance ?

Je tire sur son bras pour le forcer à s'arrêter.

— Et puis, tu es venu me retrouver aux rochers, aussi. Qu'est-ce qui t'a décidé ?

Il passe son pouce et son index sur son menton barbu.

— J'ai réalisé que je ne pouvais avoir confiance qu'en moi-même.

— Bon, dis-je dans un souffle, sans comprendre où il veut en venir.

— Tu as été la première femme que j'ai aimée. D'ailleurs, la seule femme que j'aie jamais aimée. J'avais une confiance absolue en toi, à l'époque. Alors, si je ne te faisais plus confiance maintenant, ce serait comme ne plus me faire confiance à moi-même.

— Oh.

Ses paroles me vont droit au cœur, m'emplissant de chaleur.

— J'avais peut-être changé, tu sais.

— C'est le cas ?

Je lève les yeux vers les siens.

— Comme toi, dis-je. Mais tu peux toujours me faire confiance.

❧ 30 ❧

— Moi ? Prendre les commandes ?

Je suis assise dans le siège du copilote, dans l'un des jets de la *Compagnie Charter*, avec Marci à côté de moi, à la place du pilote.

Elle rit.

— Eh bien, je ne vous demanderai pas d'assurer l'atterrissage. Mais vous pouvez nous maintenir dans les airs pendant quelques minutes. Je vous promets que ce n'est pas si différent que de conduire une voiture.

— Le tableau de bord est beaucoup plus complexe, souligné-je.

Étant donné que je conduis une voiture des années soixante, c'est un euphémisme.

Mais je suis partante. Elle m'explique la fonction des différents voyants, comment maintenir l'avion à niveau à l'aide de plusieurs instruments. Je l'écoute religieusement. Puis elle me fait monter à cinq mille pieds de plus, jusqu'à notre altitude de croisière.

— Vous êtes presque une pro, s'extasie-t-elle.

— Vous êtes généreuse.

Je suis aux anges. C'est différent d'un simulateur d'avion de combat, mais les chances que je monte un jour aux commandes d'un de ces engins sont quasi-nulles. Pour le moment, j'ai la vie de

Marci, Gregg, Devlin et moi entre les mains, au-dessus du désert. Bien sûr, Marci assure en cas de besoin.

Je garde les commandes un peu plus longtemps, puis je les rends à la jeune femme. J'apprécie l'expérience, mais je veux aussi profiter de Devlin.

Je quitte le cockpit pour rejoindre la cabine, puis je fais un clin d'œil à Gregg avant de fermer le panneau de séparation.

Devlin lève les yeux d'une pile de papiers, visiblement amusé.

— Tu as l'air aussi épanouie qu'après une partie de jambes en l'air, observe-t-il. Je suis presque jaloux.

— Après tout, nous sommes en l'air, lui dis-je en écartant ses documents pour m'installer sur ses genoux. C'est un bon début.

Il sourit quand je me laisse glisser à cheval sur ses genoux.

— Voilà qui est intéressant.

Je passe mes bras autour de son cou.

— Dis-moi la vérité. Pourquoi as-tu organisé ça ?

— Ça ne te plaît pas ?

— Tu sais bien que si. Parce que tu es sournois, Monsieur Saint. Et peut-être un peu manipulateur.

Il hausse les sourcils.

— Moi ?

J'acquiesce docilement.

— Oh, oui. Tu savais qu'après avoir eu les commandes entre les mains, j'aurais envie d'un petit tour avec toi.

— Tu me prêtes des intentions.

— Je dis ce que je vois.

Je pose la main sur son sexe en érection, et aussitôt, j'arque un sourcil.

— Tu aurais pu me le demander, tout simplement, si tu voulais qu'on s'envoie en l'air dans les airs.

— J'aurais pu, acquiesce-t-il, glissant une main dans mon jean jusqu'à ce que ses doigts effleurent mes fesses. Mais c'est plus amusant comme ça.

— Devlin...

— Tu veux que je m'arrête ?

Il caresse ma peau sensible, propageant des ondes de choc à travers moi.

— Certainement pas, dis-je en oscillant des hanches pour me frotter contre lui, soudain habitée par un feu ronflant.

— Tu es si magnifique quand tu es excitée. Comme si tu irradiais de l'intérieur.

— Si c'est vrai, alors c'est grâce à toi... Oh, mon Dieu, oui, juste là.

Il a détaché mon jean et a baissé la fermeture éclair. Maintenant, son autre main descend dans mon pantalon et sa paume caresse mon clitoris alors que ses doigts s'enfoncent en moi. J'ondule du bassin tandis que ses deux mains jouent avec mon corps, savourant l'élan de plaisir tout en suppliant ce moment de ne jamais se terminer.

— Encore, soupiré-je alors qu'il enfonce son doigt encore plus profondément.

— Remonte ton haut, demande-t-il.

Je m'exécute, puis je tire sur mon soutien-gorge pour libérer ma poitrine. Je me cambre en arrière, allant et venant contre ses doigts tandis qu'il entreprend de lécher mes mamelons. Des éclairs d'électricité me traversent, chaque fois plus dévastateurs, jusqu'à ce que mon corps ne puisse pas supporter autant de plaisir à la fois. J'explose dans un spasme, à la fois brûlante, glacée, éperdue et comblée.

— Waouh, soufflé-je en me laissant glisser au bas de ses genoux, avachie sur la moquette.

Je pose ma tête sur ses cuisses tandis qu'il me caresse avec douceur.

— Tu es incroyable, dit-il.

Je lève la tête et souris.

— Je crois que c'est ma réplique, ça.

Mes yeux passent de son visage à son érection évidente. Puis j'agrippe sa ceinture.

— Je dois pouvoir y remédier.

Il m'arrête en posant une main ferme sur la mienne, puis désigne la lumière au-dessus de la porte.

— Ceinture de sécurité, annonce-t-il. Nous allons atterrir.

— Oh. Je suis désolée.

— Pas moi, dit-il en m'aidant à me relever pour déposer un petit baiser sur mes lèvres. J'aime attendre, tu te souviens ? Et crois-moi quand je te dis que je prévois de vrais délices quand nous arriverons à destination.

Notre destination s'avère être le Wild Dunes Raceway, un circuit de course privé que Devlin fréquente, ouvert aux pilotes novices et expérimentés. Il couvre plus de six cents hectares dans le désert et compte plus de quatre kilomètres de pistes. La plupart des gens viennent en camping-car et restent quelques jours, mais pour ceux qui ne veulent pas s'encombrer ou qui arrivent par l'aérodrome privé, le circuit propose ses propres caravanes de voyage, chacune avec une petite cuisine, une salle de bain et un grand lit.

Comme si l'orgasme que Devlin m'avait donné dans l'avion ne suffisait pas, je suis maintenant officiellement au paradis. Même mon regret de ne pas avoir ma fidèle Shelby avec moi est atténué quand Devlin me parle de sa Lamborghini Aventador, dans un hangar. Ce moteur de rêve fait des pointes de vitesse à trois cent vingt kilomètres-heure. Ça me laisse songeuse, bien sûr, mais je promets à Devlin que malgré mes tendances à l'intrépidité, je ne franchirai pas les limites du circuit imposées à deux cent soixante-dix kilomètres-heure.

— C'est une course ou du pilotage ?

— Du pilotage, me dit-il.

Nous déposons nos affaires dans notre petite caravane et il me lance les clés alors que nous nous dirigeons vers le garage.

— Plus précisément, c'est toi qui pilotes.

— Oh ?

Je lève les sourcils.

— Alors, tu aimes regarder, c'est ça ?

— Si c'est toi que je regarde, oui. Absolument.

Il a déjà réservé la piste. Elle est à nous, et rien qu'à nous, pendant les deux prochaines heures, même si elle est toujours ouverte aux spectateurs.

Je me glisse derrière le volant, démarre le moteur et reste là un instant, à sentir la puissance du moteur à travers mon corps et tout autour de nous.

— Ne le dis pas à ma Shelby, soufflé-je, mais je crois que je viens d'avoir un orgasme.

Il rit aux éclats, puis se penche et m'embrasse.

— Roule, me dit-il. L'horloge tourne.

C'est un argument imparable. Je quitte le garage et roule jusqu'au circuit. Nous sommes au milieu du désert, entourés au loin par une chaîne de montagnes. L'air est sec et des tourbillons de poussière parsèment l'horizon. Le paysage est aride, et pourtant il renferme le terrain de jeu idéal. Bien sûr, Devlin savait que j'adorerais cet endroit. Il ne m'a pas emmenée marcher sur la jetée de Santa Monica, faire du shopping à South Coast Plaza ni explorer la vieille ville de San Diego.

Non, il m'a emmenée dans le cadre parfait, parce que, contre toute attente, il me connaît encore très bien.

Je me tourne vers lui et déclare :

— Bébé, tu auras droit à la totale ce soir.

Et alors qu'il rit encore, j'engloutis la piste. Au début, je reste sous la barre des cent soixante, histoire d'avoir le bolide bien en main.

Puis je passe une heure de rêve aux commandes. Quand je m'arrête, j'insiste pour qu'il prenne le volant. Je veux avoir le plaisir de le regarder piloter la voiture, négocier les virages, freiner légèrement et faire rugir le moteur, à plein régime.

C'est comme ça que je veux qu'il me pilote ce soir.

C'est exactement ce que je lui dis quand nous retournons à notre caravane isolée, les jambes encore tremblantes.

— Tu mouilles, je parie, dit-il alors que nous atteignons les marches qui mènent à la petite porte.

— Tu le sais.

Il me rapproche et glisse sa main entre mes jambes. Mon cœur bat la chamade, mon corps s'embrase, et en cet instant, je ne sais pas si c'est à cause des vibrations du moteur ou de cet homme. Honnêtement, je crois que cela n'a aucune importance.

Sa main commence à bouger alors qu'il se penche plus près, caressant ma poitrine tout en murmurant à mon oreille :

— Entre et laisse-moi t'entraîner dans un pilotage d'un tout autre genre.

— Mon Dieu, oui, chuchoté-je en retour, attirant sa bouche vers la mienne pour un long et langoureux baiser avant de m'échapper, sautillant sur les quelques marches pour entrer.

Le camping-car est minuscule par rapport à notre suite du *Phoenix*, mais c'est tout aussi parfait.

La douche n'est pas assez spacieuse pour deux, mais le lit compense cette lacune. Il est immense et occupe toute la largeur de la caravane, fermé sur trois côtés. Je m'y dirige tout en semant mes habits derrière moi, indiquant le chemin à Devlin.

Il n'en a pas besoin, naturellement. Il est juste derrière moi, et une fois que je me retrouve en soutien-gorge et en culotte, je me laisse tomber sur le matelas et le regarde avec impatience. À son tour, il fait glisser son jean sur ses hanches, dévoilant un boxer noir qui lui donne un côté mannequin de calendrier, avec ses abdominaux bien définis, son torse sec et son sexe aux contours affolants.

Il s'apprête à se mettre nu, mais je secoue la tête.

— Oh, non, dis-je en tendant les bras pour l'attirer à moi. Ça, c'est mon boulot.

Le sourcil fendu par la cicatrice remonte avec amusement sur son front.

— Vraiment ?

— Ici. Maintenant.

Il me prend la main et capitule quand je le tire sur le lit, puis le chevauche. Je l'agrippe aux épaules et il serre ses mains sur mes hanches, puis me caresse les cuisses.

— La manière forte, dit-il. J'aime ça.

— Ah oui ?

— Tu as déjà fait de l'escalade ? Ça pourrait être notre prochaine aventure, ajoute-t-il quand je secoue la tête. Je pense que ça te plairait. Puissance. Danger. Sensations fortes garanties.

Je prends sa main et la glisse dans ma culotte.

— C'est la seule sensation qui m'intéresse pour le moment, lui dis-je alors que son doigt taquine mon clitoris. Et pour l'instant, tu es la seule chose que je veux escalader.

— Jusqu'au sommet, bébé.

Ma main s'aventure vers le bas et caresse sa verge rigide.

— Cela dit, quelques tours de piste supplémentaires ne me déplairaient pas.

Je baisse son boxer, juste assez pour le libérer. Son sexe est épais, absolument parfait. Je passe le bout de mon doigt sur sa veine alors qu'il rejette la tête en arrière dans un râle.

— Oh, souffle-t-il. Oh, putain, oui !

Je me penche pour goûter la goutte annonciatrice qui perle au bout de son gland, puis je referme ma main sur toute sa largeur.

— J'adore sentir ce levier de vitesse, dis-je d'un ton espiègle.

— Monte et je t'emmènerai faire un tour.

— Oh non, dis-je. Je veux piloter moi-même.

Je me laisse glisser le long de son corps, mon ventre frôlant son sexe alors que je me déplace lentement. Pendant ce temps, je dépose un chemin de baisers dans son cou. Sa barbe me chatouille la peau et j'adore ça.

Je prends tout mon temps. Ma langue suit le tracé de sa cicatrice, puis j'embrasse tendrement son sourcil fendu avant de me stabiliser, les deux mains sur son torse. Je me redresse pour le contempler. Ses paupières sont fermées, mais il les ouvre et rencontre mon regard. À cet instant, je ressens une onde de choc. Un coup de foudre, comme une connexion sensuelle. Mes mamelons se contractent dans mon soutien-gorge et ma culotte devient humide.

Je frôle ses lèvres sous les miennes, puis je passe ma langue sur la bande de poils qui s'étend de sa lèvre inférieure jusqu'à son menton et sa mâchoire.

— J'aime vraiment ça, dis-je en frottant mes lèvres sur sa barbe, me rapprochant de son oreille. J'aime particulièrement la sensation sur ma peau. Je veux le sentir à l'intérieur de mes cuisses, aussi, quand tu me baiseras avec ta langue et tes doigts.

Il lâche un faible gémissement, mais je ne lui laisse aucune chance de parler. Au lieu de ça, je l'embrasse avec fougue, l'explorant et le goûtant, me perdant dans la ferveur de son baiser, en retour. Puis je tire sur sa lèvre inférieure avant de descendre le long de son corps, jusqu'à rejoindre son sexe impatient.

Je le caresse en même temps que ma langue lèche son gland, récompensée en voyant qu'il serre les poings sur le couvre-lit, les muscles de ses abdominaux bandés avec une tension évidente. Je commence à le prendre complètement dans ma bouche, mais il grogne en signe de protestation et me hisse sous les bras, me remontant vers lui avec une telle force que j'en ai le souffle coupé.

— Que...

Mais je me tais quand il me fait basculer, s'avançant sur mon corps. Je ris en me trémoussant.

— Ah bravo, j'allais t'emmener faire le voyage de ta vie.

— Ne t'inquiète pas, bébé. Ce soir, nous atteindrons tous les deux le paradis.

Il prend mes poignets et m'étend les bras au-dessus de la tête, ses genoux contre mes hanches pour m'immobiliser alors qu'il m'embrasse avec passion.

Je lui ouvre ma bouche, mon corps. L'adrénaline me traverse et j'ai chaud, en proie à un besoin éperdu, la peau en feu. Malgré l'intensité de ses baisers, j'ai envie de plus, de tout.

— Encore, supplié-je. Touche-moi, Devlin, s'il te plaît, baise-moi. Et ne me ménage pas. Je veux te sentir demain. Dans chaque muscle.

— Tu veux que ce soit musclé ? demande-t-il en levant un sourcil. Quelle invitation intéressante. Mais si je préfère prendre mon temps, au contraire ? Si je veux d'abord t'attiser, lentement, avec douceur, jusqu'à te faire perdre la tête ?

Je ferme les yeux, la tête en arrière, alors qu'il passe ses lèvres dans mon cou.

— Je veux que tu t'abandonnes, El.

Il a chuchoté, mais je les entends clairement. Ces mots. Mon prénom – *El*.

Je sais ce que cela signifie et j'en tremble, submergée par l'émotion. Quand j'ouvre les yeux, je vois la passion se refléter sur son visage.

— Devlin...

Ses lèvres esquissent un sourire, mais il me fait taire en posant un doigt sur mes lèvres.

— Je veux que tu exploses, murmure-t-il alors que je fonds sous ses paroles, sous ses caresses. Je veux que tu saches que c'est moi qui t'ai propulsée là-haut.

Ses mains remontent le long de mes bras et capturent mes deux poignets. Puis il effleure le bonnet du soutien-gorge que je porte encore. C'est aussi léger que le baiser d'un papillon, et je gémis alors qu'il tire doucement sur le tissu, libérant ma poitrine.

— Oh, bébé, fait-il en passant son pouce sur mon mamelon. Tu aimes ça.

— Oui, dis-je péniblement. S'il te plaît.

— Quoi donc ? Que me demandes-tu ?

Il me pince le téton et j'inspire alors qu'une flèche brûlante me traverse jusqu'à l'entrejambe.

— Tu veux sentir ma bouche sur ton délicieux téton ? Ou mes doigts entre tes cuisses ?

Je remue les hanches, trop assommée par le désir pour parvenir à trouver les mots.

— À moins que tu préfères que je te baise fort, pour crier mon nom sans te soucier que les voisins t'entendent, dehors ?

Je gémis, mais il ne cède pas. Au contraire, il se penche à mon oreille et chuchote :

— Tu veux de la violence ? Je pourrais te retourner, baisser ta culotte et te donner la fessée.

— Oui, murmuré-je. Putain, oui ! La réponse est oui !

— Ou alors, je pourrais te bander les yeux, puis t'attacher à ce lit, nue et mouillée, soumise à mon désir. Je pourrais te faire tout ce que je veux, jouer avec toi, te donner la fessée, te baiser.

Ses doigts dansent avec agilité sur mon mamelon.

— À volonté.

Je tremble, perdue dans l'intensité de ses paroles. Mais j'éprouve une appréhension, aussi. La pensée d'être attachée… d'être entièrement à sa merci…

Je déglutis en essayant de démêler mes propres émotions, de séparer les envies des réticences. Je voudrais mettre le doigt sur l'ombre qui me fait hésiter, mais elle se dérobe et je détourne la tête pour qu'il n'interprète pas mon regard.

— Pourquoi ?

Je ne sais pas quoi demander d'autre.

— Parce que je veux te faire éprouver des sensations.

— Oui, lui dis-je. Je te sens partout à travers moi. Mais pourquoi m'attacher ?

Il relâche mes bras et glisse le long de mon corps. Ses deux mains se posent sur mes seins alors qu'il m'embrasse jusqu'à ma culotte.

— C'est peut-être plus que ça, dit-il, levant la tête entre deux baisers. Peut-être que j'aime le pouvoir. Peut-être que je veux que tu te sentes bien. Je veux te voir capituler, savoir que je t'emmène dans une expérience que tu n'as jamais connue auparavant.

J'entends mon propre souffle tandis que ses mots tournoient dans ma tête comme une tempête.

— Le danger t'excite ? J'aime pouvoir t'en donner, moi aussi. Je veux t'attacher, te garder à ma merci. Te posséder alors que tu es vulnérable, puis te faire jouir plus fort que jamais.

— Je ne… Je ne suis pas…

Le bout de son doigt effleure ma lèvre inférieure et j'expire par saccades, incapable de masquer mes émotions.

— Ne me fais pas croire que ça ne t'intrigue pas, que cette possibilité ne t'excite pas. Je t'ai vue, tu te souviens ? Bon sang, je t'ai même touchée.

Ses doigts abandonnent ma bouche pour effleurer mon menton, puis la courbe de ma gorge.

— L'autre jour, je t'ai baisée dans une ruelle. Et le premier soir, sur le parking...

Il laisse sa phrase en suspens alors que son doigt insatiable revient à la charge sur mon mamelon.

— Un inconnu t'a touchée et ça t'a excitée.

— Et alors ?

— Ce n'est pas le danger dont tu as besoin, Ellie. C'est le contrôle. Tu avais le dessus avant que j'arrive sur le parking. Et combien d'autres hommes as-tu dégottés comme ça, dans les bars ? Combien en as-tu baisé dans les ruelles ?

Je tourne la tête, refusant de lui montrer la réponse.

— Tu essaies, bébé. Tu t'efforces de prendre les rênes, de choisir ce dont tu as besoin. Mais ce n'est pas le danger. C'est le contrôle. Tu veux tirer les ficelles, choisir les hommes, contrôler la scène.

Il me caresse les cheveux, puis attend que je rencontre son regard. Mon pouls palpite, non plus sous l'effet du désir, mais de la vérité dans ses paroles. Une vérité que je ne veux pas reconnaître.

— Ce n'est jamais assez, n'est-ce pas ? Ce dont tu as vraiment besoin, ce dont tu as envie, c'est que quelqu'un d'autre te contrôle. Tu dois te rendre à l'évidence, El. Tu dois avancer jusqu'au bord, puis te laisser tomber en espérant ressortir indemne de l'autre côté.

Je déglutis, le souffle court. J'absorbe ses mots, si douloureusement vrais. Parce qu'il a raison. Je réclame le contrôle. Je m'y accroche désespérément parce que j'ai trop perdu. Mais il y a toujours un mur, et je ne me suis jamais autorisée à le franchir.

— Tu peux me faire confiance, El. Pendant des années, tu as fait tant d'efforts pour tout contrôler que tu en as oublié le plaisir, tu as oublié de ressentir vraiment, de t'abandonner.

Il me dévore des yeux et son regard pénétrant me fait l'effet d'une caresse physique.

— Tu sais que j'ai raison.

Je lève le menton.

— Qu'est-ce qui te rend si sûr de toi ?

— Je le vois sur ton visage. Ça te fait peur. L'idée d'être attachée, d'être immobile, aveugle et vulnérable. Mais ça t'excite aussi. Dis-moi la vérité, El, ajoute-t-il, une main sur ma joue. Dis-moi que ce que je viens de te dire fait pointer tes tétons, que ça te fait mouiller. Dis-moi que ta peau est tendue, impatiente d'éprouver du plaisir. Dis-moi que tu en as envie. Que tu cherches un danger que tu ne contrôleras pas. Où tu pourras te laisser aller, sans moyen de t'arrêter. Où tu n'auras pas d'autre choix que d'avoir confiance.

— Je... commencé-je.

Mais je me sens ridicule et les larmes me montent aux yeux. J'en ai envie, bien sûr, mais je ne trouve pas les mots.

— Je ne peux pas, dis-je enfin. Je suis désolée, mais je ne peux pas.

Je ravale la peur qui m'oppresse comme une boule dans la gorge. J'ai peur de l'avoir vexé, qu'il s'éloigne, fâché que j'aie mis un frein à son initiative.

Je sais qu'Alex l'aurait accepté. Mais Devlin ? J'apprends encore à connaître Devlin Saint, et je ne comprends pas toutes ses aspérités et ses zones d'ombre. Il est dangereux, comme il l'a dit. C'est d'ailleurs à cause de ce danger que je suis déjà à mi-chemin du meilleur orgasme de ma vie. Mais aller plus loin ? Lui faire confiance comme ça ?

— Je suis désolée, murmuré-je à nouveau. Je ne peux pas.

Je ne me rends pas compte que je pleure jusqu'à ce qu'il m'essuie doucement la joue avec son pouce.

— Oh, El, bébé, ça va. Je veux t'emmener jusqu'à tes limites. J'en ai très envie, tellement que le simple fait d'y penser me fait bander comme jamais. Mais je ne prendrai le dessus que si tu le veux aussi.

— Ça ne te dérange pas ?

— Oh, bébé. Bien sûr que non. En plus, ajoute-t-il avec un sourire narquois, tu as oublié combien j'aime l'attente ?

D'autres larmes jaillissent de mes yeux, mais je souris. Non seulement parce qu'il vient de me dire qu'il y aura une prochaine fois, mais parce qu'il m'appelle toujours El, alors même que je lui ai dit non.

— Devlin, s'il te plaît.

Je n'ai pas besoin d'en dire plus. Avec un sourire taquin et une infinie lenteur, il m'embrasse sur tout le corps jusqu'à atteindre ma culotte. Il la baisse, mais je suis trop impatiente d'accélérer le mouvement.

Il rit et me retient les jambes fermement alors qu'il s'installe au creux de mes cuisses. Il souffle délicatement sur mon clitoris, me procurant des sensations incroyables, avant de me taquiner avec sa langue, frottant délibérément sa barbe sur ma peau. Je me trémousse en riant. Non seulement à cause des sensations excitantes, mais aussi parce qu'il me fait exactement ce que je lui ai demandé.

Mon rire se change bientôt en halètement, alors que Devlin concentre toutes ses attentions sur mon clitoris, enfonçant ses doigts en moi. Sa bouche opère des miracles, et bientôt, c'est si bon que je me tortille et me cambre, essayant d'atteindre les étoiles.

Je me souviens de la première fois que nous avons fait ça. Il m'avait conseillé de pincer mes mamelons, et c'est ce que je fais maintenant. Oui, oh, mon Dieu, oui ! C'est le coup de pouce qu'il manquait à cette déferlante de plaisir. Mon corps entier se comprime, puis se disloque. Au même moment, je referme mes doigts dans ses cheveux et le maintiens en place, plaquant mon bassin contre lui, de plus en plus vite jusqu'à ce qu'enfin, la tempête se dissipe.

Quand je reviens à moi, je le hisse vers ma bouche pour l'embrasser. J'ai envie de plus. Je veux un baiser aux allures de baise, je veux qu'il explose en moi.

— Bon, dis-je à mi-voix. S'il te plaît, dis-moi que tu as pensé à prendre des préservatifs.

— Tes désirs sont des ordres, répond-il avant de quitter le lit, assez longtemps pour enfiler la protection.

— Dépêche-toi, supplié-je.

Mais ce n'est pas nécessaire. Il est dur, déjà prêt, et il écarte mes genoux vers le haut pour se glisser en moi, ses mains sur le matelas de part et d'autre de ma tête, ses yeux dans les miens alors qu'il s'enfonce profondément, atteignant ce point sensible tout au fond de moi. Aussitôt, le plaisir remonte en flèche.

Cette fois, quand il me prend, c'est plus vigoureux qu'avant. Je crie lorsque mon sexe se contracte autour du sien, lui soutirant son plaisir, avide de le sentir encore. J'aimerais que cette connexion ne soit jamais interrompue.

— Devlin, murmuré-je une fois que je retrouve l'usage de ma voix.

Il s'est effondré, le poids de son corps m'offrant un agréable réconfort.

Lorsqu'il bouge et se redresse, en équilibre au-dessus de moi, son souffle est encore pantelant et son visage rougi par l'intensité de son orgasme. Je vois ses yeux s'ouvrir, puis le moment où il retombe dans la réalité et où son regard se fixe sur le mien.

— Oh, bébé, dit-il. C'était incroyable.

Nous partageons un sourire qui allume une toute nouvelle étincelle, envoyant une vague de désir à travers mes membres, même si je ne pense pas pouvoir survivre à un autre orgasme aussi fort que celui qui fait encore vibrer tout mon corps.

Mais cette chaleur... Waouh, ce que je vois dans ses yeux ! C'est le désir, la passion et l'envie entremêlés. C'est chaud et primitif, et j'en veux plus encore. Tellement plus. Pas seulement ce soir, mais pour toujours.

Bien sûr, je ne peux pas le lui dire. J'ai même peur qu'il le devine sur mon visage. Ce secret, terrible et coupable. Parce que je ne supporte pas de penser que cela va se terminer.

Maintenant que j'ai retrouvé Alex – maintenant que Devlin Saint est dans ma vie –, je ne survivrai pas si je le perds à nouveau.

⁂

Je ne me souviens pas de m'être endormie, mais quand je me réveille, il fait noir et je suis seule. Il y a un courant d'air, aussi, et je me redresse, le drap devant ma poitrine pour me protéger contre le froid du désert.

Je l'emporte hors du lit, l'enroule autour de moi, puis j'appuie sur l'interrupteur, mais il n'y a aucun signe de Devlin dans la caravane. Je le retrouve juste devant la porte, assis sur la première marche en bois.

— Éteins la lumière, me dit-il sans se retourner.

J'obéis, et le monde se fond dans les ténèbres. Mes yeux s'accoutument. Le sable scintille sous la clarté d'un croissant de lune.

— Pousse-toi, dis-je en m'asseyant à côté de lui, ma hanche contre la sienne.

Immédiatement, il passe son bras autour de ma taille et je m'appuie contre lui.

— Tu veux un bout de mon drap ?

Il secoue la tête. Il ne porte que son boxer, et même s'il fait un froid de canard, Devlin a le sang chaud.

— Je ne suis pas bon pour toi, dit-il au bout d'un moment, dans le silence de cette nuit baignée par le clair de lune.

Je me crispe, comme s'il avait lu dans mes pensées. Je me demande s'il a eu les mêmes réticences que moi. Enfin, je réponds :

— Si, tu es quelqu'un de bien.

— Tu sais qui est mon père. Tu connais certaines choses que j'ai faites.

Je lui prends la main.

— Oui, mais je te connais aussi. Et je te fais confiance.

Je ne peux pas voir son visage, mais je l'entends prendre une inspiration, longue et profonde.

— Que se passe-t-il ? Nous avons eu une journée parfaite. Tu as reçu un coup de fil ? Un texto ?

Il tourne la tête vers moi, puis m'embrasse si doucement que j'ai l'impression de flotter.

— Ce n'est pas que tu me fais confiance, dit-il. C'est à toi que tu fais confiance. Quand tu prends les commandes d'un avion. Quand tu conduis une voiture plus vite qu'il ne le faudrait. Quand tu baises avec un homme dangereux.

Il retire sa main et croise les doigts derrière sa nuque, sa tête tournée juste assez pour que je puisse voir ses yeux, couleur sable ce soir puisqu'il ne porte pas ses lentilles.

— Tu penses que tu peux vivre dangereusement, et c'est le cas. Mais il y a une limite. Tu as confiance en toi, en ton propre jugement. Mais tu ne vas pas plus loin. C'est pour ça que tu ne laisserais pas...

Je fronce les sourcils, puis secoue la tête, presque imperceptiblement.

— Qu'est-ce que tu dis ?

Il soupire.

— Je dis que tu te trompes à mon sujet, quoi que tu penses. Je *suis* dangereux. Plus que ça, je suis un danger pour toi. Le simple fait d'être associée à moi fait de toi une cible. Il y a des gens qui, s'ils savaient qui je suis vraiment...

— Je sais. Évidemment. Tu ne pouvais pas anéantir complètement l'entreprise de ton père. Si ces gens savaient que tu es son fils, ils...

— Il n'y a pas que ça. Je suis... *putain !*

Je me tourne pour mieux le voir, alarmée par la ferveur de son intonation.

— Devlin ?

Il se frotte les tempes en soupirant et je m'efforce de contrôler les battements de mon cœur.

— Bon sang, Devlin, parle-moi.

Il prend une inspiration, puis tourne la tête pour me regarder. Même dans la pénombre, je devine la tempête qui fait rage derrière ses yeux.

— Au lit, je ne te ferai jamais de mal. Mais dans le monde ? Dans le monde, je n'ai pas ce genre de contrôle.

— Devlin...

— *Non*. Écoute-moi. Peu importe ce que tu veux, peu importe ce que je veux, ça doit se terminer.

J'ai une boule au ventre, mais je ne peux pas émettre d'objections, même si j'en ai envie. Ma voix est étranglée quand je dis :

— Tu crois que je ne le sais pas ? Je ne suis plus une adolescente de seize ans qui s'accroche à des chimères.

— Je voulais le dire. Il le fallait. Je pense que nous avions tous les deux besoin de l'entendre.

Je m'affaisse un peu.

— Oui, je comprends. C'est noté, dis-je en avalant péniblement ma salive. L'article est presque terminé, et bientôt, Roger insistera pour me confier une enquête différente de celle de Peter. Je paie un loyer élevé pour un appartement à New York.

Chaque mot qui sort de ma bouche me déprime.

Je prends une inspiration pour rassembler mon courage, puis je dis à haute voix la vérité qui me taraude depuis des jours.

— Tu as raison. Le danger ne me fait pas peur. Mais te perdre à nouveau... Devlin, je ne veux pas partir.

— Je sais. Pourtant, il le faut. Parce que même si tu restes, tu ne seras pas avec moi.

Il se tourne et me regarde dans les yeux.

— Je te protégerai toujours, El. Quoi qu'il en coûte, même si pour cela, je dois te quitter.

❧ 31 ☙

Le célibataire le plus secret et le plus convoité de Californie n'est plus un cœur à prendre !

Ce gros titre, ainsi qu'une dizaine de variantes sur le même thème, s'affichent sur les écrans de nos téléphones lorsque nous atterrissons à l'aérodrome. Comme si cela ne suffisait pas, chaque titre est accompagné d'une photo. Devlin et moi devant le camping-car, sa main entre mes jambes. Devlin et moi devant le camping-car, sa main sur ma poitrine et nos lèvres scellées. Des petits malins en ont même fait des GIF, et sur l'un d'eux, nous prenons feu dans une explosion avant que les images défilent à nouveau.

Pour la plupart, je suis une illustre inconnue. Mais par endroits, on m'a identifiée en tant que journaliste du *Spall Monthly*. Non seulement ça me met mal à l'aise, mais j'ai envie de frapper quelqu'un.

Heureusement, l'aéroport de Laguna Cortez est privé. Ce qui signifie que nous pouvons monter dans la voiture qu'Anna nous a envoyée – avec des vitres teintées, fort heureusement – et fendre la foule qui s'est rassemblée devant les portes, téléphones à la main.

Dès que nous sommes hors de danger, Devlin se déchaîne, assenant un coup de pied contre le dossier du siège passager devant lui. Il y a une barrière insonorisée entre nous et le chauffeur, mais j'ai le sentiment que ce dernier n'est pas étonné par cet élan de fureur silencieux.

Je prends sa main et il la serre fort.

— Excuse-moi, dit-il. Je suis vraiment désolé.

— Pourquoi ? Pour m'avoir embrassée ? Parce que je ne suis pas du tout désolée, moi.

— Pour ça. Toutes ces conneries. Et parce que c'est moi qui nous ai emmenés là-bas.

— C'est sûr que ça craint, mais ça fait partie de ta vie. Ce n'est pas comme si je l'ignorais. Bon sang, j'ai fait quelques recherches à ton sujet avant d'arriver. Ce n'était pas facile.

— Ellie...

— Et ça va retomber aussi sec. Ce n'est pas la première fois que tu es pris en photo avec une femme, si ? Je ne suis qu'une parmi d'autres.

Il tourne vivement la tête vers moi, le visage plus hanté que jamais.

— Si, c'est vrai, insisté-je. Tu as dit toi-même que je devais repartir, n'est-ce pas ? Que je le veuille ou non.

Ma voix est basse, posée.

— Tu as dit hier soir que tu ne resterais pas avec moi.

Il ne répond pas, mais il se tourne lentement. Penché en avant, il enfouit son visage dans ses mains.

Je le regarde, cherchant quelque chose à dire, mais je ne trouve rien. Après des milliers de mots rédigés et publiés, je suis incapable de trouver ceux qui conviendraient.

Pendant un moment, je reste assise en silence, impuissante, puis je sursaute lorsque mon téléphone sonne. C'est Roger. J'envisage de laisser le répondeur prendre le relais, mais je décroche.

— Salut, petite, me dit-il. Sacrée journée, hein ?

Je me mords la lèvre. Apparemment, il a vu les articles.

— J'ai connu mieux.

— Eh bien, j'espère que ça en valait la peine, parce que j'ai une mauvaise nouvelle pour toi. Le portrait est annulé.

Je fais la grimace et tout mon corps se raidit.

— Roger, s'il te plaît, dis-je en serrant les dents. Laisse-moi...

— Je ne veux même pas en entendre parler, dit-il. C'est mort. Enfin, Ellie. Que veux-tu que je fasse ?

— Que tu me laisses le réécrire. Retirer les références à Devlin. Me concentrer sur le projet Beyond au lieu de la FDS. Putain, tu peux même enlever ma signature. Ces femmes, ces enfants. Ils méritent que leurs histoires soient racontées.

— Oui, répond-il, c'est vrai. Mais j'annule quand même l'article.

Devlin me regarde et je me détourne, refusant de lui laisser voir mon visage. Ça lui ferait trop mal.

— Tu me vires ?

— Disons que c'est une suspension provisoire. Et je veux que tu reviennes ici pour une nouvelle mission.

Je déglutis.

— Quand ?

— Le plus tôt possible, dit-il en toussotant. Désolé, petite. Je sais qu'on ne dirait pas, mais je te couvre. Le mieux pour que ça se tasse, c'est encore que tu reviennes au bureau. Je ne suis que ton rédacteur-en-chef, tu sais ? J'ai des supérieurs, moi aussi.

— Bien sûr.

J'ai l'impression que mes poumons sont vides.

— Oui, j'ai compris.

— Eh, je suis désolé. Pour ce que ça vaut, Devlin Saint semble être un homme très bien. Dieu sait que sa fondation fait un travail formidable. Mais... enfin, tu connais la chanson, la perception joue un rôle déterminant dans la crédibilité.

— Je comprends, dis-je avec un soupir. Merci, Roger.

— Tu sais, tu nous manques ici.

Je lui dis au revoir, puis je raccroche.

— J'ai tout gâché, dit-il.

— *Arrête ça.*

J'ai parlé plus sèchement que je ne l'aurais voulu.

— Au cas où tu ne l'aurais pas remarqué, je t'embrassais, moi aussi. Et Dieu sait que je t'aurais baisé juste là, dans ces escaliers, si tu n'avais pas suggéré d'entrer.

Cette fois, il éclate de rire.

— Heureusement. Je suis sûr que ces marches étaient pleines d'échardes.

Nous fermons les yeux pendant un moment, puis je tends la main et caresse sa barbe avant de saisir son menton et de l'attirer pour un baiser.

— Ça va aller, lui dis-je.

J'en suis presque convaincue.

❧

— J'ai chargé Tamra de travailler sur un communiqué de presse, annonce Anna dans le bureau de la FDS. On peut aussi publier un commentaire sur quelques comptes et supposer qu'il sera relayé.

Elle a l'air plus inquiète que jamais en suivant Devlin vers son bureau sans même ralentir.

— Le but, bien sûr, est de limiter les spéculations, poursuit-elle alors que Tamra nous rejoint, sa tablette numérique à la main. La photo était plus explicite que ce que les paparazzis parviennent habituellement à saisir, mais c'est le même topo. Rien de sérieux. Une autre aventure. Saint est un pécheur invétéré.

Elle rit à sa propre blague, mais nous restons impassibles. Au bout d'un moment, elle se racle la gorge.

Puis Devlin conclut par un « non » catégorique.

À côté de moi, je vois Tamra baisser les yeux, un petit sourire aux lèvres. Je fronce les sourcils, encore perplexe quant au sens général de cette conversation.

— Non ? répète Anna, tout aussi troublée que moi.

— Non. Aucune déclaration. Pas de communiqué de presse. Comme d'habitude.

— Mais les commentaires, les hypothèses, ça pourrait devenir incontrôlable.

— Laissons faire.

Elle s'éclaircit la voix.

— Devlin. Je ne pense pas que tu aies une vue d'ensemble. Aux yeux du public, tu ne te résumes pas à cette fondation. Ta fortune personnelle a fait de toi une célébrité, même si ça ne te plaît pas et même si tu vis en reclus.

Il se dirige vers son bureau, puis se retourne et s'y appuie. Ses yeux croisent les miens et il sourit avant de regarder Anna pour répondre :

— Tu crois que je ne le sais pas ?

— Bien sûr que si. Mais les médias penseront que vous êtes ensemble. Ça va devenir compliqué. D'un point de vue publicitaire, je veux dire.

— Ça n'a rien de compliqué, rétorque Devlin, s'adressant à moi et non à Anna. Nous sommes ensemble.

Ma respiration reste suspendue.

— Quoi ?

Mon cœur bat la chamade et je me rends à peine compte qu'Anna a posé exactement la même question.

— Eh bien, quoi ? fait Devlin en s'approchant de moi.

Il s'arrête à quelques centimètres, si proche que je peux sentir sa chaleur.

— Après tout, ça a toujours été le cas.

— Mais hier soir ? Tu m'as parlé de danger. Tu m'as dit que je deviendrais une cible. N'est-ce pas...

— Ce n'est plus très pertinent maintenant, dit-il. La presse a déjà fait le sale boulot.

Je déglutis. Il a raison. Quelles que soient les déclarations de la FDS, j'ai été jetée en pâture au public. Et si quelqu'un veut jouer au détective, il trouvera matière à confirmer notre relation depuis le moment où je suis revenue à Laguna Cortez. Ce qui me rend diffé-rente de toutes les autres femmes qui ont été vues avec lui et affi-chées sur les réseaux sociaux.

Pourtant, je veux qu'il soit parfaitement clair.

— Qu'est-ce que tu dis, exactement ?

Il désigne la porte d'un mouvement de tête. Anna a l'air interloquée, mais Tamra comprend tout de suite le message et prend l'assistante par le coude pour l'entraîner à l'extérieur. Quelques instants plus tard, les portes se referment.

— Devlin.

Mon pouls cogne si fort dans mes oreilles que j'entends à peine ma propre voix.

— Qu'est-ce qui se passe ici ?

— Je veux que tu restes, déclare-t-il.

Je secoue la tête, abasourdie.

— Je ne comprends toujours pas. Je ne suis en danger que si tu es exposé. Alors, en quoi est-ce que ça change quelque chose ?

Je n'arrive pas à croire que je m'oppose à rester, mais c'est à n'y rien comprendre. Certes, il suffirait de se pencher sur notre séjour ici, au *Phoenix* et au circuit de course pour avoir une histoire croustillante à raconter, mais alors ? Ce n'est pas comme si les gens connaissaient notre passé lointain. Si je retourne à New York, tout disparaîtra, comme avec les autres femmes qui ont été photographiées à son bras, et je resterai en sécurité.

Mais quand je lui en fais part, il se frotte le visage et secoue la tête.

— Bon sang, El, tu ne comprends pas ? Je te veux parce que j'en ai envie, c'est tout.

— Oh.

Cette réaction est bien faible au regard de la plénitude qui m'envahit, mais en même temps, j'ai besoin de comprendre ce qui se passe. J'ai besoin de savoir ce qui a changé.

— Pourquoi ? demandé-je, essayant de garder une voix inflexible pour qu'il n'entende pas l'espoir qui la colore. Je veux dire, nous nous sommes bien amusés, c'est certain. Mais... mais tu m'appelles encore El et ça me remplit de bonheur de l'entendre, Devlin. Je te le jure. Seulement, je ne suis plus la fille que j'ai été. Alors, s'il s'agit du passé...

— Tu sous-entends que moi, je suis encore ce garçon ? Non, et tu le sais très bien.

Sa voix est vibrante d'émotion et je hoche la tête sans rien dire.

— L'homme que je suis maintenant n'aurait pas voulu de cette fille.

J'ai envie de me replier en moi-même à ces mots, mais je réponds :

— Oui, je comprends.

— Tu ne comprends pas, insiste-t-il en me prenant la main. La fille que tu étais comptait plus que tout pour Alex Leto. Elle était son rêve, son fantasme, sa rédemption. Elle était sa meilleure amie et son unique amour. Et même si tu ne le crois pas, quelque chose en lui est mort quand il est parti, parce qu'il savait que tu le détesterais.

Je ne dis rien, laissant les mots me submerger.

— Mais Alex Leto est mort. Je suis un homme différent maintenant, et Devlin Saint est fasciné par la femme que tu es devenue. Je te veux, El. Je veux ta vivacité, ton esprit affûté. Je veux ta loyauté, ta persévérance et cette irrépressible curiosité. Je veux aussi le reste. Tes peurs et tes insécurités, et ta façon de les faire taire en flirtant avec le danger. Toi tout entière, El. Chaque parcelle de ton être.

Il prend aussi mon autre main, à présent, et je me liquéfie sous le pouvoir de ses mots alors qu'il continue, son regard à la fois intense et tendre. Pas une seule fois il ne me quitte des yeux.

— Tu ne comprends pas, bébé ? Je veux rester avec toi, parce que tu es comme une flamme vive, et si j'y arrive, alors je peux tout faire.

— Devlin...

— Tu es une écrivaine, bon sang. Écris notre histoire. Si ça ne plaît pas au *Spall*, alors lance-toi dans la fiction. Tu peux même écrire un livre sur ce que tu as vu au Nevada. Sur Peter. Mais reste, Ellie. Je sais que ce ne sera pas facile...

Je ne peux retenir un éclat de rire, et c'est un son merveilleusement libérateur.

— Au diable la facilité. Ça m'ennuie.

Il fait un pas vers moi.

— Alors, maintenant, à mon tour de te poser la question. Qu'est-ce que tu en penses ?

— Que moi aussi, je te veux, dis-je en sentant le sel de mes larmes. Et que, plus que tout, j'ai envie de rester.

$$❧ \quad 32 \quad ❧$$

—Tu sais combien j'ai envie de toi, là maintenant ? Devlin a une main sur ma taille, l'autre dans mes cheveux.

—J'ai ma petite idée.

Nous sommes toujours dans son bureau et je me demande si Tamra et Anna prennent des paris sur ce que nous sommes en train de faire.

— Mais tu as des choses à faire, Monsieur le grand chef. Tu en as pour combien de temps ?

— Environ cinq heures. Mais si je suis motivé, je peux tout expédier en deux heures.

J'enlève sa main de ma hanche et la pose sur ma poitrine.

— Encore motivé ?

— Très.

Il se penche pour un baiser, mais je recule en riant.

— Oh, non. Je veux que tu restes motivé. Tu n'auras rien du tout. Chez toi. Dans deux heures. Ne me déçois pas.

—J'aime les femmes autoritaires.

Je lui envoie un baiser.

— Menteur. Tu aimes avoir le dessus. Même quand tu me laisses croire le contraire.

— Eh bien, je vois que tu me connais vraiment.

Je m'éclipse en riant. Le sourire d'Anna est crispé lorsque je prends congé. Je ne peux pas lui en vouloir. Devlin peut choisir ses apparitions, alors que Tamra et elle vont devoir répondre pendant des jours aux questions des tabloïds et de tous les curieux qui appelleront.

Mais ce n'est pas le moment de m'en inquiéter. Devlin sera de retour dans deux heures et j'ai des choses à faire avant.

Comme ma Shelby n'est pas là, j'appelle un taxi et je m'éloigne vers la périphérie où se trouvent la plupart des supermarchés. Je vais d'abord dans un magasin de bricolage, puis à la supérette voisine, car je ne sais pas si Devlin a du vin et du fromage en réserve. De retour dans le taxi, je parcours les e-mails que j'ai reçus ces derniers jours lorsque Millie m'appelle.

J'hésite à répondre. La plupart de mes messages d'aujourd'hui — même ceux de mes amis et de mes connaissances — m'interrogent sur Devlin, me demandant si nous sommes vraiment en couple. Y compris Brandy et Lamar. Je leur ai déjà répondu que je les appellerais plus tard pour les tenir au courant, mais j'ignore le reste pour l'instant.

Cela dit, Millie m'appelle peut-être à propos de Peter, alors au risque d'une incursion dans ma vie privée, je décroche.

— Cornwell a fait des efforts pour moi, dit-elle sans préambule. Enfin, pour toi.

— Comment ça ?

— Il a donné mon nom à quelques autres dans le cercle du Loup, et l'un d'eux m'a appelée en me disant qu'il avait des informations sur le meurtrier de ton oncle.

— Sérieusement ? Je peux le rencontrer ? Lui parler ?

— Tu me dois tant de chocolat ! s'exclame-t-elle. Je t'ai obtenu un rendez-vous téléphonique pour aujourd'hui. Bien sûr, étant donné que tu es la reine du jour, j'aurais sûrement dû appeler ta secrétaire.

— Très drôle. Enfin, je ne me plains pas, parce que c'est incroyable.

— Oui, eh bien, si tu n'es pas en tournée de presse, je peux faire en sorte qu'il t'appelle dans une demi-heure. Et j'ai hâte que tu me racontes tout en détail la prochaine fois qu'on mangera ensemble.

— C'est parfait. Je t'en dois une.

J'aurai le temps pour cette conférence téléphonique et les derniers préparatifs avant que Devlin rentre à la maison.

— Comment s'appelle-t-il ?

— Miguel Hernandez. Il était en prison au moment où Peter a été tué, mais Daniel Lopez lui rendait souvent visite. Apparemment, ils étaient très proches. Lopez lui a dit à qui il avait confié le meurtre de Peter.

— Pourquoi parle-t-il maintenant ?

— Je n'en sais rien, mais j'ai cru comprendre qu'il souffrait d'un cancer du pancréas. Comme c'est lui qui m'a contactée, j'imagine qu'il essaie de faire amende honorable.

— Ça se pourrait, dis-je avant de mettre fin à l'appel, alors que le chauffeur s'arrête devant la maison de Devlin.

J'ai le code de la porte et de l'alarme. Une fois à l'intérieur, je jette mes sacs dans la cuisine, puis je découpe du fromage et dispose quelques fruits sur une planche avant de déboucher une bouteille de vin pour le laisser décanter.

Ensuite, j'emporte les sacs avec les bougies dans la chambre et je les place stratégiquement sur toutes les surfaces. Il y en a cinq douzaines, ce qui me demande un certain temps pour toutes les allumer. Mais l'effet est bluffant, une chambre magique et scintillante. J'ai hâte de voir le reflet des bougies sur sa peau nue.

Je viens de terminer quand le téléphone sonne. Assise au pied du lit, je réponds. C'est un responsable de la prison, et après les formalités habituelles, on me passe Miguel Hernandez, l'homme qui prétend savoir qui a tué mon oncle.

— Tu es vraiment la nièce de cette pauvre sous-merde ?

— Pardon ?

Je ne m'attendais pas à ce genre de langage d'entrée de jeu.

— Peter White, ce connard. Il piquait du fric à Danny, il volait les clients. Tu crois qu'il méritait pas d'y passer ? Laisse-moi te dire que c'est une putain de bonne chose.

— Je... je ne savais rien de tout ça.

C'est un léger mensonge, mais j'espère le calmer assez longtemps pour qu'il me dise qui a appuyé sur la détente.

— Savez-vous qui l'a tué ?

— Oh, oui. Mais ça ne t'avancera à rien. Il est mort depuis au moins huit ans, je crois qu'on l'a buté, parce que c'était un an, peut-être deux après le meurtre. En tout cas, il a fait du bon boulot. Ce gamin a vraiment mérité ses galons.

— Un gamin ?

Je me redresse en tirant sur le col de mon t-shirt, soudain brûlante.

— Qui d'autre ? Un boulot comme ça ?

— Je ne suis pas sûre de vous suivre.

Cette fois, la glace dans mes veines contraste avec la chaleur de ma peau. Ma tête commence à tourner.

— Son fils, répond Hernandez. Ben ouais, Danny a envoyé Alejandro pour faire le boulot.

❧

Son fils, son fils, oh, mon Dieu, son fils.

Les mots résonnent dans mon esprit pendant je ne sais combien de temps. Soudain, j'entends la porte d'entrée qui s'ouvre et je redresse la tête. Je me fige sans savoir ce que je vais dire ou faire, mais je n'ai pas le temps de réfléchir. Je ne suis pas prête quand il franchit la porte, mais les mots jaillissent de ma bouche. Ce n'est pas un cri ni un hurlement, seulement la voix grave de la douleur, de la trahison.

— Espèce de fils de pute. Tu as tué mon oncle.

Il reste interdit et je vois le choc sur son visage. Mais ce n'est pas le choc d'une fausse accusation. Non, c'est le choc d'avoir été démasqué.

Je reste debout, sans savoir comment mes muscles réussissent cet exploit.

— El, s'il te plaît.

Ma main fuse et le gifle.

— Ne t'avise pas de m'appeler comme ça.

Je pleure alors que je voudrais être forte. Stoïque.

— Je te faisais confiance. Je t'ai cru. Et puis je t'ai demandé en face si tu avais tué Peter et tu m'as menti.

Son visage est totalement inexpressif. J'attends qu'il parle. Qu'il me sorte un autre mensonge. Qu'il essaie de se dérober à la vérité.

Mais il se contente d'un « oui » pitoyable.

Je recule d'un pas, soufflée par ce simple aveu, et j'éclate en sanglots pour de bon. Les larmes ruissellent sur mes joues et mon corps est secoué de spasmes.

Il s'avance vers moi, mais je me raidis, les deux mains levées pour le repousser.

J'inspire à pleins poumons, peinant à retrouver ma voix alors que mon cœur bat comme un fou et que mon sang pulse dans mes oreilles.

— C'est fini. Je ne pourrai jamais te pardonner ça.

— Non, dit-il dans un murmure. Je ne m'attendais pas à ce que tu me pardonnes.

$\maltese$ 33 $\maltese$

Toujours hébétée, je franchis le seuil de chez Brandy. Je l'entends hurler de rire, puis la voix chaude de Lamar suivie de celle de Christopher :

— Non, vraiment. La mouette chassait Jake sur toute la plage.

— C'était tellement drôle, renchérit Brandy. Je me sens trop mal envers ce pauvre Jake, mais je ne pouvais pas m'arrêter de rire.

— Encore un peu de vin ? demande Lamar.

Je recule d'un pas. Je ne suis pas à ma place ici.

Je heurte le banc à chaussures qui claque contre le mur, et même si je me fige sur place, je ne peux pas ignorer Brandy quand elle lance :

— Ellie ? Eh, nous sommes dans la cuisine. Viens... *Ellie ?*

Elle est au bout du couloir, mais l'instant d'après, elle n'y est plus. Elle est juste en face de moi et m'attire dans son étreinte.

— Ellie, qu'est-ce qui ne va pas ? Tout va bien ? Tu veux que j'appelle Devlin...

— Non.

J'ai crié et je me raccroche à elle, mon visage contre sa poitrine. Sa main me caresse le dos, mais je sens aussi qu'elle agite le bras, sans doute pour faire signe aux autres. Au moins, Devlin peut se sentir coupable. À cause de lui, à cause de moi, leur soirée est gâchée.

— On se voit plus tard, dit Christopher.

Je lève les yeux pour le voir déposer un doux baiser sur les lèvres de Brandy. Je déglutis, furieuse contre moi d'être jalouse de leur tendresse.

— Je suis désolé, Ellie. J'espère que tout va bien se passer, me dit-il ensuite en serrant mon épaule amicalement, avant de franchir la porte.

— Tu veux que je reste ? demande Lamar alors que je passe des bras de Brandy aux siens.

Je secoue la tête, ma joue contre son torse.

Il recule, puis incline mon menton du bout du doigt.

— Ma belle, tu sais que tu peux tout me dire.

J'acquiesce, puis j'essuie mon nez ruisselant du revers de la main.

— Désolée. Mais vraiment... Ce n'est rien. Une dispute. Tout ce que je veux, c'est aller dormir.

Il regarde par-dessus ma tête et je sais qu'il s'inspire de Brandy.

— D'accord, dit-il finalement. Mais appelez-moi pour me donner des nouvelles demain matin, toutes les deux.

Elle lui en fait la promesse, puis ferme la porte à clé derrière lui alors que je vais me pelotonner sur le canapé, la boîte de mouchoirs sur mes genoux et le plaid sur mes pieds.

— Tu le penses vraiment ? demande-t-elle en venant s'asseoir à l'autre bout du canapé. Tu as envie de dormir ?

J'hésite, et ça se voit.

— J'aimerais dormir pendant cent ans.

— C'est à propos de Devlin, c'est ça ? Je ne me trompe pas ?

— Non, dis-je en riant mollement. C'est bien ça.

— Et ces photos qui circulent ? Elles sont torrides, dis-moi. Il a eu des ennuis avec l'un des donateurs ?

Je grimace. Il ne m'était même pas venu à l'esprit que la fondation risquait de perdre des dons parce que Devlin et moi nous étions tripotés dans le noir en croyant être seuls.

— Non, c'est autre chose.

— Que s'est-il passé ? Une dispute ?

— Oui. Non. C'est...

Je m'interromps et inspire.

— Je ne peux pas te le dire pour le moment. Je suis désolée. C'est plus fort que moi.

— D'accord, je comprends. Mais je suis là si tu as besoin de moi. Tu sais que c'est vrai ?

— Merci.

— Un café ? Je peux te servir du café.

Je parviens à sourire et à hocher la tête. Alors qu'elle s'éloigne vers la cuisine, quelqu'un sonne à la porte. Une fois, puis deux.

Je croise son regard et lui fais comprendre que je ne suis là pour personne.

Elle fronce les sourcils et se dirige vers la porte. Je me soulève suffisamment du coussin pour me pencher en arrière et apercevoir le hall d'entrée où Brandy regarde à travers le judas.

— Pas ce soir, Devlin. Elle a besoin de repos.

J'entends sa voix, mais pas ses paroles.

— Devlin. *Devlin.* Non.

Encore un échange à voix basse, que je ne comprends pas.

Cette fois, Brandy soupire et revient vers moi.

— Il dit que tu mérites de tout savoir et qu'il aurait dû t'en parler chez lui, tout à l'heure. Il a l'air, je ne sais pas, mal en point.

— Clairement, je m'en fiche.

Elle passe les doigts dans ses cheveux.

— Je peux le laisser entrer ? Laisse-le dire ce qu'il a à te dire, et ensuite, il partira. Qui sait ? Ce sera peut-être utile.

J'en doute sincèrement, mais je ne suis pas d'humeur à discuter. Je suis trop engourdie pour avoir l'énergie nécessaire à une dispute digne de ce nom.

— Bien. Peu importe. Mais tu dois rester.

Elle ouvre grand les yeux.

— Euh, ça ne me concerne pas.

Je lui prends la main.

— Si. Soit il me fait suffisamment confiance pour te faire confiance, à toi aussi, soit il peut rester sous le porche toute la nuit.

— D'accord.

Elle commence à s'éloigner, mais je la retiens.

— Attends. Je… tu dois me le promettre. Quoi qu'il dise, ça ne quitte pas cette pièce.

— Évidemment, fait-elle en fronçant les sourcils.

— Tu en es sûre ? Je t'en demande beaucoup.

Parce que ce que je lui demande, c'est de ne pas dénoncer un meurtrier. Mais bon sang, je ne peux pas affronter cela toute seule. Je ne peux pas l'écouter et tout garder pour moi, pour toujours et à jamais. J'aurais aimé en être capable, mais non. Si je ne peux pas l'écrire – et je ne l'écrirai certainement pas –, je dois au moins pouvoir en parler. Et pour le moment, mes seules options sont Devlin lui-même ou Brandy. Et c'est elle que je choisis.

Elle se mord la lèvre, le front soucieux, et me dévisage longuement.

— Tu as des problèmes ? Il ne t'a pas fait de mal, au moins, parce que…

— Non. Non, il ne me ferait jamais de mal.

J'ai parlé avant de pouvoir y réfléchir, mais je prends conscience que c'est vrai. Il a dit qu'il me protégerait toujours. Et je le crois.

J'expire et m'assieds bien droit.

— Si ça te va, alors laisse-le entrer.

Elle hoche la tête et s'empresse de s'éloigner. J'entends la porte s'ouvrir, puis des pas qui reviennent vers moi. Je ne me retourne pas, et ce n'est que lorsqu'il est dans le salon que je le vois enfin.

Comme moi, il porte toujours le même jean et le même t-shirt que ce matin, quand nous avons quitté le circuit. La journée a été éprouvante. En plus de ça, il a toujours l'air en état de choc.

— Merci, dit-il avant de s'asseoir sur le pouf.

Il lève les yeux vers Brandy.

— Tu pourrais nous laisser…

— Non, déclaré-je. Elle reste, sinon tu t'en vas.

Pendant un moment, il garde le silence, puis il hoche la tête.

— Elle est déjà au courant ?

J'opine, mais il hésite. Brandy écarquille les yeux et lève les mains.

— Ne t'embête pas pour moi. Dis simplement ce que tu as à lui dire.

Il esquisse un sourire crispé, puis passe les doigts dans ses cheveux.

— Tout d'abord, c'est pour le mieux. Nous deux, je veux dire. Que nos chemins se séparent.

— Euh, si tu crois que je resterais avec toi après...

— S'il te plaît, Ellie, laisse-moi finir.

Je regarde Brandy, qui hausse les épaules et hoche la tête.

— Très bien.

— Je suis sincère. Je ferai mon possible pour te garder en sécurité, et j'ai été stupide d'espérer qu'avec qui je suis, avec ce que j'ai fait, avec tant de personnes à ma recherche, je pourrais te garder près de moi. Parce que je ne peux pas...

Il ne termine pas sa phrase et le regard de Brandy alterne entre nous. Mais je reste concentrée sur Devlin, et même si je lui ai déjà fermé ma porte, je ne peux pas nier que ses paroles ravivent la blessure à vif dans mon âme.

— Alors, qu'est-ce que tu fais ici ?

Je reste impassible. Froide, même.

— Je t'ai déjà quittée sans une explication. Cette fois, je ne partirai pas tant que tu ne connaîtras pas la vérité.

Il se lève et marche de long en large devant le canapé.

— Je ne dis pas que j'ai le beau rôle. Bon Dieu, je n'aurai jamais le beau rôle. Mais tu dois comprendre pourquoi. Et peut-être, peut-être seulement, que tu pourras me pardonner juste un peu.

Je tends la main et prends celle de Brandy, redoutant ce qui va arriver.

— J'ai tué Peter, oui, dit-il alors que les doigts de Brandy se resserrent autour des miens, à tel point que je crains qu'elle ne me brise un os. J'étais sur le toit de l'un de ses chantiers de construction et je l'ai abattu d'une seule balle. Parce qu'il le fallait. Parce que je suis le fils de mon père, et que c'était un rite de passage. Un examen. Si je ne le faisais pas, j'aurais perdu toute valeur aux yeux de mon père.

Il s'arrête près de la fenêtre et je distingue son reflet dans la vitre. Il a l'air hanté. Une ombre de lui-même. Et à ce moment-là, ce n'est pas lui que je déteste, c'est son père. La créature abjecte qui a tout mis en branle.

— C'est ce que pensait mon père, de toute façon, poursuit Devlin. Mais ce n'est pas la raison pour laquelle j'ai fini par accepter. J'aimais Peter. Malgré tout, je l'aimais. Il revendait de la drogue à Laguna Cortez, et ça ne me plaisait pas, mais si ce n'était pas lui, mon père s'en serait chargé. Il avait le bras long.

Il se tourne pour nous faire face.

— Je l'aimais surtout parce que je savais qu'il t'aimait. Il ne savait pas le montrer, mais c'était la vérité. Et quand j'ai appris ce que mon père allait m'ordonner de faire, j'ai échafaudé un plan pour m'en aller.

C'est à mon tour de serrer la main de Brandy, mais je ne dis rien.

— J'allais tourner le dos à cette vie. Tout était en place, Ellie. J'étais prêt à partir. J'allais devoir te quitter, toujours pour ta sécurité, mais de toute manière, tu n'avais pas de place dans ma vie. C'était impossible, avec l'existence que je devais mener. Alors, tu resterais mon bon souvenir. Le bonheur dans le secret de mon cœur, où puiser quand tout va mal.

J'ai un goût salé sur mes lèvres et je me rends compte que je pleure.

Il me regarde dans les yeux et je suis sûr qu'il le remarque, mais il ne s'arrête pas.

— Et puis, j'ai appris que c'était Peter qui avait tué ton père.

Je tressaille, mais il enchaîne :

— Un de ses lieutenants m'a dit que mon père voulait me charger de le supprimer parce qu'il savait que je voudrais le punir. Le Loup me donnait des ordres, mais mon père s'assurait que j'aie des raisons de lui obéir. Parce que j'allais venger ton père.

Mon cœur bat douloureusement, et à côté de moi, Brandy pleure à chaudes larmes.

Il expire, frissonnant.

— C'est pour ça que je suis parti. Je n'aurais pas pu te regarder après ce que j'ai fait. Ni te dire la vérité. Que ton oncle a tué ton père ? Impossible. Je ne suis même pas sûr de prendre la bonne décision en te le disant maintenant. Mais c'est la vérité, et au moins, tu sais tout.

Je me raccroche à Brandy, secoue la tête et sanglote, même si je crois chaque mot qui sort de sa bouche. C'est trop horrible.

Devant nous, Devlin fourre les mains dans ses poches.

— Je suis désolé, El. Infiniment plus désolé que tu ne le penses. Et j'espère que tu as au moins un souvenir intact de moi que tu pourras garder dans ton cœur.

❦ 34 ❧

— Ça va ? demande Brandy en revenant à côté de moi. Je crois que je ne l'ai jamais entendue avec une voix aussi faible.

J'hésite, secouant et hochant la tête en même temps.

— Oui, dit-elle en passant son bras autour de moi pour que je puisse m'y appuyer. Je comprends.

Nous restons ainsi pendant un moment tandis que les épisodes d'une série que je ne connais même pas se succèdent à la télévision. Enfin, Brandy bâille et je me rends compte que le temps s'écoule toujours, comme d'habitude, même si mon monde a volé en éclats.

— Tu devrais aller te coucher, lui dis-je.

— Je peux rester avec toi si tu veux.

Je secoue la tête.

— Je vais aller prendre une douche.

— D'accord. Appelle-moi si tu as besoin de quelque chose.

Elle me serre dans ses bras avec chaleur, me murmure que tout va bien se passer, puis disparaît dans sa chambre.

Je reste assise un peu plus longtemps, devant un autre épisode que je ne regarde pas. Ensuite, j'éteins la télé et me dirige vers la salle de bain de la chambre d'amis. Là, je reste sous l'eau chaude en pleurant.

Ça ne m'avance à rien. Tout ce que je ressens, après, c'est un vide écrasant.

Je me dis que ça ne devrait pas être si difficile. J'allais bien, avant Devlin. Et je ne suis pas du genre à m'attacher aux hommes, de toute façon. N'est-ce pas ce que je me répète depuis des années ? Bon sang, n'est-ce pas ce que je *fais* depuis des années ? Je m'en vais, aussi simplement que ça. Putain, c'est même mon mantra. Partir sans me retourner. Et ça m'a toujours réussi.

Mais plus maintenant. Mon *modus operandi* est cassé. Mon cœur ne suit plus le scénario.

En réalité, c'est très cohérent. Parce que Devlin, ou plutôt Alex, est à l'origine de ce mode de vie complètement bancal, de cette habitude de fuite. Parce que c'est lui qui m'a quittée, il y a des années. C'est lui qui aurait dû rester.

Et maintenant, je suis trop déboussolée pour savoir ce que je veux. J'ai envie de lui, certes. Il me manque, c'est évident. Oh, mon Dieu, mais ce qu'il m'a pris ? Sans compter qu'il m'a laissée, plus bas que terre, sans me donner d'explications.

Les pensées tourbillonnent dans ma tête, trop bruyantes et lancinantes pour me laisser trouver le sommeil. J'aimerais pleurer davantage, retrouver l'engourdissement. Mais au lieu de ça, une guerre d'émotions fait rage en moi, si violemment que bientôt, je n'y tiens plus.

Je quitte le lit et, pieds nus, rejoins la chambre de Brandy. Je frappe à la porte et sa voix ensommeillée me parvient :

— Entre.

Elle me regarde et soulève son drap en guise d'invitation. Je m'empresse de la rejoindre et me laisse serrer contre son cœur alors qu'elle me caresse les cheveux jusqu'à ce que, finalement, dans les bras de ma meilleure amie, je trouve le sommeil, à court de larmes.

Je traîne mon mal-être pendant des jours. J'en compte trois, mais j'ai l'impression que ça dure depuis un mois. Et à part ma douche le

premier soir, je n'ai pas fait le moindre effort en matière d'hygiène personnelle, si ce n'est me brosser les dents, m'asperger le visage et ramener mes cheveux en queue de cheval.

Je sais que Brandy et Lamar s'inquiètent pour moi. À tour de rôle, ils me préparent à manger, suggèrent des émissions de télé, me proposent des promenades ou des discussions. Mais la plupart du temps, je dors.

Quand Tamra passe me voir, un soir, je ne ressemble à rien et je ne dois pas sentir la rose.

— Comment ça va, ma chérie ?

Je hausse une épaule.

— Honnêtement, j'ai connu mieux.

— Toutes sortes de rumeurs circulent, me dit-elle avec un sourire pincé.

Je crois que je ne veux pas en entendre parler. Cela dit, je ne sais pas vraiment ce que je veux, ni quel poids je suis capable de supporter sur mes épaules. Il a tué mon oncle. Impossible de fermer les yeux. Et quelles que soient ses raisons, il m'a quittée. Il est revenu juste assez longtemps pour me baiser, puis une fois de plus, il est parti.

Je la conduis à la cuisine et nous nous asseyons devant le plan de travail, où nous partageons une assiette de biscuits que Brandy m'a laissée avant d'emmener Jake en promenade.

— Je sais tout, dit Tamra. Au cas où tu te poserais la question. Si tu veux en parler, je sais ce qui est arrivé à Peter et je sais pourquoi.

— Oh, dis-je en me redressant. Vous le saviez déjà, à l'époque ?

Elle secoue la tête.

— Non. Devlin me l'a dit plus tard. Ça le ronge depuis long-temps. Ça l'a rongé pendant toute sa vie.

Je triture mon biscuit.

— Ah, je vois.

Elle se penche par-dessus le plan de travail et me prend la main.

— Je ne sais pas si cela peut t'aider, mais il a toujours voulu que tu saches tout.

— C'est bien joli, dis-je avec un rire amer, mais je n'y crois pas.

— Je te dis simplement ce que j'ai vu. Ce que je crois. Il a toujours voulu que tu connaisses la vérité, mais en même temps, il ferait n'importe quoi pour ne pas te blesser.

Elle hausse les épaules avec un sourire un peu triste.

— Ça crève les yeux.

Je secoue la tête. Ses mots adoucissent mon cœur, mais ça ne me plaît pas.

— Les regrets, ça ne coûte pas cher. Et en fin de compte, ça ne change rien. Il a tué Peter. Il a abattu mon oncle.

— Oui. Et il avait peur de te le dire.

— Eh bien, il aurait dû le faire.

Elle hoche la tête.

— C'est difficile à entendre. Mais à un moment donné, tu vas devoir décider si tu le pardonnes ou si tu le condamnes.

Je lève brusquement les yeux.

— Le dénoncer, vous voulez dire ? Aller tout raconter au chef Randall ?

Cette pensée me rend malade, tout comme mon refus de l'envisager, d'ailleurs. J'ai moi-même fait partie de la police, et pourtant cette idée me répugne.

Un infime sourire danse sur les lèvres de Tamra et j'ai le sentiment qu'elle sait exactement à quoi je pense.

— Tout ce que je veux dire, c'est que tu dois décider dans ton cœur. Pour toi-même. Mais tu ne peux pas le faire si tu ne sais pas tout.

J'ai presque envie de rire.

— Je croirais entendre Devlin. Et maintenant, vous dites qu'il ne m'a pas encore tout dit ? Pourquoi ça ne m'étonne pas ?

Elle ne relève pas mon sarcasme.

— Je ne pense pas que Devlin te le dira un jour. Et encore moins maintenant. Ça paraîtrait trop intéressé.

Je me surprends à m'asseoir plus droit sur ma chaise, puis je fronce les sourcils.

— Quoi donc ?

— Il craignait… Enfin, il n'en savait rien, mais il avait peur que s'il désobéissait, son père le punisse.

— Comment ?

— En te tuant, bien sûr.

J'ai un mouvement de recul, abasourdie de ne pas l'avoir vu venir.

— Oh, mon Dieu. À dix-neuf ans, il a dû endosser une telle responsabilité.

— Il a toujours été prêt à porter le poids du monde pour toi, Ellie. Tu ne le sais pas ?

J'acquiesce par automatisme, mais à vrai dire, je ne sais plus ce que je sais.

Nous bavardons encore un peu, puis je la raccompagne jusqu'à la porte.

— Merci d'être passée.

— Tu te sens mieux ?

— Moins vide, disons. Comme si je pouvais commencer à réfléchir et arrêter de pleurer.

Elle me caresse la joue.

— J'en suis contente.

Je l'arrête alors qu'elle franchit le seuil.

— Attendez. Il y a une chose que j'ai oubliée. Pourquoi m'avez-vous donné cette invitation pour le gala ? Je sais que Devlin ne voulait pas que vous le fassiez.

— Oh, ça ? répond-elle avec un sourire empreint de gentillesse. J'avais espoir, c'est tout.

Je passe l'heure qui suit à faire exactement ce que j'ai dit à Tamra : réfléchir.

Et j'en viens toujours au même résultat. Que Peter soit mauvais ou pas, Alex l'a quand même tué. Dix-neuf ans et aux ordres du plus grand baron du crime de son époque, et pas seulement en vertu d'une fraternité criminelle. Non, ils étaient liés par le sang.

Quand bien même, ce n'est pas une raison suffisante pour inciter Alex à appuyer sur cette détente. Il n'a fait ça que pour me venger. Parce qu'il croyait que l'oncle Peter avait tué mon père. Peut-être même pour me protéger, si Tamra a raison en disant qu'il craignait que son père punisse sa désobéissance en me tuant.

Est-ce important ? *Dois-je* vraiment accorder de l'importance à cela ?

Légalement, non. Mais dans mon cœur ?

Je passe les doigts dans mes cheveux gras. Je suis maudite. Peut-être que cela signifie que je ne suis pas la fille de mon père. Ou que je suis la dernière des idiotes. Bien sûr que c'est important.

Parce que ça veut dire qu'Alex m'aimait. Profondément. Dangereusement.

Qu'il était prêt à tout pour me protéger, comme il me l'a dit tant de fois. À m'ouvrir la voie dans ce monde dangereux, même s'il devait fuir après, loin de moi, loin de son père.

Alex a justifié le meurtre par amour. Et il est parti pour la même raison, parce qu'il devait me protéger.

Une seule question perdure : Que faire de Devlin, l'homme qu'est devenu ce garçon ? Un homme qui m'aime aussi ?

Je le sais, parce qu'il m'a appelée El au circuit de course, et plus récemment, quand il est venu chez Brandy. Et je sais à quel point cet amour est profond, parce qu'une fois de plus, il est prêt à partir, persuadé que cela garantira ma sécurité.

Et puis, plus important encore, je l'aime aussi. Je n'ai jamais cessé de l'aimer.

Mais est-ce suffisant ?

Mon téléphone sonne et je m'en empare. La colère me monte au nez quand je vois qu'il s'agit de Roger. Je me rends compte que j'espérais un appel de Devlin.

— J'attendais un coup de fil, dit-il. Quand reviens-tu ?

— Jamais, dis-je sans hésiter.

C'est à ce moment que je réalise que j'ai pris ma décision. Je choisis Devlin.

Je choisis l'amour.

— Écoute, je dois y aller. Si tu dois me virer, ça me va, je préfère travailler à Los Angeles. Mais on en parlera plus tard, parce que là, maintenant, j'ai un truc à faire.

Sans attendre qu'il me réponde, je raccroche.

Il est temps pour moi d'aller voir Devlin.

Mais d'abord, j'ai vraiment besoin de prendre une douche.

Pour commencer, je me rends à son bureau, mais quand je demande à le voir, c'est Tracy qui descend.

— Je suis vraiment désolée. Il n'est pas disponible.

Je déglutis, puis acquiesce. Ça ne m'étonne pas. Il m'a dit ce qu'il avait à dire, et pour lui, c'est terminé.

Mais il a tort.

— Je peux parler à Tamra pendant une minute ? Ou Anna ?

Elle affiche un air contrit.

— Elles sont toutes les deux à Las Vegas. Il les a envoyées ce matin pour une réunion.

Elle fronce les sourcils et m'entraîne à l'écart de la réception.

— Je ne sais pas vraiment ce qui se passe. Il doit être malade parce que, très honnêtement, il n'a pas l'air dans son assiette. Mais avec ce truc dans les journaux sur vous deux...

Elle se tait, un peu gênée.

— Enfin, ce ne sont pas mes affaires, mais je suis désolée qu'il ne vous parle pas. Il devrait, franchement. J'espère que vous pourrez y arriver.

— Merci.

Je ne lui dis pas que je suis bien déterminée à le faire.

Puisqu'il refuse de me voir au travail, il va devoir me recevoir chez lui. C'est présomptueux, audacieux, et techniquement illégal, mais après tout, à situation désespérée, mesures désespérées.

Je fais quelques arrêts, d'abord. Il refuse de me parler, alors j'en déduis qu'il sera difficile à convaincre. Mais je suis prête à tout, et s'il faut consentir à quelques coups bas, alors soit.

Sauf que Devlin m'a prise de vitesse, apparemment, car il a changé le code d'accès. Ça m'agace, et en même temps, ça me donne de l'espoir. Parce qu'il n'a aucune raison de le changer à moins de penser que je passerai. Dans ce cas, c'est qu'au fond de lui, il sait que je peux lui pardonner.

Ce n'est pas grand-chose, mais c'est un début.

J'envisage simplement de camper devant sa porte, mais j'ai le sentiment que s'il arrive et me voit, il fera aussitôt demi-tour.

Il ne me reste qu'une seule option et j'espère que cela fonctionnera. Je sors mon téléphone, trouve le numéro de Tamra et prie pour ne pas tomber sur son répondeur.

— Bonjour, ma belle. Est-ce que ça va ?

J'en soupire de soulagement.

— Si vous acceptez de m'aider, alors oui, tout va bien.

J'hésite, sachant que j'en demande beaucoup. S'il le découvre – et bien sûr qu'il le découvrira – il pourrait la renvoyer.

— Il a changé le code de chez lui. Pourriez-vous me donner le nouveau ?

Je peux l'entendre sourire quand elle répond :

— Ellie, j'espérais que tu me le demanderais.

Je le saisis dans mon téléphone, la remercie, puis me tourne vers la serrure. Cinq-douze-douze-neuf-cinq.

La serrure tourne et j'entre, soulagée. Je referme soigneusement la porte derrière moi, puis je m'adosse contre le bois. Ce n'est qu'une première étape, mais c'est déjà tellement important.

Maintenant, au travail !

Je fais un pas vers le salon, puis je m'arrête net en songeant à nouveau au code. Il y a quelque chose de familier dans cette suite de chiffres. Je me demande où je l'ai déjà vue, mais rien ne me vient à l'esprit et je chasse l'énigme pour entrer dans le salon, mon sac de courses à la main.

Je me dirige vers la chambre. Je sais ce que je dois faire, comment lui prouver que je comprends les enjeux d'une vie avec lui, que je lui pardonne pour l'oncle Peter et que je vais le convaincre de se pardonner lui-même.

Mais surtout, je vais lui dire que je l'aime. Et lui prouver que je lui fais confiance.

La première chose que j'ai l'intention de faire, c'est de recréer la scène que j'avais en tête avant que le monde ne vole en éclats. Voilà pourquoi j'ai acheté toutes ces nouvelles bougies, ainsi que d'autres bricoles.

Mais en arrivant dans sa chambre, je reste pétrifiée. J'hésite entre rire ou pleurer.

La pièce est exactement comme je l'ai laissée. Des bougies sur toutes les surfaces. Un peu brûlées, certes, mais toujours là. Et les pétales de rose que j'avais éparpillés sur le couvre-lit n'ont pas bougé.

Mon cœur se serre, mais il me faut un moment pour comprendre pleinement ce que cela signifie. Qu'il le veut, lui aussi. Qu'il n'est pas aussi fermé qu'il voudrait me le laisser croire.

Qu'il existe une infime fissure à travers laquelle je peux me faufiler pour faire comprendre à cet obstiné que la seule façon de me protéger, c'est d'être avec moi. Parce qu'autrement, j'aurai le cœur brisé et j'en mourrai sûrement.

Je me demande où il a dormi, puisque son lit est intact, mais la réponse me saute aux yeux quand j'entre dans la pièce où il m'a hébergée, la nuit où j'ai appris l'existence du Loup. Les draps sont froissés et il y a un livre sur la table de chevet. Il dort ici, et je me demande si c'est simplement par nécessité ou si cette chambre lui fait penser à moi.

Je m'autorise à espérer. Et en posant mon sac, avec l'intention de me changer en prévision de ce soir, je me rends compte que j'ai raison. Bien sûr, il s'agit de moi. Tout comme les bougies. Tout comme le code de l'entrée.

Cinq-douze-douze-neuf-cinq. Les lettres de l'alphabet. ELLIE.

Mes genoux se dérobent et je tombe par terre. Il veut encore de moi. Bon sang, il n'a jamais cessé de me vouloir.

J'espère seulement que je serai assez forte pour le convaincre que, moi aussi, je veux être avec lui.

Je suis sur le canapé lorsque j'entends le tintement du code. J'ai enfilé une jolie petite robe portefeuille et mes talons de créateur préférés – une paire de sandales roses Manolo, achetée pour mon entretien avec Roger il y a plus de trois ans. J'ai décroché le poste, et depuis, je porte mes Manolo porte-bonheur chaque fois que la situation le justifie.

Ce soir, j'ai besoin de toute la chance que je puisse attirer.

Je reste assise, essayant de paraître décontractée, mais je suis presque certaine qu'il peut entendre les battements de mon cœur.

La porte s'ouvre, puis se ferme, et j'entends ses pas dans le couloir. Je déglutis, le corps tendu. Je n'ai absolument aucune idée de sa réaction quand il me verra, et le mieux que je puisse faire, c'est d'espérer qu'il ne me flanquera pas à la porte. Parce que Dieu sait que je ne suis pas à la hauteur pour un combat physique contre cet homme.

Soudain le voilà, debout dans le couloir, ses cheveux luisant sous la lumière tamisée du plafonnier. Il se tient bien droit, le visage impassible. C'est la posture et l'expression d'un homme habitué à s'adresser au public même quand il n'a qu'une envie, disparaître. Tout en équilibre et en maîtrise de soi, mais je le devine sous la surface. Je le vois, et à ce moment-là, je me rends compte que j'ai toujours vu clair dans son jeu. Parce qu'il y a toujours Alex en lui, tout comme il y avait déjà un peu de Devlin chez le garçon que j'ai connu. Rien de tout cela n'a d'importance maintenant. C'est l'homme que j'ai devant moi, et c'est la seule chose qui compte.

Parce que c'est l'homme que je veux.

Je me lève et contourne le canapé dans sa direction.

— El, murmure-t-il, sa voix teintée d'espoir. Que fais-tu ici ?

— Ne sois pas ridicule, Saint. Tu sais très bien pourquoi je suis ici.

Pendant un moment, cet espoir gonfle, pour disparaître à nouveau.

— Tu ne veux pas de moi, Ellie. Je ne suis pas un homme bien. J'ai fait des choses. Tant de choses. Certaines que je regrette. Mais d'autres...

Il s'éloigne en secouant la tête.

— Quoi que tu penses savoir, dis-toi que tu l'ignores.

— Tu pensais que ton père te punirait si tu ne tuais pas Peter. Qu'il me ferait tuer, c'est ça ? Pour te donner une leçon ?

Il passe les doigts dans ses cheveux.

— Tamra te l'a dit.

— Ne te fâche pas contre elle. Elle l'a fait uniquement parce qu'elle sait que je t'aime.

Il me regarde, les yeux affûtés.

— Oui, tu m'as bien entendue. Je t'aime.

Les mots viennent si facilement, cela n'a rien d'effrayant.

— Je t'ai toujours aimé. Tu ne comprends pas ? Je t'aime, et le reste n'a pas d'importance.

— Si, pourtant. Il y aura toujours des secrets entre nous. Des choses dont je ne voudrai pas parler. Jamais, dit-il avec nervosité. Tu aurais dû rester à l'écart. C'est un pari trop dangereux.

Je déglutis, ma tête penchée en arrière pour le regarder dans les yeux.

— Est-ce que tu penses ce que tu as dit la dernière fois ? Que tu ne me feras jamais de mal ? Que tu me protégeras toujours ?

— De tout mon cœur.

— Alors, crois-moi quand je te dis que je te ferai toujours confiance.

Je me rapproche, mais il ne me touche toujours pas.

— Qui n'a pas de secrets ? Et en plus, j'adore le danger, n'oublie pas !

Cela me vaut le soupçon d'un sourire, et je suis tellement heureuse de cet accueil que j'ai l'impression d'avoir gagné au loto.

— Je te fais confiance, Devlin. Plus que ça, j'ai besoin de toi.

Je m'humecte les lèvres avant de poursuivre :

— Et tu avais raison.

Il penche la tête.

— À quel sujet ?

— Ce n'est pas du contrôle que j'ai besoin. C'est de l'abandon.

Je prends une inspiration et affronte son regard.

— Mais toi, tu as besoin du contrôle, n'est-ce pas ? Pendant si longtemps, tu as été à la merci de ton père. C'est pour ça que tu fais ce que tu fais.

Son rire est éraillé, sans joie.

— Oh, oui, tu as raison. Plus que tu ne le crois.

Je ne sais pas ce qu'il entend par là, mais pour le moment, je m'en contente.

Je fais un pas de plus, si près que je peux sentir son souffle. L'air entre nos corps me semble parcouru d'électricité. Je dénoue la ceinture de ma robe, l'ouvrant pour révéler un soutien-gorge en dentelle et une minuscule culotte. Je la laisse glisser de mes épaules et le tissu tombe sur le sol derrière moi.

— Ellie...

Je frissonne sous la chaleur de sa voix, mes tétons aussitôt dressés contre la dentelle.

— Tu te souviens de ce que tu voulais au circuit de course ? Prends-moi comme ça, maintenant.

Encore plus près de lui, cette fois, j'attire ses mains sur ma poitrine.

— Attache-moi. Ligote-moi. Utilise-moi comme tu veux et aussi longtemps que tu en auras besoin pour comprendre que je suis à toi. Je l'ai toujours été. Et si tu veux te débarrasser de moi, tu vas devoir te battre plus fort que jamais dans ta vie, parce que je ne me laisserai pas évincer comme ça. Alors voilà, je m'abandonne, mais seulement à toi. Parce que tu es le seul en qui j'ai confiance et je sais que tu me protégeras toujours.

— Confiance, répète-t-il, une pointe d'ironie dans la voix. El, je...

— Tais-toi.

Je lui prends la main et l'entraîne vers la chambre. J'ai déjà allumé les bougies, et quand j'ouvre la porte, je l'entends étouffer un cri de surprise. La pièce est illuminée par l'éclat de dizaines de flammes vacillantes. Je le laisse là, puis je monte sur le lit en soutien-gorge et culotte, mes Manolo roses aux pieds.

J'ai passé une corde à travers la tête de lit, la faisant ressortir de part et d'autre, un nœud coulant à chaque extrémité. Je m'allonge et glisse mes poignets dans les boucles, puis je tire brusquement, forçant les nœuds à se resserrer. Enfin, je lui adresse mon sourire le plus innocent.

— Tu peux me détacher, si tu veux. Ou profiter de la situation.

Je sais que j'ai gagné quand je vois ses lèvres frémir.

— Je n'ai jamais été du genre à fermer les yeux quand l'occasion se présente, dit-il, laissant son regard envelopper mon corps. Et encore moins quand elle se présente à ma porte.

Je passe la langue sur mes lèvres, mais ne dis rien.

Il s'approche au pied du lit, puis se penche en avant, toujours vêtu de son costume. Il pose les mains sur mes cuisses et les fait glisser jusqu'à mes chevilles, laissant une traînée de chaleur dans son sillage. Je ferme les yeux, savourant la sensation de ses mains sur moi, pour les rouvrir seulement quand il rompt le contact.

Il enlève sa veste, puis la jette sur le dossier d'une chaise voisine. Sa cravate suit le mouvement et il ouvre le bouton de son col. Je m'attends à ce qu'il continue, mais il s'arrête là et croise mon regard.

— Écarte les jambes.

C'est tout ce qu'il me dit, mais c'est suffisant pour que tout mon corps frissonne d'envie. Je suis mouillée, je le sens, et je sais qu'il peut voir à quel point ma culotte est trempée, surtout quand son regard chauffé à blanc fait grimper en flèche la température de mon propre désir.

— Tu aimes ça, dit-il en se déplaçant sur le lit.

Il embrasse l'arrière de mon genou, ses mains caressant mes cuisses avec dextérité.

— Tu aimes être ouverte pour moi, être exposée.

Je voudrais le nier, mais comment le pourrais-je ? Jusqu'à présent, j'ignorais l'effet que pouvait avoir un regard – du moins quand la personne qui vous regarde est précisément l'objet de vos désirs.

Il s'approche et passe un doigt taquin le long de l'élastique séparant ma cuisse de mon entrejambe. Je me mords la lèvre et me tortille un peu, impatiente de ce moment où son doigt plongera en dessous.

Mais ce moment ne vient pas. Au lieu de quoi, ses doigts caressent avec douceur la bordure du coton. C'est une sensation délicieuse, mais ce n'est pas assez.

— S'il te plaît, murmuré-je. Devlin, s'il te plaît.

Il esquisse un autre sourire charmeur et mystérieux, puis referme sa bouche sur ma culotte. Je replie les genoux, me cambre, essayant d'augmenter la friction, mais il se retire déjà et poursuit sa lente progression le long de mon corps jusqu'à venir empoigner mes seins, m'arrachant un gémissement de désir.

C'est ce que je veux, oui, mais j'en veux tellement plus.

Parce qu'il a entièrement raison. Ce que je recherche, avant tout, c'est le plaisir de la capitulation.

Enfin, ses mains sont sur mes épaules et dans mes cheveux. Il m'embrasse avec une telle tendresse que je me sens fondre. Et le temps qu'il redescende, tout mon corps est en feu.

Devlin se redresse au pied du lit.

— Regarde-moi.

J'obéis en le regardant droit dans les yeux, m'évertuant à ne pas détourner le regard.

— Dis-moi ce que tu veux.

— Je... je ne sais pas.

— Ah bon ? Parce que tu mérites tout. Tous les plaisirs que je peux te donner. Le frisson d'une claque sur les fesses, la tendresse d'un baiser sur la joue.

Oui, pensé-je. *Oui, mille fois oui !*

Mais je me contente de dire :

— Et si je veux quelque chose entre les deux ?

Il hausse les sourcils.

— Qu'y a-t-il entre la dureté et la douceur ?

— Toi.

La chaleur irradie de ses yeux.

— Bon sang, bébé. Tu me tues.

Il se retourne et baisse les yeux au sol. Puis il se penche et ramasse quelque chose, mais je ne le vois pas. Quand il se lève, je constate qu'il tient sa cravate. Je fronce les sourcils, perplexe, et soudain mon pouls s'emballe quand il s'approche de moi et me demande de lever la tête.

Je ne discute pas, et bientôt, j'ai les yeux bandés. La soie est douce contre ma peau, seul le scintillement des bougies filtre sous les bords du tissu.

— Ça te plaît ? D'être nue ? Exposée ? Vulnérable ? En sachant que je peux faire tout ce que je veux de toi et que je ne vais pas me priver ?

Mes mamelons sont douloureusement durcis et je suis certaine qu'il en est conscient. Impossible de botter en touche avec un mensonge. De toute façon, je ne veux pas lui mentir, même si ça me rend faible. Parce que Devlin Saint est la seule personne au monde avec qui je puisse me permettre de l'être.

— Dis-moi, insiste-t-il. Ça te plaît ?

— Oui.

— Pourquoi ?

— Parce que tu peux tout me faire.

Je lève les yeux vers son visage.

— Et parce que je suis accro au danger.

Sa bouche tressaille.

— Aussi, oui. Mais il n'y a pas que ça. Tous ces hommes que tu as baisés ? C'était toi qui menais la danse. Cet idiot dans le parking ? Qu'est-ce qu'il a fait pour toi à part exister ?

— Rien, avoué-je.

— Ce n'était qu'un jouet sexuel ambulant, ajoute Devlin.

— Tu crois que je ne le sais pas ?

J'entends l'agressivité de ma voix et je sais que c'est uniquement pour tenter de cacher mon regret. Et peut-être même un peu de honte.

— Je pense que tu ne saisis pas le pouvoir de la vulnérabilité. Ce n'est pas la peur qui te pousse au-dessus du bord, pas entièrement. C'est le fait de te placer entre les mains de quelqu'un d'autre. De me faire confiance. De me confier l'arbitrage de ton plaisir.

J'acquiesce. J'en ai bien conscience. C'est à peu près ce que je lui ai dit il y a quelques minutes. Mais c'est différent d'être du côté inverse.

— Sais-tu pourquoi la douleur peut être aussi puissante ? demande-t-il devant mon silence.

Je ne veux pas paraître naïve, mais j'admets que non.

Son sourire est amusé, un peu espiègle.

— Parce que sans douleur, comment juger le plaisir ?

J'entends le tiroir s'ouvrir à côté du lit, puis un tintement métallique.

Je fronce les sourcils en reconnaissant ce bruit. C'est l'ouverture d'un couteau à cran d'arrêt. Mon pouls s'accélère, mais je me dis que je n'ai pas peur. Ce n'est qu'un réflexe lié à ma formation.

Pourtant, j'ai une conscience aiguë de mon environnement, et cela ne fait qu'augmenter l'intensité du moment, quand je sens le plat de la lame froide sur mon décolleté.

— Ne bouge pas, dit-il.

Je n'ose même pas respirer quand il passe la pointe d'acier sous le tissu entre les deux bonnets. Au moment où je crois que le danger est passé, un éclair me transperce, ébranlant tout mon corps dans une sensation de délice proche de l'extase.

— On compare l'imminence de l'orgasme à l'oscillation d'un équilibriste au-dessus d'un précipice.

— Tu aurais pu simplement le dégrafer par-derrière, murmuré-je.

— Tu aurais préféré ?

Derrière le bandeau, je ferme les yeux.

— Non, avoué-je.

— Et pourquoi ?

— Parce que j'aimais ce que cela me faisait ressentir. Savoir que tu ne me ferais pas de mal, et en même temps, éprouver le danger.

Je me lèche les lèvres.

— Tu es ma sécurité, Devlin. Je te fais confiance. Mais...

— Mais ton corps ne le sait pas. Pas encore. L'adrénaline est à son comble.

— Oui, dis-je dans un souffle tremblant. Oh, mon Dieu, exactement !

Il ne répond pas. Au lieu de ça, il glisse ses mains le long de mon corps et emporte ma culotte au passage. Je voudrais protester – je m'attendais à ce qu'il l'arrache, elle aussi –, mais je garde le silence. Une fois que je me retrouve nue, il m'ordonne d'écarter les jambes.

J'obéis avec empressement, supposant qu'il va se servir des cordons que j'ai attachés aux coins du lit pour me ligoter, ainsi ouverte, sur le matelas.

— Tu es si belle, dit-il avant de me retirer une sandale.

Il me caresse le pied et je manque défaillir lorsqu'il suce légèrement mon orteil avant de faire pleuvoir un chemin de baisers le long de ma jambe, jusqu'à mon sexe.

— Tellement, tellement belle, ajoute-t-il.

Sur ce, il se tait et sa langue me conduit vers le septième ciel.

Je me trémousse, je tremble, mais je ne peux rien faire. Je ne peux même pas résister à cause de mes liens.

Enfin, juste au moment où je bascule dans le précipice, je sens le matelas bouger et il descend du lit. Puis j'entends qu'il ouvre les rideaux d'un coup sec avant de faire coulisser la porte-fenêtre. Une brise fraîche me caresse le corps, divine sur ma peau surchauffée.

Un instant plus tard, il est de retour et une texture douce m'effleure le ventre.

— Le cordon du rideau, dit-il. Tu te souviens du pompon ?

Je secoue la tête. Je n'ai pas prêté attention à la décoration de sa chambre. Mais maintenant, je le regrette, car à en juger par la douceur de ce pompon sur ma peau, c'est une pièce magique, en effet.

Je ne vois rien, mais je ressens, et tous les filaments dansent sur mon ventre, mes seins, laissant des traînées chaudes sur ma peau tandis qu'il balaye mon corps, de plus en plus bas. Enfin, il atteint mes jambes et le tissu velouté me chatouille l'intérieur de la cuisse.

La sensation est incroyable, mais ce n'est rien comparé à la secousse de plaisir érotique lorsqu'il me fouette la vulve. Je me cambre, à la fois surprise et ravie.

— Dis-moi, bébé. Ça t'a plu ?

— Waouh. Ça ne se voit pas ?

Dans un rire grave, il recommence, un peu plus fort cette fois. Le contact, tout proche de mon clitoris, envoie des ondulations de plaisir en moi. Je ferme les yeux et décolle mon dos du matelas tandis qu'il alterne entre les caresses et les coups de pompon plus vigoureux. Bientôt, je suis pantelante et je le supplie de me faire jouir. Mais il fait la sourde oreille. Au lieu de ça, il remonte le long de mon corps, ses vêtements rugueux contre ma peau nue et sensible, puis sa bouche frôle la mienne.

— Tu sais que je suis très excité ? Que te voir nue et ouverte pour moi, ça me fait bander ? Tu n'as pas idée comme je suis dur, comme j'ai envie de te baiser. Je veux te posséder, bébé, je veux ton abandon complet.

— Oui.

Mon cœur tremble, captivé par ses paroles, conquis par ses attentions.

— Mais moi aussi, je veux te posséder, ajouté-je.

— Oh, El.

Je sens ses lèvres effleurer doucement les miennes.

— Tu ne sais pas que tu me possèdes déjà ?

— S'il te plaît, imploré-je. Devlin, détache-moi, s'il te plaît. Je veux te toucher. Je te veux en moi.

Il ne répond pas, mais il desserre les cordons à mes poignets et me dégage les yeux. Je retire ma seconde chaussure, puis je m'agenouille sur le matelas en m'attendant à ce qu'il se déshabille. Pourtant, il reste entièrement vêtu.

Au lieu de ça, il ouvre sa braguette et libère son sexe tendu.

— Viens, bébé, dit-il, assis au bord du lit.

Sans hésiter, je le chevauche, m'empalant sur toute sa longueur. Je suis tellement mouillée et je crois bien n'avoir jamais été aussi excitée de toute ma vie.

Ses mains enveloppent mes fesses et nous bougeons en rythme, calquant les ondulations de nos hanches pour qu'il me pénètre toujours plus profondément, comme si nous ne formions plus qu'un. Alors que je viens m'écraser contre lui, ma bouche se referme sur la sienne dans un baiser aussi vibrant et intime que notre corps-à-corps. Nous redoublons de vigueur et je sais que je ne serai pas satisfaite tant qu'il ne m'aura pas entièrement consumée.

Enfin, la foudre s'abat sur moi. Je lui lacère le dos et je sens son corps se crisper en même temps que le mien. Les doigts ancrés dans la chair de mes hanches, il se déverse en moi. La force de mon orgasme lui soutire jusqu'à la dernière goutte et nous nous effondrons ensemble sur le lit, épuisés.

Pendant un moment, nous nous contentons de respirer en silence. Puis il me prend la main, le visage serein, en contrôle total comme s'il ne venait pas de me faire perdre la tête.

— Alors, tout va bien, maintenant ? demandé-je. Je me suis fait comprendre ? Je t'appartiens et tu ne te débarrasseras pas de moi ?

Son sourire illumine ses yeux lorsqu'il répond :

— Oui, tu t'es clairement fait comprendre.

— Ça me fait peur, tu sais.

Je devine l'appréhension dans ses yeux quand il répond :

— Mes secrets ? Parce que...

— Non, dis-je en déglutissant. Mon amour pour toi. Notre proximité, cette intimité. Je te donne tout de moi.

Je le regarde, mais il reste silencieux, alors je continue :

— Je t'ai perdu une fois auparavant. J'ai perdu tant d'êtres chers. Je ne pense pas que je pourrai le supporter si...

Il pose un doigt sur mes lèvres.

— Tu ne me perdras plus, dit-il. Tu es à moi, maintenant. Pour le meilleur ou pour le pire, Ellie, tu es à moi.

Et comme pour le prouver, il scelle ses mots par un baiser.

Quelque chose me réveille et j'ouvre les yeux pour voir les bougies scintiller sur la table de chevet. Je tire les couvertures plus haut et me blottis tout contre Devlin en me demandant ce qui m'a réveillée.

Certainement quelque chose à l'extérieur. Après tout, il a ouvert la porte-fenêtre et j'entends les coyotes hurler dans les collines ainsi que le clapotis des vagues sur le rivage. Tout autour de nous, le monde est sauvage. Notre monde aussi. Je sais que tout va s'embraser maintenant que Devlin Saint, le solitaire, a une petite amie et que nos photos osées sont dans la presse.

Et puis, je sais qu'il a encore des secrets. Il me l'a même avoué.

Mais rien de tout cela n'a d'importance. Pas maintenant. Parce que je suis à lui et qu'il est à moi. Pour le moment, du moins, je suis en paix.

Je sursaute lorsque mon téléphone émet un tintement et je me rends compte que c'est ce qui m'a réveillée la première fois. Je le prends et passe en mode silencieux. C'est un numéro inconnu qui m'envoie un message, que je découvre en fronçant les sourcils.

Tu es dans un sac de nœuds. Trouve la vérité. Ne fais confiance à personne.

Un frisson me traverse. Soudain, l'atmosphère me semble chargée, comme avant l'orage.

— Tout va bien ? demande Devlin en se retournant, sa voix empâtée par le sommeil.

Avec une désinvolture feinte, j'abandonne mon téléphone sur la table de nuit et lui souris, à cet homme qui me fait confiance. Et en qui j'ai confiance aussi, de tout mon cœur.

— Oui, dis-je en me rapprochant de lui. Là maintenant, tout est parfait.

Peut-être que le tonnerre et les éclairs arriveront, mais l'orage n'est pas encore à nos portes.

Et si j'ai bien une certitude, c'est que le moment venu, nous y ferons face ensemble, main dans la main.

L'histoire de Devlin et Ellie continue avec
Mon Doux Péché

Abonnez-vous à la newsletter de l'édition française de JK pour des informations sur les sorties en français, les apparitions en France, et plus encore.

https://www.juliekenner.com/nouveaux-livres/

REMERCIEMENTS

Tant de choses sont mises en œuvre pour proposer un livre aux lecteurs qu'il est impossible de remercier tout le monde. Mais j'aimerais quand même saluer quelques personnes. Tout en haut de ma liste, je remercie Liz Berry pour de nombreuses raisons, notamment son soutien année après année, l'épisode de la grande révélation (et bien sûr, les tonnes de Jell-O).

Un merci tout spécial à Holly Ingraham et ses incroyables talents de correctrice. Et à Fedora Chen pour ses conseils indéfectibles.

Je dois remercier mon mari et toute l'aide qu'il m'apporte pour que mes livres soient fin prêts pour les lecteurs. Et mes enfants, qui supportent les habitudes de travail farfelues de maman. Merci aussi à Melissa Rheinlander, mon bras droit depuis de nombreuses années, et Jenn Watson qui travaille avec moi à la publicité et au marketing de ce livre presque depuis que l'idée de Devlin Saint a germé dans mon esprit.

Je porte un toast à Dee, Darcy et Elisabeth, leur humour et leur soutien fiable que je m'attends à recevoir un peu tous les jours (toutes les heures ?). Si le concept des textos disparaît un jour, on est mal, les amies.

À Kevan et Taryn, qui ont accompagné Devlin et Ellie dans le processus des droits auxiliaires, et à Justine Bylo et tout le monde chez Ingram pour leur soutien et leur aide.

Et par-dessus tout, merci à tous mes lecteurs au fil des ans. C'est grâce à vous que je fais tout cela.

Bises à vous,

J. Kenner

EN MILLE ÉCLATS - UN EXTRAIT

**Charismatiques. Dangereux. Terriblement Sexy.
Découvrez les hommes de Stark Sécurité.**
En mille éclats
En mémoire de nous
En demi-teinte

Je sais que je ne devrais pas le désirer.

J'aimerais tant ne pas éprouver ce besoin.

Chaque jour qui passe, je prie pour que la douleur si douce de la nostalgie s'efface enfin. Mais elle demeure.

Dès le réveil, je ressens la douleur. Je retombe dans ces souvenirs qui me blessent aussi profondément que la lame d'un couteau. Balayée, la passion. Éradiqué, l'amour.

Autrefois, il y avait un homme qui me désirait. Désormais, il ne reste qu'une plaie noircie, comme la brûlure imprimée dans la terre après une explosion nucléaire.

Dès le réveil, je me raccroche à la colère.

Mais dans mes rêves, je capitule toujours.

Je me convaincs que je suis mieux sans lui. Pourtant, j'ai besoin de lui. De ses compétences. De son aide.

Il ne me reste aucune option. En lui convergent désir et crainte. Je ne

*peux que prier pour ne pas me briser comme du verre sous le poids de mes
regrets.*

I

Bâti en 1931, l'hôtel historique Hollywood Terrace régnait en
maître sur le célèbre boulevard. C'était l'endroit où voir et être vu.
Mais le temps a pris sa revanche et, comme la beauté fanée des
starlettes de l'Âge d'Or, le palais Art Déco est tombé en décrépi-
tude. Les élégantes garçonnes ont cédé la place aux hippies et aux
Baby Boomers, qui à leur tour ont été remplacés par les Millennials
alors que le vingtième et unième siècle succédait inexorablement
au vingtième.

Pendant la première décennie du nouveau millénaire, l'icône
autrefois majestueuse est restée délabrée, à l'abandon. Sa façade en
stuc s'est décolorée en une teinte grisâtre et terne, les fenêtres
couvertes de crasse et fendillées, les célèbres jardins envahis par la
vermine et les mauvaises herbes.

Le sort réservé aux salles intérieures n'était guère meilleur. La
tuyauterie fuyait, gagnée par la moisissure, et les rats détalaient
dans les couloirs devant les chats errants qui avaient élu domicile
dans les recoins obscurs. Les tapis pourrissaient. Le papier peint
tombait en lambeaux. Et une fine couche de poussière recouvrait
chaque surface telle une couverture négligée.

Avec la détermination d'un boxeur dans la tourmente, le bâtiment s'est débattu tant bien que mal pour rester digne en dépit des
assauts des intempéries, des séismes et de la parade monotone du
progrès dont témoignaient de nouvelles devantures flambant
neuves. Lorsqu'un ruban jaune sur lequel on pouvait lire *Dangereux*
et *Défense d'entrer* fut tendu devant les portes vitrées finement
ouvragées, les riverains comprirent que le dernier coup avait été
porté.

Puis Scott Lassiter a surgi de nulle part, à la rescousse. En fin de
compte, l'histoire du Hollywood Terrace n'était pas un film de

boxe. C'était l'histoire d'un renouveau. *My Fair Lady* pour l'hôtel délabré.

Le promoteur immobilier international n'a pas lésiné pour rendre au Hollywood Terrace sa splendeur d'antan, ravivant le joyau qu'il était un siècle auparavant. Il a transformé les salles de conférence de la mezzanine en suite de bureaux privés rien que pour lui, il a installé sa résidence au tout dernier étage et il a complété le tout par une piscine d'intérieur et une salle de bal somptueuse.

Tout le gratin a assisté à l'inauguration en grande pompe, cinq ans plus tôt, et Lassiter a été acclamé en héros par les gros bonnets de la ville. Un faiseur de miracles. Un vrai citoyen, dévoué à la préservation de l'histoire qui avait placé ce coin de la Californie du Sud sur la carte, quand les premiers pionniers armés de caméras s'étaient rassemblés sur cette terre d'aubaines et de soleil.

La fête du siècle a fait les gros titres des journaux dans le monde entier. Étant donné que le tout-Hollywood comptait parmi les invités, l'histoire était trop belle pour ne pas être publiée.

La fête de ce soir était encore plus somptueuse. Des dizaines et des dizaines d'invités occupaient la salle de bal Art Déco soigneusement restaurée, avec ses couleurs vives et ses motifs géométriques. Les revenus combinés des clients internationaux bien nantis faisaient passer la fortune des stars d'Hollywood pour de l'argent de poche d'adolescents. Le champagne millésimé coulait à flots dans des fontaines d'argent pur. Les femmes évoluaient sur les carreaux de marbre en robes de soirée conçues pour mettre en valeur des atouts de nature différente. Quant aux hommes en costume à moins de vingt-cinq mille dollars, ils passaient pour de simples frimeurs.

Ce soir-là, malgré tout ce beau monde auréolé de pouvoir et d'argent, la presse n'était pas admise dans la salle de bal. Aucun photographe en quête d'images sexy à poster sur Page Six ou Instagram. Au contraire, cette fête était un événement intime, donné par Lassiter dans son fief privé.

Seule une clientèle triée sur le volet y avait été conviée.

Quincy Radcliffe, agent de Stark Sécurité, ne figurait pas sur la liste d'invités. Ou du moins, pas officiellement. Ce qui ne l'empêcha pas de faire signe à un serveur qui passait pour un scotch soda.

Il le sirota lentement, observant d'un œil désintéressé le flot d'hommes en costume et de femmes aux coiffures sophistiquées qui tournaient autour de Lassiter, comme s'ils venaient rendre hommage à un dieu.

Bande de fous aveugles.

Tout ce qu'ils voyaient, c'était l'argent et le pouvoir de Lassiter. Ils ne se doutaient pas que le compte en banque généreux de leur hôte devait moins à son portefeuille immobilier qu'au pourcentage qu'il prélevait sur le blanchiment d'argent et les programmes de protection.

Scott Lassiter était un connard manipulateur qui avait planté ses serres dans le monde criminel de la pègre. Un jour, Quincy se ferait un plaisir de tirer le tapis sous les pieds de ce bon à rien, s'assurant de lui offrir un panorama bien différent de celui de son appartement luxueux. Avec une dizaine de barreaux à la fenêtre.

Cependant, ce n'était pas au programme de ce soir. Pour l'instant, Lassiter était le moindre de deux maux, et si tout se déroulait comme prévu, ce branleur pathétique le conduirait sans le savoir vers le monstre à la tête d'un trafic d'esclaves sexuelles, le sous-homme au cœur de la mission de ce soir : *Corbu. Marius Corbu.*

— Il est incroyable, n'est-ce pas ?

La blonde aux yeux bruns qui venait de susurrer avait de longs cheveux lisses dans le dos et une frange qui venait effleurer ses sourcils parfaitement arqués. Elle portait une robe dorée vaporeuse et du maquillage si subtil qu'il était presque invisible, à l'exception du trait d'eye-liner noir qui soulignait ses grands yeux de biche et du rouge à lèvres si éclatant qu'il lui faisait penser à une cerise mûre.

— Vous parlez de notre hôte, Monsieur Lassiter ?

Elle gloussa et le champagne clapota dans son verre quand elle fit mine de taper dans ses mains.

— Oh, waouh ! se récria-t-elle comme une adolescente, d'une voix haut perchée. Vous êtes britannique.

— Nom de Dieu, en êtes-vous certaine, ma chère ?

Une fois de plus, elle rit.

— Et vous êtes drôle, avec ça. Non, comment dites-vous en Grande-Bretagne ? *Plaisant.* Vous êtes fort plaisant.

Elle pencha la tête pour le dévisager. Il savait ce qu'elle voyait. Des cheveux noirs, un visage fin et des yeux gris enfoncés. Il portait un costume Ermenegildo Zegna sur mesure, plus cher que sa voiture. D'après son associée, Denise, il était « fabuleusement baisable ».

Apparemment, la blonde était d'accord, parce qu'il vit le moment précis où son air amusé céda le pas à une attitude plus prédatrice.

— J'aime les hommes qui ont de l'humour.

Sa voix était grave, suave.

— Un homme qui rit doit savoir faire d'autres choses intéressantes avec sa bouche.

Elle inclina la tête avec provocation.

— Je m'appelle Desiree. Et vous ?

— Canton, dit-il, lui donnant le nom correspondant à son personnage pour cette mission, un gestionnaire de fonds spéculatif basé à Hong Kong. Robert Canton.

Elle s'approcha de lui d'un pas chaloupé. Sa robe opaque sembla transparente lorsqu'elle s'avança dans une flaque de lumière. Elle était entièrement nue sous le tissu léger et il sentit son corps se contracter, par réflexe et non par désir. Lentement, elle fit courir ses doigts sur le revers de sa veste avant de descendre jusqu'à poser la main sur sa queue. Elle était dure – c'était un humain, après tout. Il n'était pas étonné. L'objet de cette soirée, c'était le sexe. Le sexe tarifé, cru et anonyme. Et il ne restait jamais insensible aux charmes d'une belle femme.

Elle posa sa main libre sur son épaule en se penchant pour murmurer :

— Eh bien, je suis tout à vous, Monsieur Canton. Comme vous le désirez, jusqu'au lever du jour.

Elle mordilla son lobe d'oreille et il se dit que ce serait très facile. Elle était prête à faire à peu près tout – c'était tout l'objectif de cette petite sauterie. Et il avait grand besoin de se détendre un peu.

Certaines opérations étaient plus ardues que d'autres et celle-ci était une vraie galère. Elle lui échauffait la tête. Pire encore, elle lui échauffait le sang. Et elle le consumait lentement comme un poison. Ou plus précisément, comme une mèche allumée. S'il la laissait brûler trop longtemps, il finirait par exploser. Les souvenirs sombres prendraient le dessus, le monstre imposerait son contrôle et...

Nom de Dieu.

— Oh, je crois que c'est un oui.

Elle commença lentement à le caresser.

— Je n'ai jamais baisé d'Anglais et je vous promets que je vaux le coup. Je vous en prie, dites-moi que vous n'avez pas déjà donné votre clé à une autre fille.

Il afficha un léger sourire avant de retirer sa main de son entrejambe.

— Désolé, chérie. Je ne doute pas que vous sauriez me satisfaire, mais ma clé est déjà promise.

— *Peut-être pas*, fit alors une voix de femme à son oreille.

C'était Denise, qui se trouvait en ce moment même sur le toit de l'autre côté de la rue. Ainsi que dans son oreille. Elle entendait absolument tout étant donné que leurs oreillettes étaient en mode VOX.

— *Je n'arrive pas à mettre en place le bras du transmetteur. Je vais devoir rester ici et le positionner manuellement.*

— Nom de Dieu.

— Quoi ? fit Desiree.

— Quel dommage que je ne puisse pas vous inviter dans mon lit ce soir. Mais les règles sont les règles.

Et les règles de cette soirée reprenaient celles des fêtes bourgeoises des années soixante et soixante-dix. En résumé, un homme choisissait une femme en prenant sa clé et il passait la nuit à profiter de son corps, comme l'avait dit Desiree, selon ses moindres désirs jusqu'au lever du soleil.

La beauté de la soirée, du point de vue des hommes, était que toutes les femmes étaient gagnées d'avance. C'étaient des call-girls haut de gamme, grassement payées par Lassiter. Y compris Denise – c'était Candy, son pseudonyme, qui touchait ce généreux salaire.

Quant aux hommes, ils payaient à Lassiter une coquette somme, soi-disant le prix d'une chambre d'hôtel. En réalité, le payement leur assurait le privilège de trouver une Miss Parfaite prête à satisfaire tous leurs fantasmes, leurs lubies et leurs envies les plus spéciales. En prime, ils avaient la satisfaction d'acheter une nuit de sexe sans payer officiellement pour cela.

Quince n'avait pas besoin d'une femme dans sa chambre. Il avait besoin d'une partenaire qui fasse le guet et maintienne l'amplificateur de signal en parfait alignement avec le transmetteur et l'ordinateur de Lassiter. Le transmetteur contre lequel luttait Denny sur le toit voisin ne serait d'aucune utilité s'il ne pouvait pas capter le signal dans sa chambre du troisième étage pour l'amplifier jusqu'au niveau mezzanine, où Quincy pourrait pirater l'ordinateur de Lassiter.

Et bien que Desiree soit disposée à satisfaire ses désirs les plus excentriques, il doutait qu'elle considère comme une forme de fétichisme le piratage du système de Lassiter. D'ailleurs, elle était déjà repartie à la recherche d'un autre propriétaire de clé.

C'est la vie.

— Tu te rends compte que ça pose un problème, murmura-t-il en levant son verre pour dissimuler le mouvement de ses lèvres avant de boire une longue gorgée dont il avait grand besoin.

— *Non, sans blague ? Heureusement que tu es là pour m'expliquer comment ça fonctionne.*

Il réprima un petit rire.

— Du calme, du calme.

— *Tu ne me vois pas, mais je te fais un doigt d'honneur, là.*

— Je te reconnais bien là.

Il s'approcha de la fenêtre afin de lui parler plus facilement, gardant un œil attentif sur les invités dans le reflet tout en faisant mine d'admirer Hollywood en contrebas. Denny était à son poste, perchée sur un ancien grand magasin reconverti en immeuble de bureaux.

— *Fait chier. Je vais utiliser une bande de ruban adhésif pour me rapprocher au maximum de la perfection. Je pourrai revenir illico presto. Tu as besoin de moi dans cette pièce.*

En effet. Mais ils avaient également besoin de pouvoir se fier à la transmission. Cette mission était cruciale pour la force opérationnelle conjointe entre l'Espagne et les États-Unis visant à faire tomber Corbu et son trafic international d'esclaves sexuelles. Stark Sécurité avait été embauché pour gérer cette étape hautement sensible. Une seule mission pour entrer, obtenir et décrypter les coordonnées des nombreux contacts de Lassiter, puis communiquer à la force opérationnelle le protocole nécessaire pour contacter Corbu.

S'il échouait, Stark Sécurité perdrait la réputation qu'ils venaient d'acquérir dans la communauté des renseignements internationaux. Plus important encore, des milliers de vies innocentes étaient en jeu et l'éventail des opportunités était réduit. Comme on le disait à la NASA, l'échec n'était pas une option.

— J'arrive, dit-il.

Il savait très bien qu'elle était compétente, mais il devait essayer.

— Je pourrais peut-être fixer le bras.

— *On n'a pas le temps. Je dois capter le signal dans quinze minutes et tu dois être en poste dans vingt minutes. Passé ce laps de temps, nous sommes foutus.*

Il sortit de sa poche la montre à gousset Patek Philippe qui avait appartenu au père qu'il avait à peine connu. D'une finesse exceptionnelle, elle était toujours à l'heure exacte, mais ce n'était pas pour cette raison que Quincy la portait toujours avec lui. C'était presque religieux, superstitieux.

La Patek Philippe était un souvenir du passé et une mise en garde contre l'avenir.

Elle ne l'induirait jamais en erreur, et en cet instant, elle lui disait que Denny avait raison.

Et merde.

— D'accord, dit-il. Ramène-toi.

C'était un risque énorme, mais l'appareil puissant était conçu pour permettre la transmission et la réception des quantités massives de données nécessaires au logiciel de décryptage performant des services de renseignements. Avec un peu de chance, l'ancre mise en place par Denny autoriserait le transmetteur à capter le signal et à le relayer à l'amplificateur dans la chambre d'hôtel de Quincy. Cet appareil fonctionnait comme un routeur WiFi. Il diffuserait le signal à l'intérieur de l'hôtel, où il serait intercepté par la technologie dont Quincy se servirait pour pirater le système de Lassiter.

Cependant, pour que cela fonctionne, le signal du transmetteur devait atteindre l'amplificateur avec une précision redoutable. Sinon, l'amplificateur relaierait tout et n'importe quoi à Quincy et à son logiciel haut de gamme créé par Stark Technologies Appliquées. La situation n'était pas idéale, mais ils n'avaient pas le choix.

Une fois de plus, il se tourna vers la salle. Il devait savoir où était Lassiter pour pouvoir s'éclipser sans se faire remarquer dans la chambre qui lui avait été attribuée au troisième étage. *Voilà.*

Lassiter se tenait dans un groupe de cinq hommes et deux femmes, sa main dans le dos d'une brune élancée. Les cheveux auburn de la jeune femme tombaient sur ses épaules, et sa robe dos nu très échancrée révélait sa peau lisse, quasiment jusqu'à ses fesses parfaites en forme de cœur. Il y avait quelque chose de très familier chez elle...

Aussitôt, il écarta cette pensée hors de propos.

— Bon, j'ai repéré Lassiter. Je me dirige...

Soudain, elle se retourna et il aperçut son visage.

Il se figea. Pétrifié, comme un arrêt sur image.

Eliza ? Il était impossible que ce soit Eliza.

— *Quince ? fit Denny d'une voix tendue. C'est Lassiter ? Il se doute de quelque chose ?*

— Ce n'est pas Lassiter. Un fantôme.

— *Quoi ?*

C'était forcément un fantôme. La femme aux cheveux auburn et aux yeux bleu clair. La femme dont les fossettes avaient fait battre son cœur.

La femme qu'il avait adorée. Dont le parfum s'attardait encore dans ses rêves.

La femme qu'il avait aimée plus passionnément qu'il l'aurait cru possible. Et qui, à présent, devait le haïr plus qu'il ne pouvait l'imaginer.

Il était improbable que cette femme se trouve à une soirée telle que celle-ci. Impossible.

Vraiment ?

Mon Dieu, mais dans quoi était-elle venue se fourrer ?

Sans en avoir conscience, il s'approcha d'elle. Ses longues enjambées franchirent la distance qui les séparait tandis que Denny poursuivait, à son oreille :

— *Que se passe-t-il ? Bon sang, j'arrive. On se retrouve à la chambre dans quatre minutes.*

Il savait qu'il aurait dû se retourner. Il y avait trop d'enjeux dans cette mission. Les vies et la liberté d'un trop grand nombre d'innocentes qui seraient prises au piège du trafic sexuel roumain. Plusieurs milliers de victimes tourmentées, y compris une fille de treize ans, angélique et terrorisée.

C'était après son enlèvement que la force opérationnelle européenne était entrée en action. Fille du prince-régent de l'une des plus petites monarchies européennes, la princesse avait été enlevée à l'occasion d'une sortie scolaire. Son père avait fait appel au chef de la force opérationnelle, un ancien camarade de l'Université d'Eaton, ouvrant les énormes coffres de la monarchie pour financer les mises en œuvre nécessaires afin de retrouver la fille et anéantir le trafic de Corbu.

Quincy frissonna quand l'image d'une autre adolescente lui

apparut. *Shelley.* Ses yeux pleins de confiance. Ses sanglots étouffés. Et ses propres cris de terreur et d'impuissance alors qu'une douleur explosive le dévastait et que le monde s'effondrait autour de lui.

En cet instant, il savait ce qu'il avait à faire.

— Reste sur le toit, ordonna-t-il à Denny.

— *Quoi ? Mais...*

— Fais-moi confiance. Je gère.

Il avait été trop faible pour sauver Shelley.

Il l'avait laissé tomber. Il avait échoué.

Il était hors de question qu'il échoue à nouveau.

Même si pour cela, il devait intégrer Eliza Tucker dans ce projet aberrant.

Charismatiques. Dangereux. Terriblement Sexy.
Découvrez les hommes de Stark Sécurité.
En mille éclats
En mémoire de nous
En demi-teinte

À PROPOS DE L'AUTEUR

J. Kenner (alias Julie Kenner) est une auteure de best-sellers internationaux figurant aux classements des journaux *New York Times*, *USA Today*, *Publishers Weekly* et *Wall Street Journal*. Elle a écrit plus d'une centaine de romans, de romans courts et de nouvelles dans toutes sortes de genres littéraires.

Selon *Publishers Weekly*, JK est une auteure qui a un « don pour le dialogue et la création de personnages excentriques », et le *RT Bookclub* estime qu'elle a su « répondre aux besoins du marché en créant des antihéros scandaleusement attirants et dominateurs, et des femmes qui fondent pour eux. » Six fois finaliste de la prestigieuse récompense RITA (*Romance Writers of America*), JK a remporté son premier trophée RITA en 2014 pour son roman *Claim Me* (tome 2 de sa trilogie *Stark*) et le second en 2017 pour son roman *Wicked Dirty*. Elle a vendu des millions de livres, publiés dans plus de vingt langues.

Au cours de sa précédente carrière, JK a exercé comme avocate en Californie du Sud et au Texas. Elle vit actuellement dans le centre du Texas, avec son mari, ses deux filles et deux chats plutôt lunatiques.

Visitez son site web pour en savoir plus et pour entrer en contact avec JK sur les réseaux sociaux !

www.jkenner.com